品味不一样的漂泊
感受不一样的坚强

人，终究会离家远行
或是奋斗，或是为了追求心中的梦想
或是为了爱情，或是为了活出自己期待的样子
我们都在漂泊的路上。

田太伦◎著

漂泊人生

漂泊是一份情怀，漂泊不是一份事业，
身的漂泊或心的漂泊，总有一种在路上……

金城出版社
GOLD WALL PRESS

图书在版编目（CIP）数据

漂泊人生 / 田太伦著. — 北京 : 金城出版社,
2017.9
ISBN 978-7-5155-1560-1

Ⅰ. ①漂… Ⅱ. ①田… Ⅲ. ①长篇小说－中国－当代
Ⅳ. ①I247.5

中国版本图书馆CIP数据核字(2017)第242112号

漂泊人生

作　　者　田太伦
责任编辑　李凯丽
开　　本　710毫米×1000毫米　1/16
印　　张　14.5
字　　数　284千字
版　　次　2018年2月第1版　2018年2月第1次印刷
印　　刷　廊坊市海涛印刷有限公司
书　　号　ISBN 978-7-5155-1560-1
定　　价　36.00元

出版发行　金城出版社　北京市朝阳区利泽东二路3号 100102
发 行 部　（010）84254364
编 辑 部　（010）84250838
总 编 室　（010）64228516
网　　址　http：//www.jccb.com.cn
电子邮箱　jinchengchuban@163.com
法律顾问　陈鹰律师事务所（010）64970501

致辞《漂泊人生》

这是关于农民进城逐梦的底层叙事，展现社会转型期的人群流动现象。一些乡亲试图融入城镇，面对物质虚荣，或吃苦耐劳、或误入歧途、或茫然无措，有的连神圣的爱情也被亵渎……

作者用宽宥之笔，对漂泊群体进行现实关照，为农民陈情拼搏的生存状态。我们感知温凉喜忧的故事，收获一份“打工文学”的成果。让文字记录时代，让文脉燃情征程！

——李文凯（资阳市作协副主席 安岳县作协主席）

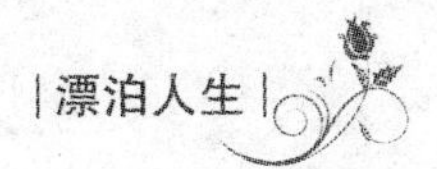

漂泊的路上，你我随遇而安

这是田老师漂泊三部曲的最后一部书《漂泊人生》。跟田老师结缘于他的第二部小说《漂泊岁月》。也曾拜读他的第一部小说《漂泊青春》。从少不更事到漂泊他乡，从一无所有到成家立业再到事业小成，田老师一直漂泊在路上，用他的经历，以小说的形式向我们描绘了当今社会下漂泊者的精神状态和生活状态，有唏嘘有悲叹有赞扬也有歌颂。

我特别佩服田老师的写作毅力，每天早上晨写一个半小时之久，从不间断，青年时在外漂泊写下了百多万字的手稿，真的很不容易。我想他一定会感谢他的坚持，最终成就了一个草根作家的传奇。

说到草根作家，不禁想起赵美萍老师，她跟田老师两人都有令人惊叹的漂泊经历，她的经历可谓用传奇来形容，我也是在她的自传体小说《我的苦难，我的大学》以及《谁的奋斗不带伤》中读到她的经历，豆蔻年华时是采石女，后来外出务工做过餐馆服务员，在服装厂做过裁缝，做过销售等职业。但是她从未放弃对文学的爱好，她不管身在何方，在做什么，这么多年来，最大的爱好就是看书，不管条件多艰苦，她都嗜书如命，拼命地阅读，我从未真切体会过热爱读书和写作的人。小学文化的她坚持她的文学梦想，一篇篇文章见报，鼓励和坚持，最终让赵美萍老师碾压众多高学历的应聘者，成为了知音传媒集团的一员。她的书被公司订阅给员工传阅，被高校订阅成为学生课外的必读本，影响了很多人包括我。而这本书，赵美萍老师应田老师之邀，爽快如约写了序，美萍老师可以说是最合适为这本书写序的人。我听到消息很感动，也为之兴奋。感谢田老师垂爱，我战战兢兢写下了这篇序。

田老师的这本小说里，有你意想不到的人物性格，相信比起你在银幕或者是其他小说里面看到的还要不一样。有男保姆，有理发师，有毒品贩子，有医药代表，有失学的孩子，还有堕落红尘的少女……这个社会就是这样子，像个大酱缸，里面包罗万象，你不需要去企图弄懂什么，甚至到你死时，你也未必能懂。你只需要用心感受这个世界，用信任和爱去呵护这个世界，不管世界怎样待你。

我是最后一批出生的80后，有人说1989年跟1990年没什么区别，也把我划到90后。比起两位前辈的漂泊经历，漂泊对于我们来说，可能会少很多艰辛，至少没有饿肚子的经历。美萍老师小时候饿肚子是常有的事，田老师在外流浪画画的时候，最窘迫的时候连续两三日靠自来水充饥。书中讲述的那些漂泊者们，遇到各种光怪陆离的漂泊经历，会遇到背叛的爱情，会面临生存的选择，会遇到饥寒交迫的日子抑或是独自一人孤身流浪在一座城市。他们有的误入歧途一去不复返，有的能迷途知返，有的能认识到生活本来的样子，有的一直在追求理想，从未放弃。人生处处面临选择，面临不同的际遇和遭遇，各自收获着不一样的人生。然而不论怎样，田老师笔下的漂泊者们都有了一个合适的归处，其中有一个可能讲述的就是你我的影子。

人，终究会离家远行，或是奋斗，或是为了追求心中的梦想，或是为了爱情，或是为了活出自己期待的样子，我们都在漂泊的路上。

我是湖北宜昌人，漂泊在福建福州，你又在哪里？

李　娥

2017年1月17日写于福建福州

（本文作者系资深编辑，中共党员，现居福建福州）

序

在漂泊中体验生活，探索人性，挖掘人生。——这是田太伦的新书《漂泊人生》给我的第一印象。

虽然书名为“漂泊人生”，却并非写他一个人的漂泊，而是由点到面，从自己的漂泊写到一个时代的漂泊。他通过一个个鲜活而现实的故事，描写了在改革开放时代，那些渴望改变命运、背井离乡去城市打拼的乡村青年们的奋斗故事，通过这些故事，展现出那个时代背景下，最真实的漂泊者的生存状态。

作为一名上世纪八十年代就从安徽一个小山村去上海漂泊打拼的资深漂泊者，我对田太伦的《漂泊人生》有着极大的共鸣。他笔下的每一个人物，我都似曾相识，因为我们是漂泊之路上的同行者。

在开篇的《七彩云南》章节中，田太伦就描写了一个从大山里走出来的穷小子徐菁，从一个理发匠到药品推销员，再自主创业当老板，最后事业小有成就的奋斗故事。与此对应的是，他也刻画了一个在利益面前误入歧途、贩卖假药、贩毒盗墓、最终堕落人生悬崖的马秋水形象。在改革大潮汹涌澎湃的时代，不知有多少个“徐菁”和“马秋水”在浪涛间起伏沉浮，或出人头地，或沉沦江湖……每个人物形象，几乎都能在现实生活中找到原型，读来既感亲切，也觉沉重。

在《失学的悲哀》一章中，他描写了农民工孩子在城市中求学的艰难，以及打工一族在城市中拼搏一生却无法改变命运的无奈现状。这种现状，在中国各大城市比比皆是，是打工族之痛，是漂泊者之伤，也是社会痛点，唯有漂泊者写来更具可读性和真实性。

在《生命的代价》一章中，打工仔蒋欣荣和打工妹林媛媛的漂泊之恋，更是令人唏嘘。缺少物质支撑，爱情也是个奢侈品。有多少如梦似幻的爱情，在风雨飘摇的漂泊之路上，注定最后都只能碾。

生活不是诗歌，尤其对我们这些从生活底层爬起，祖祖辈辈面朝黄土背朝天的年轻人来说，生活简直就是一场自然灾害，我们唯有奋勇奔跑，拼命挣扎，才能颠覆一切的命中注定。我们很幸运，遇到了改革开放的大好时代，我们有了时髦的新称号：打工仔、打工妹、进城务工青年等。这是时代的烙印，也是漂泊的烙印。时代赋予了我们漂泊的权利，我们没有辜负它，我们把漂泊经营成了理想的生活，并且还学会了为它写诗、作画和写小说。漂泊给了我们新的生活，也给了我们艺术细胞和灵感，我们的生活因为漂泊而精彩和无悔。

如今，与我们同时代的很多人，经过数十年漂泊打拼，早已居有定所，早已心想事成，但在他们的内心深处，自己依然在漂泊，而现在的漂泊，不是为了颠覆命运，而是为了给心灵找一个家。如今，有更多人还在为心情或梦想继续漂泊着，漂泊者们前赴后继，漂泊的故事也将越来越精彩。

未曾漂泊过，不足以语人生。我们漂泊着，在漂泊中展望美好，在漂泊中积蓄力量，在漂泊中体会人生。漂泊的字面意思是：无固定住所，生活动荡不定。可是在这本书中，漂泊的定义却不仅仅如此，我所理解的是：漂泊是一份情怀。漂泊不是一份事业，但是若要完成一份事业，必与漂泊有关。身的漂泊或心的漂泊，总有一种在路上，总有一种情怀，必须与漂泊共享。

愿田太伦的《漂泊人生》在画上这一本书的句号之后，开启另一段更诗性的篇章。愿所有的漂泊者，学会在漂泊中与生活握手言和，让心情漂泊成美丽的风景，让人生绽放出灿烂的芳华。

赵美萍
2016 年 12 月 19 日写于美国休斯敦

前 言

今年已是我在外漂泊的二十七个年头了，回忆往事，真乃感慨万千。回想起此生走过的路，也只有用四个字来概括——无怨无悔。今年三月，我去了一趟云南。这些年来，我一直盼望着有那么一天能去云南领略一下绚丽多姿的自然风光和风土人情。阳春三月，正是花团锦簇、百花盛开的季节。我差点忘了云南是一个四季如春和年均气温相差不到十摄氏度的地方。在这样一个风光秀丽、气候宜人的旅游胜地，如果不去亲历一番那将是人生一大憾事。

这次去云南，我不仅仅只是去欣赏美丽的风景，更重要的是我想去拜见一位几年前认识的朋友，他名叫徐菁，那时他曾跟我学习过绘画。我们师徒二人还一起去过山东、广西，那时的徐菁还是一个二十多岁的小伙子，他刚从老家云南出来，对外面的世界充满了神奇和向往。光阴荏苒，岁月如梭，转眼就是好几年过去了。回顾自己走过的路，可谓是历经坎坷，备尝艰辛。至今，我都还没有停下前行的脚步，我也不知道自己还要漂泊多久——可疲惫的身心告诉我，是该歇歇脚了，太累了，不能再这样漫无目的地漂泊下去。可是，一个向前赶路的人又怎能停止前行的脚步？我既然选择了漂泊，人就应该在路上，我没有回头的路可走，必须沿着人生既定的方向前行。因为漂泊使我成长，我的成长离不开漂泊。

民谚云："在家千日好，出门事事难。"如果能在家好好过日子，谁又愿意出去漂泊呢。作为一个农村土生土长的人，如果说过日子，尤其是过一种普普通通的日子又有何难呢。可我不一样，我并非是不愿过这种普普通通的日子，而是我不甘落后，不甘平庸，因为我人生起点很低，早年不幸辍学，正因为如此，才促使我迈向了漂泊的人生。

开弓没有回头箭，我既然选择了漂泊，我就会沿着这条道路一直走下去。回顾这些年所走过的路，我一点都不觉得后悔，经历是人生最好的老师，同时也是人生最大的财富。有时，我常常问自己，我这一生到底值不值？我所选择的这条漂泊之路有没有错？回答是肯定的——绝对没错！因为人活着必须要有理想和抱负。自从那年不幸辍学以来，我就发誓要出去闯荡一番，因为我太渴望知识了，太想去了解外面的世界……

光有理想是不够的，现实的残酷有时会把人的愿望击得粉碎，但只要有信念在，一切的艰难困苦都不算什么。我辍学是因为家里穷，兄弟姐妹多，交不起学费，但这些都不是个“事”，因为我们无法选择自己的出身。有句话说得很好，“我们不可以改变生命的长度，却可以改变生命的宽度”。

我在第一本《漂泊青春》里讲述了我的一些漂泊经历，在第二部《漂泊岁月》里也讲得不够详细和彻底，在这本书里我尽可能把我的漂泊经历和一些鲜为人知的故事描述出来，其目的就是要让大家明白——成长就是这个样子。

在这部书稿未完成之前，我回了一趟老家，看见父母日益衰老的身躯和花白的鬓发，我再也无法控制自己的情绪，我拉着父母的手说：“爸！妈！孩儿不孝！这些年让你们受苦了……”我的父母亲都是七八十岁高龄了，他们膝下有四五个儿女，可大家都不在父母身边，都是为了各自的事业天各一方。“父母在不远游”，我们都是不肖子孙啊！我的父母亲没啥文化，但他们丝毫没有责怪我们，并且还一个劲地安慰和鼓励我们，说他们的身体还行，还能够自理，叫我们不要担心，就在外面安心做事，认真挣钱……每当这个时候，我的心就一阵阵难过。看见日益衰老、步履蹒跚的父母，我们这些做儿女的又怎能安心在外面打拼，如果我们没能干出一点成绩回来，又何以面对父老乡亲？

“树欲静而风不止，子欲养而亲不待。往而不可追者，年也；去而不可得见者，亲也。”

改革开放以来，我们这一代人已在漂泊人生的路上磨去了青春年华，可如今大家都还没回来，家里的空巢老人，留守儿童仍是摆在我们面前的一大难题，这一社会现象和难题必须要引起全社会广泛关注。我熟悉这一社会现象，因为我也身处其中，我是众多外出打工和社会弱势群体里最普通的一员。我也想早日结束这种漂泊不定的生活，回到家乡去发展，陪伴父母度过余生，能与乡邻一道日出而作，日落而息。足也！

《漂泊人生》是我的第三部自传体小说，也是我漂泊三部曲最后一部作品。写完这三部作品，我如释重负，终于完成了多年的夙愿。为了这个梦想，我倾注了一生的心血，从少不更事，到少年老成，从离家出走，到漂泊他乡，每一步人生轨迹都付出了惨痛的代价和艰辛。这三部书不仅是我一生的真实写照，更是这个时代的缩影。我们这一代人是不幸的，同时又是自豪的，我们长年在外，虽然是以漂泊为伴，以奔波为生，但我们并没有迷失方向，我们在漂泊中成长，在劳动中收获，最终事业有成，满载而归。

是该到了回家的时候了，父母在家望眼欲穿地盼着我们；家乡需要我们去建设，去改变，我们广大外出务工的兄弟姐妹们应该积极投身到改变家乡、建设家

乡新农村的洪流中去，为建设家乡，共筑和谐社会贡献自己一份力量。

这部书能得以出版，我还要感谢现定居美国休斯敦的赵美萍老师为此书作序，感谢李娥老师的热心帮助和鼓励鞭策；同时也感谢四川省安岳县作家协会主席李文凯老师的大力支持和鼓励；感谢四川省作家协会陈宇老师的关怀和关心；感谢云南省作家协会胡海舟老师的鼎力相助；感谢所有为这部书出版而付出了辛勤劳动的编辑、老师们！“雄关漫道真如铁，而今迈步从头越”。我坚信，在有生之年，我还会写出更多更好、无愧于时代的作品。

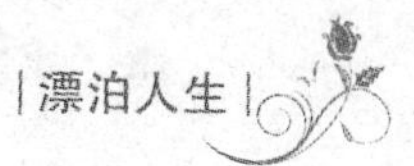

第一章　七彩云南

“师傅！你终于来了！”我刚下火车，一出站，徐菁就握住我的手，说，“我们有好几年没见面了吧？师傅还是跟以前一样，一点都没有变。”

“老了！岁月不饶人喽！看你小子倒是长变了，还大腹便便的，是不是当大老板了？”我说。

“我要是当大老板了就好喽！”徐菁把行李给我搬上车，说，“师傅这些年一直在画画吧？自从那年跟你学了画画后，我就再也没有机会拿笔了。这些年我一直在家乡发展，也没有搞出什么名堂，今年我在城桥一家医药公司搞推销。听说师傅要来我们家乡旅游，我心里高兴得不得了。这些年把手艺都还给师傅了，我想再跟师傅学一回画画行不？”

我说：“学画画就免了吧，你看我现在都没画画了。现在不比从前了，单靠画画谋生是行不通啦！记得我们原来画画的时候，无论在哪条街道摆摊设点都可以，现在可不行了，每条街道都有城管把守着。街头卖艺的时代一去不复返了。”

“那师傅现在在干啥？”

“我什么都干，这些年我开过画廊，跟姐夫学过木匠活，在家搞过养殖，其实我们干什么工作并不重要，重要的是有口饭吃就行。”

“看师傅说哪里去了，有口饭吃还不容易，人活着不仅仅是有口饭吃吧？我们得活得有意义，活得有人样不是。”

“嗬！你小子觉悟还蛮高的嘛，你说得对，人是要活得有意义才行，总不能碌碌无为吧。”我把行李放好后，递了根烟给徐菁，说，“这次我来云南不仅仅只是游玩，主要是来会会你们这些老朋友，我多想找个机会去把我们年轻时漂泊过的地方重新走一遍——重返漂泊路，去寻找往日难忘的记忆！去重新体验一下漂泊的感觉……”

“师傅这种想法太好了！说实在的，我也有这种想法，想想人生那么的短暂，青春是那样的美好，每一段成长经历都是我们人生的宝贵财富。像师傅这样经历了这么多的风风雨雨，跑遍了大半个中国，收获一定不小吧……”

“唉！哪有什么收获哟！现在我感觉自己仍是两手空空，一事无成。虽然说写了两本书，但这还算不上什么成就，比起身边你们这些老朋友来就差远喽。看你们个个都当了大老板，有房有车一样不缺。我可什么都还没有，尽管这样，但我并不懊悔。像我这一生太不幸了，经历了太多的磨难和痛苦——婚姻的不幸，是我人生最大的悲剧……唉！你看我们刚一见面就谈这些乱七八糟的事，我们谈点高兴的话题。”我连忙叫徐菁开车。

“好嘞！师傅你坐好了，我们边走边谈。”徐菁说着就开动了汽车。

“不急，我们到地儿了再聊，我不打扰你开车。”

“没事的，师傅！我开车技术还是过关的，在城桥这个地方我闭着眼睛都能开到家。你就放心吧。”“不，你还是认真开车吧，开车还是专注一点好。我家兄弟也是开出租车的，他开车时就喜欢跟客人聊天吹牛，那样不好，会给客人留下不好的印象。”

“没事的，师傅！其实开车太专注了也不行的，那样会搞得神经高度紧张，反而会适得其反。只要是驾驶技术过了关的，谈话并不影响开车……”

不管徐菁怎样解释，我都不赞同他这一说法，开车闲聊不管怎样说都不是一件好事。

徐菁把车开到金竹花园门口，去旁边超市拿了一瓶饮料递给我：“来，师傅先喝点水解解渴，待会儿我带你上楼去休息，洗个热水澡，然后睡上一觉，晚上我带你出去逛逛。师傅你是第一次来我们城桥市吧，我们这里好玩的地方很多，像北湖公园晚上的夜市摊和烧烤可热闹、可好吃了……”

“这次来真是麻烦你了，你原来不是说在桥河镇那边吗？怎么现在搬到城桥市来了。这家超市也是你家开的吧？”

“是的，我也是去年才搬到这里来的，我在紫竹花园买了一套房子。今年小区门口商铺招租，我就在门口这里租了几间铺面，开了这家超市。我家表弟他们在那边开了一家餐厅，生意也十分火爆。今天晚上我就带你去品尝一下我们家乡的特色菜。”

“这怎么好意思呢！一来就给你添麻烦。”

“师傅你千万别客气，我们是多年的老朋友了，你能来我们这里就非常非常高兴了。如果师傅愿意，多想你能多住些日子，或者长期住下来都可以，有空我还要找你学画画呢。”徐菁对我越是热情，我越是觉得过意不去。

晚上，徐菁带我去他表弟的餐厅吃饭。

他表弟的餐厅也是今年刚刚才开起来的，餐厅有一百多平方米，房租一年五万元。我真佩服他们的勇气和胆识，这么高的租金他们也敢租下来。不过这家餐厅是他们几姊妹合伙开的，怪不得餐厅名叫“西边桥彝家姊妹食坊”。

徐菁带我见过他表弟逐一介绍说：“这是我表弟蒋贵、表姐小芬。这个餐厅就是我们三姊妹合伙开的。这位是华哥，他今天刚从昆明出差回来。华哥可是我们的大恩人呐，这些年多亏他对我们的帮忙和提携。师傅也许想不到吧，华哥也是四川人，听说他跟你还是老乡呢。”然后他又对表姐表弟说：“我给你们介绍一下，这位是我的师傅，那年我去广西打工时认识的，我们在广西一起画了半年的画。他这次来城桥找我玩，主要是想来体验一下我们七彩云南的美丽风光和风土人情。你们不知道，我师傅是个多才多艺的人，他今年连续出了两本书了，是个地地道道的农民作家。今天晚上我带师傅来吃饭，你们把家乡的特色菜全都拿上来让师傅品尝品尝。”

“表哥你什么也别说了，既然他是你的师傅，那他也是我们的师傅。姐，你去把我们的凉鸡、凉肚、凉猪脚端上来让师傅品尝。”蒋贵说。

不一会儿，他们就把家乡的特色菜全都端了上来。望着满满一桌丰盛的家乡特色菜，我顿感食欲大开，便毫不客气地大吃起来。

酒过三巡，徐菁给我讲述了他表弟几姊妹来城桥打拼的经历。当了解到他们几姊妹的人生经历和创业故事后，我深受感动。他们都是一群从大山里走出来的山娃子，能取得今天这点成就的确不容易。徐菁他们家住在大山深处，汽车只能开到山脚下，然后要徒步行走两三个小时才能到达他们的山寨。在这样交通闭塞和偏僻的大山深处，人们对外面的向往和渴望更加强烈。

刚踏上云南这片神奇美丽的土地，我就被这里的自然风光吸引住了。“云南十八怪”中的第一怪讲的就是火车没有汽车快。不过这都是以前的说法了，现在时代与科技都发生了日新月异的变化，昆明至河口的高铁正在建设，不久将开通。云南十八怪中的“十八怪”也许将要重新书写了。

吃罢晚饭，徐菁又带我去北湖公园游玩。

北湖公园是城桥唯一的一座水上公园，公园面积虽然不大，但它地处市中心，地理位置得天独厚。公园周围全是商铺。每当夜幕降临，整个北湖公园便是一片灯火辉煌的景象，公园的路灯，商铺的霓虹灯加上湖中的灯火交相辉映，交织成了一幅五光十色的绚丽画卷……

我们一行人来到公园夜市摊，大家围着火盆吃烧烤。城桥的夜市烧烤非常驰名，各种食物都可以烤着吃，像蔬菜、肉食、菌类，尤其是豆腐堪称一绝。其中石屏豆腐、蒙自过桥米线都是远近闻名的美食之一。我们一边吃着烧烤，一边喝着啤酒，大家畅所欲言。

“师傅，我们城桥的烧烤味道怎么样？”徐菁一边给我递烧烤，一边跟我闲聊，“师傅你慢慢吃，吃烧烤主要是品尝它的味道，像我们山上采的野生菌烧烤起来就比较好吃，这种焦香麻辣味是任何一种烹饪无法比拟的。”

“师傅，请你尝尝我们石屏的豆腐。”徐菁又递给我一串烤豆腐，说，“这个烤豆腐我们城桥人最喜欢吃了，你把它蘸点干辣椒粉和盐巴吃起来味道爽极了。

师傅你慢慢吃，等会儿我们再去吃蒙自过桥米线……”

“还吃啊？我肚子都吃撑喽！吃不下了。”我肚子虽然吃饱了，可我仍旧还想吃。我说，“没想到你们云南的烧烤还有这么好吃，什么东西都可以烤着吃，我还是第一次见着。嗳，我说句话你们别多心啊，听说烧烤吃多了对身体不好，会致癌什么的……”

“嗨！师傅别听他们瞎掰！那些都是毫无根据的说法。”徐菁笑着向我解释道，“什么烧烤吃多了不好？那是他们没吃着而嘴馋。像我们云南人个个都爱吃烧烤，我们山寨上活到八九十岁的人多的去了。老话说得好，民以食为天。千里做官都是为吃为穿，人一辈子不就图个吃穿二字吗。能吃就吃，哪有那么多讲究。”

“徐菁说得也有道理，怪不得你们来这里开餐馆，原来你们对饮食上这么有研究，看来你们一个个都是吃货啊……”我说。

“唉！老乡是哪里人呢？”华哥问我道。

“我是阅江的。”我说。

“噢！那我们还真是老乡呢。我家是阅江弄理，你呢？”

“噢！我是阅江龙口。我们距离也不过百十来里。”这时，我从包里拿出几片柠檬干泡在杯里递给华哥，说，“你尝尝家乡的风味柠檬干泡茶，那可是生津止渴，养颜护肤啊……”

“就是，我要是不做药品推销的话，我也准备来做柠檬生意，这东西好啊！我每次回老家都要带几包来。”华哥说。

“做药品推销？老乡莫不是搞传销的吧……”我心里嘀咕道。

“老乡这次来云南一定要玩他个一年半载，云南这边玩的地方可多了。”华哥给我倒了杯饮料说，“我来这边十多年了，不说是把云南游遍了，至少百分之八九十的地方去过了，像附近的大围山风景区、建水的燕子洞、建水古城、朱家花园、元阳梯田、哈尼长街宴、河口中越大桥、美丽的西双版纳……”

“华哥你别介绍了。”我连忙打断了他的话说，“还有大理、丽江、香格里拉……”

“嗬哟！老乡知道的也不少嘛！我差点忘了，老乡也是一个老江湖了。”

我来城桥的第一印象就是这里的餐饮业非常发达，大街小巷都是餐馆林立，商铺遍地。因为这里不是工业重镇，而是以旅游产业为主的城市。来城桥游玩的人首先想到的是要吃遍这里的美食，品尝地道的烧烤，观赏自然风光，领略风土人情……才不枉来七彩云南一回啊。

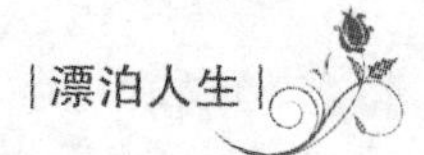

第二章　大山的子孙

那晚，我们一行人一边吃着烧烤，一边谈天说地。徐菁给我讲述了他这些年在外打工的经历，尤其是他给我讲了他表弟这些年的人生经历后，使我深受感动。没想到一群大山里走出来的山娃子会有这般坚强的毅力和勇气，他们把一切的不幸和困难一步步踩在了脚下，能取得今天这样的成就的确不易。他们几姊妹尤其是徐菁的故事最为不幸和感人。

徐菁、蒋贵、小芬虽是表兄妹，但他们却分别住在不同的山寨，徐菁家住湾塘坝村，那里是一个住着几十户人家的山寨，山寨离公路还有很远一段路，平时下街赶集就得花上一天时间。我们空着手赶路都觉得累，可他们山里人还要肩挑背扛地翻山越岭。白天干活的时候，他们都是带些干粮上山，傍晚才收工回家。人们世世代代就在这样一个几乎与世隔绝的山寨里生活着。

山里条件艰苦，孩子上学就成了一大难题。虽然大家都住在不同的山寨，但山寨与山寨之间相距甚远，孩子们都得翻山越岭去村公所上学，两个星期才能回家一次。每次去上学，孩子们除了背书包，还要背上两个星期的口粮。徐菁家只有两兄弟，哥哥念完初中就回家种地了，徐菁在村公所念完小学后，刚到桥河镇上初一，他家父亲便去世了。

家里的顶梁柱倒了，这个不幸的家庭犹如雪上加霜啊！徐菁父亲是村干部，他为这片贫穷落后的乡村办了不少好事，首先他解决了各个山寨吃水难的问题。以往吃水大家要靠人扛马驮，每天清晨起来第一件事就是去离山寨很远的地方驮水。山里人家家都养有骡子马匹，一匹马可以驮百多公斤水；有时小孩子用塑料桶也能背上几公斤水回家。这种人背马驮的吃水日子延续了几个世纪，现在人们不再为吃水而发愁，终于可以吃上和城里人一样的自来水了，这一切都得归功于徐菁父亲的操劳和奔波。

徐菁父亲名叫徐义成，他当村干部有十多年了，为了改变家乡贫穷落后的面貌，他风里来雨里去地劳碌奔波。为了让乡亲们吃上自来水，他组织群众在大山深处的一个泉眼上建起了蓄水池，然后通过管道将水送至各家各户。这种纯天然没有任何污染的山泉水比城里用漂白粉净化的自来水好了不知多少倍。

解决了吃水难的问题，徐义成又号召大家兴修公路。常言道：要想富先修路。在这与世隔绝的乡村山寨，没有公路，人们下山办事、赶集都是翻山越岭，而去一趟最近的集镇来回就得一天。所以修一条通往出山的公路是村民们梦寐以求的事。虽然修公路是一个艰巨而浩大的公程，尤其是在这样的大山深处，工程之缓慢和艰难是可想而知的，但徐义成却信心百倍，在他任职的十多年间，他从来没有间断过开山筑路，直到他去世那年，山寨通往山下的公路已初具规模。为了完成老村长的遗愿，徐菁的哥哥又当选了村干部，他带领大家又奋斗了几个春秋，山寨通往山下的公路终于得以全线贯通。

徐菁一家真是不幸，父亲去世的前两年，在一次上山打猎时不幸误伤了同伴，这次事故给他们家带来了灾难性的打击。说起那次打猎的情景，至今都还让人难以置信。那天，徐义成与同村的伙计手拿猎枪，早早就去到凉围山上围捕野猪。其实野猪也属于当地保护动物，但随着野猪数量增多，也给山民带来了危害。每当春耕秋收的时候，野猪便会到庄稼地里糟蹋粮食，有时一大片庄稼地全被野猪糟蹋光了。村民们对此怨声载道，只好拿起猎枪与野猪抗衡。

由于山高林密，大伙手拿猎枪分散围捕。根据猎人经验，一两个人根本不敢与野猪正面交锋，如果一枪击不中要害，野猪便会向人发动攻击。常言道：一猪二熊三老虎。野猪攻击起人来是相当可怕的，你把它逼急了，就连碗口粗的树它都能咬掉半边。何况区区的血肉之躯？一些猎手被野猪咬断腿脚或致伤致残甚至付出了生命代价也屡见不鲜。每当围捕一头野猪，他们就得邀上五六个猎手，如果一个猎手没击中要害，第二个猎手继续出击，第二个猎手还没得手，其他猎手又继续补枪，直到把野猪打死为止。当时大家正在围捕野猪，不知谁的枪走了火，慌乱之下，大家还以为野猪被打中了，结果一看野猪没打着，同伴却倒在了血泊中……

这突如其来的事故把大家吓呆了，经过检查才发现是徐义成的枪走了火。虽说是一起意外事故，但人命关天，好在没负担刑事责任，但为死者料理后事和赔偿费用把他们家逼到了倾家荡产的地步。

野猪没打着，反倒闹出了人命案，这是谁都不愿看到的结果。打死的那个猎手还是徐义成最要好的朋友，他家两个孩子还在读书，家里的顶梁柱倒了，徐义成也感到万分痛心和遗憾。事已至此，难过与后悔都无济于事，接下来就是厚葬死者和赔偿。于是徐义成把家里唯一的一头猪都赔给死者家属了，还有家里的鸡、骡子、马匹、粮食等也赔给了死者家属，但对方仍然不满意；徐义成又把家里所有的钱拿出来赔偿，还四处找亲戚朋友借了不少债，事情才总算了结。

父亲去世，徐菁只好中止了学业，跟随母亲一起苦苦支撑着这个家。正所谓：穷人的孩子早当家。十二三岁正是该在教室里享受读书的年龄，徐菁却在家干着繁重的农活，这一干就是两三年。真是屋漏又遭连夜雨，行船偏遇顶头风。这年，徐菁的母亲又身患重病。为给母亲治病，徐菁毅然离开了山寨，来到城桥市打工挣钱养家。起初他去了一些小餐馆洗碗，由于没有住处，他就去建筑工地过夜。后来他实在找不到住处，就去当了一名保姆，服侍一位行动不便的老人。这位老人患有老年痴呆，而且大小便失禁，服侍这样一位重病老人，没有超常的忍耐力是不行的，但为了给母亲治病，徐菁更是硬着头皮坚持了下来。

在服侍老人的两年间，徐菁每天都耐心细致地照顾着病人。由于老人智力严重障碍，有时他还把自己解下的大便弄得满地都是。每当这个时候，徐菁就感到一阵阵厌恶，想到自家母亲都还没人照顾，他恨不得马上就离开这个让人恶心的地方，但母亲治病需要一大笔钱，他又不得不打消了这个念头，继续耐着性子服侍着老人。后来，老人去世了，这家主人为了感谢徐菁这两年的悉心照料，还特地多给了他一笔工钱。有了这些钱，徐菁母亲的病才得以缓解，这两年寄人篱下的辛苦总算没白费。

回想起刚来城桥的时候，徐菁有一种说不出的滋味，那是刚过中秋节不久，徐菁来到城桥找活干，他在街上转悠了好几天，始终没找到一个落脚点。一天，他在一家职业中介所门口望了望，见上面张贴了许多招工信息，他看了一会，又摸了摸口袋，转身又走了。徐菁知道中介所是专门给人找活的，但中介所要收费，可当时他连吃饭的钱都没有了，出门时，他只向母亲拿了十几元钱……正当徐菁转身离去时，中介所的老板娘把他叫住了，说："小伙子，你过来，你是不是要找活干啊？""嗯！"徐菁点点头应道。

"嘿！这里正好有个活适合你干，这家主人今天早上刚刚才来这里贴的广告，说是要找一个从农村来的，特别吃得苦的保姆。小伙子看你是从山上下来的吧，如果你愿意的话就去干，就是去服侍一个老爷子，一个月两千块钱，如果你去我马上给主人家打电话……"听了老板娘的话，徐菁有点心动了，两千块钱一月，这在城桥已经是高工资了，一般餐馆打工才一千多块，为了给母亲治病，他没得选择的余地。

"可我没钱交中介费……"徐菁两腮通红，低头难过地说。

"唉！我还以为是什么大不了的事呢，没钱好办，等你干满一个月后再给也不迟，你等着，我马上给主人家联系。"老板娘说完，她就拨通了这家主人的电话。原来，这家雇主找中介所联系了很久，始终没找到一个称心如意的保姆。早之前来了几个大妈，但主人家又嫌她们手脚不麻利，年龄偏大，更重要的是她们不愿意服侍这样一位老年痴呆而且不能自理的老人。后来又招了几个年轻妹子，她们还以为当保姆很好玩，就是陪陪老人唠唠嗑，推着他去公园游玩，哪知是来服侍这样一位痴呆的老人，她们一个个甩手就走了。这家主人听说来了一位从山上下来的小伙子，他们非常高兴，并愿意为徐菁支付中介费，说他明天就可以来

干活了。

“怎么样？小伙子，你今天算是运气好了，这家主人多好啊，还替你交了中介费，而且工资给你开这么高。你可知道在城桥这个地方一般公务员的工资才两千多点，你服侍老人，又管吃管住，只要耐心一点，服侍老人是很轻松的。”其实老板娘这么说也是为了早点把生意做成。这两年开中介所特别火爆，小小一个城桥市，大大小小的中介所就有十几家。开中介所除了要有好的人脉关系，关键还是会忽悠人，有的黑中介就专坑人，那些所谓的用工单位——其实都是他的哥们姐儿，等中介所把人介绍去了，没干几天他又随便找个理由把你开掉。中介所原则上可以帮你联系三家用工单位，如三家都没做成，那你还想换工作就得另外交钱了。中介所就好比像媒婆做媒，他只管给你介绍到位，至于成不成功就不关他事了。

那家主人答应徐菁明天上班，徐菁当然高兴了，服侍这样一位痴呆症老人，他还是很有信心的。因为原来在老家时他曾服侍了患有严重老年痴呆症的外公好长一段时间。拿人钱财，替人消灾，既然是出来挣钱，首先得把工作做好。天色渐渐暗下来，华灯初上，夜色迷人，城市的天空依旧是那般绚丽多姿。可这一切都跟徐菁没关系，他走在熙熙攘攘的大街上，闻着从烤鸭店飘来的浓香，他肚子叽里咕噜地叫嚷了。这时，徐菁才感到饥肠辘辘，原来他早已忘了吃饭，还是早上吃了一个馒头，现在又该到了吃饭的时间。他摸了摸口袋，把仅有的5角钱攥在手心，这5角钱能买什么呢？连日来的转悠，身上的十几块钱早已花光了。突然，他见一个包子店还开着门，他上去问道：“有馒头卖吗？”“有！一块钱一个。”店老板热情地说。

“噢，5毛钱可以买半个不？”徐菁拿着5角钱不舍地说说。

“你小子真会开玩笑，半个馒头怎么卖？如果你真没钱的话我赏个给你吃好了。”说着，店老板就递了一个馒头给徐菁吃。徐菁拿过馒头，把手里的5角钱放在店铺上，说：“我宁可饿死也不吃嗟来之食！”随后，他转身离去了。

夜渐渐深了，街上行人稀少，徐菁在大街上游荡，身后是自己被拖得长长的影子。他不知道自己该去向何处，灯火阑珊的城市，却没有他的栖身之处……徐菁来到一个建筑工地，他钻进一间半成品房间，靠着墙角蜷缩起来——他在这里住了5天了。想到明天就要离开这里去当保姆了，他心里激动又难过，从家里出来十多天，他除了去餐馆洗了几天碗，几乎每晚都是住在这里。他去了好几家餐馆打工，他们都嫌他人太矮小，能找到一个服侍老人的活他非常幸运。那晚他失眠了，他多想时间能过得快些再快些，他太想找一份活干了。快到天亮时，徐菁做了一个梦，梦见自己干满了一个月，那家主人给了他好多钱，他拿着自己挣的第一个月工资交到母亲手上，母亲脸上终于露出了久违的笑容……

当了保姆出来，徐菁本想回去种地，但他考虑到母亲治病还需要一大笔钱，大山上挣点钱太难了，每当赶集背点东西去卖，步行就得几个小时。他母亲生病就是因为山区交通不便而耽误了。徐菁就想有一天能在城里干出一番事业，多挣点钱，他想把母亲接到城里来住，这种难得的孝心和愿望是徐菁这些年为之奋斗的目标，所以他毅然再次离开山寨，南下广东打工了。后来他在广东巧遇我画画，于是我就收他为徒，我们还一起去了广西、山东画画。由于他思乡心切，母亲生病，他跟我跑了半年后又回到了云南。没想到他回来这一打拼又是好多年过去了，现在的徐菁让我怎么也无法想象他就是当年那个刚从大山里走出来的毛头小伙，他现在完全变成了地道的城桥人了，在这里他见证了城桥的发展和变迁。

第二次来到城桥，本来他想以绘画谋生，无奈手艺没学精，于是他就去餐馆帮人洗碗、洗菜，后来又跟师傅学习配菜、炒菜，之后他又学理发。这一路走来，他经历了难以想象的困难和挫折，终于才有了一份沉甸甸的收获。

在城桥打拼的这几年，让徐菁收获最大的莫过于他获得了爱情。那年徐菁二十岁，认识了一位姑娘，她叫陈冬娥，是地地道道的城桥市人。一个城市姑娘爱上了大山里的小伙子，的确是徐菁前世修来的福分，徐菁因此倍加珍惜这段情缘。他清楚地知道自己地位卑微，一无所有，但他更相信爱情的力量。是爱让他看到了理想，看到了希望。为了重病的母亲，为了自己心爱的人，他愿意去付出一切。

那时候，徐菁在滇桂路开了一家理发店。而陈冬娥家就住在理发店二楼。徐菁租的铺面就是陈冬娥家的。陈冬娥个头虽然不高，但她人长得漂亮。说来她还是一个大家闺秀，父母亲都是大学教授。陈冬娥大学毕业后，她在城桥一家房地产公司上班。对于这样一位有知识内涵和漂亮的女孩，能看上一个从大山里出来——且比自己还小三岁的毛头小伙，这的确不是一般的奇缘。虽然农村有句“只准男大十，不准女大一”的俗言，但也有人说“女大三，抱金砖”。陈冬娥更相信后者，她说只要有感情，年龄不是问题。

事实上徐菁人长得也不赖，他身材虽不是那么高大魁梧，但一米六八的个子比她还是要高出半个头。加之徐菁那英俊的面容和他娴熟的理发手艺，陈冬娥打心眼里喜欢他。每次出门或上班，陈冬娥下楼都要叫徐菁给她吹理头发。由于是房东的女儿，徐菁也不好收费，当他们确立了恋爱关系后，陈冬娥的发型都由徐菁包揽了。小到洗头、吹理，大到染烫、盘花、造型等，有时给她盘个头就得花两三个小时。这时候徐菁总是耐心细致地给她服务，从没要过报酬、有一丝报怨。但徐菁租她家的铺面租金却一分都没少过。以至后来，陈冬娥父母嫌铺面租金太少，他们宁可租给别人也不租给徐菁。有这样唯利是图的未来岳父母，注定了他们这场婚姻爱情将以悲剧收场。

第三章 选 择

正当徐菁理发店生意日益火爆的时候，陈冬娥家的铺面开始涨价了，原来租金每月一千，现在涨到一千五。徐菁认为自己店小利薄，根本无法承受这样高昂的租金，于是他就让陈冬娥去做她父母的思想工作。

没想到这却遭到她父亲的坚决反对，“我不管！谁个有钱谁个租！”她父亲说，“现在这条街哪家铺面都涨价了，我一个月多收五百，一年下来又多收入好几千。”

“爸！你就让徐菁租嘛！他事业才刚刚起步，你突然一下子涨五百，你这不是要他命啊！再说我平时在他那里理发从没收过钱，你就看在我的份上让他继续租嘛……”陈冬娥极力向父亲央求。

“不行！坚决不行！事情各归各码，你理发他没收钱是他的事，这和我铺面涨价扯不上关系。我还是那句话，谁个出钱我就租给谁。”父亲态度仍旧坚决。

“爸……你真是不通情理！钱钱钱……难道你眼里除了钱就没有一点人情味……”“人情味？现在都什么年代了还讲人情味？现在是金钱社会，有钱才是硬道理。我劝你以后还是少跟徐菁接触，我不否认他是个人才，人品也还说得过去，但他毕竟是大山里的人，书读得少，父亲去世得早，母亲又身患重病，像他这样家世背景的人想要在城里发展，我看希望不大。别的不说，就凭他那理发手艺想在城里买车买房是不现实的。如果找了这样的女婿，那我们的脸面岂不丢尽了。所以你们这些年轻人思想太单纯了，光有爱情是吃不饱饭的，要有实力，有实力懂吗……”

陈冬娥的父亲给女儿灌输了这样一种现实而残酷的思想。是啊，谁不希望自己的儿女过得好呢。我们不能把一切责任都怪罪于父母，况且陈冬娥的父母毕竟都是大学教授，他们一辈子为人师表，难道这样浅易的道理他们不懂？

无论父亲怎样解释，陈冬娥始终不认同父母的观点，她气得“砰”的一声把门关了。在陈冬娥看来，父母的想法的确是现实了点，但她尽了最大努力，始终

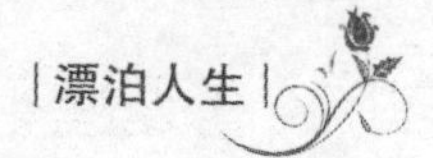

没能说服父母。眼看着徐菁就要失去这样一个难得的赚钱机会，她也是无能为力，爱莫能助啊。

陈冬娥来到徐菁的住处，她如实地把父母的意思转达了，并劝说他去别处看看，兴许还能租到比这里便宜的铺面。

“真是天下乌鸦一般黑……在这条街上还能租到便宜的铺面？做梦吧！哼！还说你父母是大学教授，我看他们就是个利欲熏心、唯利是图且钻到钱眼里的小人……”徐菁气不打一处地骂道。

“你说什么！我不许你这样骂我的父母……”

“我骂了吗？我什么时候骂你父母了？”

“你刚刚才骂了，还不承认。”

“我骂什么了？”

“你骂我父母是小人。”

“噢……那就是我的不对了，我怎么敢骂你父母是小人呢。我差点忘了他们是大人，是大学教授。哼！还教授！还为人师表，还教书育人，我看是误人子弟吧！我在你们家租的铺面合同还没到期，你们就要涨价，还说看在我们相好的份上让我快点搬出去，你父母这种强人所难的行为难道是一个教授所为？我呸！简直比禽兽不如……”

“我不许你这样骂我父母……”陈冬娥情绪激动地站起来，“你凭什么骂我父母？他们租铺面收房租有何过错？是的，他们是现实了点，但他们这样做还不是为了我们，他们挣再多的钱还不是我们的，难道以后你不想买房买车……”

“你说什么来着？你父母是为了我们……这恐怕是你一厢情愿吧？我知道你父母是绝对看不起我这个从大山里来的人，但人的出生地不是自己能够选择的，不管是我们出生在什么样的家庭，我们人人都是平等的，至少在人格上是平等的，你们凭什么鄙视人？从大山里来的又怎么了？难道我就没有权利在这里生存？难道我就只有在大山里生活一辈子？告诉你，我还不信这个邪，我偏要在这里生存，在这里发展，以后我还要在这里买车买房……我要让那些曾经瞧不起我的人，鄙视我的人统统见鬼去吧！”徐菁说完，径直朝门外走去。

“唉！你去哪里？”陈冬娥见徐菁气冲冲的要走，她急忙上去拉着他的手，说，“你就是这个犟脾气，你遇事不要这样冲动好不好，我父母虽然苛刻了些，但老人也是为了我们好嘛！我们应该理解父母的苦衷。”

“我理解！我非常理解！我去找铺面好不好。你父母不把铺面租给我，难道我就不生存了？”

“你去哪里租铺面？”

“这你就不管了，反正东方不亮西方亮，除了星星还有月亮。离了这条街我照样可以租到铺面。”后来，徐菁在天马路又租了一间门面，没想到换了地方生意照样好。这时，徐菁还招收了两个学员。实在忙不过来的时候，星期天陈冬娥还来理发店帮忙洗头。别看陈冬娥是个大学生，她干起理发的活来非常在行，由于她人长得漂亮，加上她在城里熟人多，徐菁理发店生意日益火爆起来。这时，陈冬娥对徐菁更加坚定了信心，她喜欢徐菁身上这股不服输的性格，尽管父母一再反对他们交往，但她始终相信自己的选择是正确的。因为她相信爱可以改变一切。

他们就这样相处了一年多，已是一日不见如隔三秋。陈冬娥的父母见到这对感情日益成熟的恋人，更是百般阻挠。一天，陈冬娥的父亲把女儿叫到跟前说："我给你说过多少遍了，叫你不要跟徐菁来往，你为什么不听劝呢？他徐菁有什么好？一个大山里来的人，光靠理发这个手艺就能在城里买车买房？他生意再好一个月充其量挣几千块钱，要想在城里买一套房子那不挣到猴年马月？所以人要现实一点，我不是非要反对你跟他好，只要他能在城里能买一套房子，我还是愿意你们交往的。如果他没有这个能力，我劝你还是早点跟他分手。前两天刘阿姨跟我说，她有个同事的侄儿在银行工作，人家也是大学生，父母都在市政府工作，人家要钱有钱，要房有房，而且家里开的都是宝马 X3。虽说不是'土豪'，但在城桥也是数一数二的人家。比起你那个理发的男朋友不知好了几百倍……"

"你是说那个人呀？我才不嫁他呢！"陈冬娥又跟她父亲耍起小性子来，"那个人我见过，人长得矮小，皮肤又黑；他每次见到女孩子都是一副高高在上的样子，还穿名牌，开宝马？听说他家的宝马还是贷款买来的，净在我面前臭显摆……我才不嫁他呢。"

"贷款买的又怎么了？贷款买车买房的多了去了，人家有那本事能贷到款，总比你那个穷理发的要好吧。"陈冬娥父亲仍坚持他的观点。

"我不管！反正我不嫁他！现在是婚姻自主的年代，我的事我做主……"说完，陈冬娥又把门"砰"的一声关上，她径直下楼去天马路找徐菁去了。

"你这个背时闺女不听话，你要后悔的！你给我回来……"见到闺女吃了秤砣铁了心，父亲气得在屋里直踹脚。

陈冬娥来到理发店，她一屁股坐在椅子上不讲话。

"是谁又惹大小姐生气了？"徐菁感到莫名其妙。

"都是你给害的。"陈冬娥把怨气全都撒在徐菁身上。

"嘿！你这人才怪呢，我什么时候惹你生气了。简直是莫名其妙嘛！"

"都怪你！谁叫你是从大山里来的……"

"嘿！从大山里来的又怎么了，从大山里来的又碍你什么事了？简直是莫名其妙……"

"从大山里来的就是不好，从大山里来的就是穷，让人瞧不起……"

"瞧不起？谁瞧不起？瞧不起他就不是人……"

“你……唉！我不知该怎么跟你说。唉……”

“你叹什么气啊！有什么不好说的，有话就直说呗！”

“唉！我爸他不同意我们交往，他说你穷，在城里买不起房子，他把我介绍给一个在银行工作的小职员。”

“那你同意了？”

“没有。”

“没有就对了嘛！”

“可是……”

“可是什么？”

“唉……”

“唉呀！你别老是唉声叹气的，有话就直说嘛！”徐菁放下手里的活，他走过来拉着陈冬娥的手说，“冬娥，让你为难了……如果你觉得跟我不合适，你就去跟那个男人过吧。你们毕竟门当户对，人家有房有车，何必跟我受罪……”

“瞧你说的啥话？我要是想跟他，今天我还来跟你说吗？跟他倒是门当户对，但我不喜欢他。我们认识这么长时间了，咱们彼此都很了解，我就喜欢像你这样大山里来的人，你们山里人勤奋、憨厚、耿直，有一种吃苦耐劳的精神。现在城里人越来越怕吃苦，凡事依赖性强，就连走步路都懒得走，所以我不想在城里找男朋友。”

“这就对了嘛！不想在城里找那就跟我呗！”

“跟你……问题是我父母反对啊！”

“反对咱们就走呗！”

“走……走哪去？”

“咱们换个地方呗！我们去西边桥怎么样？”

“去西边桥……西边桥离这里有百多公里吧。”

“百多公里你怕什么？那里是我们乡镇地盘，我熟人多，说不定生意比这里还好。有空我还可以带你去爬山，去采蘑菇、掏鸟蛋、看猴子……”

“真的？我好想好想去山里看看，长这么大我还从来没去爬过山，爬山一定很好玩吧？”

“爬山不好玩，爬山又累又辛苦，不过对于你们城里人来说是应该去体验一下。”

“好吧，你去那里开理发店，我去那里卖米线，等我们赚到钱了再回城桥来。”

“那你不上班了？”

“不上了。”

“你真的舍得？”

“舍得。”

“那就这样说定了。”徐菁见陈冬娥表了态，他当然是求之不得了。于是他就把铺面转让出去，与陈冬娥一道去了西边桥创业。当陈冬娥的父亲知道此事后，他也无力回天，为了挽回局面，他便把徐菁叫回来商谈婚事。开始徐菁还不相信，以为是女方老人故意使诈，说什么他俩也不肯回来。最后还是陈冬娥父亲自己去西边桥把他俩接回城里，还把自家二楼两间房屋腾给他俩做婚房。这时徐菁才相信岳父母的一片真情厚意。

一谈到结婚，房屋倒是解决了，但结婚所有费用包括宴席、家具在内都得徐菁全部承担。徐菁这两年在城桥立足未稳，事业才刚刚起步，一下要他拿出这么多钱来实在有些困难。为了给儿子凑钱，徐菁母亲把看病的钱都拿了出来，仍然不够。于是他们便把山上的杉树卖了一批，总算才把事情办成。

婚是结了，但徐菁心里一直愧对母亲。母亲长期生病，每天都不能停药，家里没有钱，母亲的病咋办？如果母亲的病情加重，他将要愧疚一辈子！想到这些，徐菁彻底难眠。他辛辛苦苦出来打拼、闯荡，难道仅仅只是奔结婚而来？难道这就是他的选择？不能啊！他不能忘记当初的梦想，不能忘记从大山里出来的使命。为了梦想，为了母亲，他不能停下前行的脚步。

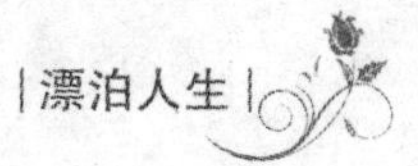

第四章　母亲改嫁

徐菁与陈冬娥结婚，徐菁的母亲一直不看好，她没敢在儿子面前唠叨，她是怕伤了儿子的自尊心。儿子从大山里走出来不容易，能在城里找个媳妇更不容易，但在当今的时代，地位之悬殊仍是阻碍他们发展的重要因素。儿子结婚花费不小，家里早就捉襟见肘，难以维持了。徐菁的母亲只好去城里打零工，经熟人刘嫂介绍，她也来到城桥背沙。刘嫂是徐菁母亲的一个远房亲戚，她来城桥背沙好几年了，背沙是城桥这几年最普遍最挣钱的活。因为城桥以前建的房屋大多是七层以下，而且没有电梯，一些搞装修的住户就必须得雇人把所需材料背上楼去，其中背沙就是一项最辛苦的活，通常装修一套房子需要好几吨沙粒，主人就把工价讲好，三百五百随她们几人分。

说来奇怪，来城桥背沙的大多是从大山里下来的妇女，每当农闲时，男人们就在山里打猎或采药，女人们就去城里打零工。这帮妇女们背沙可厉害了，有时三五吨的沙三四个人半天就背上楼了，她们在背沙时，只需一根背带挂在前额，背带下面套住沙袋子，双手往后反扣着，一步一步地爬上楼去，她们一次至少背六七十公斤，如果没有一定经验和体力是坚持不下来的。

徐菁母亲在年轻的时候，像背沙这样的活根本不在话下，可现在她毕竟上了点岁数，加上身体有病，所以她干起来感到非常吃力，但为了生活，她也顾不了那么多了。刚开始几天，她还咬牙坚持着，后来越来越感到体力不支。一天，刘嫂见她面色苍白，头冒冷汗，问道："大姐姐，你是不是生病了啊？如果干不动了就休息几天吧！反正你家徐菁在城里，去他那里好好歇息一下。"

"不能歇啊！儿子才刚刚结婚，再说他都是住在媳妇家，我怎么好去添麻烦呢……"徐菁母亲来城桥背沙也没告诉儿子，她和她的好姐妹每天都住在低矮潮湿的出租屋里。一天晚上收工回来，刘嫂对徐菁母亲说："大姐姐，我看你一天这样辛苦，为何不找个合适的男人嫁了，你家义成也走了这些年了，再说你才五十多岁的人，找个合适的人嫁了，也好给你家徐菁减轻些负担……"

“唉！我何曾不想找人嫁了，可我现在这个病恹恹的样子，又有哪个愿意呢。”其实，徐菁的母亲早已断了嫁人的念想，她主要考虑到自己身体有病，再一个就是她的大儿媳妇总是挤兑她，说她在家吃闲饭，不让她在家住。她也是万般无奈才到外面来挣点生活费。小儿子徐菁倒是孝顺，可他刚结婚，又没房住，她只好到工地上来打工度日。

“大姐姐，如果你愿意的话，我倒是认识个男人，前段时间他还在工地上轧钢筋呢，他媳妇死得早，现在一直是一个人过。”刘嫂好心介绍说。

“他是哪里人呢？家里有小孩没有？”

“噢，他是我们寨子不远的人，家里就一个女儿，不过年前就嫁人了。”

“负担倒是没有了，不过人家未必看得上，唉！我这几年一直都在吃药，我怕连累了人家。”

“唉！大姐姐考虑太多了，再说你身体又不是什么大毛病，如果有病你还背得动沙？俗话说，少是夫妻老来伴，有个男人在身边总比没有强啊！”

“理是这个理，可我还是有些顾虑，也不知那男人长的咋样？脾气如何？他有没有这个意思？”

“这个你就放心好了，如果你有那个意思，接下来的事就不用你考虑了，我先去帮你问问。”

其实，如果有合适的人，徐菁母亲还是有这个打算的，毕竟家里老大不待见她，小儿子徐菁又能力有限，找个合适的过日子未尝不可。刘嫂说的那个男人叫刘桂，她找到他说明情况后，刘桂也没推辞，他说叫刘嫂把人带来看看。刘桂看上去人憨厚老实，其实他也有一些不良嗜好，喜欢日嫖夜赌，挣点钱被他一人花光了。刘嫂的意思是如果找到一个人来管管他，兴许他能改掉这些坏毛病。在刘嫂的撮合下，刘桂与徐菁母亲见了面，徐菁母亲当时有些顾虑，然而刘桂却满心欢喜，从年龄上讲两人岁数也差不多，况且刘桂老婆已去世多年，能找到一个与自己年龄相当的女人过日子，这是刘桂做梦都想着的美事。大家都是过来人，既然都有这个意愿，他们也就凑合过日子了。徐菁母亲没告诉邻里乡亲，直接就与刘桂住一块了。

徐菁母亲跟那男人走的头天晚上，她把儿子徐菁叫了出来，说：“菁儿……妈妈对不起你，我也是没得办法才这样子的，家里你哥哥又不理我，你嫂子又讨厌我，妈妈实在是没有地方去啊……你也刚刚结婚，还住在丈母娘家，我也不好来打扰你们，我来城桥背了半个月沙了……来，菁儿，这是我这些天背沙挣来的一千块钱，你拿去和冬娥好好过日子吧……”

“不！妈……”徐菁一头扎进母亲怀里像个孩子似的哭泣道，“妈妈……我不让你走，我不让你跟大爹走……妈，你来我这里住吧，我不会让你去背沙了……妈妈啊！你怎么那样傻呢？来城桥半个月了也不告诉我一声，你以为我像哥哥嫂嫂他们那样没良心吗？妈你放心，只要儿有一口饭吃，我就不会让你挨饿，妈你去我们那里吧……”

“不，菁儿，妈妈已经决定了，为了不给你们增加麻烦，我决定跟大爹一块过日子。你也不要担心妈，我们随便做点什么也不至于饿饭的。我倒是担心你们啊，你们才刚刚成家，花钱的地方还很多……”母亲说完，她把一千元钱塞给了儿子。徐菁说什么也不肯要，这钱是母亲拖着带病的身体辛苦挣来的，他怎么能收下呢。徐菁又把钱塞进了母亲荷包里：“妈！请你把这钱放好，拿去好好买点东西吃，有病记得去看，身体才是最重要的。你不要担心我们，我们这么年轻，再说我有这理发手艺，再怎么样也不至于饿饭的。至于你跟大爹的事，你自己看着办吧，但有一点请记住，如果大爹对你不好的话，你告诉我，到时我决不轻饶他。”

“嗯！还是菁儿孝顺，看来儿子真的长大了，妈妈也放心了，我你就不用担心，我们还干得动。我走后，希望你和冬娥要搞好团结，认真把事业干起来。有时间多回老家看看，以前我在山上栽的杉树等几年就成林了，到时卖成钱了你们兄弟俩分了吧……”说完，母子俩依依不舍地分别了。徐菁母亲跟刘桂回到老家县城租了一间房子，他们就正式在一起生活了。刚开始刘桂还比较怜香惜玉，对徐菁母亲也好，但过了一段时间后，刘桂又恢复了吃喝嫖赌的本性，他经常喝得烂醉回来，有时身上赌得没钱了，还向徐菁母亲要钱花。这时，徐菁母亲才后悔起来。一天，她对刘桂说：“你真是狗改不了吃屎！原来说得多好，你说要痛改前非，从此不再赌钱了，可你现在呢？干点活也是三天打鱼两天晒网，有点钱就去打牌赌博，你还是不是个男人啊？”

“你这婆娘真是唠叨！我咋就不是男人了？我打牌怎么了？我输也是输自己的钱，找你拿一分钱你肯吗？你那几个钱还不够你吃药，一副病恹恹的样子，找了你这个婆娘真是倒霉！”刘桂不念夫妻之情，竟然说出这种无情无义的话来。事已至此，徐菁母亲对这个男人也失去了信心，她不怪刘嫂，只怪自己当初瞎眼没看清此人的嘴脸。与刘桂分手后，徐菁母亲没告诉任何人，她继续留在城里打工。这期间，她也去找过在城里教书的老弟，希望能得到他的一些帮助。她知道老弟是城里的上门女婿，啥事做不了主，但给她找工作联系个活这样的事总行吧。一天，她去老弟家，开门见山地说明来意：“老弟，听说你们学校要招几名清洁工，可否给二姐介绍一下？有句古话不是说，朝里有人好做官嘛，你在学校教了十几年书了，相信介绍个活这点小事不会为难你吧。”

“不，不是二姐，我……我不是不帮你，我是在学校教了十几年书，如果介绍亲戚来岂不授人以柄，为了避嫌，我不能这样做。”没想到自家的弟也靠不住，徐菁母亲一下火了，说：“你就拉倒吧！还避嫌？我又不是去当局长当科长，去打扫卫生，当个清洁工还把你为难成那样？你这分明就是怕给你丢脸，我二姐在

里面干活有损你形象是吧？可你别忘了自己是怎么出来的，那时候我们几姊妹都放弃了学业，把你一人供出来了，你从一个山娃子变成了城市人，你就忘了自己的根，忘了生你养你的这片土地，你不觉得良心有愧吗？好歹我们还是一奶同胞，今天二姐求你找份活干，你却这样为难。算了，就当我没来过，我明天还是去背沙……”说完，徐菁母亲头也没回就走了。望着二姐远去的身影，徐菁舅舅心里满是愧疚！是的，他是城里的上门女婿，但跟介绍活有什么关系？学校面向社会招清洁工，只要符合条件均可参加。自己的亲二姐大老远找来，就算不答应给她找活，但饭总得请她吃一顿吧？可他跟二姐谈事就在门外，他也不让进去喝点茶吃点东西，他们是怕乡下来的人不脱鞋脏了地板。他却不知道二姐连早饭都没吃大老远从工地赶来，比这事更难过的是他二姐刚刚才面临再婚不幸，一肚子苦闷也没地发泄，一切的痛苦、怨恨、伤心只得独自承受……

后来，徐菁母亲经人介绍又认识了一位大爹，这位大爹对她非常好，大爹在他家门口开了一个洗车店。从此，徐菁母亲才安居下来，度过了她人生最美好的时光。遗憾的是后来徐菁母亲生病去世了，大爹厚葬了她，还给她立了碑。每年清明，徐菁都要去母亲坟前祭拜。当然，这是后话了。

第五章　贵人相助

婚后，徐菁又在岳父母楼下开了一家理发店，陈冬娥依旧回到原单位上班。在这看似平静的表面，徐菁却被思念家乡和母亲占据着他的心。单靠理发赚钱太慢，为了满足岳父母的愿望和给母亲治病，他必须得改变思路，另辟蹊径才行。

正当徐菁左右为难时，有一个名叫华哥的人给了徐菁发展的机会。华哥是四川人，他来城桥好几年了。这些年华哥一直在搞药品推销。他是云南某医药公司驻城桥分公司经理，主要负责城桥及周边市县十镇八乡的药品推销。其实搞药品推销也是一个苦差事，一年大部分时间都在外面出差，有时一跑就是十天半月。难得出差回来歇息几天，华哥每次都要在徐菁这里来理理发，找徐菁给他按摩一下。久而久之他俩便成了非常要好的哥们。

“徐菁，听说你跟陈冬娥结婚了。”华哥一边享受按摩带来的快感，一边跟他闲聊。

“唉！婚是结了，可我却高兴不起来……”徐菁一边给华哥按摩，一边把自己的苦衷倾诉了出来，“难呀！想我们一个从大山里出来的人，要想在城里生存太难了。要房没房，要车没车，难呀……”

“那你们现在住在哪里？”华哥问。“暂时还住在岳父母家。”徐菁清清嗓子说，“住在他们家我还不如去租房子住，这种寄人篱下的日子让人难受。从我踏进他们家那天起，他们就没给我一个好脸色看……”

“哦！原来是这样？那陈冬娥嫌弃过你吗？”

“她倒是没嫌弃我，我怕日子久了也难说。”

“要不这样，我给你找份差事怎么样。”

“你要我做什么？”

“来跟我跑销售怎么样？”

“你那活我是扁担吹火——一窍不通啊！”

“这没关系的，哪个一开始就会？”

“你看我行吗？”

“我看行！”华哥忙从椅子上站起来，他来到镜子前照了照自己的头发，说，“你我认识也不是一天两天了，我之所以要你来搞推销，一是看在我们相识的份上，二是我不想让你岳父母瞧不起。与其说在这里受窝囊气，还不如自己出去创业，只要你把销售这块搞好了，将来你在城桥及周边市县跑出了名，你一定会让岳父母刮目相看的。因为搞我们这行大多是与市县乡镇卫生院的领导接触；当然这里面的门道也很多，只要你慢慢去领会，相信你一定能够闯出一片天地来。”

面对这样的大好机会，徐菁做梦也没有想到，他想华哥一个外地人都能在这里搞药品推销，自己为什么就不能干呢。况且自己对家乡又很熟悉，跑业务搞推销应该没问题。徐菁最初的想法还很简单，甚至还带有一些幼稚，当他真正接触到这个业务的时候，他才体会到了啥事都不是自己想象的那样简单和容易。

华哥开始让他跑比较熟悉的乡镇，就把他安排去了离城桥最近的乡镇——腊东西乡。

华哥推销的都是乡镇卫生院常用的一些药品，主要是针对新农保合作医疗能报销的药品，这些药品需求量大，都能常规报销，像各种抗生素、抗感灵之类更是紧俏货。但是要把这些药品推销进入卫生院，没有一定的推销技巧和方法是不行的。即便是你的药货真价实，药品价格也合理，人家也不见得能接受。通常华哥他们的做法是先请卫生院负责人吃喝一顿，然后给他塞点红包，这单生意就差不多了。当然塞红包要塞得巧妙，不然你明目张胆地塞给他，人家也不敢收。

徐菁带着药品去到腊东西乡卫生院，他找到卫生院领导说：“龚院长，我是腊西河乡的，我来给你们推销一点药，这些药都是新农保合作医疗能报销的，你看能否需要……”

“噢！你是腊西河乡的？你们推销的这种药我们目前还不缺货，前几天就来了好几拨人找我推销，我一个都没答应。”龚院长说完，他点燃一支香烟漫不经心地抽起来。徐菁心领神会，他连忙掏出一包事先准备好的香烟递给他，说：“请龚院长抽支烟……”龚院长接过香烟满脸堆笑地说：“好说好说……你先回去嘛！如我们需要的时候给你打电话，到时你也可以给我打电话……”说着，龚院长递给徐菁一张名片。

“好的好的……”徐菁收好名片，他就起身告辞了。

在回来的路上，徐菁一边走一边在想，这次见到龚院长也蛮热情的，自己东西也送出去了，不知这一炮能不能打响……原来，徐菁送给龚院长的这包可不是普通的香烟，而是一包装有一千元钱的“红包”。这也是华哥特意交代他的，现在推销东西都讲究送“红包”，要想入这行，就必须要“舍得宝来宝换宝”。这也是时下流行的“潜规则”。

过了几天，徐菁见龚院长没给他打电话，他心里有些着急起来。心想，龚院长为什么不打电话来呢？难道他是嫌钱送少了？这是一千元钱哪！现在药一盒还没推销出去，自己就倒贴了一千元钱进去，这可如何是好啊……

华哥作为徐菁的上司，也是专管这一片的区域销售经理。凡是在他手下搞药品推销的人都是这样过来的，自己负责的区域就自己去开拓市场，自己去打通关系，至于你怎样去打开局面就完全靠自己去把握，没有谁能帮得了你。所以每个进入推销行当的人都必须要先垫付一些启动资金，比如送“红包”、请客吃饭、车旅费等都得自己掏腰包。你的工资全凭你推销药品来提成，如果你打不开局面，开拓不了市场，你前期垫付的资金就得泡汤了。在华哥手下干不到一个月就走了的新人大有人在。当然华哥不希望徐菁也会这样半途而废，他见徐菁从大山里出来不容易，况且他与徐菁又是要好的朋友，他想无论如何也要帮徐菁一把。

又是几天过去了，徐菁见龚院长还不打电话来，他真的着急了，于是他就主动给龚院长打了电话。龚院长接了电话对他说：“小徐啊，不是我不给你打电话，我最近确实很忙，你推销的那些药我们医院还有货，等过段时间再说吧……”

“还有货……过段时间……”徐菁感觉有点不对劲，他忙打电话问华哥是咋回事？华哥对他说：“这事不能操之过急，要凉水泡茶——慢慢来。如果你觉得这个院长靠谱，认为是钱送少了的话，你不妨再多给他点，只要他答应要药，这个买卖就算做成了。如果他肯长期合作，多送点钱也值，有钱大家赚嘛……”

于是，徐菁又下血本去找龚院长洽谈。这次徐菁准备再送两千元，他把二十张百元大钞卷成筒状放进香烟盒里，心想，这次一定能让龚院长满意，成败就在此一举。那天，徐菁找到龚院长，他把装有百元大钞的“香烟”递给龚院长，说：“请龚院长笑纳……实在不好意思，晚辈初来乍到，以后还得仰仗你多多提携……我们经理说了，只要以后我们能长期合作，几包烟钱我们还是孝敬得起的。”

“你们经理是谁？”龚院长很想知道眼前这位愣头青的来历。

“我们经理叫华哥。”

“华哥？”

“不不……”徐菁这样说人家肯定不懂，华哥只是大伙对他的敬称，其实华哥的真名叫范祥和。徐菁见自己笨嘴拙舌，说，“华哥的真名叫范祥和，年前他来找你洽谈过生意。今年他跑昆明和大理那边去了，他把这边的业务都交给了我。我主要负责边七、平台、茶山三县乡镇卫生院的药品推销。”

“噢！小伙子不错呵！我说嘛，强将手下无弱兵。你们范经理我以前经常跟他打交道，这人很有经济头脑，你跟他跑业务没错。我只是有点担心他把这么几个县的乡镇都给你一人跑，你一个人跑得过来吗？这样嘛，你过两天等我电话，如我们需要再联系你。你回去把药品准备好，记住了，抗感灵给我们多准备点，这种药需求量很大……”龚院长看来也并非是铁板一块，在金钱面前谁都得服软。

初入行，徐菁认为搞推销也并非想象那么困难，只是觉得自己要垫付一大笔资金进去，如果能把生意做成倒没什么，万一钱投进去打了水漂可就惨了。这不是没有可能，据华哥说他手下原来有好几个跑业务的都是这样，才刚跑得半个多月就花费了近万元，结果是生意一桩没做成，钱也打了水漂。华哥说，只要生意能做成，花再多钱也值，包括车旅费到年底都能报销。如你中途退出，一切后果自负。那几个亏了钱的伙计怎么也想不通，当初是他们自己要求加入进来的，现在想打退堂鼓也没辙。于是，他们便找到经理说理去。

华哥说：“咱们有言在先，当初你们信誓旦旦说有把握才加入进来的，现在半途就想打退堂鼓，一切后果自负。如果你们跑出几单业务来，只要坚持到两月，车旅费到年底还是可以报销的。才投资几千块钱就不想干了，你们也太没有胆识和魄力了吧，做任何事情没有付出又哪来回报？”

见经理说得有道理，那两个想打退堂鼓的伙计也无话可说，可他们就是想不通，自己辛辛苦苦跑了半个多月，花费出去近万元，只接到几单小生意。虽说是车旅费可以报销，但自己哪有那么多钱贴进去。没跑出成绩来，就算到了两月也没有多少工资，思来想去他们也只好打退堂鼓了。

在华哥手下跑业务的这两个分别叫管明亮、马秋水，管明亮家住云南河口，马秋水家住西双版纳。他们都是华哥在跑业务时认识的。管明亮在华哥的劝解下，又打消了念头，准备吸取教训，再跑一段时间看看。马秋水还有些犹豫，他说如果一切能向好的方向发展，他还是愿意干下去。

徐菁还算顺利，他虽说第一单生意就投进去了几千块钱，但正如华哥说的那样，只要生意能做成，花点代价是值得的。那天徐菁接到龚院长的电话，他的第一单生意总算是做成功了。生意办妥之后，徐菁就请龚院长去餐馆痛痛快快地吃喝了一顿。酒过三巡，徐菁说：“请龚院长今天一定要吃好喝好，来，这包香烟算是我小弟孝敬你的，以后只要我们能长期合作，你放心，这世上没有最好，只有更好……”

“不……不不……小徐太客气了，我相信你会做得更好……合作的事你放心，我就是看在华哥的份上也会帮你一把的，想你从腊西山上下来做点生意也不容易，尤其是跑你们这种药品生意，没有一点真本事是不行的。你放心，跟谁合作都是合作，何况我们还是乡里乡亲的，有钱大家赚嘛……”看来这个龚院长也并非是油盐不进，他也是性情中人，以前来找他推销药品的人不知碰壁了多少，其主要原因还是“红包”封得不够，像龚院长这种重利的人，不把他喂饱喽，你就是有三寸不烂之舌和通天的本领也没用。多说无益，只有钱才是硬道理。

从腊东西乡回来，徐菁旗开得胜，满载而归，他能争取到这单生意真是太不容易了。华哥说只要他一年能争取到这样的大客户三到四家，他一年的销售额就会超额完成。华哥作为他们的经理，上面老总一年给他定的销售额都是硬性指标，完成不了就没有奖金。所以华哥的压力也很大，他给徐菁销售的区域指标是销售

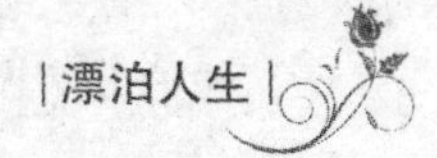

额两百万，这可不是笔小数目。如果按正常的销售情况——有三到四家稳定的客户，完成销售额是没问题的。

一个乡卫生院，如果把一年所有常规用药都包揽下来，这个利润还是相当可观的。不说全部包揽，只要一两种常用药包销下来都不错了。可问题是徐菁现在还只是刚刚开始，还有三四家卫生院等着他去洽谈，那几家卫生院不一定都那么顺利，即使谈成了也肯定会费一番周折。但不管怎么说，这都是华哥这位贵人给了他的机会，哪怕前面是龙潭虎穴他也要去闯一闯。

第六章　分道扬镳

管明亮与马秋水就不如徐菁顺利，他们先后贴进去了几千块钱也没谈成一桩生意。管明亮在华哥的提醒下，改变思路，重新调整方向，一家医院一家医院的现身说法，送“红包”，请客吃饭依然如旧。只是他这次在方式方法上比前几次做得巧妙一些，譬如送“红包”一定要在无人知晓的情况下进行，否则你当着别人的面就是送金条人家也未必敢接收。请领导吃饭也有讲究，只要晚上八点过后，去一些偏僻的酒店吃喝，一般都不会有事。

看到同事在工作上顺风顺水，马秋水心里暗暗着急，他百思不得其解，自己怎么就那样倒霉？他也按照华哥吩咐的去做了，到头来还是一次次吃闭门羹。一天，他去到一家私人诊所洽谈生意，没想到对方的一席话使他茅塞顿开。对方是一个三十多岁的中年人，瘦高个儿，尖嘴猴腮，大伙都管他叫唐医生。唐医生见马秋水来找他洽谈了多次生意，可他就是不肯给马秋水合作。其实唐医生是在试探他的忍耐程度，便使了个欲擒故纵。马秋水还真上当了，他以为钓到了一条大鱼，便三天两头找唐医生周旋。唐医生毕竟是老江湖了，他知道对付眼前这个愣头青不能操之过急，要慢慢地一点一点地引他上钩，只有让他心悦诚服了，他才完全为你所用。

见时候到了，唐医生便把马秋水叫到里屋，他把嘴紧贴在马秋水耳边说：“小伙子，我见你干这行也不容易，实话跟你说吧，我原来也是搞药品推销的，像你这样推销药品不行的……看来你还没入行呐！一个是你人生地疏，又没有社会经验，你推销的药品再真再好，那药品价格是死的，收低了肯定亏本，收高了人家不愿意。这些姑且不论，你即使谈成一桩生意，还要请客吃饭、送‘红包’、车旅费用等，除了锅巴还有饭吗？如你信得过我，不妨我给你指条道，保证让你赚大钱。”

“啥生意……不会是贩毒吧？”马秋水立即警觉起来。

“瞧你这话说得，你紧张个啥嘛！真要你去贩毒你敢吗？”唐医生又把嘴紧

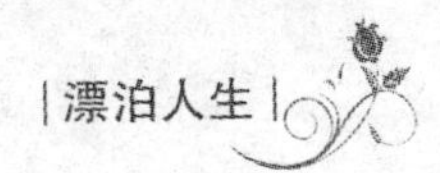

贴在他的耳边，说，“不要这样紧张，真要你去贩毒你敢我还不敢呢，那贩毒是死罪，干我们这行犯不了多大事，还是老本行，推销药品。不过你跟我推销药品保证你能赚钱，不像你在华哥那里干毫无保障，因为我这里的药品统统比华哥那里便宜，而且不止便宜一点点喽……”

“不会是假药吧？”马秋水又警觉起来。

“瞧你说的啥话，假药我会让你去推销？我自己都是开诊所的，卖假药我跑得掉吗，真是的！”唐医生一脸不高兴的样子，他站起身来斥责道，“你不想干就算了！我有的是人干。”

“唐医生别生气嘛，我们好商量好商量……”马秋水忙站起身来赔个不是，说，“唐医生别见怪，我是个外行，最近贴了点钱，心里有些着急，如果唐医生真能给我找到赚钱的门路，我愿来试一试。”说完，马秋水从怀里掏出一包“香烟”递给他，说，“请唐医生收下这点小意思……”

“不不……我不能要！”唐医生当面拒绝说，“小兄弟，这东西我不能收，我知道大家挣点钱都不容易，况且你生意还没做成，我岂能收你的东西，等你把我的药推销出去赚到钱了再给也不迟。相信我小兄弟，我的药拿去保你赚钱。”

“那价钱……”马秋水担心药品差价。

“价钱上好商量，华哥那里推销的抗感灵我比他少三块五一盒，青霉素胶囊——现在很少用了，医院用头孢的比较多。我们头孢也比华哥少五块一盒，其他常用药都比他们便宜。药的质量你也放一百二十个心，我们都是从正规渠道进入，只是我这批药是从生产厂家进来的，少了医药公司这道中间环节，自然价格就便宜。”

马秋水见唐医生说得头头是道，他就相信这一定是一笔赚钱的买卖，殊不知他被唐医生忽悠了。唐医生行走江湖多年，他当然知道推销药品是个人命关天的大事，容不得半点疏忽，更不用说卖假药了。但唐医生这批药比假药更可怕，因为这些药全是过期药品，他们把生产日期涂抹后重新打印上去，一般不仔细辨别是查不出来的。唐医生也知道从正规渠道进药品利润不高，要想牟利，必须得铤而走险。他从不法分子那里搞到一批过期药品，正愁没人推销，恰好马秋水找到他，就想借他的手把这批药品卖出去。

马秋水虽然谨小慎微，但他还是算计不过老奸巨猾的唐医生，当唐医生知道马秋水原籍离边境很近时，他心里甭提有多高兴了。因为唐医生知道边境附近贩毒的也很多，他在黑道上认识了许多不法分子，他们正愁没找到这样合适的人选。唐医生心里想：“只要这次马秋水把这批过期药品推销出去了，先给他一点甜头尝尝，然后再让他销售两批假药，好让他进退两难的时候逼他就范。只要让他贩卖了毒品，他不干也得干了……”

原来唐医生早就干起了贩卖毒品的勾当，只是近段时间风声太紧，国家对贩卖毒品惩治越来越严厉了。于是他又干起了老本行——开了一家私人诊所。他开这家诊所并非是治病救人，而是打着诊所的幌子从事非法交易。为了慎重起见，一般抛头露面的事他从不参与，这次幸好碰上马秋水，渔翁得利坐享其成的好事他当然高兴。

过了几天，马秋水就带上唐医生的过期药品去了卫生院推销，他找到原来那位院长费了好半天口舌，好说歹说才把生意谈成。对方知道马秋水是华哥手下的人，他更不会怀疑这批药品真假，见马秋水这次推销的药品价格让了步，他才勉强答应下来。马秋水说："刘院长，我们华哥说了，这次就算我们不赚钱，只要你们能接收，下次我们再好好合作……"

"行！这次就算捡了个人情，下次一定给我带点新药好药来，我看这次有些牌子太老了，像这种阿莫西林胶囊现在基本上不用了，我们医院都用头孢克肟胶囊。不过我们丑话说在前面，我们都是长期合作生意，如出现质量问题你们可要负全责。"面对刘院长的质疑，马秋水头上差点冒冷汗了，他知道这批药品是过期货，如果医院不发觉的话，病人吃了这些药也不至于危及生命，但能不能药到病除和治病救人只有天知道了。

刘院长进了这批过期药品后，他也暗暗高兴，心想这次又赚了一笔。现在医院都是低价买来药品，高价开给患者，反正有医保可报销。

马秋水向刘院长推销了过期药不久，唐医生又让他去推销一批新药。这次刘院长满脸堆笑地说："小伙子，这么快就把新药搞来了？你上次推销的那些老牌子药还没用完呢，我说过，那些药疗效不大，有些用了就产生耐药性，病人钱花了病不见好，还是现在的新药疗效好，没有它治不了病呐！不过我还是那句话，不管新药旧药，价格上不能离谱，我们都有内部价，只要过得去，有钱大家赚嘛！"此刻，刘院长被马秋水的热情蒙蔽了，他哪里知道这是唐医生故意给他设的套。

"你放心，刘院长！价格上好说，好说！华哥说了，宁可我们自己少赚，也不能让刘院长吃亏，这批新药就按你们内部价成交。不过话说回来，如果按你们内部价成交的话，我们这次又算是白忙活了，你知道我们搞这药也不容易，一路车旅费不说，有可能我的工资还要倒贴。"马秋水说完，他紧盯着刘院长不放，他多么希望刘院长能发点善心，哪怕是在价格上给他让一小点步，他也好多捞点油水。马秋水并不知道这批新药的来历，那是唐医生托人搞的"走私"货，说白了就是假药。但唐医生并没有告诉马秋水实情，他只是想让马秋水把这批假药推销出去后，好拉他进来贩卖毒品。马秋水所做的一切都是唐医生精心策划、步步为营的计谋，然而马秋水却浑然不知，他脱离华哥跟了唐医生，却不知自己正一步步滑向深渊……

刘院长得到这批假药后，他心里又一阵惊喜："这批新药真是太便宜了……"殊不知他高兴得太早了，真是人算不如天算，他前后两次都没捡到便宜，一次过期药，一次纯粹假药，这次他可是亏大了。过期药品用在病人身上倒也没什么，可假药不但治不了病，而且会危及到病人身心健康，甚至有可能是生命危险。但这一切刘院长并不知情，他只知道最近在医院看病的病人吃药总是不见好转，起初他还以为是医生诊断有误，后来经他会诊后发觉问题不是出在诊断上，而是药的质量问题。他急忙把这批新药的防伪标签经过专业鉴定后，才得知这批新药全是仿冒伪劣产品——假药。这关系人民身心健康的药品出了问题，这还了得！刘院长立即打电话找到华哥，没想到华哥也搞得一头雾水……

华哥说，他们根本就没进这批药，更不可能推销假药，他做药品生意也有几年了，出现这种事情还是大姑娘上轿——头一回。他决定去找刘院长问个青红皂白。当华哥知道这是马秋水干的好事，他气得脸都青了，说："刘院长，我们也打了几年的交道，你也知道我范祥和的为人，如果我卖假药的话，那岂不是自己砸自己的饭碗吗。不错，马秋水是我们公司的人，但他好久都没有跟我联系了，我怀疑他是上了人家的贼船，不然他两次找你们医院推销药品我都不知道，像这种败类我迟早会找他算账的。如果他做了违法乱纪的事，该负什么刑事责任法律自有公道。"

"法律定他的罪是应该的，可我们医院造成了这笔损失不可能就这么算了吧？"刘院长站起身来气愤地说。

"请刘院长别激动，别激动！有话慢慢说，慢慢说……"

"慢慢说……出了这种事情我能不着急吗？"

"我知道，我也很着急呀！但着急能管用吗？"

"我这两次货可是十几万块钱呐！"

"我知道……"

"我可怎么给下面的人交代啊……"

"别着急，事情总有解决的办法。"

"怎么解决？"

"目前最好的办法是找到马秋水呀！"

"到哪里去找？"

"唉！我也为这事发愁啊……"华哥为此事也搞得焦头烂额，他给马秋水打电话，对方手机一直关机。于是他又给徐菁打电话，徐菁对此事也一概不知。徐菁说，自从上次他们在腊西河乡分手后，他们就再没联系过。不过上次马秋水曾跟徐菁聊起过他想退出华哥公司，想去另立门户。主要原因还是他最近亏了几千块钱，没有跑出一单像样的生意来。

"再没跑出生意来也不至于去卖假药吧！"华哥气不打一处地说，"没想到我做了这么几年的药品推销，一世英名就毁在他龟儿子手里，我们一定要找到他，不然这笔损失谁个来负？实在不行我们就报案，让公安来调查此事……"

“我怕这样不妥吧，马秋水是我们公司的人，万一此事传开了，那还不影响我们公司的声誉呐……”徐菁担心地说。

“影响我们声誉？影响我们什么声誉！我们既然敢站出来揭露他，就说明我们对工作是负责的，这事如果藏着掖着，反而会对我们有不利影响，人正不怕影子歪嘛！”华哥话虽这样说，但他心里确实没底，即使报了案也未必一下子能把他抓住，想必马秋水是早有预谋，他卖了假药人还在这里？也许他早已逃回西双版纳老家去了。

事情果然像华哥猜想的那样，马秋水见事情败露，他连夜就逃回西双版纳了。只是他有些不明白唐医生当初为什么要骗他？现在出了纰漏，唐医生又把全部责任推给他，马秋水现在是猪八戒照镜子——里外都不是人。为了逃避责任，他只好跑回老家躲藏起来。现在看来他只好跟华哥分道扬镳了。

唐医生见马秋水引诱上了钩，他暗自庆幸。随后，他关闭诊所，也连夜赶往西双版纳了。

唐医生和马秋水虽然跑了，但购进假药的医院因为有几位患者用药后一直不见好转，病情恶化，遂转到其他大医院治疗好后，均对以前的医院有所怀疑，向当地卫生局及各级政府面反映了情况。政府迅速调查处理，发现刘院长及其他几家医院负责人与医药代表关系过于密切，进而假药事件东窗事发，刘院长被撤职，其他几位当事人也受到了应有的惩罚。

第七章 贼 船

马秋水刚回去没几天，唐医生就找到了他的住处。

这使马秋水感到非常意外：“你……你来干什么？你怎么知道我住这儿……”马秋水对尾追而来的唐医生格外警惕。

“哼！我怎么不知道你住这儿？在西双版纳屁大点地方还没有我唐医生不知道的。”唐医生进屋后，点燃一支烟得意地抽着，随后他又冲马秋水吐了几个烟圈，说，“实话告诉你，我在腊景镇方圆百八十里清楚得很，你马秋水原本是腊景镇东盟乡苦瓜寨的人，2009年你们一家才搬来腊景镇的，我说的没错吧？你放心，我不是查户口的，你住哪里我并不知道，这不是上次在腊西河乡诊所你无意之中透露出来的嘛。”

这时，唐医生走过来递给马秋水一支香烟，继续向他诈唬道，“这次幸亏你跑得快，不然你就惨了，你卖给医院那么多假药，不说让你赔偿经济损失，公安查办下来你还要负刑事责任。腊西河乡你是回不去了，公安这时正等着你去自投罗网。你在这里就好好跟我干吧，下面还有更赚钱的买卖等着你去做……”

“你……你唐医生真不是个东西！明明是自己卖的假药给我，还让我去帮你推销，出了纰漏你把责任全推在我的头上，你还是人吗？”马秋水气愤地斥责说。

“哼！我不是人？那你也不是个东西！我这么做还不是为了你，你说说，这两批货你赚到钱没有？”

“钱我承认赚了，但赚钱来有屁用？我现在搞得里外不是人，生意生意不敢做，连面都不敢露，你说我窝在这里要钱何用……”

“嘿！你真是个傻子，你有钱怕个球！就是窝在这里也比没钱好。我跟你说，只要等这阵风声过去了，我们再搞点其他买卖，赚钱的机会多的是，就看你能不能把握。拿我们的话说，要想干大事，就得胆子放大，裤子拉下，头掉了碗大个疤……”

“这……不……我有点害怕。”

“你怕个球啊！有钱赚你还怕？真是个乡巴佬！”唐医生说着又递给马秋水一支烟。

“你……你这个是什么烟？我总觉得越抽越想抽，是不是鸦片烟啊？”马秋水吸着唐医生给的香烟，他感觉口干舌燥，酥软发麻……仿佛身子有种飘飘欲仙的感觉。

“真是个乡巴佬！鸦片烟？这年头还有鸦片烟？都是他妈哪朝哪代的事了。你吸的是吗啡,这玩意不仅可以提神,而且还可以止痛……”唐医生直言不讳地说。

“啊……你……你这不是让我吸‘白粉’吗？我吸上瘾了咋办？”

“白粉？白粉岂能是你吸的，你知道吗，真正纯度的白粉多少钱一克——四五百块。比黄金还贵重的东西你能享受得起。一克是多少——两根手指夹这么一点点。所以你给老子听好喽，这年头只有搞这东西才赚钱，其他都是扯淡。”唐医生知道马秋水上了这条贼船，他想不干也不行。所以他才给马秋水讲起了贩卖毒品的经验来。

马秋水听得入神，他都差点忘了自己是干什么的了。人在走投无路的时候，他只想抓住一根救命稻草，他见唐医生说得头头是道——自己已无退路，决定跟唐医生去铤而走险。他说，吗啡吸起来都这么舒服，那白粉吸起来不知会是啥样？

唐医生说：“说你是外行你还不信，那白粉就是海洛因，海洛因不是靠嘴巴吸，而是静脉注射到血管里，……唉！跟你说了你也不懂，大家都是同道中人，我也不想害你，你只管照我吩咐的去做就行了。

其实，唐医生深知毒品的危害，他年轻时也曾染上过毒瘾，后来强制戒毒后，他再也不曾碰过这东西。现在他又走上了这条贩毒的道路，这又是为何呢？拿唐医生自己的话说，是利欲熏心吧。在金钱面前人人都得服软。

是啊，钱才是硬道理。没有钱什么也不是，一切又回到起点。讲到赚钱，马秋水又来了兴趣。唐医生见马秋水完全臣服了自己，他说，现在还不着急，好歹我们见面一场，先去吃饱饭再说。

唐医生把马秋水带去镇上傣仙居酒楼吃饭。

这时，唐医生打电话又叫来几个狐朋狗友逐一介绍说：“这位是赵三，这位是丁老四，这位是王超哥。今天我给大家介绍一位同事，他叫马秋水，是腊景镇东盟乡苦瓜寨的人。我跟他是在腊西河乡认识的，他原来在华哥手下搞药品推销，虽然没跑出什么业绩来，但他总算熟悉了推销这个行当。其实推销产品不难，难就难在你如何去把握市场的走向。实话实说，现在老老实实做生意是赚不到钱的，我们不去找准市场的规律，不去找捷径，找出路，钱又从何而来？大家都是一条船上的人，我也不卖关子了，就拿我们做白粉生意来说，这就是一个赚大钱的买卖。你们想想，我们从境外买来上等纯度的白粉才多少钱一克，我们拿来稍微加工、稀释一下就可利润翻几番。这种东西价格也没有规定统一，一般正常情况下可卖五六百一克，即使稀释过的也可卖两三百。这种东西随便卖几百克就可吃几年，当然高利润就有高风险，但为了钱我们可以拿命去搏。常言说得好，千里做官为吃为穿，人活一世，吃穿二字……”

“老大说这些道理我们都懂，不就是掉脑袋的事吗，管他怕个球！只要能赚钱，我们什么都不怕。”赵三首先表了态。

丁老四说：“现在风声很紧，我们还是静观其变，等风声过了再说。”

“怕个球！你丁老四就是个娘们变的，瞻前顾后，畏畏缩缩，像你这样能成什么气候？风声？严打？政府一年三百六十天都这样，那我们就一辈子不干了？现在各地都在催要货，我们不去冒险，钱又从何而来？越是风声紧，钱才越好赚。货难搞，我们就把价格抬高，只要有需求，永远就会有市场……”王超哥是唐医生的铁杆哥们，提到贩毒，他就显得尤为狂热。每次交易，都是王超哥打头阵，他说他从不怕掉脑袋。

看到弟兄们热情高涨，唐医生心里暗暗高兴，他知道干这行随时都有掉脑袋的可能，为了大家的安全，他仍然要把事情做详做细，只有万无一失，谨慎面对才是生存的唯一法则。他说：“既然大家想干一票，那我们就来研究一下具体方案，我们不打无把握之仗，要做就要做得干净利落，绝不能留下半点蛛丝马迹。这样，我们这次以推销药品做掩护，把东西藏在药品里面……”

“老大这招确实厉害，但药品里面怎么藏白粉呢？”赵三有些不明白。

“嘿！听老大的，他没有两下子能当老大吗。”王超哥忙叫大伙仔细听。

看到弟兄们捧场，唐医生又开始讲起贩毒诀窍来，“把白粉藏在药品里我早就想到的，只是那时构思还不成熟，又没找到合适时机，现在机会来了，我们都要抓住这个千载难逢的好时机。正好马秋水有推销药品的经验，我们把白粉填充在胶囊里面，这是谁都猜想不到的绝妙办法……”

“这有点不可能吧？青霉素胶囊都是封装好的，如果填充白粉进去包装不就坏掉了吗？”丁老四半天不说话，他一说起话来着实让人意想不到。

“这你就不懂了，我这样做肯定有我的办法。”唐医生呷了一口茶，他站起来悄悄地说，“我最近搞到一种医用封口机，我稍加改造了一下就可用来封胶囊，我们把胶囊盒打开，撕下粘合的薄膜，把胶囊填充白粉后，上面再贴一张薄膜压上去就成了。只要我们把‘胶囊’送去各个诊所和医院，让那些买家去诊所或药店买药交易，这样谁也看不出破绽来。”

“高……实在是高！老大是怎么想到的呢？”坐在一旁一直没吭声的马秋水终于发了话。

“我还以为你是哑巴呢，没想到你也会讲话嘛！”

“哈哈……哈哈！”大伙都嘲笑他。

经过一番精心策划后，唐医生就准备招集手下弟兄顶风作案，利用推销药品的手段贩卖毒品。

出得酒楼，唐医生被前来迎接他的情妇谢小花挽住了胳膊：“唐哥……咱们好久没在一起了，你陪我去KTV唱歌嘛！”

“唱歌……不不！我的心肝宝贝儿，你知道我唱歌不在行的。我现在还有正事要办，晚上在老地方见，听话啊……”

“老大，咱们先去哪里？”王超哥问道。

“我们先去文化街58号，我让你们见识见识什么是高科技，我的封口胶囊机改装成功了。要不要去看看？”唐医生得意地打了个响指，说，“兄弟们，上车！”

“车呢？”丁老四摊摊手说。

“我叫小黑子开来了。”唐医生用手指了指前方说，“那不开来了吗，兄弟们，上车！”

一辆山地越野车“噌”地一声停下来。小黑子摘下墨镜，说：“大哥，坐前排来，兄弟们上啊……”

“大哥，你这就去文化街58号？要不先去我那儿瞧瞧，我给样东西让你们看。”小黑子一边开车，一边与兄弟们闲聊。

“你认真开车，哪来那么多废话，你能有什么好东西让我们瞧？”唐医生嗤之以鼻。

小黑子说：“大哥你不信？等你看了我的那件宝贝就舍不得走了。我那件宝贝是昨天刚挖出来的，听说是唐代古董……”

“你拉倒吧！唐代的宝贝还有你的？”唐医生仍持怀疑态度。不一会，小车开到一个独门独院的小房子前停下来。小黑子忙领着大家进入院内，然后他朝外面四处望了望，慌忙地把门关上，带领大家径直朝里屋奔去。大家进屋后，小黑子把桌子上的红布掀开，说：“当当当当……大家看这是什么宝贝？”

“哼！还当当当当，我还以为是什么宝贝疙瘩呢，原来不就是几个坛坛罐罐，这东西有什么稀罕的。”唐医生对此毫无兴趣。

“嘿！大哥你真是不识货咧！你别小瞧了这几个坛坛罐罐，那可是价值连城啦！听人说这是唐代的官窑，是货真价实的东西，我们几个人可是费了九牛二虎之力才从古墓里挖出来的。”小黑子介绍完这几个坛坛罐罐，他又拿红布盖上，神秘兮兮地说，“等过几天联系到买家，这批货一出手，我就发了……”“我在香港那边有熟人，过几天我跟你联系一下，要是能把这批文物贩卖到境外去，那可就发大了。”王超哥又打起了这批文物古董的主意来。

“贩卖文物可是违法的。”丁老四语出惊人。

“嘿！这小子有毛病吧？违法？现在干哪行不违法？就连他妈开银行都违法，储户头天存进去几百万，第二天说没有就没有了。你小子装什么清高，你不

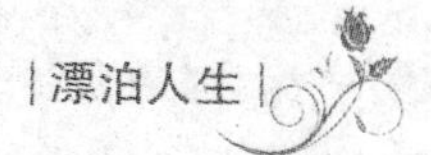

干违法的事喝西北风去啦！真搞不懂……”赵三总是看不惯丁老四一副自恃清高的样子。

“依我看还是先找个文物鉴定专家来鉴定鉴定再说，万一是假货岂不空欢喜一场。”马秋水每次都是最后发言。其实马秋水对文物古董是一窍不通，他只是道听途说了一些关于走私文物的案例，他就自以为是成了这方面“专家”了。

“你小子脑子又进水了，找文物鉴定专家来，你还不如直接找派出所的人来，东西没收，人进监狱更省事。”王超哥冷嘲热讽地说。

“那不见得，你没看中央台有个寻宝节目，上面全是民间收藏的文物古董，有些还价值千万呢，他们都说是祖传下来的，人家没见违法？”马秋水反驳道。

“好了好了！大家都别瞎嚷嚷，看时候也不早了，我要去办正事了。”唐医生向大家吩咐，“今晚都准备准备，明天我们去卖‘胶囊’。”

“明天就去卖‘胶囊’？你不是说先带我们去看胶囊封口机吗。”王超哥说。

“今天没时间了，明天吧。我还有正事要办。”唐医生说完就叫小黑子开车送他走了。

“办正事？我晓得他又去找那个骚娘们去了。走喽！各归各处，明天记得去文化街 58 号。”王超哥说完，他也打的走了。

第八章　古墓惊魂

第二天，王超哥正准备约人去文化街 58 号看封口机，他在街上等了半天也不见唐医生的踪影，他心里就犯了嘀咕："什么玩意儿！明明说好的今天去看封口机，又不来了，我呸！昨晚上肯定又去跟哪个骚娘们过夜了……"正当王超哥不耐烦的时候，小黑子突然出现在他面前。小黑子把嘴贴近王超哥的耳朵悄悄说："我们先别去文化街看封口机，再说唐医生现在也没来，不如我们带几个兄弟先去腊西镇东三十里地的红寨坡淘宝……"

"红寨坡？淘宝……你啥意思啊？"王超哥不明白小黑子是让他去盗墓。"哎呀！超哥你去了就知道了，这种事情要越快越好，越早越好，不然晚了就被人家抢先了。"小黑子说完，他拉着王超哥上车。

"哎呀！你不说清楚去干吗我是不去的，我今天还要去文化街 58 号看封口机，昨天我们不是跟唐医生说好的吗？"王超哥急于想看唐医生的封口机，所以他不想跟小黑子去红寨坡。

"超哥你就是死脑筋啊！那封口机早一天看晚一天看要死人啦？我看那唐医生也不是什么好鸟，他干那些违法的东西早晚有一天会栽进去的。"说着，小黑子把王超哥拉进车就走。

"违法？难道你们干的都是正经生意，走私文物比卖假药更罪大，哼！还说呢……"王超哥心里嘀咕道。看到小黑子那样火急火燎的样子，王超哥也没多想，他也想去探个究竟。

当小黑子拉着王超哥去到腊西镇东时，天色已近黄昏。随同小黑子先到的赵三和丁老四拿着盗墓工具早早在那里等候了。小黑子一伙这些年四处盗墓，疯狂作案，走私倒卖了一批又一批文物古董。这次他们打听到红寨坡北风垭有一处古墓群，在经过了仔细勘察后，他们便蠢蠢欲动，伺机作案。

"老大呀！你们怎么这时候才来呀？我们在这里等了好半天了，看看天就快黑了，我们要什么时候才能把东西搞到手啊。"赵三急不可耐地抱怨道。

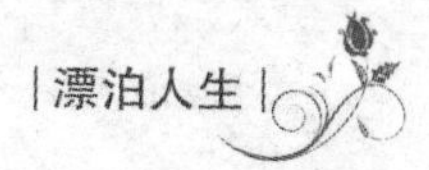

“就是嘛！我们还是清早吃了点东西，到现在肚子早饿得咕咕叫了，这大黑天的又冷又饿，我们咋个干得动嘛！”丁老四也叽里咕噜地嚷道。

“来，接着！我晓得你们是等不及了。”小黑子从车上拿出一包吃的朝赵三扔过去说，“我们何曾不想快点到达，也不晓得今天是咋搞的，还没走到一半就遇到边防公安盘查，幸好我车上没带家伙，不然又会出纰漏。我在前面给你们买了好吃的，吃饱了咱们就开始干。再说了，干我们这行的也只有晚上才能行动，难道大白天的你去盗墓，那你不是自己找死吗？”

一看是去盗墓，王超哥连忙摆摆手说：“我可不参与啊！这贩卖文物不是死罪也是无期，你们要干自己干，别拉我下水啊。”王超哥嘴虽这样说，可他心里还是想着盗墓的事，只是他一直没机会和胆量去单干罢了。

“哎哟！王超哥装什么装？你以为你干那些事就是合法生意？跟唐医生混在一起，那早晚得进局子。这样，你不参与也可以，你就在这里跟我们望风，只要我们今晚把东西搞到手了，钞票少不了你的。”小黑子说完，他就带领弟兄们进了林子。

王超哥见他们走远，就上了车休息。其实，王超哥并非不想走私文物，他上次就托香港的熟人走私过一批文物，他只做中间商，专门为他们牵线搭桥。殊不知他这样做同样犯法，只是说罪孽没那么深重。他每次都是心存侥幸，还说他没亲自参与，一副事不关己的样子。

这是一个月黑风高的夜晚，北风垭口寂静阴森，漆黑的夜晚，时不时可以听到风吹树叶发出的沙沙声，仿佛黑夜要吞噬一切！古墓群外，几个人影像幽灵似的若隐若现……小黑子一行人来到这里，他们放下盗墓工具，用手电在杂草丛生的乱坟岗仔细搜索墓地入口。可他们搜索了半天，仍不知从何下手。

“我说老大，你不是说白天来这里查看清楚了的吗？现在又一点头绪都没有了，再找不到入口，等天亮了又白忙活了。”赵三一人在那里嘀咕道。

“你就知道瞎嚷嚷！白天是查看清楚了的，可这是在晚上，晚上看不清方向好不好，老子闯荡江湖这么多年，过的桥也比你走的路多，你小子跟老子学着点。”小黑子一边查找入口，一边教训赵三。

“嘿！我找到入口了。”丁老四惊喜地大叫。

“你要死啊！一惊一乍的，你都找到入口了我跟你姓。”小黑子毕竟是老江湖，找没找到入口他最清楚。在经过大家仔细勘察后，小黑子终于确定了古墓的入口处。

“拿家伙来！”小黑子兴奋地接过赵三手中的工具，他们拔掉墓地的杂草，疯狂地挖掘起来。大约半个时辰，他们终于见到了古墓入口，但一块巨大的石板挡在了他们面前。小黑子知道，只有把这块石板掀开才能进得了墓穴。于是，他们又用铁钎使劲撬动石板，大伙费了九牛二虎之力始终未能撬开墓穴大门。

“咋办？这个古墓也太他妈牢固了。”

“看来今天是没戏了。”

“唉！真邪门了！”

“看来不用撒手锏是不行了。”

“啥玩意？撒手锏？没听说过……”

“噢！我晓得了……”

“你晓得个球！赶快把包拿来！”原来，小黑子说的这个撒手锏其实就是想用炸药把墓穴炸开。

“这恐怕不妥吧，你用炸药炸开，万一弄出响声来咋办？”

“你是个呆子吧，用炸药炸没有响声那还叫炸药吗？”

“哈哈……哈哈……”

“大家别浪费时间了，赶快给我弄炸药接雷管，现在也顾不了那么多了，我们争取以最短的时间把墓穴打开，弄完宝贝咱们就撤，其他的咱就不管了。”

小黑子弄好炸药后，他连忙招呼大家去到安全地带躲避，随后，他点燃炸药也迅速撤离到安全地带。随着“轰隆”一声巨响，墓穴瞬间被炸开了一个大洞。烟还未散尽，小黑子就带领弟兄们来到洞口，他们搬开洞口的石块，小黑子提着手电就钻了进去。这是一个年代久远的古墓，小黑子心里一阵暗喜，当他们爬进墓穴，来到跟前又傻眼了，墓穴中央还好好放着一口棺材。

“这不对呀！棺材都没腐烂，这是什么古墓啊？”

“不对！肯定是口楠木棺材，只有上等楠木棺材才不会腐烂。”

“你就拉倒吧！这个古墓没有八百也有上千年了吧，什么样的棺材都腐烂了，除非他是埋在‘龙脉’上了。”

“都闭嘴！什么楠木呀龙脉啦都是扯淡！棺材不腐自然有他不腐的原因。拿家伙来，现在时候不早了，咱们撬了这个死鬼好撤，不然过会他妈天就亮了……”小黑子毕竟见多识广，他顾不了许多，拿着铁钎就开始撬棺材。随着棺材盖一点点移动，古墓神秘的面纱也将随之揭开。当小黑子几人费了九牛二虎之力，棺材盖终于被打开了。

“妈呀……”赵三看了棺材里一眼，被吓得瘫坐在地上。

“啊……鬼……鬼……见鬼了……”丁老四也被吓得缩头就跑。

“什么东西！一个个被吓成那样？是人是鬼让老子来看看。”说着，小黑子把手电往棺材里一照，“哎呀……真是活见鬼啊！什么东西……”小黑子也被棺材里的情景给吓懵了。这些年，小黑子走南闯北，四处盗墓，他见过的古墓大大小小也有几十座，可遇到像今天这般吓人的场景还是第一次。按说像他们这些盗墓贼是从来不信什么鬼神的，但今天这几个人确实是吓得不轻，为什么呢？原来，他们是被棺材里的一个千年不腐的女尸给吓呆了。他们以前也遇到过古墓干尸，

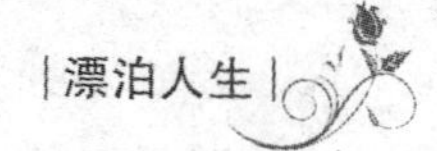

但那些干尸也不至于有今天这般恐怖。他们眼前的这个女尸简直太让人不可思议了，不仅衣服头饰保存完好，而且女尸面色红润，好像似刚刚下葬的一样，这些姑且不说，最要命的是这女鬼居然流出了眼泪……

“大……大哥……咱……咱们撤吧！”赵三吓得就想开溜。

“哥……哥……今天是不是遇见鬼了啊？这明明是古墓，可这死鬼咋个会是这样呢。”丁老四心里也特别害怕，但他见小黑子都没跑，他也不敢往外撤。

小黑子毕竟是老江湖，他虽说也吓得不轻，但作为老大，他也得硬着头皮不能装怂。小黑子努力镇静下来，说：“看你们一个个怂包蛋，这有什么好害怕的，既然来都来了，管他是人是鬼，我们也要掀开看看。”说着，小黑子就用手电朝棺材里搜索。

“妈呀！这个死鬼的东西还不少，大家赶快拿点东西走人，不然等会他妈天就亮了。”老大发了话，赵三、丁老四便争抢着棺材里的金银首饰。东西收拾得差不多了，赵三见死鬼手上的镯子还没取下来，他便用力去摘，结果怎么也弄不下来。情急之下，丁老四也过来帮忙，他俩用力地把镯子往外拉，就在他俩把镯子取下来的一瞬间，阿富突然看见死鬼又流出眼泪来。

“妈呀……鬼……鬼……”

“什么鬼……”

“死鬼……眼……眼睛……”

大家又把手电往死鬼脸上照去，说也奇怪，那死鬼眼睛里又滴出几颗“眼泪”来。

“妈呀……真是有鬼……”大伙吓得赶紧开溜。小黑子走在最后，他见死鬼的手镯没取下来，又忙使劲拽了一下，由于用力过猛，他感觉把死鬼的手臂给拽掉了。

“妈呀……”小黑子惊恐地连滚带爬从墓地里出来。这时天快亮了，突然刮起一阵狂风来，古墓群外，阴风惨惨，片片树叶夹杂着黄沙刮得让人睁不开眼……小黑子几人被刚才那一幕吓得屁滚尿流，急忙收拾东西，瞬间消失在了荒野之中。

第九章　胶囊引发毒枭窝

小黑子一行人从红寨坡回来后，他们一个个都唉声叹气。王超哥说，他这次本来不想去的，结果羊肉没吃着反而弄得一身臊。什么古墓、文物？全都是扯淡！一个个差点没被棺材里的死鬼吓得半死。说也奇怪，这千年古尸不但不腐，而且面色红润，富有弹性，墓室被盗后，死鬼居然还会“流泪”。尽管小黑子行走江湖多年，盗墓无数，遇到这种恐怖吓人的场景还是第一次。

第二天，王超哥就去了文化街58号找唐医生了。这时，唐医生正准备招集他的手下弟兄连夜加工“胶囊”，他们买来了封口机，准备把毒品填充到胶囊里贩卖。见王超哥失魂落魄地回来，唐医生就嗤之以鼻地斥责道：“你跟小黑子他们混能混出什么名堂来，那些坛坛罐罐能值几个钱？倒卖文物是小，那些坛坛罐罐惹人耳目，迟早一天会被翻船。”

“本来我是不想去的，都是小黑子在那里瞎吹，害得我们什么也没捞着。”王超哥两手一摊，一脸惊恐的样子说，“东西没捞着倒是小，这次还真撞见鬼了！说来你们不相信，那坟墓棺材里居然是个女鬼，也不知是千年古墓或是刚添的新坟，那女鬼不仅没有腐烂，而且还面色红润，好像刚刚去世的样子……这些姑且不论，在我们摘取死鬼脖子上的项链时，你们猜出现了什么情况？”

“什么情况？”

“不会那死鬼又活了吧？”

“不要说得那么恐怖好不好。”众人七嘴八舌，惊奇地望着王超哥。

“你们是没看见那个场景，比活了还恐怖！那个死鬼居然还会流眼泪……”王超哥说完，他身上仿佛又起了鸡皮疙瘩。

“啊……”

“不会真遇见鬼了吧。”

“反正我是不相信什么鬼呀神的，人死如灯灭。再说红寨坡的古墓群少说也有上千年了吧，那个地方我熟悉得很，我们苦瓜寨去腊景镇赶集就要经过那里，

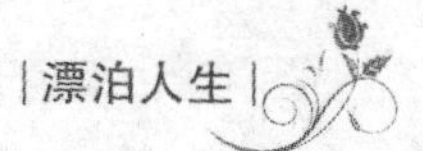

据祖辈的祖辈讲那一带就是千年古墓。没想到的是小黑子他们居然打起了盗墓的主意，这下可好，东西没捞着，反而闯了鬼……”马秋水幸灾乐祸地说。

“别管他们的，小黑子的事情我是从不参与，他干那些盗墓勾当简直是损阴德，连祖坟都要挖，死鬼的钱也挣，真缺德！”唐医生说着说着一把掀开油布，吹了吹上面的灰，说“这才是高科技的东西，我可是花了大价钱买来的，有了这个东西，我们离发财的日子就不远了。”

“光有这个东西能发什么财？”王超哥好奇地问。

“这你就有所不知了，这一炮能不能打响，关键就看它了。我们老大没得两把刷子那还是我们老大吗？”关键时刻，马秋水就喜欢拍唐医生的马屁。

“你晓得个球！像你那样前怕狼后怕虎的能干什么大事，在道上混你小子还嫩得很，以后跟到我唐大哥保你们发大财。看今天时候不早了，我们赶快分头行动……”唐医生说完，他就开始摆弄起了这台封口机。

从表面上看，唐医生这些年一直开着诊所，干的都是正经八百的买卖，可谁又曾想到一个治病救人的医生竟会干出这种伤天害理的事来。他从贩卖过期劣质和假药开始，直到后来贩卖毒品，随着国家对贩卖毒品打击越来越严厉，唐医生才开始有所收敛。但一个早已没有了羞耻感和视人民生命财产而不顾且利欲熏心的人来说，什么样的事他都敢去铤而走险。这次他就想到了一个绝妙的生财之道，把毒品藏在胶囊里贩卖，这样以便遮人耳目，所以他买来这台封口机，就是把毒品填充在胶囊里，经过塑封、包装，然后把它存放在各大诊所、药店贩卖。

按照唐医生的吩咐，马秋水和王超哥去到小黑子那里找来些纸箱，他们准备当晚就开始在唐医生这里填充胶囊。傍晚十分，唐医生就给每人分了工，丁老四和赵三负责第一道工序，马秋水负责第二道工序，王超哥负责第三道工序，最后也是最关键的一道工序唐医生亲自掌控。他们将一些过期胶囊拆封后，把里面的药粉空出来，把毒品填充进去后，再用封口机塑封起来，一盒盒装有毒品的胶囊就这样完成了。

第二天，唐医生就吩咐弟兄们把填充好的胶囊送去各大药房。城桥市“天一大药房”是唐医生多年的销售据点，他每次进货都是从那里提货回来，这次他想以“天一大药房”为中心，把填充有毒品的胶囊存放在这里，然后利用他的狐朋狗友逐个去推销。马秋水第一个站出来打头阵，他带了足足两箱胶囊去“天一大药房”。可不巧的是他在半路遇见了徐菁。徐菁那天正好出差回来，他见马秋水鬼鬼祟祟的样子，还提着两箱药品，于是他就上去拍了拍马秋水的肩膀，说：“你小子这几天玩失踪了啊，华哥前两天还说要找你谈点事，说你上次推销的药品质量有问题。”徐菁冷不丁这一拍，差点没把马秋水吓得半死。

“你要死啊！招呼也不打一声！从来说人吓人吓死人……”马秋水一边与徐菁闲扯，一边惊慌失措地把两箱药抱得紧紧的。徐菁一看马秋水这模样，他心里顿时起了疑惑，于是，他又拍了拍马秋水的肩膀说：“我就说嘛，好久不见你跑药了，你是不是去腊景镇那边搞推销了？那边我以前也去过，生意不怎么好做……”徐菁一边跟马秋水闲聊，一面紧盯着他手里的药箱。马秋水本来做贼心虚，见徐菁紧盯着药箱不放，他也不知道该如何是好，心想，不能让徐菁知道了秘密，如果让他发现自己卖的不是假药，而是毒品的话，那岂不是掉脑袋的事？管他的，三十六计，走为上策。于是，马秋水一转身，抱着药箱就开跑。

“你龟儿子跑什么？你给我站住！”徐菁快步追了上去，他拉住马秋水的衣服，说，“你龟儿子跑什么跑？从来说人若不做亏心事，何惧半夜鬼敲门。你龟儿子肯定是没干什么好事，不然你跑什么？把箱子打开看看，你龟儿子是不是卖的假药？”

“我没……没卖假药。”马秋水仍抱着药箱死死不放。

“没卖假药你跑什么？”徐菁上去拉住马秋水，说“没卖假药就打开看看不就得了。”

“我凭什么要打开你看？”

“不给我看你就有鬼。”

“我有什么鬼？”

“没鬼就打开看看。”

“凭什么要给你看？”

“你给不给我看？

“不给！”

“不给是吧，那你今天也别想走。”说着，徐菁上去就抓住药箱不放。见徐菁来抢药箱，马秋水急眼了，他连忙死死抱住药箱说：“你给老子放手！放开！”他们就这样争来抢去，突然一失手，药箱掉在了地上，顿时，药箱破裂，药也撒了一地。徐菁捡了一盒药一看，都是早已过期的禁销药品。他气愤地对马秋水说：“好你个马秋水，原来你还在推销这种过期药品，这种药我们早就没卖了，你又不是不知道我们公司的规定，上次我们经理华哥就打过招呼了，凡是推销过期或假药者，发现是要被开除的。我看你小子是不是不想干了。”

“对，我就是不想干了，我早就不想干了，你能把我咋的？有本事你去告啊！去跟华哥讲啊！我还不相信，除了跟华哥我马秋水就没饭吃了？哼！少见多怪！去你的……”马秋水说完，他捡起地上的药，急匆匆地溜走了。见到同事步入歧途，推销过期药品，徐菁气不打一处来，他指着马秋水的背影骂道：“好你个马秋水！你净干这些伤天害理之事，总有一天你会后悔的……”

马秋水之所以要这样急匆匆溜走，他是怕在徐菁面前露出破绽，说他是推销和贩卖假药，那他高兴还来不及。可事实上他卖的不是过期药品，而是在过期药品里灌装了毒品贩卖，这可是致命的。幸好当时没被徐菁发现，要不然马秋水也

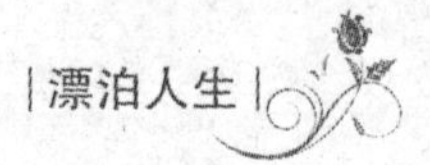

不会这么快把这批灌装了毒品的过期药转移到“天一大药房”。但纸里终究包不住火，发现是迟早的事。

避开了徐菁的视线，马秋水把药品放进了“天一大药房”里。可他哪里知道，徐菁此时正悄悄地跟踪他来到枫林街，徐菁远远地看见马秋水来到“天一大药房”，不一会他又鬼鬼祟祟地出来，一边慌慌张张地上了出租车溜了。他的这一举动，更加引起了徐菁的怀疑，原来徐菁只是听说马秋水私下里贩卖假药，影响公司声誉，现在看来还真有那么一回事，但耳听为虚，眼见为实，只有真正抓住了把柄才能让他信服。

离开了“天一大药房”，马秋水一头奔向唐医生住所，把事情一五一十向唐医生做了汇报：“老……老大……不……不好了！我在半路碰见徐菁了。”

“什么……你说话别这么结巴好不好，慢点讲，是不是被徐菁发现了？”唐医生一脸凶相地责问道。

“发……发倒是没被发现，我总感觉他好像起了疑心，他来抢我的药，药被散落在地上，他只发现我卖的是过期药品，其他的没发现什么。”

“还没发现什么？他都知道你在卖过期药品了，难道他不去经理那里告你的状？若是上面知道你在卖假药，那你还能在这里立足？”

“没关系，他们知道就知道呗！大不了罚点款就是。”

“要是只罚点款就好了，怕就怕在他们来查这批药的来龙去脉，到时你我都吃不了兜着走。”

“没这么严重吧？那我们现在该咋办？”

“咋办？肯定是暂停一切活动，‘天一大药房’那边暂时不要出货，以便静观其变，等风声过去了再说。”于是，唐医生当晚就招集他的手下弟兄，他向大家详细交代了这次任务和应对措施，“鉴于目前的形势，‘天一大药房’那边停止一切交易，放进库房的药品要打包封存。其余的货由王超哥和丁老四、赵三转移到腊景镇去，这东方不亮西方亮，我就不相信这活人还能被尿憋死……”

唐医生老奸巨猾，他得知“天一大药房”那边有可能出事，他便做好了最坏的打算，准备放弃这个藏匿地点，把毒品全部转移到腊景镇这边来。他知道，只要“天一大药房”那边不出事，他这个毒枭诊所的窝点就不会被发现。于是，唐医生又连夜灌装了一批“药品”，他准备带着丁老四一伙去腊景镇打开局面。有了推销药品做幌子，用他自己的话说，想不成功都难。

但事态发展并非想象的那样顺利，唐医生藏匿得了一时，可藏匿不了一世。徐菁那天虽然没有发现马秋水的破绽，但他回去就给经理华哥说了，华哥立刻就察觉到了这里面有名堂，于是，他带着徐菁直奔“天一大药房”看个究竟。当华哥来到药房，柜台经理忙热情招呼：“哟！今天是什么风把你给吹来了，今天经理亲自出马，想必是有大单生意要做啦！”

“大单生意？我倒是想做大单生意，可最近行情不怎么好，你们这些当领导的层层压价，我们这些搞推销的就是跑断了腿也没有利润啊。”华哥一边与药房经理搭讪，一边仔细搜索柜台里的药品。突然，他把嘴贴近经理的耳朵悄悄地说：“听说最近马秋水给你们送来了一批新药？能否让我瞧瞧？”

“没有啊！你是听谁说的？再说马秋水是你们公司的人，他推销什么药难道你这个经理不知道？”药房经理装得一副若无其事的样子。

“哎呀，你就别装了！没错，马秋水是我们公司的人，可他最近总是背着我们干些见不得人的勾当，比如这次他给你们送来了一批过期药品，怎么，难道你不知道？”华哥开门见山，一语道破。

“这……这哪有的事，不可能！绝对不可能！”药房经理拒不承认。

“你别不承认，我是亲眼所见，马秋水提了两箱过期药品进了你们药房。”

“嘿！说话可得讲证据。不错，马秋水是给我们送来了两箱药，但那都是最新的常规药。如果他送来的是过期药品，你不找他我还要找他算账呢！我们堂堂‘天一大药房’，岂能卖过期药品，那不是自己砸自己的招牌吗？”

“没有就算了，我今天来是给你提个醒，不要贪图那点蝇头小利而毁了自己的信誉。”说完，华哥与徐菁就离开了。

其实，华哥心里清楚，药房经理这样急于申辩完全是为了掩饰他内心的恐慌，因为在他看来华哥并不知道这批药的真实来历，华哥知道的只是徐菁提供给他的过期药品信息，殊不知这批过期药品里面藏着惊天秘密——毒品。

第十章 暗 访

华哥与徐菁离开“天一大药房”后，就来到紫竹花园西边桥彝家姊妹食坊找徐菁表哥商量，那天正好我也在场。听到老乡华哥说起他手下业务员卖假药的事，我心里也是愤愤不平。我说：“药品是人命关天的事，怎么可以以次充好？国家对药品监督管理那么严格，怎么可能出现这种管理混乱和假冒伪劣的现象？这都是你华哥用人不当，管理无方造成的。”“老乡你这样说我可就冤枉我了，要说用人不当这我承认，说我管理无方我不赞同。”华哥站起身来走到柜台边，他向小芬拿了包香烟，“来，老乡！先抽支烟我慢慢给你讲。”

“噢，我不会抽烟，徐菁知道的。”

“啥情况？老乡你是烟也不抽，酒也不喝，想当五好男人啦！来，喝点饮料，我慢慢给你讲讲我们公司的情况。”华哥递给我一瓶饮料，他点了支烟，深深地吸了一口，然后从嘴里吐出几个烟圈儿，说，“老乡你刚来城桥，对这里的情况不是很了解。我毕竟来这里有好几年了，记得刚来那会我也只是一个啥都不懂的愣头青，好在后来跟了一位搞药品推销的师傅跑业务，慢慢地发展才有了今天。虽然现在我混到这个片区经理的位置，可我也是实打实的硬闯出来的。我所管理的这批业务员，他们的为人和业务素质都是过得硬的。就拿徐菁来说，是我一手把他带出来的，当初他还在开理发店的时候我就说过，不管是做手艺或跑业务，诚信是第一位的，如果一个人连起码的诚信和原则都不讲，那他的为人和素质又从何谈起。徐菁我是没有话说的，他负责的这几个区域我从不过问和操心，只要他把每月的销售业绩和报表给我，该怎么结账就怎么结，该多少奖金以及车旅费我会一分不少给他。”

华哥说到这里，他又去柜台边接了一杯三七酒，嘴里打出几个嗝来，老远就闻到一股酒味儿。

“华哥少喝一点，你胃不好，又有乙肝，你总是不听。”徐菁每次在喝酒时都劝他。可华哥总不当回事，还说他们跑业务的人，应酬是必须的，陪客人喝酒都是舍命陪君子，每次都是喝得烂醉如泥……

“我没事，这是工作需要，习惯就好。说了半天，我们该谈点正事，你们说

马秋水最近老往‘天一大药房’跑，他是不是有什么不可告人的秘密？据徐菁说他是亲眼看见马秋水送去的是一批过期药品，我们去问柜台经理他又死活不承认呢？不行，这里面肯定有猫腻！”

“对头！肯定有猫腻！马秋水一定和‘天一大药房’有什么不可告人的秘密。这事我们还得从长计议，得有一个周密计划才行。我们首先要弄清楚他们葫芦里到底卖的是啥药？”关键时刻我向他们提了个醒。

“师傅所言极是。”徐菁忙去隔壁他超市里拿来几瓶饮料，说，“师傅毕竟是师傅，你画画是我的师傅，说理断案你也在行啊！前些日子我就听人说马秋水跟那个为民诊所的唐医生走得很近，我看那个唐医生就不是个什么好鸟，一副尖嘴猴腮的样子，一看就是个心术不正的家伙。”

“徐菁说的也很有道理，不是我自夸啊，我毕竟也是老江湖了，想我当年在鄂南山区跟何天棒一伙斗智斗勇，那场面才叫个惊险刺激，跟这伙人打交道我比你们在行。”一提起往事，我的精气神又上来了。

华哥说：“远的不说，他马秋水卖过期药品的性质非常严重，这严重影响到了我们公司的声誉，这个问题不处理好，若是上面追究下来，我这个当经理的也难辞其咎。”

“华哥话可别这样说，虽说你这个经理有责任，但也不能全归咎于你，作为一个片区经理，你不可能二十四小时守着大家。问题既然出来了，我们现在唯一要做的就是去解决问题，是谁出了纰漏，那就去追究谁的责任。”徐菁说。

经过大家一致讨论，华哥决定先派徐菁去打探消息，只要把马秋水和唐医生的底牌摸清楚了，他们贩卖假药的事就会大白于天下。此时此刻，大家还不知道马秋水和唐医生早就干起了利用药品推销做幌子的贩毒活动，他们把毒品灌装在了过期药品里，分散藏匿在市区各大药房贩卖。好在他们只是才刚刚开始实施，毒品还未大量流向社会，如果这个时候能把他们揪出来，那的确是一件大快人心的事。于是，华哥决定派我去协助徐菁暗访，他们都知道我是老江湖，社会经验比较丰富；作为华哥的老乡且又是徐菁师傅的我，哪有不请缨上阵的道理。

经过充分准备，我决定和徐菁先从“天一大药房”入手，看看马秋水藏匿的过期药品到底流向何处。说也奇怪，自从马秋水把这批药放进药房后，一连几天都没有什么动静，我和徐菁轮流把守，暗中盯梢也未发现任何蛛丝马迹。正当徐菁快失去信心的时候——机会终于来了。

一天傍晚，一辆面包车“嘎”地停在了“天一大药房”门口，从车上下来几个戴着墨镜的年轻人，他们东张西望地来到柜台。不一会从里面走出一个人来，他们一阵耳语后，那人就拿了几盒药放在柜台上。这时，我连忙招呼徐菁上前，徐菁上去一看，这几盒药正好是他看见马秋水那天散落的过期药——阿莫西林。于是，徐菁也要了两盒，可不巧的是这两盒药并非过期药品，徐菁仔细地看了封口喷码的日期，上面的的确确没过期。这就纳闷了？那天徐菁明明看见马秋水把两箱过期药品放进了“天一大药房”，难道是药房经理故弄玄虚？或是在明修栈道，暗度陈仓？或许里面还隐藏着更大的阴谋？带着这些疑问，徐菁决定顺藤摸瓜，去唐医生的诊所查个究竟。

我的打算是与徐菁分头行动，徐菁继续留在“天一大药房”外监视，看看马秋水放进去的过期药品何时转手。相信只要这批药品还在大药房，他们迟早是要转手贩卖出去的。我去查唐医生的诊所，目的是要查出马秋水这批过期药品的来历，如果马秋水确实与唐医生暗中勾结在贩卖假药的话，那马秋水就是胆大包天，祸国殃民，他的行为性质就是犯罪。只要查出了事实的真相，才能减轻华哥的压力和负担，华哥才能给公司领导一个满意交代。

通过几天的明察暗访，徐菁那里仍没查出个结果，唐医生诊所也一无所获。不过值得庆幸的是我从侧面打听到了唐医生的下落，早在几天前唐医生就关了诊所去了腊景镇。知道了这个消息，我的信心一下就上来了，看来我之前的猜想没有错，唐医生之所以关闭城桥的诊所去了腊景镇，他背后一定有一桩见不得人的买卖——连马秋水这几天也没了踪影。于是，我决定去腊景镇看个究竟。

正当我准备去腊景镇的当天，徐菁那里又传来了好消息，“天一大药房”终于发现了那批过期药品——阿莫西林胶囊。这可算得上是个重大收获，狐狸的尾巴终于快露出来了。那天，徐菁又见有一辆面包车停在药房门口，不一会儿药房经理从里面搬出两箱药来，那伙人正准备搬药上车时，徐菁突然走了上去，说：“给我也来两盒。”

“好嘞！”药房经理顺手从柜台上拿了两盒给徐菁。

“我不要这种药，我要他们那种的阿莫西林。”徐菁指了指旁边的药箱说。

“呵呵！这药跟那个是一样的呀！只是产地不同而已，效果都是一样的。”药房经理笑眯眯地解释道。

“不！我就要他们那种，你能不能让他们给我分两盒？”

“好好！我让他们给你分两盒。哎呀！你这个人就是头脑一根筋，我跟你说了药是一样的疗效嘛！”药房经理一边说话一边向那几人递了个眼神。那伙人只得把药箱打开，拿了两盒放在柜台上。徐菁把药拿在手里仔细比较，除了产地不同外，其他没发现什么异样。但徐菁毕竟搞药品推销也有好几年了，稍有一点细微差别都逃不过他的火眼金睛。最后，徐菁在生产日期上看出了问题，这两箱药明明就是过期药品。药房经理一看情况不妙，他忙上前解释道：“我说叫你不要拿这种药嘛你还不听，这两箱药是他们早就订购的，他们一直没时间来拿。不过还好，只是刚刚到期限，吃了不会死人的。”

“吃了不会死人也不能卖，销售过期药品那是犯法的。”徐菁严厉指责药房经理的不良行为。

“我说这位小兄弟，你究竟是干啥的？我们无冤无仇，你何必要为难我呢？”药房经理一脸不高兴的样子。

“我也是搞药品推销的，前几天我见马秋水给你们送来两箱过期阿莫西林胶囊，他这样做是严重损害了我们公司的声誉，贩卖销售过期药品是严重违法行为……”徐菁是个原则上很强的人，他这一抖落把药房经理搞得恼羞成怒：“就算是我卖假药跟你有半毛钱的关系吗？你我都是同道中人，大家都是为了口饭吃，何必搞得那样紧张？再说了，我这药才刚刚过期，人家愿意出钱买，难道有生意我不做？我知道你跟马秋水是一个医药公司的，大家都是出来混口饭吃，谁都不容易。记住我的话，说一千道一万，能捞到钱才是关键。你这样死板板的拿点提成，不说买车买房，连糊口都不够……”

“你甭给我讲这些歪理，我买不起车买不起房跟你有关系吗？我只知道做人一定要讲原则，讲道德，昧良心的事咱不能干。再说了马秋水是我们医药公司的人，他贩卖假药我就不能过问吗？”徐菁才不怕他呢。

“我没说你不能过问，可问题是他卖的不是假药，我们只是正常的买卖关系。那好，你说这是假药，那我今天就卖两盒给你，看你吃了死人不？”

“有你这样做生意的吗？我知道这两箱不是假药，但过期了的药跟假药有什么区别？吃了虽然不死人，但至少没什么疗效吧。我不管你跟马秋水是什么关系，总之他卖这种过期药给你们就是他的不对，他会对自己的行为付出代价的。”徐菁说完，他拿着药气冲冲地走了。

徐菁走后，药房经理就招呼那伙人赶快把那两箱过期药搬上了车。“我说张总，你拿两盒药给徐菁难道就不怕暴露这批货？这两箱可全都是宝贝啊！你这不是引火烧身吗？”随行的司机大惑不解。

“这你就有所不知了，你没见徐菁刚才那阵势，他是不见黄河心不死的人，不拿两盒药给他他岂能罢休？只有让他死了这条心，他才不会再来找我们的麻烦！其实我早料到徐菁会来这--手，因此我给他的那两盒药是故意放在上面的，下面那些才是我们的宝贝。这两箱药可是唐医生亲自交代我的，他是冒了很大风险才叫马秋水送来我们大药房，只要兄弟们把这批货转手出去了，我们就大发了……”药房经理自鸣得意地鼓吹。

徐菁拿到药后，他立刻回去找华哥商量，华哥仔细看了这两盒药，觉得也没什么异样，只是日期刚刚过期，虽然这也违反了公司规定，但也不至于闹得惊天动地，路人皆知。华哥还说，目前还是要摸清马秋水的下落，看看他与唐医生有什么勾结，如果说这批过期药品的确是出自唐医生诊所，那唐医生一定脱不了干系。唐医生现在也不知去向，听说是去了腊景镇，为了摸清他们的底细，我决定和徐菁前去探个究竟。华哥说，这个计划得分两步走，腊景镇和城桥都得有人把守才行。

第十一章　顺藤摸瓜

经过一番准备，我决定与徐菁分头行动，徐菁仍然留在城桥，继续监视唐医生诊所。唐医生人虽然离开了城桥，但他的诊所仍挂着招牌，这就说明他的东西没有搬走，窝点仍然存在。他们去到腊景镇只是暂避风声，转移视线，何许还隐藏着更大的阴谋都是完全有可能。华哥之所以要我们费这样大的周折去摸清唐医生的底细，目的就是要把马秋水的所作所为抖落出来，把他贩卖过期药品的真相公布于众，华哥才能给公司领导一个交代，才能让他手下的员工心服口服。我也非常赞同华哥的英明举措，作为老乡，我也责无旁贷要去帮他一把。马秋水的事虽小，但他会给整个药品推销行业带来负面影响。后来，当我和徐菁深入调查后，其结果比我们想象的要严重得多。马秋水和唐医生不仅仅只是贩卖过期药品，他们是借推销药品在贩卖毒品，这是大家万万没有想到的。

徐菁在城桥转悠了几天，仍没发现唐医生的蛛丝马迹。我在腊景镇倒是有一些收获，至少我摸清了唐医生在腊景镇的藏匿地点，他们在腊景镇也开了一家诊所，只是诊所名称不同。自从马秋水送药去“天一大药房”被徐菁发现后，唐医生生怕事情败露，他就把其余的货转移去了腊景镇。灌装毒品胶囊的机器仍然留在城桥“为民诊所”里，他是想等风声过后再回来加工一批。唐医生在腊景镇新开了这家诊所，其实根本就不是用来治病救人，而是用来贩卖毒品遮人耳目。腊景镇地处边境，毒品来源广泛，各路毒枭云集于此，他们从境外通过秘密渠道把毒品贩运囤积这里，然后通过各种渠道和手段贩卖至各个窝点。别小瞧一个腊景镇，在去年禁毒严打中，光城桥及周边县市、乡镇共查获收缴毒品达数百公斤，毒品数量之多，危害之大，史无前例。

现在社会上又出现了一些新型合成毒品，这些毒品多流行和发生在一些娱乐场所，所以被称为“俱乐部毒品”“新型毒品”；尤其是“合成毒品”的危害更为严重，由于合成毒品使用时没有明显的身体依赖，短时间内可以给吸食者带来愉快和迷幻感，有些人把它跟“时尚”“享乐”“狂欢”联系在一起。一些娱乐

场所就成了合成毒品发展蔓延的温床。目前社会上最常见的毒品有：海洛因、鸦片、吗啡、冰毒（麻古、小马）、摇头丸、大麻、K 粉、三唑仑。

唐医生之所以弃医贩毒，他就是看中了毒品蔓延的趋势和利益，用他的话讲，看病不如卖药，卖药不如贩毒，在利益的驱使下，他选择了铤而走险。唐医生不但把毒品以各种手段贩卖，他还加工、制造了许多合成毒品。像他这次把毒品灌装在了阿莫西林里贩卖就是一个闻所未闻的事，谁也想象不到他们会用这种隐蔽的手法贩卖毒品，真可谓是脑洞大开，奇葩中的奇葩。有了这些奇招怪术，唐医生贩卖起毒品来顺风顺水，从未出现过纰漏。一些吸毒人员只要去到“天一大药房”拿货，竟然堂而皇之地拿着“胶囊”离开，谁也不会想到他们在进行着一桩桩违法禁止的交易——贩卖毒品。我真想不明白，对于制造和贩卖毒品，那可是要掉脑袋的买卖，为什么还有这么一些人像飞蛾扑火似的往里钻呢？

我在腊景镇转悠了一阵子，忽然在镇西的一个角落发现了一家招牌上写着专治各种皮肤病的诊所。我当时感到纳闷的是这家诊所一连几天不见开门，于是我便向路人打探消息，可是路人也不知道其中原因。正当我准备打消这个念头的时候，有个人向我透露了一句很有价值的线索，他说，这家诊所有好长一段时间没开门了，但在逢场天的晚上有时会开门。我问他为什么只有在晚上才开门？他说他也不知道。“只有晚上才开门？”这使我非常生疑，我决定前去看个究竟。

逢场天的晚上，我在诊所外面转悠了好一阵子，直到快九点钟的时候，才见有人来开门。见诊所开了门，我便上去试探着问：“你们卖药吗？不不！你们看病吗？”我当时说完这话心里就犯了嘀咕：瞧我这笨嘴拙舌，明明是诊所，怎么说卖药呢？那人说：“我们这里不卖药，你还是到别处去看看吧。”说着，那人就把诊所门关了。“哎！别忙关啊！我找你们看点病。”我显得有些紧张起来。“今天不营业了，你还是去别家看看吧。”说着，那人就离开了。“哎！看病看病，我这没病都说成有病了。这人真是神经病！我一来他就要关门，这诊所肯定有问题……”我心里越想越觉得有问题。

果不其然，这家诊所正是唐医生一伙人开的。由于最近风声很紧，唐医生一伙才格外谨慎，除了平时正常的毒品交易外，一旦有陌生人进入，他们一般都会多长几个心眼的。显然我的闯入使他们生了疑，我一会说买药，一会说看病，他们不怀疑才怪呢。后来我才知道，唐医生之所以敢在严打时顶风作案，这完全是他们有一套严谨的贩毒技巧和方法，他们打着诊所的幌子本身就是一个很好的隐蔽手段，再加上他们交易的时间段和接头暗语等，一般人很难发现他们的诡秘。

那晚我无意中闯入，诊所的人还以为我是公安的探子，他们对我格外警惕，一连几个晚上都没开门。过了几天，诊所又开始活动了，我瞅准个机会跟了进去，说：“唐医生在吗？”“你找唐医生干吗？他不在！”对方一位贼眉鼠眼的家伙把我上下打量着，他走过来紧盯着我的眼睛说，“你找唐医生什么事？”

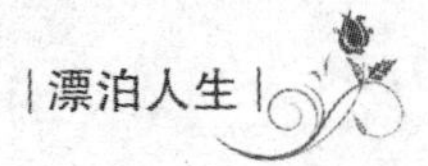

“噢！是这样，听说唐医生会治各种皮肤病，我身上有点痒痒，想找他看看。”我一边跟他们闲扯，一边环视诊所柜台，只见货柜上摆放了一些常规药品，里边还有一排中药柜，从外表上看还真看不出这个诊所有什么异样。

“身上痒痒？身上痒痒我也会治！唐医生不在，你改天再来吧！”对方语句特重，一脸煞气逼人的样子。我见事情不妙，赶紧告辞道：“既然唐医生不在，那我过几天再来找他。”随后，我就离开了诊所。在回来的路上，我更加坚定地相信这家诊所一定是唐医生用来交易毒品的场所，不然他也不会搞得这么神神秘秘的。说是开的诊所，大白天不见人，深更半夜才开门，想想就有问题。我的猜测是对的，这家诊所就是唐医生用来遮人耳目的贩毒场所，他这几天正忙于两地穿梭，我来腊景镇这几天，他正好又回了城桥“为民诊所”连夜灌装毒品。经过一段时间交易，唐医生利用这种灌装毒品胶囊的方法进行明目张胆地贩毒目前还没引起任何人怀疑。

我在腊景镇观察了几天，仍没见唐医生的踪迹，于是，我又准备回城桥去看看。那天，我刚到车站，无意之中又碰到了马秋水。真是踏破铁鞋无觅处，得来全不费工夫啊！我正愁找不着他们的踪迹，没想到他自己却跳了出来。我上去一拍马秋水的肩膀，说：“你在这里干什么？”

“哎呀！我的妈呀！你吓死个人了！”马秋水一见是我，他忙从紧张慌乱中镇静下来，“你一惊一乍的干吗！从来说人吓人吓死人，我心脏不好，你别老这样吓人好不好！上次徐菁也是这样，害得我觉也睡不好，饭也吃不香，你这样会害死个人的。”

“哼！害死人？害死人活该！为人不做亏心事，夜半敲门鬼不惊。你没干见不得人的事，又何必提心吊胆过日子？今天给我说实话，你是不是又去卖假药了？”我见马秋水又提着两箱药，猜想他肯定没干好事情。因为上次徐菁就抓住过他一回，他把假药送去了“天一大药房”。这事华哥也感到非常恼火，华哥之所以这次派我和徐菁来摸清他们的底细，其目的就是要把马秋水和唐医生一伙的所作所为大白于天下。他们医药公司不能因为马秋水贩卖假药而毁了声誉。马秋水见我怀疑他卖假药，他心里倒是松了口气，说：“你咋知道我卖的是假药？就算我卖的是假药，这跟你有关系吗？你又不是我们医药公司的人，关你个屁事啊！真是闲吃萝卜淡操心。”说着，马秋水提着药就走了。

马秋水卖假药的事跟我扯不上关系，我所关心的是要怎样才能查清楚他与唐医生的违法勾当，能把他们制假窝点给揪出来，这才是华哥交给我们的首要任务。于是，我急忙返回城桥去与徐菁会合。徐菁这两天也发现了唐医生的一些迹象，他也觉得这个“为民诊所”有名堂，只是他还没有抓住直接证据。他观察到的跟我在腊景镇的一模一样，“为民诊所”白天大门紧闭，偶尔只在晚上才有人进出。徐菁说：“我们要不要直接进去看看，我在这里观察几天了，他们都是白天关门，晚上活动，这里面肯定有不可告人的秘密。”我说：“这样不行！你没有看见诊所门窗边有一个隐蔽摄像头，如果我们贸然闯入，肯定会引起他们警觉。这样，我们再观察观察，只要他们没干好事，迟早会露出马脚的。”

机会终于来了。第二天天刚擦黑，马秋水突然出现在诊所旁，只见他鬼鬼祟祟地进了唐医生的诊所。“我们立刻进去抓他个现行。”徐菁迫不及待地说。

“这样不妥，我们不能贸然行事，这样会打草惊蛇的。”

“咋不妥？”

“你不想想看，我们这样闯进去能解决问题？”

“如果他们是卖假药的话，我们不正好抓住证据了吗？”

“我说的意思你没明白。”

“我有啥不明白的？”

“我的意思你就是没明白。如果我们贸然闯进去那岂不成了私闯民宅了，再说我们又不是公安，闯进去又能把他们咋地。我们来这里的目的是摸清他们的底细，如果他们真的是在制假、贩卖假药和有其他不可告人的秘密，我们只要上报公安，让公安的人来抓捕他们就行了。”

“我们不进去怎么知道他们在干什么呢？”

“你傻呀！刚才不是马秋水进去了吗，我们只要在马秋水身上下点功夫，事情不就真相大白了吗？”

“要是万一他不出来呢？”

“没有万一，他不出来在里面干吗，难道他在里面住宿啊？不可能的事，他这么晚来找唐医生，肯定是来拿货。只要我们在这里蹲守，今晚就能弄他个水落石出。”

“但愿如此吧！”

“出来了！出来了！”我忙把徐菁按下，说，“我说怎么来着，等会你看我的，今天晚上我们就要让他龟儿子现原形。”

马秋水从唐医生诊所出来，他抱着两箱药鬼鬼祟祟地朝富春路往北上了2路公交车。我和徐菁急忙跟了上去，不巧的是我们刚好到了公交站，车就开走了。徐菁急了，他连忙招呼了辆出租车，我们一路跟着公交车前行。可出租车司机却不买账：“你们这样走走停停啥意思，我生意还做不做了？”

“请师傅放心！我们不会耽搁你太久。”徐菁说。

“那不行！现在正是高峰期，时间就是金钱。我这出租车也是租来的，全指望晚上这个时候挣点钱，你们这样走走停停的那可不是个事……”司机满腹牢骚地说个不停。

“你看这样行不行？反正这趟2路车终点站也不是很远，总共才停靠十几个站口，不管你跟了几个站口，我们给你多加一个人的钱咋样？”我连忙打了个圆场。

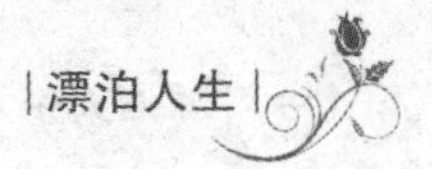

“这还差不多！”司机不说话了。

“哼！差不多！我看差得多！开个破出租车还是租来的，有啥了不起！有本事自己买辆车来开呀！怪不得有人说城桥的出租车司机心黑，不管远近，一上车就打表，有时明明只有一站路程，他却拉着顾客东绕西转，这哪还有一点职业道德。”我心里这样骂出租车司机一点不过分，城桥出租车司机的形象全给这帮见钱眼开的人给搞坏了。

大约过了四五个站口，马秋水终于下车了。我忙叫出租车司机停车，只见马秋水抱着药箱直奔天桥而去。我与徐菁快步跟上天桥，在过道边截住了他。马秋水见到徐菁，他紧张得差点把药箱掉在地上，说话声音也哆嗦起来：“你……你们要干什么？你……你们再这样跟着我，我……我可要报警了啊！”

“报警？那好啊！我们还省点事。”我说。

“你心里没鬼紧张个啥？”徐菁走过去拍了拍马秋水的肩膀说，“上次你抱着两箱药去‘天一大药房’也是这样鬼鬼祟祟的，这次是不是又去送假药啊？实话告诉你，上次你卖假药的事公司也知道了，华哥这次叫我们来就是想给你敲个警钟，如果你能改邪归正和主动交代的话，公司也许还能给你一次立功赎罪的机会。”

“卖假药就卖假药，大不了我不干了总行吧！再说我这药只是刚刚过期，并非纯粹假药，吃了也不会死人，能犯多大法？”马秋水说这话是想麻痹我们，他以为卖点过期药品犯不了多大事，就想在我们面前蒙混过关，其实他是想极力掩饰内心的恐慌，因为他这次手里抱着的不是过期药品，而是唐医生在里面灌装了毒品的胶囊。也正是因为他的过度紧张才引起了我和徐菁的怀疑。

我说：“既然卖点过期药品犯不了多大事，那你就拿两盒药给我们，我们也好回去交差啊！或许华哥也不为难你，只要你知错而改，能把唐医生的事情交代出来，说不定你还有立功赎罪的机会。”

“那好！那好！我一定把唐医生的事交代出来。”马秋水一边说话，一边抱着药箱想离开。徐菁见马秋水想溜，他一个箭步上前，死死地抓住药箱不放。

“你给老子放手！”马秋水死劲挣扎想跑。

这时我也上前帮忙抱住马秋水，徐菁用力撕开药箱，拿了几盒药，说：“你可以走了。”我和徐菁点点头，一撒腿就跑远了。看着我俩跑远，马秋水一人在天桥上捶胸顿足地绝望道：“完了……完了……”

第十二章　惊弓之鸟

我和徐菁终于从马秋水那里拿到两盒假药证据，经华哥和有关部门检测，结果令所有人都意想不到——这两盒假药并非假药，而是毒品。这出乎意料的结果把所有人都惊呆了，原来事实的真相竟然这么快就解开了。利用贩卖假药贩卖毒品，真是前无古人，后无来者，闻所未闻。这一重大发现和线索引起了政府和公安的高度重视，于是一场声势浩大的缉毒活动在全市范围展开了。

华哥说，我这个老乡很是得力，在短短几天里就把事情的真相弄清楚了，虽然说责任不在于他，但马秋水是他手下的员工，他也有监管不到位之责。况且上面领导发了话，要他全力配合彻查马秋水的下落，争取把唐医生一伙贩毒分子一网打尽。出了这一档子事，华哥也是百口莫辩，他把所有手下的员工招集来，开了一个紧急会议，目的就是要大家引以为戒，决不可做出有损公司声誉和违法乱纪的事来。

马秋水事情败露后，他急忙回去找唐医生商量对策。事已至此，唐医生也没了法子，他说："人在江湖飘，哪有不挨刀。人在社会混，倒霉也得认。我们干的就是刀尖上舔血的买卖，有什么大不了的！脑袋掉了碗大个疤！既然此处不留爷，自有留爷处，咱们走还不行吗？"

"往哪里走？现在城桥查得这么严，我们不能出去露面。"马秋水一脸沮丧地说。

"你傻呀！都像你这样胆小还能干大事吗？"唐医生点燃一支烟，又呷了一口茶，不慌不忙地说，"遇事不要慌，天塌下来了有我顶着！现在这个诊所我们不能再待了，因为徐菁他们肯定会派人来查，我们今晚就连夜动身，先把封口机和货物弄去西双版纳腊景镇再说。"

"怎么弄去？车呢？"马秋水一脸茫然的样子。

"你傻呀！小黑子不有车吗！"

"小黑子？他不是说去河口了吗？"

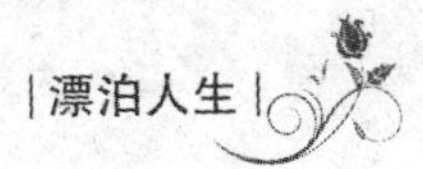

"去河口了他就不能回来吗？"

"可河口离城桥有好几百公里，他今天赶得回来吗？"

"小黑子人已经在路上了，再过两个小时就到了。"

"噢……"

"噢！噢你个头啊！都像你个傻头傻脑的样子，你他妈早就进局子了，趁小黑子还没回来，咱们赶紧收拾好东西。"

"好嘞！老大英明！我们这就叫东方不亮西方亮，收拾东西转战场，城桥不行去腊景，看你公安能咋样？"

"就你龟儿子话多，还不赶快收拾东西！"

"是！老大！"正当马秋水和唐医生忙得团团转的时候，小黑子从河口赶回来了。

"老大，我回来了！"小黑子进屋就对唐医生说，"老大，我河口那边的事都还没办好，听老大说要搬家，我立马就赶了回来。这次听说上面动静闹得很大，我们得连夜动身才行，顺便把我的东西也搬去那边。"

"哎呀！你那些坛坛罐罐带去干啥？干脆把它扔了算球！你那些赝品能卖几个钱。"唐医生从不相信那玩意儿能卖钱。

"扔了？那可是我花了九牛二虎之力才弄来的宝贝，我这下半生还指望它发财呢——赝品？在没有经过文物专家鉴定之前，我这些宝贝哪件都有价值千万的可能。你们不信？反正我信了！"小黑子一提到这些坛坛罐罐，他整个人像打了鸡血似的亢奋不已。

"你就吹吧！价值千万？我承认你那些破玩意能卖钱，但即便是能卖钱也不是现在，眼下最要紧的是先离开这里避避风头，管他三七二十一，走掉为上计。"还没等唐医生说完，马秋水就"扑哧"一声笑开了，"我说老大，应该叫三十六计，走为上策才对嘛！"

"那还不是一个意思吗？就你聪明！还好意思在我面前显摆，这次不是你龟儿子把事情搞砸了，我们能搬去腊景镇吗？你这么聪明还不是跟着老子混，老子过的桥比你走的路多，你小子还嫩得很！"

"老大说的有道理！小弟不得不服！只要能跟着老大混，你说我是乌龟王八蛋都行。可这次出了纰漏也是事出有因吧，我马秋水做事一向是谨慎小心的，可……可谁曾想到半路杀出个程咬金来，他徐菁就偏偏那么巧出现……"马秋水一副十分委屈的样子。

"这不是偏偏那么巧，而是人家早就注意你了。"小黑子也来凑热闹。

"行了！行了！大家赶快收拾东西，争取明天早上八点之前到腊景镇。"在关键时刻，唐医生从不含糊。

城桥距离西双版纳腊景镇也不过三百多公里，汽车正常行驶只要三四个小时。

唐医生之所以急着把小黑子叫来，他们是想趁晚上这点时间赶去腊景镇，如果白天他们肯定不敢上路，一路上交警、边防公安关卡重重，盘查严厉。即便这样，唐医生他们仍然不敢走高速、国道，而是专挑那些崎岖难走的乡村土路，所以他们得把时间安排充足。

唐医生他们把东西收拾好后，已是深夜零点了。

这时，唐医生掏出一支烟，用舌尖舔了舔烟卷，点燃后慢不经心地抽起来。小黑子见状，他忙上前拍了拍唐医生的肩膀说："我说老大！看时候也不早了，咱们还是先赶路吧！"

"就是！就是！这种事宜早不宜晚，万一我们在路上出现个什么状况，我们也有时间去处理嘛！"马秋水刚说完，他就自己打了自己一嘴巴子，说，"呸呸呸呸！你看我这个乌鸦嘴，我是说万一出现什么状况？呸呸呸呸！我……"

"万一个球！老子做事没得万一。我们从不打无把握之仗，这排兵布阵的事老子有数。从现在到明晨八点还有足足八个小时，虽然是走乡村土路，我们就是爬也该爬到腊景镇了。"唐医生说完，他向小黑子挥挥手，"咱们上路！等明早到了腊景镇，咱们再睡他个安稳觉。"

"好嘞！咱们上路！你倒是搬呀！"小黑子冲马秋水吼道。

"狗仗人势啊！你冲老子吼啥？有本事冲老大吼啊！每次有事都叫老子打头阵，你也不撒泡尿照照镜子，自己是个什么东西？"马秋水一肚子窝囊气，他朝小黑子心里嘀咕道。

"我说小黑子，你这些坛坛罐罐就不要带走了，这些东西值不了几个钱，万一在半路给查着了，那岂不鸡飞蛋打一场空吗？"看见地上小黑子盗墓来的文物，唐医生心里真有些担心起来。

"没事的，老大做事没得万一，我们只有一万分的把握。现在深更半夜，我们又不走大道，绝对不会出岔子。"小黑子话虽这样说，其实他心里也没底，一切只能看运气了。但侥幸始终是侥幸，谁也不敢保证万无一失。作为老大，唐医生心里未免有一丝担心，一种莫名的恐惧和不祥预兆正向他袭来……正所谓人在做，天在看，一切自有定数。

唐医生他们把东西装上车后，小黑子就开车出了城。

他们没敢上高速，而是沿着以前的老公路一路飞奔。汽车开出百十来里地，唐医生就叫小黑子往乡村公路上开，由于乡村公路年久失修，一路上早已是坑坑洼洼，破烂不堪。汽车在这样的路上行驶，颠簸厉害且不说，速度慢得更是比人走路快不多少。

"我受不了了！我想吐！我晕车……"马秋水被颠簸的汽车震荡得左右摇晃，心里十分难受。

"就你妈的事多！给老子忍忍！刚刚才上路，你就喊受不了了，受不了下去

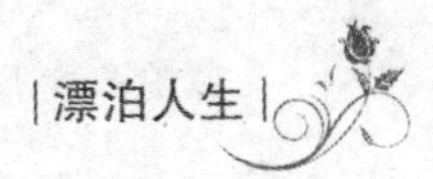

走路！”唐医生没好气地冲马秋水嚷道。

“不行了，我想吐……”话音未落，马秋水“哇”地一声吐了出来。随后，他低着头，手捂着胸口哗啦哗啦地呕吐个不停。“真恶心！”马秋水呕吐出来的胃容物溅了唐医生一裤腿，“你真是个背时鬼！关键时刻净掉链子，早知道这样就不该带你来，真恶心……”

此刻，唐医生心里不仅埋怨起马秋水来，但更多的是他为这次去腊景镇深感担忧。现在看上去倒也风平浪静，一路上也没见有公安、武警盘查，若真要是在路上遇到什么事，他也不知该如何面对？毕竟车上有灌装毒品的封口机以及海洛因，还有小黑子的文物古董，这些东西哪样查着了都罪责不轻。

汽车在坑洼不平的公路上行驶了百十来里地，小黑子突然停下车来。这时，马秋水急忙开门下车:“快把老子憋死了！我下去透透气。”说着马秋水就下了车。

“现在到什么地方了？”唐医生被颠簸的汽车震得分不清东南西北了。小黑子说：“这条公路我也很少来过，好像记得到了白茅岭寨，前面不远应该有一个边检站，离边检站不远就是越南了。“哎呀！情况不妙啊！我们还是别往前走了，干脆我们走小路绕过去。”唐医生顿觉不妙，他向小黑子建议说，“我们把东西带下来绕小路过去，然后你开车过边检站。”

“这样不妥吧！走小路绕过去得多长时间？再说现在深更半夜的，边检站的人也要睡觉嘛！只要你把‘白粉’藏好喽，我那几个坛坛罐罐不要紧的。如果万一边检站的人要跟我们过不去的话，我们也不用怕，大不了跟他鱼死网破！他们命不值钱，我们的命还值钱吗？”小黑子底气十足地说。

“小黑子你可别冲动啊！我们出门是求财，不是求祸。只要边检站的人不为难我们，到时服个软就行了。人家手里有枪，你还能咋地！”唐医生话虽这样说，其实他心里也没底，今晚过不过得了边检站，一切看造化了。

“怕他个球！他们有枪，老子也有！大不了一命抵一命！”

“啊！你还有枪？别吓唬人啊！这可不是开玩笑的事。”

“谁开玩笑了！现在这年头搞把枪还不容易？上次我去河口边境口岸就搞了一把。”

“不会是真的吧？”

“没有的事，大哥别紧张！到时看我眼色行事。”小黑子这两年虽说是在干撬坟盗墓，走私文物，但他也是见过世面的人，而且他这人城府很深，江湖套路老道；唯一不足的是这人大字不识一箩筐，做事好冲动，不计后果。正因为他的鲁莽性格，很多次都是险象环生，差点进了局子。而每次他都是带着侥幸心理，认为自己运气好，躲过了一次又一次。民谚说久走夜路必闯鬼。小黑子今晚能不能躲过这一劫——难说。

第十三章　强行闯关

正当唐医生和小黑子在商量具体行动时，突然前方出现一道亮光，原来是前方边检站巡逻员正朝这边走来。

“不好！小黑子，咱们快跑！”唐医生如惊弓之鸟，他想三十六计跑为上。小黑子说：“你跑啥跑？你这一跑没事就变成有事了，遇事要冷静，要沉着应战，亏你还是个老江湖，遇到屁大点事就怂成那样。看马秋水都没你紧张，一会边检站的人过来了，你们不要吱声，看我眼色行事。”

“你们是干什么的？把证件拿出来！”原来过来的这几个人正是边检站的巡逻员，他们这是例行巡逻，因为最近一些犯罪分子十分狡猾，他们通常不直接经过边检站，而是在离边检站不远处就绕道而行，所以边检站巡逻员增加了流动哨。

“噢！我们是做生意的，准备去腊景镇那边拉点香蕉过来，不巧车刚到这儿就坏了，我们马上修好就走，修好就走！”小黑子说完，他就过去把汽车引擎打开。巡逻员仔细打量了他们仨，见唐医生有些生性可疑，问道：“把你的证件拿出来！”

“啊！你说谁？”唐医生紧张得不行。唐医生之所以这样紧张，他是怕巡逻员查出车上的毒品，那可是掉脑袋的买卖。在这种情况下，面对荷枪实弹的巡逻员，即便心理素质再好的人说不紧张也是在自欺欺人罢了。

“说的就是你！”巡逻员指着唐医生说，“把你的身份证和去腊景镇的拉货介绍信拿出来！”

“这……这……好像以往去腊景镇都不要拉货证明，今天咋个又要了呢？”唐医生感到大限来临，心里慌张得不得了。

“噢！要证件？好说好说！我们去车上拿。”说着，小黑子就主动上了车。见小黑子上了车，唐医生也跟了上去。这时，只有马秋水在下面接受巡逻员的检查，他倒显得十分镇静，毕竟他不是主犯。

小黑子上车后就从座椅后面抱出个箱子。

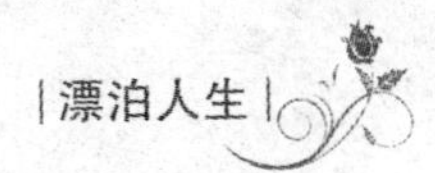

唐医生跟上来就说："小黑子，今晚我们怕是躲不过去了？咋办啊？"

"咋办？凉拌呗！还是那句话，看我眼色行事。他们才两人，我们有三个，怕他个球！大不了跟他们拼了！"

"拼了！说得好像比唱的还好听，人家手里有枪，我们拿什么拼？"

"他们有枪，我也有枪！怕个球哇！"

"啊！你说的不会是真的吧？"

"这事还能开玩笑？上次我去河口边境口岸花八百块钱买了一把军用手枪，只可惜子弹买少了，不然今天对付那两个当兵的绰绰有余。"

"我说小黑子，这事可不是开玩笑的啊！不到万不得已时还是不要拿生命开玩笑，大不了认点怂服个软算了，保住性命要紧。"

"我看你就是个怂人！今晚看这阵势认个怂就能过去吗？秀才遇到兵，有理说不清，我们只有硬闯了。不怕，听我说，我这把枪有消声器，等会我下车先干掉那两个当兵的，然后咱们就开足马力闯关……"

"我看不妥吧！这样太危险了，那子弹可不长眼睛啦！"

"你们两个在车上磨叽什么呢？"巡逻员朝这边走过来了。

"快！你下去就和马秋水拼命跑，快！"小黑子说着下车抬手就是两枪朝巡逻员开火了。巡逻员毕竟是当兵出身，训练有素，说时迟，那时快，巡逻员一闪身，子弹从身边"嗖"地飞过。其中一巡逻员虽然躲过了致命一击，但手中的强光手电被击碎了。巡逻员果断开枪还击，黑暗中，只听见巡逻员85式冲锋枪"哒哒哒"的射击声和负隅顽抗的小黑子无声手枪射出的道道火舌相互交错，那一刻，空气仿佛被凝固了，这是一场正义与邪恶的较量！

唐医生和马秋水被眼前的枪战吓得屁滚尿流，他们趴在草丛中瑟瑟发抖。小黑子一边射击，一边向唐医生靠拢："我说老大，你们为什么还不跑啊？再不跑就来不及了！"

"黑灯瞎火的，你叫我们往哪儿跑啊？"此时此境，唐医生腿都吓软了，他哪里还跑得动。

"啊！不好！老大我中枪了……"小黑子命该如此，真是人算不如天算。混战中，小黑子腿被击中了，恰好这时，小黑子的子弹也打光了。见到小黑子这副惨状，唐医生再不走就真没机会了，人往往在最绝望的时候，哪怕是有百分之零点一的希望他也会抓住那根救命稻草。唐医生见大势已去，便拉着马秋水朝山坡上奔去，哪知天黑路滑，他们一脚踩空，双双被滚落下了山谷……

经过一阵对射，枪声惊动了边检站巡逻员，随后大批武警赶来增援。小黑子耷拉着脑袋，被武警架上了警车。这次强行闯关的闹剧终于收场了，等待他的将是漫长的牢狱生涯或是无期、死刑的宣判。

经过连夜突审，据小黑子交代，唐医生与马秋水身上并无枪支。他们只从小黑子的车上搜到一台用来制作加工毒品的机器以及一些毒品、半成品；其他就是小黑子盗墓来的文物古董。但侦办人员宁可信其有，也不可信其无，如果唐医生与马秋水身上带有枪支逃窜的话，那将对社会造成多大危害。为了把损失减少到最小，经过大家一致同意，决定天亮时进行全面搜山，务必要把唐马二人捉拿归案。

话说当时唐马二人慌不择路，一脚踩空滚落山谷后，一个被摔晕死过去，一个被吓昏过去。也许是他们命不该绝，还好这是一个斜坡，若是悬崖深谷，他俩肯定没命了。这天正是农历初十的晚上，由于山间大雾，朦胧的月光若隐若现；寂静的山谷让人瘆得慌。唐医生意识还算清醒，他活动了一下筋骨，见身体并无大碍，忙拍了拍身边的马秋水，说："喂！喂！喂！快给老子起来！"可是，唐医生无论怎样拍打马秋水的脸，马秋水就是不见醒来。这可如何是好？唐医生心急如焚，望着眼前灰蒙蒙的山谷和静谧的夜晚，一种莫名的恐惧感使得他毛骨悚然……

突然，在黑暗中不远处出现一道幽灵般的绿光。起初唐医生还以为看错了，他揉了揉眼睛，只见那时绿时蓝的东西忽远忽近，忽左忽右……"是什么？鬼……鬼火……猫头鹰……狼……啊！我的妈呀！"此刻，唐医生惊恐到了极点，他连忙使劲拍打着马秋水的脸，"你给老子醒醒……赶快起来！狼来了！"

"啊！狼来了？什么狼来了？"马秋水突然醒来，他像似做梦一样翻身坐起来，"咋的啦？你打我干吗？"

"你他妈装什么装？老子以为你龟儿子摔死了呢，你还会讲话啊？没事就快点起来，咱们得赶快离开这里，不然过会儿武警搜山了咱们就走不了了。"

"那小黑子恐怕被武警打死了吧？"

"闭上你的乌鸦嘴！他死不死关我们什么事？我早就给他说过，叫他不要带那些坛坛罐罐，他非不听，非要带，现在好了，出了事活该！"

"这次出事也不能都怪他嘛！问题的关键是我们还没过边检站就碰见巡逻的了，这跟他带坛坛罐罐扯不上关系嘛！"

"这跟他带坛坛罐罐有很大关系，如果当时他不带这些坛坛罐罐，如果我们能早一点出发的话，如果我们不在那里停车，直接经过边检站的话，也许就不会出事。"

"话是这样说，既然出了事，就不应该有什么如果。如果是这样，如果是那样，如果当初我们不干这些事，也就不会有今天这个结果。"

"你这说的不是屁话吗？早知今日，何必当初呢？我们既然上了这个道，就没有回头路可走。小黑子他是自找的，好好的生意不做，他去买什么枪？就凭你那一杆枪就想跟政府干，简直是自不量力，活该！"

"唉！事到如今，别净扯那些没用的，咱们还是赶快走吧，三十六计，走为上计。"

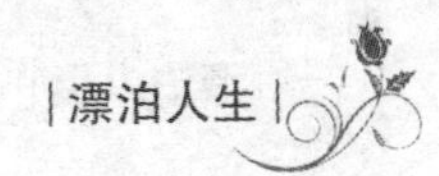

“好吧！咱们就开始出发，我们顺着这道山梁一直往前走，过了腊西河，再走一两个时辰就到腊景镇了。只要我们在天亮之前赶到腊景镇，一切就OK了！”

“好吧！也只有这样了。”马秋水在唐医生的搀扶下站了起来。可他没走几步，突然“哎哟”一声，“我……我的脚……疼！我恐怕走不了了……”

“就你毛病多！又咋个啦？刚才你还不好好的吗？”

“刚才我像似在做梦一样，哎呀！我的脚崴了。”

“哎呀！这可如何是好？眼看天就快亮了，等天亮武警搜山我们就完了。不行，你坐下来我给你揉揉。”唐医生平时虽说是打着诊所的幌子在招摇撞骗，走私贩毒，但他毕竟读了两天卫校，懂得一些医疗知识，而且也有医师资格从业证，对于像处理马秋水这样的脚崴外伤那是手到擒来的事。

马秋水坐下来，唐医生就把他的脚放在腿上用力一拉扯，只听得马秋水“哎哟”一声，痛得他眼泪都快掉下来。唐医生说，只可惜没得消炎药，他说只要坚持一会儿，等到了腊景镇就好了。马秋水试着站起来，刚走了两步，他又“哎哟”一声，“不行！脚还是痛，我……我不走了，你自己走吧！”

“你这说的不是屁话吗？这种时候我怎么能抛弃兄弟不管呢，没事的，走几步就好了，来我扶着你走。”这时，天边露出了鱼肚白，唐医生搀扶着马秋水离开了那片山谷，他们朝着腊景镇方向拼命奔去……

翌日，武警部队开始搜山了，他们仔细搜索了山上的每个角落和出口，始终没有发现唐马二人的踪影。于是，侦办人员又赶往腊景镇抓捕，但仍然不见他们的踪影。这就有些奇怪了，他们能跑到哪儿去呢？原来，老奸巨猾的唐医生深知自己大限来临，知道这个时候回腊景镇必是死路一条，所以他带着马秋水翻过了腊梅山，直接取道去了境外一个国际贩毒团伙的老巢——云岭山寨。

当唐医生和马秋水潜逃的第二天早晨，我与徐菁去到诊所，还以为这次能立一大功呢，没想到他们早已逃之夭夭了。不过我们的努力也没有白费，至少我们摸清了他们的来龙去脉，我们把掌握的情况向警方做了详细汇报，警方对此成立了专案组，相信抓住他们是迟早的事。

第十四章 餐饮危机

忙完了这摊子事，徐菁自个儿的事又来了，最近他们餐馆生意惨淡，几姊妹正商量着把店铺转让出去。我见他们餐馆开得好端端的，这一下转让出去岂不可惜？我问徐菁：“餐馆到底赚不赚钱？”徐菁说：“当然赚钱了，至少有40%纯利润。”

“有钱赚不就行了吗，那现在亏本没有？”

“本倒是没亏。”

“没亏本那你们把店转出去干吗？”

“问题是现在不赚钱，一个月除了房租、水电、税收以及工人工资所剩无几……”徐菁的担心也不无道理，这个店铺是他们几姊妹合伙开的，如果大家对经营意见不合，或者在重大决策上出现分歧的话，那散伙也是迟早的事。听了徐菁的初步分析，我一下找到了他们的症结所在。俗话说：“女人可以姘头，钱不能合伙”。这话说得有些极端，但现实就是这个样子，合伙经营的生意应谨慎为之，现实中合伙做生意最后落得不欢而散甚至反目为仇的案例不胜枚举。什么朋友交情、兄弟姊妹之情，最后在利益面前统统站不住脚。

据我的分析，他们这个店之所以会出现今天这个局面，主要还是缺乏一种经营理念，缺乏一个主心骨。如果拿股份制来衡量，大家投入的资金都差不多，没有股份大小之分，其实这样平均股份也没什么不好，遇事大家一起商量解决，不存在“一言堂”或独断专行的局面。说实话，像徐菁他们几姊妹合伙开的这个餐馆还真缺个“一言堂”，在关键时刻就应该有人站出来拍板。可是，他们几姊妹碍于面子，在大是大非面前往往是感情用事，犹豫不决。

想当初他们几姊妹倾其所有，信心满满，费了九牛二虎之力才把店铺开起来，现在才开得不到两年，他们就想转让出去，之前付出的努力全都白费了。作为一个局外人，我是看在眼里，急在心上。我把问题的关键向他们归纳了一下：鉴于目前的状况，大家先别着急转让，应该想想问题出在哪里？是经营不下去了？或是对此失去了信心？总之一句话，只要还没亏本，不到万不得已店铺不转让为好。

“本倒是还没有亏，这个我是清楚的。”小芬急忙站出来说了句公道话，“我作为你们的大姐，又负责管账，我有发言权。咱们从开店至今，除了头三个月攒房租没分钱外，其余每月我们每人至少分到三至五千，有时最多分过万二八千，算起来我们还是赚钱的。可为什么大家没信心开下去了呢？我想只有一个原因，那就是有人动了歪脑筋，总认为自己拿的少了，吃亏的多了……如果有这种想法，当初我们就不应该开这个店。”

“首先我表个态，我是坚决不赞同转让。”徐菁站起来卷了卷衣袖，他拍了一下桌子说，“人家大姐说得对，想转店的人一定是动了歪脑筋！我早就说过，这个店是我们几姊妹合伙开的，有什么事大家要一起商量，一起面对，不要当面一套背后一套，有什么意见和想法可以提出来嘛！就说你蒋贵是厨师长，在厨房干活累了些，早晨还要去市场买菜，认为自己分的钱少了，只要提出来，都是可以解决的嘛！就拿大姐来说，她站柜台轻松吗？从早上来打扫卫生，蒸饭择菜，又要招呼客人，端茶送水，跑堂上菜，收钱管账，从早到晚腿都跑细了……

“就拿我徐菁来说，虽然我只负责配菜点单，但我忙里忙外，招揽生意，陪客吃饭，我也不轻松。既然我是大家封的‘大堂经理’，我得负起这个责任。前段时间生意好就不说了，现在生意萧条的时候，每天来捧场和照顾生意的大部分都是我在社会上认识的朋友和华哥医药公司的人，他们都是看在我徐菁的面子上才来的，如果没这些朋友撑着，这个店早就开不下去了。城桥像我们这样规模的餐馆不下上百家，人家在哪家吃不是吃，非要上这儿来吃？所以人在社会上混，人脉关系非常重要。

“你们也是知道的，我在华哥手下跑业务，虽然说每个月都要出差一个多星期，但我耽搁的这几天补了一千元钱出来，目的就是要做到公平起见，大家人亲财不亲，该怎样就得怎样。”

“你们这是干吗？一家人还说那样见外的话。”我连忙打断了徐菁的话，“请允许我这个局外人说两句好吗？记得我刚来这里的时候你们店的生意还挺火爆的，为什么现在生意就萧条了呢？噢！我知道原因了，虽然我不懂经营，但我也看出了问题的关键所在。记得原来店里还招了一位大厨和配菜师，另外还有两个服务员，现在为什么没有了呢？是他们自己不干了或是你们开了人家？你们可以再多招聘几个人嘛！从来说做生意讲究个‘天时地利人和’，这缺人咋行呢？”

“我们招聘了，招不到合适的。”徐菁坐下来递给我一杯茶，无奈地叹息道，“唉！难呀！现在招人真是难招，前段时间我们还去网上打广告，招聘小广告贴得满街都是，前来应聘的人倒也不少，但成功率太低了。有的来干两天不是嫌活累，就是嫌工资少，没有一个人能够干满三个月的……”

“为什么人家干不满三个月？”大姐小芬也站出来发言了，“我看是你们根本就没存心招人，上次来那个厨师多好，人家要求多加两百块工资，可你们就是不肯加。现在好了，被人家‘苗家土菜馆’的人挖去了。后来又来一个厨师，人家学的川菜，对我们地方菜系不够了解，可蒋贵他教人家了吗？他不但不教人家，反倒还处处挤兑人家。还说什么炒菜还要我教，我请他来干吗？上次招的那个配菜师小普，人家头脑又聪明，又勤快，应该好好地把他培养出来。可你们重视过没有？考虑过没有？整天只知道在那里嘀咕、叫嚷，说什么请这么多工人，开了他们的工资我们就没钱赚了？这说的不是屁话吗！都像你这样的小农意识还开什么饭馆？自己干得了！这下好了，这么大一个餐馆，楼上楼下，就我们三个人跳。没有人来吃饭又说没生意，多来两桌人又忙不过来，客人坐在那里嗑瓜子喝茶水，等得不耐烦了催上菜，我这个跑堂的也只好在厨房门口望眼，你们菜品出不来，我只好给顾客赔不是，赔笑脸，你说我容易吗？真是耗子钻风箱，两头受气……”

小芬的倾诉、发泄不无道理，她恰恰指出和暴露了餐馆管理的弊端。记得有篇文章里说过：如果你开餐馆就不要自己炒菜，去雇一个厨师。如果能用资本去赚1块钱，也比自己用体力去赚100块钱更符合金融思维。

我虽然不懂餐饮经营，但我能从他们几姊妹争吵中明白一些道理，无论做什么，没有人是不行的。如果什么都要老板亲力亲为，那他的事业永远不可能做大做强。记得有一位客人在饭桌上曾问过徐菁：“你们餐馆开得好好的为什么要转让呢？为什么就不能把它做大做强呢？不瞒你说，我也是搞餐饮业的，我在全国开了多家连锁店。这次我来云南考察，准备把连锁店开到这边来。年轻人，请相信我说的话，只要有了自己的品牌和创新观念，事业就一定能够做大做强。我来你们店品尝了几天，觉得师傅炒的菜味道不错，很有地方特色，尤其是凉鸡、凉肚味道正宗，肥而不腻，香辣爽口！仅凭这道特色菜，只要推广得好，就一定能赢得顾客的青睐……”

这位客人说的话使我们很受启发，我也把一些好的想法和建议向徐菁说了，可徐菁说他一个人也做不了主，这个店是他们三姊妹合伙开的，大家的意见得不到统一，观点发生了分歧，我这个局外人也只能是干着急。华哥说，这个店现在转让了实在可惜了，想当初他们三姊妹费了九牛二虎之力才把店开起来，三年合同期还未满，这个季度的房租才刚刚缴，即使真要转让，也应在合同期最后一年里转出去。

“华哥你真是站着说话不腰疼，最后一年里转出去？你当人家是白痴啊！”徐菁站起身来向华哥反驳道，“最后一年合同都快到期了，只有傻子才来转。当初房东为啥只给我们签订三年合同？我们叫他签五年或十年人家不肯呢，这不明摆着他要涨房租吗。趁现在有人接手，转出去说不定还可以赚一笔转让费。前两天有人来问过了，对方出了18万，可蒋贵说要25万，我们三姊妹正在商量。大姐的意思如果对方诚心要转，只要在18万的基础上再加一点，我们就可以出手了，

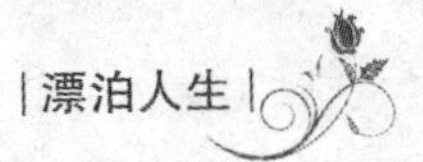

这样我们不仅不会亏损，反倒还可以赚一笔。如果蒋贵非要坚持25万才肯转出去，我是怕夜长梦多，到时人家18万都不肯出就得不偿失了。”

真是担心哪样来哪样，没过几天，转店的人来洽谈，对方只肯出15万转让费了。这突如其来的变故给徐菁几姊妹来了个措手不及，大家纷纷表示不能接受。这15万是包括整个店里的设施，想当初他们添置这些炊具设施都花费了两三万，本以为十几万转让出去还是可以赚一笔的，现在大家都放不下面子，原来讲好的18万都没同意，现在说什么15万更不可能转让出去了。于是，他们又继续等待时机，结果等来等去最后连15万也没人来转了，这是令大家万万没想到的事。

时间就这样一天天过去了，转让店铺的广告贴在门前换了一张又一张，可始终没谈妥一家。来转让店铺的人也有不乏诚心接手，但他们几乎都提出了同一疑问——怕三年合同期满后房东涨房租。毫无疑问，涨房租是肯定的，不然房东也不至于签三年合同。更有甚者，说三万五万转不转？把徐菁他们气得不知说什么好。我说，这就是典型的决策失误，做任何事情必须当机立断，犹豫不决生事端。若当初18万转让出去，或者15万也厚着脸皮转出去了，至少不会造成今天这种尴尬局面。

店铺一时半会儿转让不出去，几姊妹又只好继续惨淡经营。渐渐地来吃饭的客人越来越少了，店里的工人几乎也走光了，若大的餐厅，就只见他们三姊妹忙碌的身影。有时，来了三两桌客人，这在平时根本就不算个事，可现在不一样了，小芬一人在外面收钱管账，招呼客人，还要帮忙跑堂上菜，收拾碗筷，打扫卫生……徐菁除了协助蒋贵配菜，他有时还要出来为客人点菜买单。蒋贵除了负责炒菜外，有时还得帮忙洗碗择菜……三个人又当老板又当小工，整天忙得团团转。

由于店里缺人，徐菁有很长一段时间没去医药公司跑业务了，因此他也受到上级领导的严厉批评和警告，好在华哥是这一片的区域经理，他给徐菁挡了不少事。看到徐菁他们的餐馆经营成这个样子，我和华哥也深表同情和遗憾。有时我俩还去搭把手，能帮多少是多少。俗话说“山朝水朝不及人朝”。就拿天时地利人和来讲，没有了人，生意也不可能做大做强。想当初店铺人气旺的时候，每餐都有七八桌客人吃饭，有时经常有人前来订餐。那时跑堂的小工都有两三个，还招聘有厨师、配菜师。有时实在忙不过来，我和华哥也去帮忙跑堂上菜、收碗沏茶。后来小工、厨师一个个相继而去，生意就一下滑了坡。可当时却没引起大家足够的重视，认为小工好找，遍地都是，结果事与愿违。事实证明，现在的工人比任何时期都难招，尤其是好的员工就更别提了，很多企业和单位都出现不同程度的“用工荒”。现在的年轻人大多是80后90后甚至00后，他们出来打工既要工资高，又想活轻松，稍微有一点不如意就拍屁股走人。

第十五章　转　让

眼看这个季度又快过去了，餐馆生意仍然不见起色，前来洽谈转让的人倒是不少，但这些人大多不靠谱，有的只是随便问问，有的想转又嫌钱贵。这时，我忙给徐菁支了个招，我说，餐馆经营成这个样子，除了人为的因素和其他客观原因外，难道你们就不能在经营理念上转变一下？首先大家的思想应该统一，与其说这样失败告终，还不如另辟蹊径重整旗鼓。你们不妨把店铺重新装修升级，或者把店铺名称改为“彝家正宗土菜馆”，以全新的面貌展现在人们面前，说不定会一炮打响，起死回生。再说现在冬天来了，你们可以推出一些新菜品，譬如野生菌火锅、酸汤猪蹄火锅、重庆正宗麻辣火锅等。现在的人都讲究一个新奇、地道、味儿，只要能上档次，味儿正宗，价格公道，何愁生意不来？

“师傅说的我也考虑过，现在关键是没人手，再者做火锅还要增添炊具、桌椅；装修门面需要时间和资金投入；改换店铺名称还要去工商局做变更手续，麻烦得很。”徐菁说道。

这时，大姐小芬从厨房走了出来，说：“这些都还不重要，重要的是这房东老板鬼精得很，他之所以给我们只签订三年合同，其目的就是三年过后涨房租。这都还不是主要的，据小区保安说，房东老板不想这个铺面做餐饮业，他是受小区物管投诉，说我们餐馆炒菜油烟太重，已经严重影响到了楼上居民的生活，他也是迫于无奈才给我们找借口。但不管是哪种情况，都不适合我们在此长期立足。所以我们得尽快地把店铺转让出去……”

“我刚才说那番话也只是给你们建议，如果真是大姐说的那样，即使这里转让出去了，你们或者再去别处开一家的话，也应该吸取教训，认真总结经验，失败乃成功之母嘛！”我话没说完，华哥又接上了茬：“嗯！我看你们三姊妹再要一起合作的机会恐怕少了，别的不说，首先蒋贵的想法就与你们不同，他本来就是学的大厨，早就想自立门户了。以前他单身时还有股热情劲，现在他已是有家室的人了，他跟他女朋友结婚证都扯了，一人说了不算喽！”

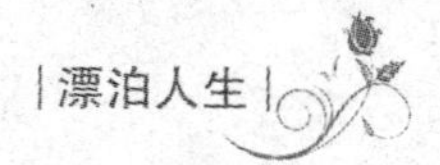

“啊！我们怎么不知道哇？蒋贵你什么时候和你女朋友领了结婚证？你为什么事先不跟我们商量一下呢？”大姐忙责怪道，“你又不是不晓得，你妈妈才去世不到一年，按咱农村的风俗是要守孝三年才能办喜事的，你这是抽的哪门子风啊！想想妈妈尸骨未寒，你再急也不能急这一时啊……”

“都什么年代了还信那些迷信！守孝三年？我等得起人家可等不起，她都催了我好几次了，我们只是去领了证，又没正式结婚……”蒋贵不以为然地说。

“那你们是哪天领的证？”大姐问。

“四月二号。”蒋贵说。

“啊！四月二号？我的天啦！你这是作孽啊……四月二号这天不正是妈妈的忌日吗？你们怎么会选到这一天领证？你这是大逆不道，要遭报应的啊……你们真是糊涂啊！这么大的事也能擅自做主，最起码要跟爸商量一下吧？你不知道家里还有一个老人吗？”大姐万万没料到蒋贵会做出如此荒唐无知的事来。

“那咋办？”蒋贵也十分自责和不安。

“还能咋办？既然证都领了不可能去离了吧，也只能是误打误撞，烂锅配烂灶，将就得了。”事已至此，木已成舟，大姐也拿他没辙。

一开始蒋贵对开店还是信心百倍，几姊妹合作也很愉快，但自从他女朋友催领结婚证后，他整个人就变了。其实，这也不能全怪他，毕竟他一人做不了主，啥事还不得听媳妇的。人心善变，谁没有一点自私心理。想到自己是一个大厨，工作又辛苦，拿的工资跟大家一样多，心里多少有些不平衡。如果自己能出来自立门户，一个人当老板，收入就相当可观了。蒋贵有这种想法没错，但至少也要等三年合同期满后才行吧？现在三姊妹才刚刚步入正轨，才开始创业就想打退堂鼓，于情于理都说不过去。

既然店已经营到这份上，徐菁和大姐也无回天之力，想想真是心有不甘啊！想当初开店的时候，徐菁和大姐费了多少心血，他们几乎倾其了所有，把多年的积蓄全拿出来投资了。为了去旧货市场买便宜的桌椅板凳，两姊妹从不坐公交车，都是顶着烈日从城东走到城西……说来让人唏嘘，他们在店铺开张那天，手里只剩下三百元流动资金了。值得庆幸的是他们在短短的三个月里，首先就把第二年的房租五万元攒够了，作为一个百十来平方米的小店，能有这点成绩已经很不错了。我曾给他们建议过：但凡搞餐饮，卫生首先放在第一位，厨房从业人员一律要求戴白衣白帽，其他服务人员一律统一着装；每天桌椅板凳要擦拭得一尘不染……刚开始他们还认真对待，后来就变得懒懒散散，高兴的时候就穿戴一下，不高兴就穿便装上班，有时厨师炒菜连帽子都不戴，这样客人看见影响极坏。

既然开了店，无论有无生意都应坚持天天营业，有事可以请假，必须轮流值班。蒋贵身为大厨，又是三姊妹股东之一，更没理由不执行店里规章制度。他可倒好，陪女朋友上街买东西一耽误就是半天。后来简直是越来越不像话了，一会

儿说是女方要订亲，一会说是去照结婚照，一耽误就是好几天。一些经常来吃饭的客人都说，这家餐馆究竟还开不开？哪有这样做生意的，想开门就开门，想关门就关门，还有没有一点职业素质？即使在这样的情况下，大姐和徐菁仍然碍于面子，没有把问题摆在桌面上讲，没有一个站出来主持公道。我与华哥只是个局外人，也不好过多干涉和过问他们的事，我们唯一能做的就是在他们忙不过来时去搭把手。

餐馆转让的广告贴出去快半年了，始终没有一个诚心的人来接手。情急之下，他们就想到空转——三万元转掉。来接手的是一家文具专卖店的老板，这不是乘人之危吧，这么大的店铺，这么好的地段，咋个说也不至于值这点钱！要说这里开家文具店生意肯定兴隆，因离此不远就是市一中，也许人家早就看好了这块肥肉。但不管怎么说，空转已成了定局，店里的所有东西人家不要，全搬回家他们三姊妹也没地儿放。毕竟他们在城桥还没有一间属于自己的房子。

俗话说，赚钱往前看，亏本往后算。几姊妹合计了一下，如果转店的人来了，他们尽可能把价钱抬高一点，因为对方在电话里只答应出 3 万，虽然这是空转，但毕竟里面还包含这年的房租——最后三个月期满。但底线是不能少于 3 万，既然走到了这一步，能挽回多少损失是多少。

那天，接手的文具店老板来了，经过初步交涉，对方只肯出 2.8 万元。这不明摆着是欺负人吗？徐菁说："在电话里我们讲好的 3 万，今天怎么就变卦了呢？你是诚心来转店的吗？"

"就是嘛！本来 3 万转掉我们都亏了，何况还有三个月房租我们都缴了，做人讲点良心好不好？"大姐说。

"我们这是在谈生意，跟良不良心扯不上关系。"文具店老板也说出了他的一些想法，"我不知道当初你们是怎样给房东谈成的，一年 5 万元也敢接手？如果说你们搞餐饮生意好就不说了，若是只卖点小吃或生意一般的话，这个房租绝对高了。说实话，我唯一看中的地方是附近有几所学校，也只有我才有胆量来接手，但我也不确定就一定能赚钱，因为三年合同期满后房东肯定会涨价，所以我也很纠结。今天我给你们出 2.8 万也是很诚心的了，说实话，我不来接手是没有人来接手的，你们如果再这样耗下去，只能是亏得一塌糊涂。我建议你们把这里转让后，再去别的地方看看，吸取经验，总结教训，相信一切会好起来的。"

这还能说什么呢，文具店老板把话都说到这份上了，再这样硬撑下去只会是血本无归，现在把店转出去的确是明智的选择。几姊妹粗略统计了一下，从开店至今这一年多，虽然各自投入了几万本钱进去，但从每月分红利润来看，总体还是赚钱的，全当给自个儿打工了。

"只要没亏钱就是好事，大不了穿回开裆裤重新来过。"徐菁说。

"唉！钱倒是没亏，只是心有不甘啊！"大姐一声长叹！她用手背擦拭着眼角的泪花，无奈惆怅地说，“想当初我们花费了那样大的心血，原本说把三年做满后还继续干，如果行情好，我还打算开分店。这一年多以来，我们的招牌特色菜已打出去了，很多顾客都是慕名而来，都想来尝尝地道的西边桥凉鸡、凉肚、凉猪脚，尤其是蒋贵炒的宫保鸡丁、鱼香肉丝、麻婆豆腐客人那是赞不绝口！很多老顾客都是冲着大师傅厨艺来的。餐厅经营到这份上，完全是我们没有商业头脑，管理失误，经营不善造成的。唉！现在说这些已毫无意义，目前要紧的是这些东西怎么处理？大到冰箱、展示柜，小至桌椅板凳，包括炊具碗碟等。我建议三姊妹平分后搬回家里，万一以后能用上呢？添置这些东西我们可是花费好几万块钱，如果卖给旧货市场也不过三五几千块钱……”

“搬回家里干吗！家里用得了那么多东西吗？我们租的房子本来就窄，哪有地方放这些桌椅板凳？”蒋贵一副漠不关心的样子。

“亏你还是个大厨，这些东西自己不可以用用啊？难道你以后就不打算做餐饮了？如果以后我们再找到合适的铺面，这些东西不就是现成的吗？”关键时刻，还是徐菁的眼光看得长远些。

“嗯，徐菁的想法的确不错，但据我推测，你们三姊妹今后再要在一起合作做生意的概率应该小了。这次这么好的机会你们都没合作好，以后就更没希望了。”华哥也过来帮忙打圆场，“现在蒋贵已是有媳妇的人了，人家小两口正忙着过自己的小日子，他才没心思来跟你们合作做生意。人家是大厨，早就想单干了。你们两姊妹算个什么，厨艺一样不会。再说徐菁又要跟我跑业务，他这是撒尿来鼻涕，两手都要抓，不行啦！大姐倒是有时间，但人家也是一家人，儿子上学的事还没解决……唉！难呀！真是家家有本难念的经。”

“华哥这话我不爱听！”看到徐菁几姊妹目前的处境，我连忙站出来说句公道话，“首先我不赞同华哥的分析，什么几姊妹合作做生意的概率小了？诚然，蒋贵是有媳妇的人了，但这跟合作做生意有关系吗？合作讲究一个精诚团结，相互信任，何况他们三姊妹还是表兄妹，是亲戚关系，这样的合作按道理讲，概率应该高才对，可为什么大家不一条心呢？我想这还是一个利益分配问题，谁都害怕自己吃亏，如果真想去单干，当初就不应该合伙来开这店。说实话，现在大家不开这个店了，虽然合伙经营失败了，但大家仍然还有活路。徐菁可以继续做药品销售，大姐仍然可以去打工，去创业。就退一万步说，大姐夫每天在水站当送水工也可养活一家人。不要说谁离了谁就不能生存，离了谁地球都照样转……”

我一个局外人，也只能是看在眼里急在心上，别的也帮不上忙，在关键时候敲敲边鼓，讲讲道理也就罢了。面对目前的处境，我真有些为他们担心。其实徐菁和蒋贵我倒不担心，我主要担心的是大姐小芬一家的生活，尤其是他儿子上学的事很伤脑筋。目前她儿子已停学半年了，这可是个头等大事，搞不好会毁了孩子将来一生。原来他们儿子在老家上学，现在父母来到城里创业，孩子理当随父母就近入学，这也完全符合国家针对农民工子女随父母就近入学的政策。因为种种原因，却耽误了，一想到我也曾经有过辍学的经历，那是我一生之痛……绝不能再有人辍学了。

店铺转让的事终于谈妥了，对方最终以 2.8 万元成交。经过商议，店铺所有东西卖给了旧货市场的老板——三千块钱。

望着空荡荡的店铺，我真是百感交集，感慨万千！曾经火爆的餐厅，如今却是人去楼空……在店铺清场时，我看见一盆他们丢弃的花，这盆花大概几天没浇水了，叶子有些枯萎，花瓣有些凋零，我把它捡起来放在自家窗台上，经过一段时间精心呵护，花盆里又长出了新的枝蔓和花蕾，不久一朵朵含苞欲放的花朵又绽放开来。我想任何事物都是这样，当你放弃的时候，就意味着失败。当你坚持到最后一分钟，成功的花儿才会绽放，因为放弃 15 画，坚持 16 画，这一笔一画非常重要。

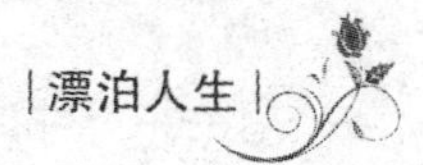

第十六章　我要读书

眼看快开学了，徐菁正忙着帮大姐的儿子联系学校，本来学校都找好了，就在离餐馆不远的民族小学就读，但校方不肯接收，原因是学校不收毕业班。这可如何是好？孩子恰恰赶在这个点上，难道就因为不收毕业班而让孩子辍学？大姐的儿子刚读完小学五年级，今年正好上六年级毕业班，而这个时候他们一家都搬来城桥市打工了，如果孩子入不了学，这一切的努力都将白费。父母来城里创业，也是想孩子能有一个好的学习环境，毕竟他们山区条件艰苦，学生上学还得翻山越岭，途中还要经过几道天梯……现在时代变了，既然父辈们都走出了大山，谁还会让自己的孩子留在那里。我当时还在想，我们那时候辍学是因为家里贫穷，交不起学费。现在九年义务教育书学费全免了，而且学生上学不再有地域限制，尤其是进城务工人员的孩子可随父母就近入学，这一教育制度的改革给广大进城务工家庭带来了福音。可是每所学校又都有具体的规定，无奈之下，大家还得面对现实，既然孩子一时半会儿上不了学，我们还得采取一些补救措施，或者先让孩子安定下来，去买些学习资料，让他在家自学和复习，等明年再去联系学校。

徐菁几姊妹把店铺转让后，他们又去翠云路开了一家米线馆。以前他们开的中餐馆，由于中餐馆需要聘请大厨、配菜师，条件设施要求高。开米线馆就相对简单一些，也不需要聘请大厨和配菜师，只要多几个人手帮忙就可以了。只是开米线馆须早起，一般早上四五点钟就开始忙了。俗话说“牛肉吃不胖，米线全喝汤”。人们吃米线首先品尝的就是这锅汤，汤料不好，其他再好也没用。在城桥市，无论你走在哪条街道，你见得最多的就是开着各式各样的米线馆了，因为城桥的米线有着上千年的历史，至今还有不少百年老店盛行着。现在的米线馆真是五花八门，什么牛肉米线、羊肉米线、菊花米线、正宗过桥米线等；单牛肉米线还分几类，譬如：黄牛肉米线、水牛肉米线、带皮牛肉米线、红烧牛肉米线等。

徐菁经过观察了解，他们决定开一家西边桥土鸡米线馆。因为大家知道，西边桥凉鸡远近闻名，就是因为它选用了西边桥本地土鸡做食材。当地村民饲养了一种红冠黑脚的乌骨散养鸡，这种鸡原生态，无污染，全都散养在山涧树林中，所以这种鸡体格健壮，味道鲜美，其价格要比一般笼养饲料鸡高出几倍。

土鸡米线馆开张不久,生意十分火爆。米线馆虽然不要大厨,但需要人手较多,大姐家东东正好没上学,他也来店里帮忙了。东东虽然只有12岁,但他个头较高,手脚麻利,是把干活的好手。可小孩子终究是小孩子,干着干着他就不上心了,等新鲜劲一过,他又恢复了贪玩好耍的本性。东东在店里忙碌穿梭,一些不了解的顾客还以为我们在招"童工",都纷纷询问:这是哪家的小孩子,不去学校上学在这里干活可惜了……这时,大姐总是向顾客搪塞地说,这是我家的儿子,这两天学校放假,他是来帮忙的。开始大家没在意,可时间一长大家觉得不对劲,有人问:这几天又不是星期天,又不放假,你家儿子怎么天天在店里干活?他是不是没上学啊……

面对这样的质疑,大姐想瞒也瞒不过去,她索性向顾客吐露了实情。当大家得知孩子是因为学校不收毕业班而辍学时,都义愤填膺!大姐说:"现在开学这么久了,说什么也没用了,孩子上不了学已成事实,我们该想的办法都想了,既然上不了学,那我们就认命吧!反正读不读书都一样要吃饭。"

大姐话虽这样说,其实她是心有不甘的,她知道孩子不读书意味着什么,他们这样辛苦出来打拼,不就是想让孩子过得好一些吗?现在总算是在城里立住了足,可孩子又辍了学,这多少有些得不偿失啊!其实,孩子辍学谁心里都着急,就孩子而言,他心里比谁都难过。看到邻居家的孩子每天背着书包去上学,他就忍不住对父母说:"爸!妈!我想读书……"每当听到孩子这样的乞求声,每当看到孩子渴望的眼神,谁不揪心的痛!可谁又能有什么办法呢?

对于辍学我是有深刻的体会,我那年辍学时才刚刚12岁,跟我同时辍学的还有姐姐,她刚上初中一个星期也被叫了回来,我们把上学的机会留给了弟弟妹妹们。想想当时我们一大家子人要生活,庄稼地里全靠父母二人是种不出来的。我们兄弟姊妹五人,加上父母、爷爷,一家七八口人吃饭。那时,正值大集体解散,"包产到户"正如火如荼地开展,每个人都只有靠自己的双手和劳动才能过上好日子。为了一家人的生活,我和姐姐被迫辍学,这是多么残忍的事实,但我们能有什么办法?谁让姐姐和我是老大老二呢!我不入地狱谁入地狱。

从内心里讲,那时我是不理解的,甚至内心充满了恨,我恨父母这样狠心,这样绝情地断送了我和姐姐的前程。同时我又怨恨我们家为什么这样穷?为什么别人家的孩子能上学,为什么就偏偏我和姐姐辍学呢?带着这些种种疑问和困惑,给我幼小心灵带来了震撼和打击,也由此萌生了我对外界强烈的向往和追求,所以才有了后来我出门闯荡和漂泊人生的传奇。但辍学的伤痛在我心里永远也挥之不去,毕竟失学的痛苦和悲哀给我的人生带来了毁灭性的打击。如果我没有辍学的话,也许我也能和其他孩子一样顺利读完初中、高中、大学,甚至有可能成为社会的栋梁之才。然而由于辍学,促使了我出门漂泊,因为只有到外面去闯荡、去经历、去漂泊、去学习,才能够实现心中的梦想,才能颠覆一切命中注定。虽然目前有了一点点成就感，但付出的代价实在是太大了，真不想再有人重蹈覆辙走自己的路，所以当我看到大姐家孩子辍学的情景，我心里是万分的伤痛，在物质生活有了很大改善的今天，这样的辍学悲剧是不应该出现的。

尽管我们做了最大努力，该找的渠道也找了，该想的办法也想了，但孩子最终还是没能上成学。大姐家东东一直辍学在家，他除了偶尔去店里帮忙外，其余大部分时间都在家里玩。有时，东东还去街上捡些饮料瓶回来。我们都感到好奇，问他捡瓶子回来干啥？他说，捡瓶子回来卖了凑学费。看到孩子懂事的样子，大家又感到一阵心酸……

东东说，他在店里帮忙别人会说长论短，他说还不如去街上捡些垃圾卖了凑学费，反正今年也上不了学。鉴于目前的情况，孩子既然上不了学，就让他辍学一年，明年初一再让他上，到时学校没理由拒收。但通过我们了解后得知，如果让孩子在家辍学一年的话，明年初一就更上不了学了，因为初一的新生必须是六年级毕业才行，东东六年级未毕业，或者说他六年级根本就没上，这更不符合教学规定，学校也不可能接收。看来问题更加严重了，孩子在家辍学一年还是上不了学，这下弄得大家不知所措。这时，我突然想到一个好办法，孩子上不了学，这是因为公立学校条件苛刻，我们何不去私立学校就读呢？于是，我们就去城桥市唯一一所私立学校了解情况，没想到私立学校门槛很低，也没有户籍、学籍的限制，说白了，只要是个人都收。但私立学校属全额收费，一学期大概在三千多。

既然私立学校能上学，这的确是一件值得欣慰的事，我们立刻就去与校方联系。城桥市私立学校坐落在市郊南端，名“精英学校”。我们找到精英学校的校长，把孩子的情况向他陈述后，校长摇摇头惋惜地说：“太晚了！你们为何不早点来呢？现在开学快一个月，孩子也跟不上学习了。我看这样，这学期你们先让孩子在家自学，买些课本资料看看，等下学期早点来报名就读，明年七月份六年级毕业，初一就能顺利入学了。我们精英学校办学十多年了，口碑甚好，从幼儿园到初中，绝对不比公立学校差。而且我们学校实行的是全封闭式、军事化管理，你们的孩子在这里读书安全是绝对有保障的……”听了校长的介绍，大家的心总算落下来了。一个学期三千多块钱，比起公立学校来是贵了些，但只要能让孩子读上书，花点钱也是值的。

我们去新华书店买了六年级上册课本，还买了一台学习机，这台学习机比以往的点读机更先进，只要在学习机里下载六年级上册视频教学软件，就能像课堂上听老师讲课一样学习了。在课堂上老师授课一般不会反复重讲，有的课程老师甚至只讲一遍，学生就得死记硬背。而学习机的好处是一个单元一节课可以不厌其烦地反复听、反复学，而且视频教学都是优秀名师授课，绝对是声情并茂，精准到位。有了这台学习机，东东真是如获至宝，他翻开课本，对着学习机反复试听，感觉比在教室里听老师讲课还要真切。但学习了一段时间后，东东就感觉有些枯燥乏味，毕竟没有在教室里的那种热烈氛围。于是，他学习之余仍然去街上捡垃圾。他说，精英学校学费那样贵，自己拾点荒卖了多少可以凑些学费。东东是个懂事的孩子，正所谓穷人家的孩子早当家，尤其是像他这样从大山里走出来的孩子，心智都比城里孩子成熟得早。别看他只有 12 岁，早在七八岁时他就能自己洗衣做饭了，所以农村出来的孩子个个都吃得苦。

一天，东东学习之余又去拾荒，他一手提着蛇皮袋子，一手拿着铁钩子，看见路边丢弃有塑料瓶子，他就捡来放在袋子里，三个矿泉水瓶子能卖一角钱，他一天最多的时候能捡上百个瓶子。有时他拿着铁钩子在路边垃圾箱里捡些废纸板，其实废纸板比塑料瓶值钱多了，一斤废纸板能卖四角钱。东东干了一段时间也摸索出了一些拾荒经验，他把废品收集回来分类整理，纸板、塑料、金属品种不同，价格差异很大；单金属还分铜、铁、铝、锑、锡。刚开始他不懂分类，什么东西拢在一起卖。废品收购站的老板是个热心的老大爷，他知道东东失学在家，看到他小小年纪如此懂事，老大爷就十分同情他，每次收他的废品总是要比别人多出价格买，还教他分类、整理，这样老大爷也省了不少事儿。因此东东也学到了一门生存之道。老大爷常常对他说，如果他将来读书行就不说了，如果不行就回来拾荒，只要爱一行专一行，行行都能出状元。

拾荒挣学费实属无奈之举，但东东并无怨言，他相信老大爷说的话，三百六十行，行行能出状元。别小瞧废品老大爷，听他讲，老大爷这些年收废品房子买了几套，家有大车小车好几辆。老大爷说，你读再多的书也是回来挣钱养家，只是说读了书能有更多的就业选择，总之一句话，能吃苦万事皆成。除了学习、拾荒，东东还要帮助爸妈打理生意，小小年纪的他早已习惯了忙碌而充实的生活，在他的身上看不到同龄孩子应有的天真和快乐，心智过早的成熟让人有些心疼。是啊！谁不心疼呢？让这么小的孩子过早挑起了生活的重担，体验到了生活的艰辛，也许这样的经历对他以后的人生成长会起到决定性的作用。

我要读书！这是孩子平时讲得最多的一句话，读书是适龄儿童应有的权利。尽管东东表面平静，可内心对读书的渴望汹涌翻腾，有几次拾荒经过学校门口，他都情不自禁往里张望，听着同龄孩子朗朗的读书声，他的心又一阵阵难过……回到家来，他打开课本，跟着学习机视频一边学习，一边不停地抹泪……一天，爸爸送水回来看见，东东一头扎进爸爸怀里伤心地说："爸……爸！我想读书！我想读书……"

"东娃儿，不哭啊！爸爸知道你想读书，等把今年熬过去，下学期就可以去精英学校读书了……"爸爸一个劲地安慰道。东东的爸爸在一家水站打工，由于他患有乙肝，体检不过关，在疾控中心办不了健康证，他只好去水站当送水工，米线馆由徐菁他们打理。东东不是自学不好，主要是他一个人在家寂寞孤单，毕竟学校才是他梦寐以求和向往的地方。

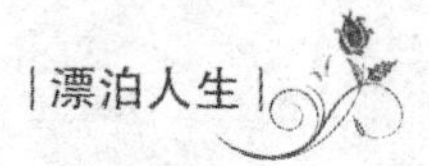

第十七章　无奈的选择

终于熬到下学期了，东东如愿以偿进了精英学校报名。精英学校果然名不虚传，从城桥周围赶来报名的新生络绎不绝，这些学生大部分都跟东东情况相似，都是因种种原因不能进公立学校就读；有一些是从外省、市、县和边远山区随父母打工转来的，有的学籍一时半会儿转不过来，有的父母手续未办齐全等诸多原因，大家之所以选择精英学校，就是因为这里门槛低，无地域、学籍的限制，只要缴费即可入学。所以来这里就读的学生素质参差不齐，教学实施起来相当困难，而且学校收费高，条件设施简陋。尽管如此，但学校每年生员递增，铺位紧张，一些离学校较近的学生干脆不住校，选择走读或半走读形式，这样费用相对低些。由于东东家离精英学校较远，从学校回来要转几趟公交车，东东就选择全封闭留校，每隔半月回家一趟。

刚开始留校时，东东和父母都不习惯，尤其是东东爸爸，他总是隔三岔五去学校看望儿子，每次去他都带些水果糖食，生怕儿子冷着饿着。学校领导知道后，就对东东的父亲解释道：“我非常理解你们当父母的心情，其实你们大可不必这样，孩子交给我们学校你们完全可以放心，我们学校的老师都是与学生同吃同住，每个班级都有生活老师，吃饭作息都是军事化管理。不瞒你说，我家两个孩子也在里面读书，我家大儿子从小学二年级就在这里就读，现在他在北京上大学。老二在上初三，明年就要参加中考。事实证明，我们精英学校虽然是私立学校，但无论是教学质量和师资队伍建设绝对不比公立学校差。虽然说我们学校的学生素质参差不齐，但我们对学生都是因材施教。说到教育这块，我很想跟你们家长沟通交流一下，你也知道，我们国家在教育这块经过了多次改革，但不管怎样改革，我们老师的职责都是教书育人，不管公立私立，教育理念都是一样的。近年来，国家对我们私立学校加大了投入和管理，今年财政拨款让我们减免了学生一部分学费，这些举措让我们更加坚定了办校方针和信心。”

在一次家长会上，校领导又讲了一个大家比较感兴趣的话题：“……很多家

长认为，把学生交给学校就万事大吉了，其实不然，要想把孩子教育好，需要家长和学校共同努力才行。最近我一直在思考一个问题，我们要采取什么样的教育理念才符合当前的现状？是‘放牧式’还是‘精英式’管理呢？我家两个小孩就是一个活生生的例子。我家大儿子比较贪玩，又爱玩游戏，踢足球；从小学到初中、高中我几乎没怎么管教他，他仍然在学校名列前茅，而且顺顺利利地考入了北京一所重点大学。由于我家老二学习成绩不理想，我几乎每天都是对他采取‘精英式’管理，一刻也没对他放松过，可为什么效果不明显呢？这就说明了一个问题，对待孩子的教育不管采取什么方式，主要还是要有针对性，因人而异，因材施教，正确诱导入手。过去那种‘万般皆下品，唯有读书高’的时代过去了，从你们身边就可以发现，那些当大老板或事业有成的人都不是在校学习最好的人。这就是说时事造英雄，所以说各位家长不要纠结于学生现在的分数成绩，分数代表不了他今后的成长成才，只要能给孩子从小灌输一种‘知识改变命运，学习成就未来’的教育理念，我想即使孩子将来没有考上重点大学，出来照样是个人才……”

学校领导说得没错，学生的成长不在于学校环境，而在于教学理念。许多公立学校的校园设施完善，师资队伍雄厚，可不见得教学质量就是一流。

由于封闭式管理，学校内设有小卖部，里面有各种各样的零食和学习用品。为了统一管理和控制学生的零花钱，学校要求学生开学统一存入零花钱，平时需要买什么就找班主任领取。小卖部是私人置办，别看这个不起眼的铺子，一年利润相当可观，尤其是夏季，各种饮料、雪糕供不应求。但有些垃圾食品学生食用后容易出问题。有一次东东半夜闹肚子，班主任老师连夜打电话叫家长接去医院，结果检查是吃了过多垃圾食品引起的急性肠炎。

东东是个懂事的孩子，他知道能坐在教室里学习是件多么不容易的事，父母每学期要花几千块学费，去公立学校又上不了，不然他也不会花这笔钱。想想父母在城里打拼不易，开个店赚点钱更难，一月除了铺面租金、工商税务、环保卫生、工人工资外所剩无几。他们还要准备在城里买房，若不然将来孩子高考又得回老家去，这些现状是每个在城里打拼的农村人共同面临的难题。无奈的选择，无奈的人生一直困扰着他们。

每次放半月假回来，东东父母总是要煮些好吃的让他补补身子。学校每学期交几千块学费，可伙食也实在是太差了，顿顿都是青菜萝卜、土豆南瓜。如果学生想改善伙食，还得另外掏钱买鸡腿、鸭脖；就连洗一次澡也要交两元钱，包括教室上课学生饮水以及班费、教室卫生工具等，学生都得另外掏钱。没办法，私立学校就是个花钱的地方，你既然选择了在这里读书，就必须无奈地接受一切。

有很多家长双双在城里打工，根本无暇照看孩子，他们把孩子送到这里来，纯粹就是让学校帮忙照看孩子。至于学生成绩如何他们从不关心，只想孩子能在这里有个落脚点，把个儿长高些，以后好回来帮他们干活。所以说家长对孩子有怎样的期望，孩子就有怎样的未来。正因为有了这样一些家庭的孩子在里面读书，严重地影响到了其他勤奋好学的学生。譬如上课时，有的学生根本不听老师讲课，他们在座位上交头接耳，大声喧哗，置课堂纪律而不顾，老师也拿他们毫无办法。一些走读生和半走读生更随便，想来上课就上，想不来就不来。为了方便联系和交流，班主任老师建了一个班级群，把自己的QQ、微信公布出来。现在是互联网时代，学生几乎是人手一机，一些学生请假也不用写条子，直接在QQ群里发条消息：老师我今天有事不来了；老师我肚子疼不来了；老师我脚痛不来了……不来上课不要紧，不想学习不要紧，可你不能影响其他学生上课和败坏校风。班主任老师也拿他们无可奈何，跟学生家长打电话他们要么不接，要么就是不知道。后来班主任老师也心凉了，他也管不了了。

一到放半月假，班级QQ群便是人气爆棚，一些学生在群里不好好聊天，竟然大放厥词，满口脏话。还好学校有严格规定，留校生一律不准带手机，但有的学生仍然私藏手机在书包里，下课或睡觉时躲在被窝里玩。现在的学生滋生了攀比之心，不仅衣服着装要名牌，就连手机也要买最好的，什么华为、小米看不上，三星、联想更垃圾，只有iphone7、iphone7plus才是他们的最爱。可他们哪里知道，父母辛辛苦苦挣钱不易，自己拿着父母的血汗钱任意挥霍，他们的良心何在？天理难容！

东东在这样的校园环境里成长难免会受影响，他也要求买手机。父母想到买个手机也好，方便联系，可东东想买最新流行款的好手机。“新款流行那不是iphone7吗？现在市场售价四五千，你买那么贵的手机干吗？手机只是通话和发个信息而已，能用就行。现在的手机功能太多了，你用得了吗？什么QQ、微信、游戏、红包都是整钱的。以前的一款手机能用几年，现在的人用手机一年一换，你以为钱那么好挣吗？”东东父母一提到手机就生气。

可东东不这样认为，他说：“以前是以前，现在时代不同了，以前那些功能手机都淘汰了，现在市场上都是清一色的触屏手机。手机不仅仅只是通通话而已，而且还可以视频聊天，发微信、QQ、玩游戏、看影视剧等，尤其是微信聊天，语音视频通话都是免费的。”

“你就拉倒吧！免费的？羊毛还不是出在羊身上，岂有你占了便宜的？你一月充那几十百把块话费是干啥的？有几个玩手机的人看过账单？都是催话费了往里打钱，现在的高科技都是害人的……”东东父母坚决不同意买新款手机。

“哎呀！爸！妈！都什么年代了，你们总不能戴着有色眼镜来看问题，现在是高科技时代，是信息互联网时代，高科技只会给我们带来便利，高科技怎么会害人呢？你们不要谈虎色变嘛！诚然，iphone7价格是贵了点，但我可以买iphone5呀！在网上iphone5才一千多块，而且质量有保证，绝对正版。”东东讲起新款手机来也是一套一套的。

“拉倒吧！一千多块钱的东西质量还有保证？我看不是水货就是山寨，现在网上哪样东西不便宜？自古以来都是便宜无好货，好贵好贵好才贵嘛！”

“就是说嘛！好贵好贵好才贵，我说 iphone7 好的要四五千你们还不信？贵自然有它贵的道理。”

“我们并不是说贵的手机不好，但你现在还是个学生，用这么高档的手机干吗？你爸的手机用了几年都还在用，越是高档的东西越最容易坏。”总之东东的父母坚决不同意买高档手机。

他们认为学生最好不要碰手机，但事实证明现在这年代不让学生用手机也不现实，可以毫不夸张地说，现在的学校百分之九十九的学生都有手机。既然手机已经普及了，给孩子买款手机也未尝不可。东东的父母是想给孩子买款便宜点的功能手机，东东的意见是买便宜的还不如买稍微好点的触屏手机，现在的手机不仅仅只是简单通话，玩游戏、刷微信、聊 QQ 才是主要的。

东东上学的事终于有了着落，虽然学校并不是很理想，但总算圆了孩子的读书梦。现实有几多无奈，容不得我们去选择，正如徐菁开店一样，说不要你开你就不能开，很多事都是无法预知，结果怎样并不重要，重要的是把握好每次机会，迎难而上，事在人为，事情总会有解决的办法。

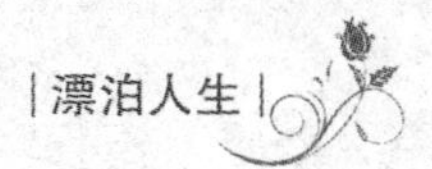

第十八章　堕　落

徐菁的中餐馆转让后，他们的米线馆生意也十分火爆，这次他们认真吸取教训，总结经验。首先，他们在租铺面与房东老板签订合同时就把时间延长了两年，以往他们签订合同都是三年一签，三年时间太短，等你把店刚搞上了规模，或者事业正蓬勃发展的时候，房租到期，老板自然就会抬高铺面价格，让你骑虎难下。如合同签订五年，即使合同期满铺面涨价，你也有一个缓冲，底气十足。其次他们在招聘人员上也有很大改进，虽然米线馆不需要大厨，但仍需要找一个懂得熬制汤锅的师傅。在招聘小工时，他们尽可能不招年龄偏大或形象不佳者。这时，徐菁就想到自己老家的邻里亲戚，正好有两位帅哥美女在南桥翠康园打工，他们就去把人挖了过来。

徐菁的这个建议绝对没错，后来他们米线馆生意如日中天，生意好得一塌糊涂。当然从中也归功于有我的一些功劳，自从我来到云南，住在徐菁这里后，我就帮了他们许多忙。从徐菁跑业务，帮助华哥解决内部纷争，揪出马秋水，捣毁唐医生的制毒窝点，以及大姐家东东入学诸多问题，我都尽了力所能及之力。再说，一边是朋友，一边是老乡，我不帮忙行吗？原本我是打算住一段时间就回去，现在我又有些舍不得走了。因为我喜欢云南这里的气候，尤其是城桥这个地方，真是一个宜人宜居的城市。当初我是不相信云南还会有这样一个美丽的地方，当在这里生活了几个月后，我才发现这个离北回归线不远的滇南小城是如此之美丽，这里没有严寒和酷暑，只有蓝天白云，绿树成荫……

徐菁说，既然我舍不得走了，那干脆在这里开家画廊如何？我当即就接受了他的建议，后来我在离他们餐馆不远的地方开了一家“漂泊画廊”。画廊面积不大，总共十来平方米。漂泊了大半辈子，终于有了一个落脚点，我平时除了画一些田园风光的装饰画，我还把过去在旅途中画的风景写生整理出来，挑选了一些具有代表性的作品创作成油画、国画；另外我还利用暑假办美术班，教孩子一些美术基础，我的一技之长终于有了用武之地。

徐菁给我的建议很好，但他建议招帅哥美女做服务员我就不敢苟同了，之前我还和他发生过争执，我认为招服务员最好是上了一点岁数的大妈大姐好，因为大妈大姐成熟稳重，干活勤快麻利，不像那些小年轻外表光鲜，油头粉面，花枝招展。加上他们还是邻里亲戚，这就更增加了管理难度，如是外人还好管理，邻里亲戚说也不是，不说也不是。后来真被我言中了，帅哥美女没干得半年就出事了，而且还是人命关天的大事。单说那位美女，原本是徐菁家的一个堂妹，名许丽丽。其实丽丽并不漂亮，黑黝黝的脸蛋，矮矮的个子，肥肥的臀部，真不敢想象像这样一个要颜值没颜值，要身材没身材的山妹子，居然还有不少人追求她？我都不知道那些男人们喜欢她哪样？一个个还为她买鲜花，送礼物，甚至不惜争风吃醋，大打出手。

那位帅哥更别提了，虽说不是徐菁家的亲戚，但他跟蒋贵同住一个山寨，也算是邻里乡亲。帅哥名蒋欣荣，是蒋贵的隔壁邻居。蒋欣荣人长得还不错，可谓一表人才，气宇轩昂。小伙子特别注重衣着外表，随时随地都打扮得干净利索，毛发油亮。之前他在南桥翠康园打工时，练就了单手托盘上菜的绝活，练就这种绝活并非一日之功。蒋欣荣开始从厨房打杂到跑堂上菜，他也是勤学苦练一步一个脚印走过来的，能做到他这样单手托盘上四五个菜在厨房大厅之间穿梭自如不是件容易的事。我们把他挖过来时，翠康园老板怎么都不肯放人，最后翠康园老板给他加薪到三千元，但他依然义无反顾地离开了。说实话，在城桥像他这样跑堂上菜的最高工资也不过二千多一点，他能加入到我们店里来，这不仅仅只是看在邻里乡亲的份上，更多的是一种兄弟情谊在里面。后来他为了女朋友得罪了情敌，惹来了杀身之祸，但我们为他打赢了这场官司，以告慰了他在天之灵。

许丽丽来没多久，她就给我们留下了一个不好的印象，一个十七八岁的姑娘，晚上经常出入酒店、KTV，而且还经常带男朋友回家过夜。我们招聘服务员都是包吃包住，许丽丽就住在我们二楼，我们每天回去都要经过她的房间。按理说女孩子谈恋爱很正常，偶尔带男朋友回来过夜也很正常，唯一不正常的是她经常带不同的男朋友回家过夜。谈恋爱可以，但不能乱性，小小年纪就这样朝三暮四，换男朋友像走马灯似的。想到她是徐菁的堂妹，我们经常劝导她说：“年轻人，谈恋爱还是专一点好，你这样隔三岔五换对象，难道你不觉得累吗？你不注意形象，搞不好就会争风吃醋，引火烧身！上次给你送礼物的那个男人少说也有三十多岁了吧，人家是什么底细你了解吗？听人说他是附近的香蕉店老板，他是不是真心喜欢你呢？还是在玩弄你的感情？你以为他带你出去吃饭唱歌就是喜欢你，你也太傻了吧！你这样放纵自己，拿自己的人格不当回事，总有一天你会后悔的。”

尽管我们多次提醒过她，可许丽丽就是不听，后来听说她怀孕了，那个经常跟她一起的老男人也不见了踪影，许丽丽这才追悔莫及，最后还是徐菁陪她去医院堕的胎。徐菁说：“我真是倒了八辈子霉！别的男人干的好事还得老子给她擦屁股，我呸！不是看在堂兄妹的份上，我才懒得管这些破事。”人常说：知荣而行，知耻而止。经历痛定思痛之后，她应该有所收敛，可许丽丽仍不思悔改，在她堕胎后不久，她又恢复了水性杨花的本性。这次她在外面又交了一个比她大几岁名胡彪的小伙，胡彪是城桥一带有名的痞子，人称彪哥。彪哥是在一次 KTV 唱歌时认识她的，当时彪哥的小妹杨灿也在那里，杨灿与许丽丽是认识的姐妹，她们经常在一起出入酒吧、KTV 鬼混。其实杨灿一直在追求蒋欣荣，也许是蒋欣荣人长得帅气，但他又老瞧不上杨灿那轻浮的外表。蒋欣荣虽说是从大山里走出来的穷小子，但经过几年的锻炼和打拼，现在无论从外表和谈吐，形象与气质都跟城里人没啥区别，甚至可以说已经超凡脱俗，才华横溢了。话说回来，即使蒋欣荣人才出众，英俊潇洒，谈吐不俗，能赢得众多姑娘的芳心，但他却忘了自己是从大山里走出来的穷小子，几年的城市生活，磨掉了他身上应有的朴素和棱角。他变了，变得跟城里人一模一样了，甚至有些装腔作势，油嘴滑舌。怪不得有那么多姑娘喜欢他，为他投怀送抱，争宠献媚……殊不知他已把自己置身于危险境地，只是他从未发觉而已。

其实杨灿撮合彪哥跟许丽丽谈朋友，多半是为了她自己的利益，杨灿一直喜欢蒋欣荣，可蒋欣荣并不怎么喜欢她，而蒋欣荣喜欢的是杨灿的姐妹林媛媛；恰好林媛媛又曾经是彪哥的旧情人，这绕来绕去头都快晕了。杨灿以为把彪哥介绍给许丽丽，她就有机会找蒋欣荣耍朋友，其实这都是一厢情愿的事。然而蒋欣荣喜欢林媛媛又遭到彪哥的嫉恨，但在热恋的年轻人面前，谁又顾及得了那么多呢。

一天，许丽丽请假去找彪哥约会，他们一行人又去了“满天星”KTV 唱歌。“满天星”KTV 在城桥酒吧一条街，这条街从南至北全是“红灯区”，每当夜幕降临，华灯初上，这里便成了年轻人的天堂。帅哥美女，一群群，一党党，穿梭在灯红酒绿的大街上。许丽丽手挽着彪哥进入了酒吧，彪哥长得五大三粗，肥头大耳，一串硕大的黄金项链挂在胸前。虽然他跟许丽丽这个并不漂亮的山妹子极不搭配，但为了小妹杨灿，他也算是豁出去了。对于像彪哥这样经验丰富的情场老手来说，玩弄女孩是他的本性，至于喜不喜欢倒是其次，既然有大姑娘送上门来，岂不是天上掉馅饼，不吃白不吃。

来到酒吧，杨灿他们早就等候多时了，今晚算是人都到齐了，杨灿、林媛媛、蒋欣荣、许丽丽、彪哥，大家坐下后，彪哥就叫服务生上酒，杨灿忙着倒饮料，林媛媛帮忙加冰块，许丽丽拿来麦克风点歌。唯有蒋欣荣坐在那里闲着，他心里老是七上八下忐忑不安，他不知道今晚是唱的哪一出，该来的不该来的都来了，看样子是要打架的节奏。显然，蒋欣荣心里不悦的是杨灿不该把林媛媛叫来，明摆着林媛媛是彪哥的旧情人，大家处在一块多尴尬。事实上不是这样子，林媛媛虽然和彪哥有过一段恋情，但他们早已分手了，刚开始的时候，林媛媛就不喜欢彪哥，因为她知道彪哥是在社会上混的人，还同时脚踏几船，和好几个女人搞在一起，像这样感情不专一的男人令林媛媛十分反感。他们正式分手后，彪哥虽然表面上不再接近她了，可他心里还一直念念不忘，在彪哥眼里，林媛媛无论长相、身材、素养都远在其他姐妹之上。他这是爱屋及乌，都怪他自己把持不住，在美色面前，他丧失了做人原则，与人乱性，道德败坏，林媛媛看不上他也活该。

尽管他与林媛媛分手了，彪哥仍然旧情难忘，他更容不得有人喜欢她，追求她。当他知道蒋欣荣也喜欢她时，他恨不得立刻上去打架。但他知道小妹也喜欢蒋欣荣时，他心才有了一丝平衡，为了讨好小妹的欢心，同时也是为了排出“异己”，他更是硬着头皮来与自己并不喜欢的许丽丽谈情说爱。而许丽丽又是一个非常势利的人，他看中的是彪哥出手阔绰，一副江湖老大的派头，她心目中所追求的就是这种渣男？想想真是可笑之极。

几人一阵狂欢之后，许丽丽歌也唱累了，他就靠在彪哥身上，撒娇地说：“彪哥，你给我唱一首夫妻双双把家还吧！我好想听你唱歌啊……”“去去！我不会唱，你自己唱吧！”彪哥不买她的账。

“嗯！彪哥！你不想唱歌想干吗……”许丽丽紧靠着彪哥的肩膀，一副妩媚妖娆的样子。

这时，林媛媛起身告辞，她说有事先走了。杨灿见林媛媛走了，她过来挨着蒋欣荣身边，端上饮料递给他说：“来，我们喝饮料，如你嫌冰块不够，我再加几块好不好？要不你喝点啤酒……”蒋欣荣平时很少喝酒，在他得胃炎之前，他是餐餐不离酒的，现在他是滴酒不沾了。彪哥今晚酒喝得有点过了，他见林媛媛不辞而别，心里越发不是滋味，他突然站起身来，拉着许丽丽的手说：“你不是要和我玩吗？走！咱们去包厢里玩个够！”许丽丽搀扶着摇摇晃晃的彪哥进了隔壁包厢。他们进去之后，彪哥把许丽丽一把摔倒在床上，上前就一阵发疯似的撕扯着她的衣裳。许丽丽说：“彪哥你没喝醉吧？看你猴急的样子，温柔一点嘛……”

“老子温柔不来，今晚老子不把你往死里整，老子就不是人……”——夜是那样静谧，“红灯区”的天空依旧是那般迷人闪烁。酒吧包厢内，正上演着一出疯狂而又惨烈的活春宫……此时此景，彪哥正疯狂地宣泄着男人应有的欲望，随后便是那死去活来的呻吟声、惨叫声响彻不绝……也不知过了多久，男人累瘫倒头呼呼大睡，许丽丽也被折磨得不省人事。当她清醒爬起来时，已是午夜两点了。她感觉身子快散架了，一点力气也没有，她试着爬起来喝点水，在柜台边她发现了一粒“伟哥”的包装。这时她才幡然醒悟——彪哥对她好，只不过是因为他想把自己当作发泄兽欲的工具，他根本就没在乎过她的死活，跟这样一个衣冠禽兽鬼混在一起，说不定哪天丢了性命也不知。她简直太单纯太傻了，所以许丽丽决定跟他分手。

第十九章　争风吃醋

当彪哥知道许丽丽想分手时，他心里是一百个不乐意，他不想失去这个到手的猎物，况且他小妹又还喜欢蒋欣荣。他说，除非他小妹杨灿不再喜欢蒋欣荣了，他可以和许丽丽分手。但杨灿确实是喜欢蒋欣荣，她知道许丽丽并不是真心想跟彪哥分手，她是怕彪哥在利用她，玩弄她的感情，所以才提出来分手的。但事实上蒋欣荣并不喜欢杨灿，他喜欢的是林媛媛，而林媛媛又误以为蒋欣荣喜欢杨灿而心生嫉妒，蒋欣荣一直想找个机会向林媛媛当面解释。直到有一天机会来了，林媛媛主动约了蒋欣荣去她住处面谈。

蒋欣荣一路在想："媛媛今天为什么会约自己去面谈？难道她有什么话想对自己说？"

从那年在翠康园打工时他俩就认识了，虽说林媛媛早出来一两年，但这两年他俩一直还保持着联系，是什么原因让他俩渐行渐远？这恐怕还得从他俩那次争吵后说起。那是一个月明星稀的夜晚，他俩从翠康园出来，一起漫步在北湖公园的小径上，他俩就这样默默无语地走了很长一段路，最后他俩停了下来。林媛媛拉着他的手说："荣！咱们去深圳打工吧！"

"为什么？我们在这里干得不挺好的吗？"蒋欣荣不明白她为什么会提出这样的要求。

"不……我觉得在一个地方待长了厌倦，换个环境心情也许会好些。"

"换个环境也不至于跑那么远吧？深圳离我们这里很远的。"

"要不我跟你去山上住一段时间，我想看看你们大山的风景。"

"山上有什么好看的，我们都是从小在那里长大的，再说我们山上手机没信号，住的条件又差，我怕你不习惯。"

"我不怕！手机没信号不玩就是呗！我就想在那里静静地待上十天半月，好好享受一下大自然的风光，听说山上还有猴子、松鼠和各种小动物，我就想去那里生活……"

"唉！你们城里人真有意思，我们好不容易才奔出来，你却要我回去住，我是不想再回到山寨上去了。现在我们山上的年轻人都跑出来了，谁还愿意待在那个交通不便，信息闭塞的穷乡僻壤？不是我自己瞧不起自己的家乡，山上的确没什么发展，乡村公路是修通了，可汽车还是开不上去，今天这里塌方，明天那里断裂，下山赶集来回就得一天……"蒋欣荣一提到家乡恶劣的环境，他心里满是怨愤，国家拨了不少款项下来改善民生，扶贫攻坚这么多年，可农村仍然是那副贫穷落后的样子。那些乡、村干部个个都在城里建起了楼房，买了汽车，他们的钱又是从何而来？

其实，蒋欣荣误会了林媛媛的一番好意，林媛媛想去山上住，想去深圳打工，都是她找的一种借口，其真正目的她是想摆脱彪哥对她的控制。一次偶然的机会，彪哥认识了林媛媛，那时林媛媛还没去翠康园打工，为了躲避彪哥对她的纠缠，她才去了翠康园打工。彪哥自从认识了林媛媛后，他就被林媛媛的美貌所倾倒。林媛媛身材高挑，容貌姣好，性格开朗大方，她是一个传统稳重的女孩，虽然有不少帅哥追求她，但都被她谢绝了。因为她知道，这年头帅哥的确很多，但真正靠谱的没几个。连帅哥都看不上的林媛媛，她又怎么可能喜欢财大气粗的彪哥呢。可彪哥是什么人，他是个无赖，是个痞子，像林媛媛这样貌美如花的姑娘他岂能放过？彪哥知道对付这样的姑娘用"霸王硬上弓"的办法是行不通的，后来他就改为死缠烂打，但林媛媛始终不给他机会。人常说：强扭的瓜不甜。万般无奈之下，彪哥只好放弃追求，他们和平分手后，彪哥仍然不死心，经常去骚扰她。再后来，林媛媛去了翠康园打工，她认识了蒋欣荣，她才真正感受到了爱情的美好。

徐菁餐馆开业，蒋欣荣看在兄弟情谊的份上，毅然从翠康园辞职离开了。加入到兄弟的队伍，蒋欣荣真切体会到了创业的艰辛和自豪。这些年他都白混了，能像徐菁他们这样自主创业才是走向成功的途径，只有在事业上闯出了一片天空，你才有资格对家乡说不！你才能去改变贫穷落后的家乡。因为无论你走多远，家乡始终是你的根。

蒋欣荣离开翠康园后，林媛媛倍感孤独，为了摆脱彪哥的纠缠，她让蒋欣荣带她离开这里，可蒋欣荣始终没答应。蒋欣荣知道，一个女孩子既然提出了那样的要求，等于说把整个人都交给他了。可蒋欣荣不答应也有他的理由，他是想趁现在还年轻，需要去努力，去拼搏，一旦儿女情长，就会英雄气短。

今天晚上，是林媛媛主动约蒋欣荣去面谈，想必她是有十分重要的事要告诉他。蒋欣荣没有多想，他便去了酒吧一条街，在"玫瑰咖啡馆"找到了林媛媛。这个咖啡馆是他们以前经常来聚会的地方，回想从前那段美好时光，恍如隔世……才分离不到一月，两人就感觉像过了匆匆数年。林媛媛手捧着咖啡，目光呆滞，一股愁肠百结的模样。为了打破消极情绪，蒋欣荣主动端起杯子，说："媛！我们喝咖啡！媛，我们喝咖啡！"蒋欣荣说了两遍，林媛媛才从呆滞的目光中回过

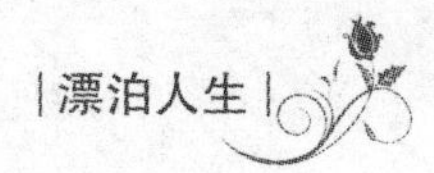

神来："嗯……"

"你今天叫我来不是专门请我喝咖啡吧？"蒋欣荣是个急性子，他直接把话切入主题，"最近徐菁那里很忙，我一时脱不开身，不然我都想抽时间来看你的。哎！最近在忙什么呢？"

"没……没忙什么！我想去广东打工。"林媛媛说。"你还是要去呀？在这里干不挺好的吗，干吗非要去广东呢？那边虽然工资高一点，但消费也比这里高啊！你还是好好考虑一下再决定吧。"从内心上讲，蒋欣荣仍不希望林媛媛走。

"不！我已经决定了，我把火车票都买好了，是明天早上六点半的车。"说到这里，林媛媛又忍不住伤心起来。

"哎呀！你看看，怎么说着说着又难过起来了呢？是你自己要走的，我又没叫你走。再说了，现在是什么年代了，微信、QQ 随时可以联系嘛！既然火车票都买好了，明天早晨我一定来送你。"蒋欣荣把杯子端起来碰了一下林媛媛的杯子说，"来，祝一路顺风……"

恰在这时，蒋欣荣看到咖啡厅前排座位上有个熟悉的身影，他忙过去一看，是许丽丽在那里。他感到好奇，许丽丽明明今天休息，她怎么也跑到这儿来了："喂！你今天不是休息吗，怎么有空跑这儿来了？"

"你这人才怪呢！我休息为什么就不能到这儿来了？这咖啡厅是你家开的啊？你管得着吗？"许丽丽没好气地说。

"是！是！咖啡厅不是我家开的，我也管不着，我才懒得管你的破事呢！"蒋欣荣和她见面就会吵，他们都是在徐菁的餐馆打工，蒋欣荣看不惯许丽丽那副德性，本来人就长得难看，整天浓妆艳抹画得像个鬼似的，恋爱也不专一，脚踏几条船，简直是给山里人丢脸。说话间，从外面进来一个中年男人，他来到许丽丽跟前，二话不说就给她一巴掌。看见许丽丽被打，蒋欣荣忙上前阻止："你凭什么打人？这里是公共场所！""老子打的就是她！这个骚婆娘，竟敢背着老子去找野男人，上次还趁老子不在她去打了胎……"原来进来的男人是许丽丽前男友。

"噢，你就是那个让许丽丽怀孕的香蕉老板？你还好意思说，她不去打胎难道要生下来？是个男人就敢做敢当，不要当缩头乌龟，你把人家姑娘肚子搞大了就跑了，你还是不是个男人？"关键时刻，蒋欣荣挺身而出，为老乡许丽丽挡驾。

"不关你的事！这是我和她之间的事，谁说我不是男人了？老子敢做就敢当！人是我给她怀上的，可我并没同意她去打胎。那几天我拉香蕉去了趟广西，在路上耽误了些时间，回来我正准备去她家上门提亲，没想到这婊子养的不仅去打了胎，还另外有了相好，老子今天非要给她难堪……"看来这位香蕉老板并非道德败坏之人，只是他今天的过激行为实在欠妥。

蒋欣荣说："不管你跟她是什么关系，但你动手打人就是不对。不管怎么说，许丽丽是在徐菁店里打工，是我的老乡，你早不来晚不来，在她打掉孩子后你才回来，反倒还怪起人家来了？今天跟你说，这事我必须得管！”“你想怎么管？她不经我同意就去打掉了孩子，老子打她有错吗？啊！你这么护着她是不是跟她有一腿啊？”

“我呸！跟她有一腿？我蒋欣荣就是打一辈子光棍也不可能跟她有一腿，你不要这么污蔑人！”

“哎哎哎！是谁在这里嚷嚷？”这时又进来几个大男人，为首的正是城桥臭名昭著的痞子——彪哥。看来真是无巧不成书，今天又有好戏看了。彪哥看见许丽丽在那里，他走过来摸了一下她的脸蛋儿，说：“宝贝！好久不见了，这两天想死我了……”

“你……你是她什么人？你给我放尊重点！”香蕉老板又跟彪哥较上了劲。

“哟嗬！放尊重点？你又是哪路神仙？敢来跟我彪哥抢媳妇？你不想活了……”

“我说这位大哥，凡事都有个先来后到，你凭什么说是我抢你媳妇？我跟她认识有大半年了，前不久她还背着我去打了胎，这次回来我是来找她算账的。难不成她也给你打过胎？”

“哈哈哈哈！上次她打的胎就是你的种啊？哈哈哈哈！有意思！有意思！太有意思了！不过她跟我睡过倒是真的，怀没怀上还不好说。这样嘛！我看你也喜欢她是吧，我退出，让给你总可以吧。”彪哥看见林媛媛也在，他就故意把许丽丽让给香蕉老板，顺水人情他也会做。

彪哥来到林媛媛跟前，说道：“真是这么巧啊！我的一个兄弟说你来了这里，没想到你果真在这里。噢，我知道了，你来这里是会蒋欣荣的吧？我给你说过多次了，你找谁都可以，但千万别找蒋欣荣，他一个乡巴佬有什么好？要钱钱没有，要房房没得。”

“怎么了？我愿意！我高兴！喜不喜欢谁是我的权利，你管得着吗？”林媛媛才不怕他呢。

“好啊！很好！你喜欢谁是你的权利，我喜欢谁是我的权利，凡事也要讲个先来后到是吧？”彪哥说着就走到蒋欣荣跟前，“你说说，是我先认识她还是你先认识她？”

“是你先认识她，可她并不喜欢你呀！”蒋欣荣说。

“你咋知道她不喜欢我呢？是你小子没安好心是吧，告诉你，在城桥这个地方还没有人敢跟我彪哥叫板，想跟我抢女朋友，除非你小子不想活了！”彪哥用手指着蒋欣荣的脸，一副凶神恶煞的样子。

蒋欣荣也气不过，他说：“天下哪有这种道理，你喜欢她难道就不允许我喜欢她，在没结婚之前谁都有权利追求她，即便是她结了婚，我也有权利追求她，

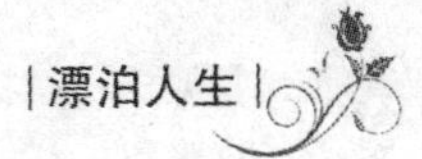

爱一个人是没有错的！”

“我呸！”话音未落，彪哥就一记重拳打了过来，蒋欣荣猝不及防，他一个趔趄，人险些栽倒在地上。这时，跟彪哥一起来的那几个兄弟上前一阵拳打脚踢，把蒋欣荣差点打个半死。临走时，彪哥恶狠狠地说：“你小子听好了，跟我抢女朋友，小心你的狗命！”

第二十章　生命的代价

彪哥一伙人走后，香蕉老板又冲着许丽丽恶狠狠地说："我跟你的事还没完！想过河拆桥，没那么容易！既然你不跟老子耍了，你得把吃我的东西吐出来！"

"哼！我吃你什么东西了？真是笑人，一个大男人请女孩子吃餐饭，喝两杯饮料，买两件衣服还想要回去？你还是不是个男人啦？况且老娘还跟你睡了那么久，还给你打了胎，老娘没找你算账不说，你还想咋样？我见过世上不要脸的男人，没见过像你这般不要脸的男人！白给你玩了不说，反倒还说起老娘的不是来了！"许丽丽一顿臭骂后，她也甩手离开了。

"嘿！真他妈邪门了！老子才走几天，这婆娘尾巴就翘上天了！我呸！骚娘们……"香蕉老板自讨没趣，灰溜溜的也走了。

闹事的走了，咖啡厅里的客人又把目光投向蒋欣荣和林媛媛俩。"看什么看？都散了……"蒋欣荣起身来到林媛媛跟前，说，"我们也走吧！今天店里很忙，我得回去帮忙了。"

"我……这样好不好？等你晚上下班了我来找你，明天早上你就不用来送我了，店里卖早点要起得早……"林媛媛说完她也起身准备离开。"既然是这样，那晚上下班了我来找你，还是老地方见！"蒋欣荣想到一个女孩子晚上不安全，再说他自己有自行车，从店里骑车过去也不远。其实蒋欣荣说的老地方，就是他们以前经常去的北湖公园。本来今天林媛媛约蒋欣荣出来是想把她跟彪哥的事澄清一下，没想到在咖啡厅里闹出这么一出戏来。既然是一场误会，蒋欣荣决定不再与杨灿来往，他必须一心一意地来爱林媛媛一个人。想到明天早晨林媛媛就要离开这里，蒋欣荣激动而又难过，令他激动的是今晚还能见她最后一面，还能去到那个令人陶醉温馨的北湖公园……难过的是过了今夜，他们不知要何时再相见……

"不，这绝不可能是最后一面……"

蒋欣荣在心里一遍又一遍地念叨！他相信他们的感情，他相信媛媛是爱他的，

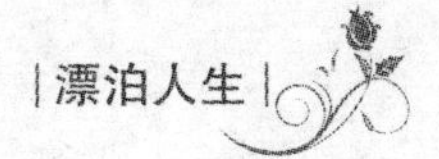

尽管他们的感情出现了一点误会，一点瑕疵，但这并不影响他们以后的发展。他多么想今天的时间能过得快些，再快些，可是他越这样想，心里越着急，感觉时间越过得慢。不知是今天店里特别忙或是咋的，蒋欣荣在干活时老是出错，他在厨房切菜时不小心把手指削掉一块皮，在给客人端米线时不小心把汤匙又掉在地上……在平时他是从未犯过这样的错误，大家见他今天神情不对，心不在焉的样子，问道："蒋欣荣今天是咋个了？想女朋友也不至于这样嘛！晚上准你的假，早点去约会吧！"

其实大家只是开开玩笑，店里这么忙谁又愿意请假呢。等蒋欣荣把店里的活忙完，已是晚上十点钟了。他脱掉工作服，脸也顾不上洗，骑上自行车飞一般朝北湖公园奔去。他担心林媛媛早到了，以前约会他也经常迟到，这次他又是这样，明明说好十点以前会面，现在又迟到有半个小时了。林媛媛九点过才到北湖公园，她知道餐馆生意忙，也没打电话去催他，只给他发了条微信说自己已到了北湖公园。林媛媛今晚也显得有些激动，想到自己在离开城桥时还能见上他一面，而且是在这温馨浪漫的北湖公园……此刻，在她脑海里浮现的全都是她和他在一起拥抱、热吻、温馨甜蜜的画面……可是，随着晚风阵阵袭来，她站在北湖公园大门口望啊望啊，始终没见蒋欣荣的到来……

这时，蒋欣荣正骑着自行车飞奔在天河路南端，过了左边这个十字路口，拐过武警支队，再走一段路就到了北湖公园。正当蒋欣荣走到天河路南端的时候，迎面碰见彪哥和他的几个兄弟，这绝对不是一般的巧合。彪哥从大闹咖啡厅出来后，他就一直在观察蒋欣荣的举动，他发誓要找个机会报复一下，他认为林媛媛不喜欢他是蒋欣荣从中作梗，想到自己财大气粗，雄霸一方，心中岂能容下蒋欣荣这样的"情敌"，所以他今晚特地叫来几个铁杆弟兄把守在路口，目的就是要狠狠地教训一下他。彪哥经打听得知蒋欣荣今晚要去找林媛媛约会，他们只知道蒋欣荣要去北湖公园，但公园人多目标大，且经常有治安民警巡逻，在那里下手不易得逞。他们之所以选择天河路南端，因这个地方比较偏僻，又是去北湖公园的必经之路，在这里——尤其是晚上教训一个人就能全身而退。但智者千虑，必有一失。令彪哥万万没有想到的是这段路虽然偏僻，但附近却安装了高清摄像头，他们作案时的全过程被清清楚楚地拍摄下来。

蒋欣荣骑车到这里，时间已经很晚了，加之这段路靠武警支队围墙，一到晚上就人迹稀少。这时，突然从黑暗中冲出几个人来，他们拦下蒋欣荣的自行车，为首的那个歹徒一把抢过自行车，说："兄弟们上，给我往死里整……""你……你们想干什么？"没等蒋欣荣荣说完，那伙歹徒就一顿暴打。蒋欣荣被打蒙了，他知道这伙歹徒是有备而来，也猜到一定是彪哥派人来报复的，但这几个人他也不认识。蒋欣荣不敢多想，他从地上爬起来拼命地往武警支队那边跑。几个歹徒追了上来，他们准备再次暴打时，蒋欣荣认出了其中一个就是白天在咖啡厅施暴的那个歹徒："好啊！原来是彪哥派你们来的是不是？你们记好了，你们将会对今天的行为付出代价的，你们这是报复！是行凶！"

"给我往死里打！"被认出的那个歹徒从身上抽出一把刀来，他上去捅了几刀说："老子给你放点血，你敢出卖我们彪哥，想跟他抢女朋友，你小子是找死！"见杀了人，这伙歹徒就慌神了，一个个四散逃窜。杀人那个歹徒跑到彪哥车上，说："老……老大……刚才我……我捅了几……刀！""我不是给你们交代过吗，只给我教训一下，谁让你动的刀子？你这不是没事找事吗？"彪哥见事情闹大了，他也惊恐万分，"你伤他哪里了？不会要了他的命吧？"

"本来我是不想动刀子的，但他认出了我，当时我也是急了，拿出刀来朝他肚子上捅了两刀，估计他是活不成了。"

"哎呀！你捅哪里不好，非要捅他肚子！你不知道朝他腿上捅啊？真是成事不足，败事有余。如果出了人命案，你我都得吃官司。你赶快招集弟兄们连夜就走，去乡下躲一阵子。"彪哥原本是叫人来这里教训一下蒋欣荣，没想到失手杀了人，他这是罪大恶极，咎由自取。

蒋欣荣被捅了后，他强忍着剧痛，朝武警支队大门奔去。当他踉跄走了几步，人就栽倒在地上。但他仍以顽强的信念朝着武警支队大门爬去，一路上，殷红的鲜血在他身后拖出长长的血迹……他就这样爬啊爬啊，直到用尽了最后一点力气。因为他必须爬过去找人求助，他还不能这样倒下，他知道此时此刻林媛媛还在北湖公园等着他约会，他必须要去见她，哪怕是见她最后一面，他一定要把心里话儿向她诉说，他好想她不要离开这里，他好想陪她一起去山上看月亮数星星……当蒋欣荣用尽了生平最后一点力气爬至武警支队大门口时，被门岗值勤的卫兵发现，可是为时太晚了，蒋欣荣终因失血过多离开了人世。

这是一个多么不应有的悲剧啊！一条鲜活的生命，就这样说没就没了。随后，救护车、公安、武警全城出动，一场全城抓捕杀人凶手的行动展开了。当救护车赶来的时候，蒋欣荣早已没了生命迹象，遗体送去了殡仪馆，等待善后处理。

此时，还在北湖公园等待约会的林媛媛正焦急万分，时间已快十一点了，她仍不见蒋欣荣的身影，一种不祥的预感朝她袭来……她在公园门口来回踱步，百思不得其解。时间一点一点过去了，天色也越来越晚，林媛媛不想再等下去了，明天她还得一早去赶火车。她不知道发生了什么事情，蒋欣荣始终不肯露面，难道是他不肯见自己？或是他另有原因？给他发微信他不回，打电话他不接，难道他就这样绝情？带着一丝怨恨和遗憾，林媛媛一个人独自回去了。可她哪里知道，自己苦苦等待的恋人却魂归故里，再也醒不来了，从此他们将阴阳两隔，天各一方，这是一件多么令人遗憾和叹息的人间悲剧啊！

当晚，徐菁他们接到公安消息，连夜赶往殡仪馆，当看到蒋欣荣的惨状，一个个无比悲痛！是谁杀了他的好兄弟？是谁这样丧尽天良？杀人者必须严惩！根据公安调出的监控显示，行凶杀人者一共五人，他们根据作案人体貌特征进行逐一排查，最后锁定目标进行追踪。三天后，犯罪分子全部落网。经过突审，主谋是城桥一霸彪哥，主犯行凶者胡老三。这是一起典型的因争风吃醋引发的行凶杀人案，为了摸清犯罪分子的作案动机和线索调查，公安人员走访调查了死者生前所有接触过的人，尤其是蒋欣荣生前的女朋友林媛媛。得知林媛媛还不知情，她凌晨赶火车去广东的消息，徐菁立即去到火车站，把即将赶车出发的林媛媛叫了回来。当林媛媛来到殡仪馆见到蒋欣荣的遗体时，她悲恸地哭诉道："荣……荣……荣啊……"

随后，警方通知死者家属前来处理善后，徐菁连忙打电话去山上老家，由于山上没信号，死者家属一个联系不上。情急之下，徐菁只得亲自回趟老家，当徐菁回去把事情经过向蒋欣荣的家人通报后，蒋欣荣的父亲悲愤不已……人生三大不幸：幼年丧母，中年丧妻，老来丧子。真是白发人送黑发人啊！蒋欣荣的父亲悲恸地哭泣道："儿啊……儿啊……你为何这样命苦啊……你今年才刚刚满22岁，家里正准备给你筹备礼金，开年你不是要去提亲吗？你这个时候就被人害死了，你叫我们怎么活呀……那个挨千刀剐的，你害死了我儿，我要让你不得好死！我要你一命抵一命！还我的儿啊……"

待老人心情平静下来后，徐菁慢慢才给他摆事实，讲道理。徐菁说："要节哀顺变，人死不能复生，凶手抓住了该怎么判不是我们说了算，一切要等法院结果。现在凶手还没抓住，听说是逃到乡下去了，但他们迟早是要落网的。据公安监控显示，杀蒋欣荣的一共五个人，里面肯定有主谋和凶犯，你不可能都抓来枪毙吧？国家有政策，有法律法规，这些都不是我们该考虑的问题，我们要做的是怎样让对方赔付损失，反正事情已经出了，人死不能复生，如果我们通过协商解决，能让犯罪方多赔偿些经济损失给我们，至少也是一种安慰。如果说你们坚决要求主犯枪毙，那他们就不会赔付多少。据警方说，人家主犯跟蒋欣荣无冤无仇，或许就是为女朋友的事争风吃醋引发的命案，如果是主犯失手杀人的话，那他也罪不致死，但即使不被枪毙，他们也得判个十年八年，这些都要等抓住凶犯后才得知。"

随着凶犯一个个落网，案情真相终于浮出水面，主谋彪哥首当其冲，是他一手策划这起凶杀案，但他本意并非要取蒋欣荣性命，而是招集他的弟兄想教训一下自己的情敌，没想到他手下胡老三失手杀了人，这主谋跟凶犯难逃罪责，其他从犯也一并遭殃。等待他们的将是正义的宣判和漫长的牢狱生涯。

十天后，蒋欣荣的遗体火化完毕，林媛媛手捧着他的骨灰，心情格外惆怅，她将亲手把骨灰带回蒋欣荣的家乡去安葬，她要实现他的遗愿，把他的骨灰埋葬在高高的山冈上，因为蒋欣荣生前曾说过，他要回到自己的家乡，他要亲眼看着家乡一点一点的改变。林媛媛不想再走了，她多想留下来陪着他一起成长，一起

见证梦想的实现……

处理完了蒋欣荣的后事，接下来就是漫长的诉讼请求和与被告人商榷赔偿金的谈判。据法院要求，要受害方聘请律师，把诉讼请求交由律师代理。但蒋欣荣的父亲是个老实巴交的农民，一辈子生活在大山上，对于打官司这些事他是犹如扁担吹火——一窍不通。此事前前后后都是徐菁一手帮忙跑腿，徐菁说，打官司的事不能着急，要慢慢地来，必须要走法律程序，能争取到的尽量去争取。

第二十一章　网　聊

对于官司的事我也帮不上徐菁的忙，如果是店里生意上的事我还可以帮忙打打下手，虽说大的忙帮不上，有时如有人请假或有事耽误了，我可以去临时顶替一下。大多数时间我都是在画廊画画，除了画画，那段时间我最繁忙的就是写作了，因为我的第二部作品《漂泊岁月》即将出版了。我正忙于第三部《漂泊人生》的创作。为了《漂泊岁月》这部书的出版，我还得感谢一位出版社资深编辑李老师，她是负责这部书出版的责任编辑，对于书稿的修改意见和建议，我们进行了多次的沟通和交流，所以我们平时交流最多是 QQ 网聊。现在互联网时代真好，书稿修改后只要鼠标轻轻一点，文档就到了对方电脑上，不像过去还要去邮局寄信，有时哪怕是处理一个小小问题，邮寄来回少则几天，多则十天半月。李老师为人随和谦卑，一点没有老师架子，我们平时除了交流作品，也聊生活。那时我还不会用微信，用的一直是功能机。在李老师的建议下，我才去买了款触摸屏手机，这才真正体验上了微信聊天。

一天，李老师给我发微信说，她家先生的一个弟媳患了肾病，在医院做了切除手术。好端端的一个人突然得了这样严重的病，的确有些让人难以接受。

“多好多善良的一个姑娘啊！突然得了这么严重的病，要是换了我，我肯定是挺不过去的，唉……”李老师焦急地给我发微信。

“不要着急，正常情况下切掉一个肾并无大碍，现在医学这样发达，相信一定会好起来的……”我连忙发微信安慰她。

“话是这样说，但她以后的日子咋办啊？她还这样年轻，要是换了我，真不敢想象会是什么样子。人的生命真是太脆弱了，太脆弱了，要是一下子没有了咋办啊……”

“没有了就没有了呗！还能咋的？难道你就那么害怕死吗？”

“我特别害怕死，我害怕极了！”

“死有什么可怕的？像李老师这样贪生怕死的人，若是战争来了肯定第一个去当汉奸。”

“你才当汉奸呢！若是战争来了，我就去找一个世外桃源的地方躲避战乱。”

“瞎说，还世外桃源？山河都已破碎，又哪来的世外桃源？你就是躲到寺庙里也没用。”

“嘿！你还别说，我不是还有一丝情欲的话早就皈依佛门了。”

“瞧你这话说得俗气吧，情欲二字用在这里有点不雅观吧？准确地讲应该说是对红尘还有一丝丝牵挂，舍不得丢下你的先生、亲人、朋友，说白了，你六根还未清静。”

“呵呵！这话说来是有些不搭调，但也是实话嘛！”

“实话？这不搭调的话居然还是实话？搞不懂你们这些文化人。”

“我们文化人又怎么了？文化人首先也是人，是人就会有七情六欲，除非你不是人，是动物。”

“人本来就是动物，而且是高等动物。人和动物的区别就在于一个有头脑，一个没思想。动物是交身，人贵在交心。”

“动物交身是个啥意思？”

“亏你还是个大学生，还当文学编辑呢，这你都不懂？你也太憨了吧。我看李老师是智商一百，‘情商’为零吧？哈哈哈哈……”

“打住！打住！这跟智商情商有关系吗？我问的是动物‘交身’是什么意思？”

“这你就不懂了是吧，你看动物跟人交朋友是不是靠身体接触？就像你家狗狗小黑，一看见它的小伙伴来了，它迎上去就是亲呀！舔呀！有时还直接勾搭上了。它跟人接触也是这样，不是对你摇头摆尾，就是对你亲呀舔的。我们人就不一样了，人是有头脑有思想的，交朋友贵在交心，即使是想表达爱意，也是较为含蓄的。因为爱的最后，其实是灵魂相依……”

“你就拉倒吧！越说越离谱不着调了。谈个狗狗你要讲半天，讲个感情你要说半年，什么乱七八糟的。你刚才谈的什么来着，你一打岔我又忘了。”

“刚才我们不是在讨论生死吗？你说你非常害怕死亡，简直就是一个贪生怕死的人，你还说自己是一个有着多年党龄的党员？有你这样怕死的党员吗？”

“嘿！党员怎么了？党员他也是一个正常普通的人呀！难道你就不怕死？鬼才相信？”

“我怕死？死有什么好怕的！想我闯荡江湖几十年，经历了九死一生，早已看淡了生死……”

“我不信？你说你看淡了生死，可为什么你还对自己那段婚姻难以释怀？嫂子跟你离婚这么多年了，你还对她念念不忘，你是不是有病啊！”

“你才有病啊！看淡生死跟对一个人的感情有关系吗？你不要断章取义，把

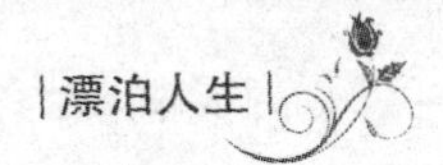

问题扯远了嘛！我说的看淡生死，其实是要我们从容面对一切，想想我们是个平凡的人，我们的生命也是平凡的。你若去云南麻栗坡烈士陵园看看，那里长眠着上千名的英雄，他们都是十八九岁的小伙子，还没谈恋爱，还没成家立业，他们的生命说没就没了。难道我们一个平凡的生命要比他们高贵吗？"

"不管怎么说，我还是非常非常害怕死亡，人要是死了，尸骨都没有了，想想我都害怕。"

"你呀！就是个贪生怕死的家伙！"

"是的，我就是怕死嘛！"

"哈哈！终于承认了！"

"我承认我怕死，我怕病痛的折磨，怕亲人的分离，害怕世态炎凉。我就适合住在远离城市喧嚣的世外桃源，过一种与世无争的原始人生活……"

"你真想过原始人的生活？"

"嗯！但不是像有些少数民族过的那种既没有卫生间，也没有厕所那种原始生活。我理想中的田园生活应该是有宽敞的房子，有院子，有围墙，有花草；最好可以饲养一些小动物或鸡、鸭、鱼、鹅……记得有位诗人曾写下过这样一首诗：支锅林下野炊，养条大狗伴驾。悠哉绕园散步，品茗共话桑麻。"

"嗯，好诗！不过，像李老师这样有才华的社会精英应该去北京那样的大城市生活，那里条件多好啊！"

"嗯，北京条件是不错，但我并不向往大都市的生活。我只想过一种平平淡淡简简单单的田园生活，每天日出而作，日落而息。闲暇之余，还可以琴棋书画，栽花养草，这恐怕就是神仙过的日子了。"

"瞧你说得跟真的一样，难道李老师舍得丢下现在的工作？别忘了，你现在可是出版社的文学编辑，地位高着呢！"

"唉！都怪我当初选择错误，若是当初我不从理而从了文，也许我将是另外一种人生。"

说到这里，我为李老师的人生选择感到有些遗憾。李老师还是在上高中时就经常发表诗歌散文了，那时五分钱一个字的稿酬她没少挣，感觉写点东西挣点零花钱真好。后来她上大学学的是计算机信息科学与编程，出来就找了一家对口的出版社当了网络维护和编辑。她说，他们出版社的网站都是她一手创建起来的，工作几年下来，虽说没干出多大成绩，但至少出版社领导是满意的。现在从理后再从文，感觉就不一样了。最近她也准备出版一本自己的散文集，她还说，即使书出版出来不赚钱，也算是了了自己的一番心愿，干了自己想干的事。

说来真是有趣，刚开始认识李老师的时候我还以为她是个男的呢，当我看了她的 QQ 信息才知道，其实她是一位年轻貌美的职场精英，网名"一介书生"。我们的出书事宜以及签订出版合同都是在 QQ 上联系完成的。这一来二往我们也渐渐熟悉起来，作为李老师而言，她对我始终如一的热情完全是出自于对作者的礼貌和尊重。也许是我们双方的好奇心太重，聊天的范围涉及面广，我们平时除了聊工作和书稿的事，偶尔也聊聊生活上一些琐事，渐渐地我对她也有了一些好感。但这种好感只是出于对老师的一种尊敬和钦佩，想一个女孩子年纪轻轻就能做编辑，而且知识那样渊博，我们不得不佩服。

自从我用上了智能手机，我跟李老师聊天次数就多了起来。一次李老师开玩笑说，说起微信聊天她是有功劳的，我若不用智能手机，恐怕至今也不知道微信为何物？我对她说，虽然我不知道微信为何物，但我知道“情”为何物。我们在一起经常聊天开玩笑，每次都是从平静中开始，直到笑声中结束。她说：“聊天是件非常开心的事，如果一个人只知道工作、学习、生活，没有朋友聊天那还不得郁闷死。要知道，一次甜甜的赞美和真诚的祝福能让人愉快地活一个月。”

我说：“啊！赞美一次才愉快的活一个月？要是我天天赞美那你不就长生不老了。”

“也许是这样吧，因为人活的是心情，心情一好，自然就长生不老了。”

“瞧你说得跟真的一样，人怎么可能长生不老呢，不老那不成神仙了。”

“呵呵！你不就成神仙了吗，你看你都快奔50岁的人了，整天还像个老顽童似的。我都搞不明白，按理说我们应该有代沟了，我比你小了整整20岁啦！可我们交流起来一点没有障碍，而且还那样自然融洽，简直就是忘年交啊！”

“呵呵！你比我小20岁就小啦？你没见网上最近流传一位93岁裸模跟一位24岁女子相处在一起的故事啊，人家可是小了整整69岁啦！”

“小了快70岁？他们也能相处？真是奇葩中的奇葩！”

“所以说嘛，只要两个谈得来，找对了人，年龄不是问题。有句话说得好，只要心中充满爱，人就不会老……”

“呵呵！我说嘛，老油条原来就是这样炼成的……”

“啊！我们谈了这么半天，我在你心目中就是个老油条啊？”

“难道不是吗？整天油嘴滑舌的，我都不知道你哪句话说的是真？哪句话说的是假？洋洋洒洒20万字的小说，你把自己写得有多苦，还说是吃稀饭咸菜写出来的，吓死宝宝了！凄惨啊！害得我阅稿时还一丝不苟地看。”

“谁叫你是吃那碗饭的呢！你以为编辑这么好当啊，给作者阅稿、校对、润色都是你们编辑分内之事。”

“你说得没错，谁叫我们是吃这碗饭的呢。我们编辑部人手有限，各种题材的小说很多，每一部书稿都是作者呕心沥血创作出来的，我们力争把每部书稿都打造成精品之作，这样才对得起作者，这也是我们编辑的应尽之责。”

李老师说，当初她如果选择在北京上大学的话，也许她的人生就不会是现在这个样子。我说也不一定，不管是事业或爱情，选择的确重要，但缘分也很重要，

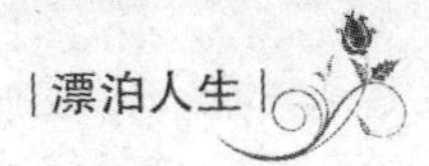

命运也占一部分，说不定一切都是命中注定。”

“命中注定？难道你也相信命运？”

“我相信命运？我才不信那些唯心的东西呢！我只相信自己。”

“你不相信，为什么还说是命中注定的呢？”

“我的意思是命运这东西可信可不信，有些是命，有些不是。比方说，一个人贫穷可以通过努力改变贫穷，这不是命，是拼。如果一个极其富有的人一生娶了几个老婆都离了婚，那他这不叫拼，这就是‘命’。”

“哈哈！你真会开玩笑！照这样说，有的明星或名人一辈子嫁了三四个老公或娶了几房太太，那他（她）这不叫命，应该说是蛮‘拼’。”我跟李老师聊天一点不觉得累，我们白天聊，晚上聊，有时在被窝里也聊，网聊成了我们生活的调味剂，是打发寂寞空虚和减压的最佳方式。对于我来说，跟她聊天的唯一好处就是可以从她身上学到知识。跟高人为伍，与智者同行，我们才能够提升自己。记得网上有人说过这么一段话：

人的一生，最大的运气，不是捡钱，也不是中奖，而是有人可以带你走向更大的舞台！其实限制人们发展的，不是智商学历，是你所处的生活圈子、工作圈子！所谓的贵人，就是开拓你的眼界，带你进入新的世界！人生，是一场盛大的遇见，感恩我们人生旅途中每一个阶段给予的贵人！然而李老师恰恰就是我人生中的贵人。

第二十二章　宜昌之行

我的第二部书稿还没编辑完，春节就快来临了。可李老师手里还有很多工作要做，她最近又在审阅一部军事题材的长篇小说。她说，其实阅稿也是漫漫长路，必须从大处着眼，细处用力，认真严肃地对待书稿。一部几十万字的书稿往往要一个多星期才能阅完，阅稿与平时看书完全是两个概念。

放假了，李老师回了宜昌。原来听她说，她出生在襄阳，12 岁才移居到宜昌。我对她的身世产生了好奇，没想到李老师也是个有故事的人。她不但有故事，而且还十分传奇，她说她的故事讲三天三夜也讲不完，每一件事情讲起来就得从"猴子变人"说起。但李老师鬼精得很，每个故事她只讲一半就不讲了，有些事她只透露一点点，有些事她只字不提，还说是不愿意讲，都是些伤心往事……她越是这样，我对她的身世越是好奇。她说，她是在单亲家庭里长大的，她此生最大的遗憾就是没有一个完整的家。她还说，她妈妈的故事更传奇，简直就是一个奇葩的妈。我让她给我讲讲她家的那些"猴子变人"的故事，她始终不愿意讲，还说都是家庭悲剧，不愿去揭那些伤疤。尽管李老师口风很严，但我从侧面也了解到一些关于她的消息。她的身世背景我不是很清楚，我只知道李老师在大学时期曾经追求过一位学长，但后来还是无疾而终，人生中第一次初恋就这样没了。我说这些都不是个事，谁没有过初恋？但凡上非诚勿扰的嘉宾哪个没谈几次恋爱，这个年代没谈过恋爱的人是不正常的。

由于我对李老师的身世背景产生了浓厚兴趣，我决定前去她的家乡宜昌探个究竟。在出发之前，我进行了一番精心准备和策划。宜昌，这座历史悠久的名城我并不陌生，早在 20 多年前我就去过，那时我还是从重庆坐轮船沿江而下，经过涪陵、丰都、忠县、万县（今万州）、云阳、奉节、巫山至宜昌。这些沿江城市除了一两个县城没有停留过，其他城市我都待过一段时间。那时轮船票价低廉，从重庆至宜昌四等舱才几十块钱。时光飞逝，岁月轮回，转眼一二十多年就过去了。回想起那段苦涩艰辛的漂泊岁月，至今我都难以忘怀，那一处处，一幕幕漂泊的画面又浮现在眼前……那年我正好 20 岁，出门一年多，我几乎都是在家乡附近画画。家乡离重庆较近，我在重庆逗留的时间也比较长。重庆是个大城市，市区内画画的同行很多，我就专挑离市区较远的沙坪坝、中梁山一带画画。那时画画——尤其是炭精画比较盛行。其实画炭精画非常简单，就是用九宫格把照片按比例放大，然后用研磨的炭粉涂抹上去，只是在涂抹过程中一定要保持着色匀称，这样画出来的画就跟照片一模一样了。上世纪九十年代，照相业还比较落后，连手机、电脑都没普及，一般相馆放大出来的照片清晰度不是很高，加之照片保存时间不长，容易腐蚀掉色。这时盛行的炭精画就弥补了这一缺陷，所以那时从事炭精画行业的民间艺人很多，我就是其中一位。

虽说画炭精画这个行业挣钱不多，但跑江湖挣碗饭吃还是可以的。那时我们给顾客画一幅炭画才收 5 元钱，一天能画到三二十块钱就算多的了。因画炭画是个耐心细致的活，一幅画最快也得一两个小时才能完成。如果是给顾客画素描写生顶多半个小时多一点时间就完成了。当时从事我们这行的人最大的烦恼莫过于申办营业执照、文化市场经营许可证了，走哪里画画没有这两样东西是不行的，最让人恼火的是执照过期也不行。记得有一次我的执照才过期几天，工商所的工作人员非不让我摆摊画画，害得我一连在旅馆里待了半个多月，等家里把执照给我补办来时，口袋里的钱都花光了。

那一次真把我给害惨了，上街画画不成，整天坐吃山空，后来实在没辙了，饭总得要吃吧？还好在画画之前我在家里打了三年铁，有手艺岂能饿死人？常言道：大锤打天下，火钳掌码头。意思是说会铁匠手艺的人在哪里打铁都一样。于是我便去铁匠铺给人当下手，没想到一干就是几个月，后来我还真有些不愿意离开那家铁匠铺。但想到自己出门是带着任务和理想来的，那时我想法非常简单，只想凭借画画手艺去闯荡江湖，跑遍全中国。现在回想起来多少有些幼稚和无知，但那时我是坚定了信念，一心想出门去闯荡，为的就是想给自己争口气。因为我没有读到书，从 12 岁辍学，在家干泥瓦匠、铁匠这么些年，直到 19 岁才有机会出来，我是抱着不干出成绩决不回乡的誓言出去的。我渴望知识，渴望到社会中去学习，去成长，后来才有了我漂泊在外的传奇。这一路走来，备尝艰辛，谁的奋斗不带伤？经历是人生最好的老师，痛苦能够使人成长。我要感谢生命中最挚亲的人，没有你们的期盼和鼓励，就不可能成就今天的我。拿到从家里寄来的营业执照，我又开始了漂泊之旅。

在重庆朝天门码头，我第一次登上了开往宜昌方向的轮船，只身去了涪陵市。在那里画了一段时间后，我又去了鬼城丰都，在丰都待的时间稍微久些，我在那里还参观了鬼城，当年刘伯承元帅血战丰都的故事就发生在那里。之后我又去看了云阳张飞庙、忠县石宝寨、奉节白帝城等著名风景名胜。每到一处画画，我都要了解当地的人文地理，民风民俗；坚持每天写日记，以便记录漂泊中的点点滴滴与心得体会。我粗略统计了一下，漂泊这些年，我写下了近百多万字的手稿，正因为有了这些素材，我才有了要创作《漂泊青春》《漂泊岁月》《漂泊人生》

三部曲自传体小说的愿望。这个愿望正在一步步实现，相信不久一定能完成。

出了奉节、巫山，我便进入了美丽的三峡风景区。那时的长江三峡美不胜收，尤其是轮船行至“瞿塘天下雄”的夔门时，雄伟壮丽的峡谷风景深深吸引了我。这时我想起了小学课本里李白的那首诗：

朝辞白帝彩云间，
千里江陵一日还。
两岸猿声啼不住，
轻舟已过万重山。

用这几句诗词来形容三峡的壮丽美景最合适不过了，遗憾的是，近年来由于三峡水库的建成，库区水位上升，许多风景名胜被淹没在了江底。一些著名景区不得不搬迁，虽然迁移后景区尽可能保持原貌，但无论怎样也恢复不到原有的样子。其次是三峡移民大迁徙，许多世世代代生长在江边的群众，不得不背井离乡，去到政府安置的陌生地方，心中或多或少有些留恋不舍。来到宜昌，我在这里待的时间比较长，开始我是在原十三码头（今滨江公园）画画，后又去了火车站和伍家岗。可以毫不夸张地说，宜昌的每一条大街小巷都留下了我的身影。尤其是伍家岗，我在那里待了差不多有半年，因为我家幺爹单位就驻扎在那里，他们公司在伍家岗承建一个大型工地，我去那里找到幺爹后，还在他们单位干了一份零活。

面对如此熟悉而又陌生的城市，我怎么也找不到当年的那种感觉，以前的十三码头变了，变成了现在的滨江公园。而火车站也变了，变得遍地都是高楼大厦，以前宜昌的记忆在我脑海里荡然无存了。正所谓时过境迁，星移斗转，毕竟时光已过去了这么多年。倘若李老师那时在宜昌的话，她也不过才几岁的小姑娘，然而事实上李老师 12 岁才移居宜昌，她哪里知道有我这么个画画的呢。这次我来宜昌并没有告诉李老师，我也不想去打扰她，虽然我们在网上聊了那么久，但我们还素未谋面。既然是故地重游，来了总不能空手而归。于是我决定在滨江公园再来一次街头卖艺，这次我不是冲挣钱而来，而是体验一把当年画画的那种感觉。我看看李老师会不会出来，我想她即使出来站在我身边，也未必能认出我来，因为我来之前就做了精心准备，把自己化妆得老一些，我还去化妆品店特意买来假胡须粘在脸上，目的就是要她认不出我来。其实我这样精心装扮又显多余，虽然说李老师在网上见过我的照片，但照片上的头像跟我的实际年龄还是有一定差距。

那是一个风和日丽的上午，我背上画夹，拿着小凳去了滨江公园，可我转了几圈也没找到一个适合画画的地方。公园里，人声鼎沸，热闹非凡，大多是些健身、说唱、跳舞的老年人。若是当年有这番景象，那我画画的生意可好了。毕竟时代不一样了，现在科技这么发达，谁还有那个雅兴来画画。随着智能手机的普及，手机拍的照片通过蓝牙扫描，分秒钟就能加印出来。但科技始终是科技，绝对不能替代艺术。如果用笔把人像描绘出来，其价值和意义是不言而喻的。我决定大胆体验一下，看看在高科技时代的人们还有没有对艺术的需求？于是，我就在人群集中的地方坐下来，打开画夹，拿出纸笔开始作画。没想到一会儿就围了一大圈人看热闹，人们见我这个“老头儿”在此画画，觉得十分稀奇。

“呵呵！今天来了个画画的，是美院出来写生的画家吧？”

“老师傅，你画画要钱吗？能给我画一张像吗？”观众不时有人向我提问。

我说：“什么钱不钱的，如你懂得欣赏艺术的话，我可以给你画一张。”

“好啊！给我画一张吧！”问话的是一位年轻学生。既然有生意找上门来，岂有不画之理。我拿出一个小凳子，让她坐下后，就熟练准确地作画起来。这么多年没在街头卖艺了，对于在这种场合画画，我仍旧是驾轻就熟，毕竟多年练就的绘画本领是终身受用的。不一会儿工夫，我就完成了这幅肖像作品。众人一看，我把眼前这位年轻学生画得神形兼备，而且画上的姑娘比她本人要漂亮多了。姑娘满心欢喜，她说：“谢谢师傅！”然后她就拿着肖像走了。

“嘿！这位小姑娘也真是的，钱不给就跑了，真当人家是活雷锋啊？”一位老大妈指着姑娘的背影说道，“人要将心比心，人家这把年纪了坐在这里画画，虽说不为钱而来，起码你要尊重劳动成果嘛！就说现在的艺术家高尚，画画可以不要钱，写书可以不要钱，但艺术家他首先也是一个正常普通的人，他也要吃饭，也要生活，总不能让他饿着肚子搞吧……”

“大妈说得太正确了！艺术家也是普通人，要吃饭，要生存。可这年头艺术家不吃香喽！有人说一个获得诺贝尔大奖的科学家在北京还买不到一套像样的房子，可有的明星一场出场费就高达几百上千万元，这还是社会主义吗？”正当我与大妈讨论得津津有味时，这时过来几个城管，来人大声地对我斥责道：“谁叫你在这里摆摊的？赶快收拾走！这里不准摆摊设点！”

“好！好！我立马就走。”我心里又说，“我又没在这里摆摊，我是画着玩的。”

大妈见城管赶我，她也为我抱不平：“人家在这里画画怎么了？他一不影响市容，二不堵塞交通，他画画又没收人家一分钱，你们凭什么赶人家？”

我对大妈的正义感心生敬畏！其实城管没有错，这是他们的工作，这些年通过城管的不懈努力，城市的市容市貌得到了很大提升。只有极个别城管工作人员粗暴执法、暴力执法的行为让广大市民深恶痛绝。看来时代真的变了，过去那种街头卖艺的时代一去不复返了。原本打算在这里画画一段时间，现在看来不得不先中止这个计划。既然这样，我又想去李老师的老家襄阳一趟，听李老师说过她还有个爷爷在那里。于是第二天我又坐高铁去了襄阳。

第二十三章　樊城记忆

襄阳对于我来说也不陌生，跟宜昌一样，早在二十多年前我就去过。实际情况我在襄阳待的时间比在宜昌的时间要长，因为我在那里遇到了一个十堰的朋友，后来我跟他一起去了六里坪，还上了武当山游玩。那时的襄阳比宜昌大多了，樊城、襄阳一河之隔，站在襄阳大桥上，纵目远望，我看到汉江浩荡，江天一色的壮丽画卷。此时，我不由想起了唐代诗人王维写的《汉江临泛》：

楚塞三湘接，荆门九派通。
江流天地外，山色有无中。
郡邑浮前浦，波澜动远空。
襄阳好风日，留醉与山翁。

面对如此壮丽的美景，我理所当然要在这里待上些日子。刚开始我是在火车站附近摆摊，后来我又去了沿江西路，在那里我一画就是七八个月。沿江西路地靠江边码头，人流量大，所以我在那里画画生意非常好。那时候住旅馆十分便宜，一般小旅馆单房间 5 元，四人间 3 元，通铺 2 元。出门为了节省开支，我一般情况下都住通铺（大房间），通铺通常住六至八人，客人都是来自天南地北。通铺虽然价格便宜，但存在安全隐患，如不加以防范，第二天起床要么鞋不见了，要么衣服、钱财丢失。我每晚睡觉都是把衣服压在枕头下面，有时还把鞋也压在床沿边，尽管这样，我仍丢失了许多东西。

一天，我在沿江西路画画时，遇见了一个做糖画生意的师傅，他是湖北十堰人，他的糖画手艺是跟一位四川师傅学来的。糖画，顾名思义，就是以糖做成的画，它亦糖亦画，可观可食。在我们四川民间俗称“倒糖人儿”。师傅 40 岁开外，名贾起贵，大家都叫他贾师傅。正巧他的糖画摊摆在离我画画摊 3 米之外，我们白天做生意时还可以相互照应，晚上住同一通铺的旅馆，相处时间长了，我俩感

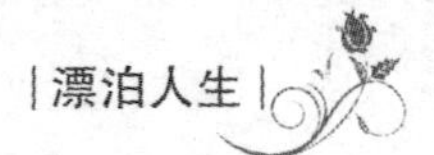

情甚好。别小瞧他这糖画生意，虽然卖一个只有一两角钱，但他每天的收入要比我高得多。糖画小孩子非常喜欢，买一个拿在手上既可欣赏，又可食用。尤其到了放学时间，他的糖画摊子便会挤得水泄不通，小朋友总是排着队伍争抢。那时，我都很想改行跟那位师傅学做糖画了。可贾师傅说，他十分羡慕我的绘画艺术，他准备来跟我学画画。

“其实绘画才是真正的高雅艺术，我们糖画这玩意做得再好，顶多就是个混饭吃的手艺而已，登不了大雅之堂。”贾师傅说。

我说：“师傅这话就不对了，糖画也是一门高雅的艺术，在我们四川已有400多年的历史了。虽然它是一种民间工艺，街市艺术，只要能得到老百姓的认可和喜爱，它就应该得到继承和发扬。”

“嗯！以前那位糖画师傅也这么说，糖画是一门博大精深的民间艺术，既然这么多年都流传下来了，它应该是有存在的价值。但我的确也想学习绘画，如果我懂绘画，我就可以把糖画做得更加生动逼真。毕竟糖画师傅传授的都是些传统的东西，比如我们用糖画做花鸟、动物，以及人物造型时，其模样都是千篇一律，形态雷同，毫无生机……”贾师傅说的也有一定道理，如果一个懂绘画艺术的人来从事糖画，想必是与众不同。贾师傅是个雷厉风行的人，当天晚上他就拜我为师了。既然同是跑江湖混口饭吃的艺人，我也没那么多讲究，贾师傅既然想学习绘画，我也毫无保留传授给他。天下艺术都是相通的，大家都是手艺人，只是我俩从事的行业不同，一个是以糖为原料作画，一个是以笔在纸上作画，唯一相同之处就是画出来的东西一定要栩栩如生。相对而言，糖画比用纸笔作画要简单得多，糖画讲究的是技巧和速度，就是在糖溶化之后迅速准确地把各种造型展示出来，如果动作稍加迟钝，待糖冷却后就无法作画。我们用笔墨作画，那可不是一日之功，就素描而言，要画好它必须经过千锤百炼和反复练习才能掌握要领。总之我们两位街头艺人志趣相投，交流融洽，情如兄弟。

晚上，贾师傅要为白天的生意做准备，他每天晚上回来就是熬制糖画材料。原来我不知道糖画材料是怎样做出来的，现在明白了，其实真的很简单，就是用白糖加水在锅里熬制，但熬制白糖也有一定讲究，一是加水分量和熬制时间都必须准确。我俩平时除了探讨画画和生意，有时也聊旅游、美食。一谈到吃，更是我们出门人感兴趣的话题，每到一个地方，都有地方特色的美食。提到襄阳的美食，自然就是“夹沙肉”了，但这里的“夹沙肉”跟四川的“夹沙肉”不同，这里是用绿豆制成糖豆沙，加蛋清、淀粉调糊余炸而成。而我们四川的“夹沙肉”是以黄豆面调制，加冬瓜条卷心而成。襄阳的黄酒也是一大特色，贾师傅最爱喝黄酒了。我俩早上习惯到面馆来碗牛肉面，贾师傅另加一碗黄酒，边吃边饮，吃完了我俩就去街上摆摊画画。

谈到旅游，贾师傅更来劲了，他说襄阳没什么好玩的，只有他们家乡十堰和武当山才是旅游胜地。但他给我讲得最多的是武当山风景，其他的如虎啸滩、武当太极湖都没那么好玩。转眼几个月就过去了，在贾师傅的强烈建议和邀请下，我俩决定去一趟武当山游玩。

还是在儿时就听说过“武当少林水火不融”，武当山应该是个好玩的地方。贾师傅说，武当山不光是好玩，还是著名的道教名山，武当主峰的金殿有600多年历史了。如此盛名仙境不去亲历一番将会终身遗憾！金秋时节，正是去武当山旅游的黄金时间，我与贾师傅一道从襄阳出发，直接去了六里坪。贾师傅说，到了六里坪就等于到了武当山，因为六里坪就在武当山风景区交界处。我们来这里还有一个重要原因——顺路看望贾师傅的师傅。贾师傅的糖画师傅原本是四川人，他在这里做糖画生意认识了一位当地姑娘，当地姑娘让他做了“倒插门”女婿。他师傅当了上门女婿后，就在当地开办了一个砖厂，他才把糖画手艺又传给了贾师傅。贾师傅说，一日为师，终身为父。师傅是教会我们生存的人，我们应当像父亲一样尊敬他。

从六里坪出发，没多久就到了武当山脚下，远远望去，武当山的绵绵群山尽收眼底。常言道：望见山跑死马。明明看见山就在眼前，连山上的道观都看得清清楚楚，可走起来还有几十公里。我们从山脚下经过回龙观、回心庵、磨石井、关帝庙和老君堂，老君堂再往上走有两条路，一条是经太子坡、逍遥谷、紫宵宫到南岩，再经由榔梅祠、一天门、二天门和三天门到金殿。另一条是经八仙观、下观、中观到上观至金殿。我与贾师傅从太子坡经逍遥谷、紫宵宫到南岩参观。南岩是武当山三十六宫中最美的一岩，而修建在南岩的龙头香更让人惊叹不已。悬崖峭壁之上的龙头有一个小小的香炉，香炉下面就是万丈悬崖。据说以前有不少高人去龙头上香而被掉下悬崖的无计其数。为了登上金殿看日出，我们从南岩爬到山顶住了一晚。金殿位于武当天柱峰顶，始建于明永乐十四年（1416年），是中国现存最大的铜铸建筑物。站在这里远眺群峰环峙，俯瞰太和、南岩、五龙诸宫，层叠有致，美不胜收。这里不仅可以晨观日出，晚看云海，而且还可以盘腿打坐，修炼武当内家拳法；站在云海之上，矗立峰顶山巅，仿佛可以九天揽月，置身于仙境梦幻一般。

第二天，我们从金殿下山返回，一路可算辛苦了，真是上山容易下山难，本来上山就爬得精疲力竭了，下山时双腿直打颤。该分手了，我们从武当山下来，贾师傅回了十堰老家，我一人又回到了襄阳。在那里又待了一段时间，我便回了宜昌，去了我幺爹伍家岗的工地。虽然时间过去了这么多年，但记忆中的襄阳仍在我脑海中出现。我要感谢做糖画的贾师傅，是他带我去游览了武当仙境，还好二十多年前武当山不收门票，可以随便进出，听说现在门票涨到两百多元了。但无论怎样，武当山都值得去游览。

这次故地重游，勾起了我美好回忆，但我始终记得这次来襄阳的目的，我要去李老师老家看她爷爷。根据李老师原来提供的地址，我找到她的老家——一个穷乡僻壤的小山村。原以为像李老师这样的职场精英应该是个大家闺秀，没想到她原来出生在这样一个偏僻的小山村。当向导把我领到李老师老屋前，我怎么也不相信这就是她的家？几间老屋早已没了人住，加之年久失修，现已破烂不堪。离房屋不远，是一块滑溜溜的大石头，我来到石头上坐下，脑海中仿佛出现了李老师儿时玩耍的情景……老屋后面是一口水井，水井处在杂草丛生的乱石岗上，我上去捧了一口水喝，感觉泉水是那样清澈甘甜。真乃一方水土养方人，也许李老师就是喝了这样的山泉水才落得亭亭玉立，貌美如花。老屋不远是一个小水塘，据说小时候是她们小伙伴经常玩耍的地方。水塘四周长满了各种好看的野花，微风轻轻一吹，淡淡的清香扑面而来……

这就是李老师的家，一个看似贫瘠而又美丽的小山村，勤劳的人们在田间劳动，牛儿在山坡上吃草，袅袅炊烟从屋顶冒出；小伙扛着锄头，姑娘背着背篓，还有那采茶的嫂子构成了一道美丽的风景。李老师在这里度过了快乐的童年，可以想象得出来，她童年的情景，童年的模样，童年的快乐时光一定是去池塘边捉蝌蚪，爬竹子，抓石粒儿，跳房子，踢毽子……就像一匹疯狂玩耍的野马四处乱跑。

后来她离开了家乡，她不再是一匹野马，而是变得有些孤寂与失落。故乡的记忆越来越少，意识越来越薄，相距越来越远，而思乡的心却越来越近……如今李老师已是 27 岁的大姑娘了，每当听她讲述故乡的情景，她心里总会有一丝淡淡的忧伤！故乡再也回不去了，可她的心依然还留在了那里。

李老师最放心不下的是爷爷，所以我这次来一定要去见见他老人家。我来到她爷爷的房前，从屋里走出一位精神矍铄的老人，见到有客人到来，爷爷忙搬凳子让我坐。爷爷耳朵不好，每次给他讲话都得把嘴贴近耳边。爷爷知道我是李老师的朋友，他十分高兴和激动，总是拉着我的手话里长话里短问候。爷爷说，他有好长一段时间没见孙女了，是不是他的孙女长瘦了啊？我对爷爷说，他孙女好着呢！她工作很忙，我这次来是代她向你问好！爷爷笑了……

透过爷爷的笑容，知道他对我的到来感到非常高兴。临别时，我把李老师的一张和狗照的照片送给了爷爷，那是我在微信里转存的照片。对于一辈子没用过手机的爷爷，这张照片算是留给他的唯一念想吧。告别了李老师的老屋，我又回到襄阳这座熟悉的城市，记忆中的樊城改变了许多模样，但它改变不了我对这里的向往。星移斗转，物是人非，无论岁月怎样轮回，记忆都将永不磨灭。

第二十四章　伍家岗工地

那年我离开襄阳后，回宜昌就去了伍家岗，在那里我见到了久违的幺爹。还是在襄阳的时候，我就给幺爹去过一封信，一个人独在异乡久了，难免会有思乡之情。既然亲人就在身边，我何不去拜访一下呢？父亲有五兄弟，幺爹排行老三，下面老四、老五送去别人家寄养了，家里就剩他们三兄弟。每个时代都这样，总是“出头椽子先遭难”。父亲和伯父都没念什么书，然而幺爹却顺利读完小学、初中就去当兵了。转业后，幺爹就分配在单位，后又进了大型建筑公司当工人。由于他们公司在宜昌伍家岗建设工地，我去到那里就不舍离开，后来干脆留在工地干了一段时间的活。

去到工地，我被这里的建筑场地震撼了，虽说幺爹他们是转业军人，但这里仍然像军营一样纪律严明，至今他们还保持着部队建制，各班各营秩序井然。走进宿舍，内务整理与军营比毫不逊色，被褥叠放仍旧像豆腐块，就连口杯、毛巾、皮鞋摆放也能做到标准统一。当兵的人就是不一样，虽然一个个都成了上年纪的老工人，但大家仍然像在部队一样称呼，这个是老班长，那个是老连长、指导员……

自从出门以来，我还是第一次见到自家亲人，真是喜出望外。以前在家的时候，我也很少见到他，因为幺爹一直都是在外面工作，每年春节只回来一次。记得那时我们还小，幺爹每年回来都买很多好吃的，尤其是饼干，我们小孩子每人都会分到好几块。那时谁家都是四五个小孩，一有亲人从远方回来，大家一拥而上，一下就围成了个大圈子，就是分饼干、糖果也得不少。那时候的小孩子都这样，没大没小，从不讲究。就拿我家爷爷来说吧，爷爷上年纪了，他喜欢清静，不与我们吃大锅饭。他每天煮晚饭时，我们这些当孙子的全都到爷爷灶台边候着，两眼直直地望着锅里。这时，爷爷十分为难，如果不分点给众孙吃心里过意不去，分得来自己又没有了。最后爷爷还是拿出碗来，给每个孙子一小勺。我们吃着爷爷给的东西，满心欢喜，一个个蹦蹦跳跳地离开了……

我来到工地，幺爹十分高兴，在外工作这么多年，还没有家里人来过。听说我这个侄子要来，幺爹还特意在他床边搭了张床，怎么说也要留我住段时间。每天早上，幺爹领我去食堂打饭，开始我有些不习惯公司的伙食，每天早晨都是馒头稀饭加咸菜。为了改善伙食，许多工人在宿舍开小灶。幺爹买了一个煤油炉，有时自己想吃点啥下班回来弄。下雨天公司不上班，大伙就在宿舍玩扑克、下象棋。每当这个时候，幺爹就会与他们指导员大战三百回合。幺爹的棋艺很高，整个公司就他和指导员是棋逢对手，每次都是杀得天昏地暗，难分难解。因此，从那以后，我也迷恋上了象棋来。

幺爹自从部队转业后就一直在建筑公司当工人，他们每天都是跟砖头、灰浆、水泥打交道，可他们从未有过半句怨言，真可谓是退伍不褪色。不管是数九寒冬或是炎炎夏日，他们都是每天按时上下班。工作的繁忙和辛苦大家都能忍受，唯一让这些从部队转业到地方工作的大兵们不能忍受和理解的是两地分居。公司大部分职工都有妻儿老小，可他们为了祖国建设常年征战沙场，一年就只春节放几天假，其余时间他们都要忍受两地分居的痛苦，这的确是他们那个年代的建设者们莫大的悲哀！为什么公司就不能给他们解决这一实际问题呢？原因很简单，公司是一个流动性的建筑单位，完成了一个工地，他们就得搬一次家，公司也没那个条件安置职工家属。再说他们当中大部分家属都在农村，所谓的“半边户”指的就是他们。家属是农村户口，他们是国营单位职工，这就注定了要分居两地。后来公司有了稳定场所，才让他们家属来长期探亲。不过这都是后来的事了，等公司有了这样的条件，可这些退伍老兵都老了，他们把人生最美好的青春年华奉献给了祖国和人民。他们同样是新时代最可爱的人。

我刚到伍家岗不久，公司在那里承建了一个大型工地，因工期短，时间紧，公司就把一些基础设施建设承包给民工完成。在幺爹的建议下，我也加入到民工队伍中，我们每天的工作是挖建筑坑道，挖坑道是按立方算工价，所以我们都比较抢时间，为了保证工期，有时还得加班至深夜，尽管工作辛苦，但我也没怨言。幺爹对我说，无论干什么都要坚持到底，不能半途而废。对于一个农村长大的人来说，这点苦根本就不值一提，想我在家打铁的那些日子，那样艰苦都熬过来了，那时我又要打铁，又要去城里学画画，还要生产劳动，日子忙碌而又充实。但我仍然一心想出来闯荡，目的就是要锻炼自己，提升自己。虽说我没读到书，但社会同样是一个大课堂，我必须沿着这条人生道路走下去。

闲暇之余，幺爹总爱给我讲故事，讲过去那些往事，讲他当兵时候的经历，他说过去在云南当兵，到过云南许多地方。那是上世纪六七十年代，他们部队曾经在云南蒙自、开远、丘北、文山一带驻扎过。那时的边疆还十分落后，虽然还没到“山河惨淡关城闭，人物萧条市井空”的地步，但一些县城街道破旧不堪，基本还保持着解放初期的样子。正因为听了幺爹讲的故事，后来我才对云南这块神奇的土地产生了浓厚兴趣。

幺爹给我讲述得最多的还是过去爹爹们一家苦难的日子，原本爷爷那辈还比较兴旺发达，在经过一次变故后，从此家境衰败，一落千丈……故事还得追溯到太爷那里说起，太爷那时可以说是人丁兴旺，富甲一方。太爷不仅识文断字，经商有道，而且乐善好施，是远近闻名的大善人。但太爷过于憨厚老实，常遭阴险狡诈的小人算计。据说太爷一次叫人挑了十担银子去做生意，走至半途被人打了劫。来人乔装是官差，说要例行检查，他们打开一担银子说："你们这是要去做甚？这些银子是假的，想拿去坑害官府啊？统统没收！"

"啊……假的？"太爷急了，"难道我后面这些全都是假的啊？"

"好啊！后面全都是？统统给我没收了……"来人本来就是一伙强盗，他们乔装成官府的人，目的就是不费吹灰之力就把这些银两拿下了。这个故事真假还有待佐证，但父辈们经常讲这样的故事给我们听，其实就是告诉我们做人不能太老实，太憨厚，否则容易吃大亏，倒大霉。经历了那次变故，太爷就变得一贫如洗，从此再没有东山再起之日。还好爷爷读过几年私塾，虽谈不上满腹经纶，聪慧过人，但他勤劳朴实，不招惹是非，日子倒也过得相安无事。真乃天有不测风云，时事难以预料，爷爷刚结婚不到两年，又被抓壮丁的抓走了。过去抓壮丁是按"三丁抽一""五丁抽二"的原则，正好爷爷五兄弟，被抓去两人当壮丁。据悉大爷爷自从被抓去当壮丁后，从此再也没有回来过。还好爷爷被抓去两年后侥幸逃了回来。那是上世纪二十年代，爷爷被抓去当了兵，他在四川军阀杨森部下服役，几经转战，九死一生。在一次转战中，爷爷用了十块大洋买通卫兵，才一路侥幸逃了回来。回到家来，爷爷隐姓埋名，潜心务农，勤劳持家，养育了一大家人。像这样的故事，幺爹、父亲给我们讲过无数遍了，但我们总是百听不厌，每次都是聚精会神地听。

我在工地干了一段时间后，兄弟又来，我感到十分惊讶！兄弟不是在学校读书吗，他怎么会来这里呢？原来，兄弟听说我在幺爹这里干活，他书也不读就跑来了。想我那年辍学都是为了把上学机会让给他们，可兄弟却不珍惜这来之不易的机会，竟于自己大好前程而不顾，居然任性放弃学业，跑来工地打工，简直荒谬透顶！我当即斥责兄弟说："你跑来这里干吗？想当年哥想读书也读不上，你却倒好，竟然自动退学，你来这里干活有什么前途？"

"哎呀！读书有什么好？不读书一样有饭吃，你看我们爸也没读书吗，可他也不活得好好的吗？你弟娃天生不是那块读书的料，再说我不读书还可以帮家里省点学费，这不挺好吗。"兄弟不以为耻，反以为荣，说出这样气恼的话来。

我说："家里再差也不至于差那几个学费，你必须赶快回去上学！你来这里不是跟幺爹添麻烦吗？我来这里也只是暂时的，等这个工地完工了我还得去画画。"

"那我也跟你去画画？"兄弟又异想天开起来。

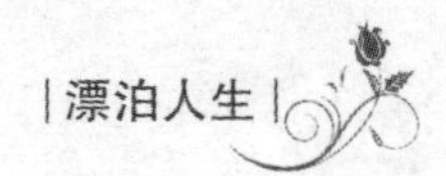

“你想跟我去画画？这怎么可能？你一点美术基础都没有，再说这画画也不是一天两天就能学会，这不行！你还是回去上学吧，再怎么样也要把初中念完。”我是坚决不同意兄弟来学画。

“我已经退学了，回去也不可能上学了，你就让我跟你跑段时间吧，如果实在不行我再回去行吗？”兄弟坚持要跟我去画画。幺爹知道情况后，他给我们的建议是先让兄弟在工地上干段时间活再说，如果他吃得了这个苦就让他在这里干，如果他吃不了这个苦就让他回去，该干吗干吗去。我赞同这个建议，就先让兄弟在工地干活。由于工期越来越紧，包工头给我们加大了劳动量，每天我们要完成4立方米的坑道才能拿到相应的工资。兄弟刚来就摊上这样高强度作业的活，第一天他还觉得新鲜，第二天他就喊吃不消了，两手也磨起了血泡，这时他才后悔不该来到这个鬼地方。

“这包工头也太黑心了吧，4个立方米的坑道还不得挖死人啊！不行啊哥！我们去找幺爹，让幺爹去找那包工头说点话，让他给我们少点任务行吗？这样干太吃亏了。”兄弟又开始发牢骚起来了。

我说：“天下乌鸦一般黑，哪个当老板都这样。”

按理说，像公司职工家属在里面干活是应该可以照顾的，如果幺爹当时肯出面去跟包工头通融一下的话，也许我们也不至于那样遭罪。但幺爹没那么做，因为幺爹跟我的想法一样，一个书都不想念的人，他又能干什么呢？兄弟来工地上干活是对的，他应该体验一下干活的滋味。我们兄弟俩干了一段时间，兄弟实在是干不动了，他要求回家去。既然兄弟这样说了，我也只好答应。幺爹也赞同。来工地干了两个月的活，让我也体验到了打工的艰辛，世上没有一种工作不辛苦，只有去亲身体会了，经历了，你才能从中有所收获。告别了亲人，我又踏上了漂泊人生的旅途。临别时，幺爹把我们送去车站，他语重心长地对我们说：“侄儿，回去吧！无论你们将来干什么，都希望你们能脚踏实地的工作，一定要为自己争口气，要为我们整个族人争口气！振兴门庭，光宗耀祖就全靠你们了……”

第二十五章　兄弟情深

原本我是想把兄弟直接送回老家，但我们到了车站兄弟又不走了，他还是坚持要跟我学画画。凭我的江湖经验，带着兄弟去画画是行不通的，他来跟我现学现卖更不现实，毕竟他一点绘画基础都没有。经过再三考虑，我决定先把兄弟带去贵州思沿，因为在思沿我有一个朋友家在那里，我想去到那里后再打算。这个朋友名叫廖石平，是我在宜昌认识的，那时他是思沿二轻局驻宜昌办事处的一名工作人员。正好他们办事处在宜昌十三码头，距离我画画的地方不远。廖石平是办事处的一名厨师，他每天早晨买菜要经过我的画摊，见我画画生意不错，他也对此产生了浓厚兴趣，后来他就拜我为师，学了一段时间画画。廖石平是那种头脑爱发热的人，他见什么都想学，但学什么他又不认真，刚学会一点点他又不学了。不过他这人还蛮讲情义，对我这个师傅倒也尊敬，自从他跟我学画后，他就叫我晚上去办事处住，这样可以省些住宿费。有时他还从食堂给我带些饭菜来吃，对于一个出门人来说，我是非常感激他的。后来，廖石平回了思沿，我们还经常通信，他还对我说随时欢迎我去思沿玩。有朋友真好，关键时刻还真能靠得住。

从宜昌到思沿，路途不算遥远，那时还没有高速，加之思沿不通火车，汽车一路颠簸至少也得好几天。如果我和兄弟直接乘车去，车费也得花费不少，我想带着兄弟一路画画，一面赶路去思沿，这样或许能赚些生活费。常言道：人无钱不行，鸟无翅不能飞。况且我们两个大男人每天车旅费也花费不少，可兄弟毕竟还小，又没有一点社会经验，这个时候，我这个当哥的就不能由着他的性子来。既然兄弟提出要学画，那我就让他学一学，看看他到底是不是这块料。通过学习，兄弟第一天还蛮认真，画着画着他就不上路了。

“唉！这画画咋就这样难呢？画了半天头都画大了也画不好，早知这样我还不如在家干活、打铁，出什么门啊……”兄弟又开始打退堂鼓了。

我说：“现在知道画画难了吧？你天生就不是画画的料，这画画不说要讲点艺术细胞，起码你要有这份耐心才行。像你这样还没坐到半小时，屁股下面就像

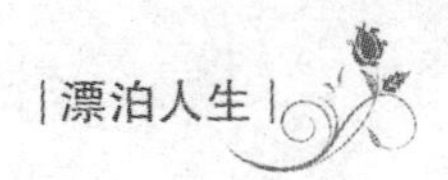

长了刺，算喽！还是回去好好种地吧！”

“哥，你这说的啥话呢？兄弟虽然画画不行，可我有一身力气，干活我可是把好手啊！原来你在家挑的粪桶，我现在也能挑得起了。你走以后，我也跟爸打过铁，可我也不想当铁匠，打铁太辛苦了……”

“干哪样不辛苦？还说有力气，是把干活的好手？可你在幺爹那里为什么不干呢？”

“别提在幺爹那里干活了，提起我心里就窝火！什么包工头？简直就不是个东西！我们一天干那么多活，才给我们二十块一天？我宁可回去挑粪桶，我也不在那里受窝囊气！什么东西……”

“你也别骂人家了，说一千道一万还是我们自己没本事，谁叫我们没文化呢？这年代没文化就该吃苦受累，没文化就注定一辈子生活在底层。人常说，吃得苦中苦，方为人上人。我们的起点就比人家低，我们就更应该奋发图强，迎头赶上。你看二爷爷家，他们个个都是文化人，他们的后人出来不是教师就是干部，哪个是出来下苦力的？唉！我们爸就是一个活生生的例子，爸过去一天书也没读，斗大的字不识几个，连看书读报都要我们念给他听，想想没文化是多么可悲！爸虽然没文化，但他骨子里就有一种不服输的性格，爸这一辈子学会了多少手艺，铁匠、石匠、木匠、泥瓦匠，虽然说‘艺多不养家’，但艺多也不压身啊！如果爸没有这些手艺，咱一家人的生活开支从哪里来？爸现在老了，干不动了，这副家的重担和责任落在了我们身上，我们再不去努力行吗……”

“别说了，哥……你这些话我都听得耳朵长茧了，你的意思兄弟明白，可我们长大了要分家啊！分了家就要各过各的日子，姐姐妹妹早晚要嫁出去，你说再努力有什么用？”

“瞎说！你才多大就想到分家了？你现在婆娘都还没娶，如你想得到以后的事，那你现在多挣点钱娶媳妇，也好给爸妈减轻些负担。”

“还好意思说我，你不是还没娶媳妇吗？我在家时见有许多媒婆给你说媒啊！你为啥不着急呢？”

“我的事不要爸妈操心，娶媳妇的事我自己想办法。”

其实，我跟兄弟并非亲兄弟，他是抱养别人家的，兄弟出生刚满40天就抱养过来了，打小就在我们家长大，那时兄弟无论怎样都不承认他是抱养过来的。渐渐他长大了，懂事之后听别人讲了他的身世，他才慢慢相信了。虽然说我俩不是亲生的，但我们的兄弟情谊甚至比亲兄弟还要亲。我是从小看着他长大的，小时候我经常带着他去玩耍，记得有一次我带他去乡政府看电影，那时农村看电影很稀罕，有时即使买了票也挤不进去。那天看电影的人特别多，简直就是人山人海，我好不容易买到两张票，我带着他拼命往影院门口挤，可人实在是太多了，我们好不容易挤到了门口，突然人群又把我俩挤散了，我一人被挤了进去。当时

可把我给急坏了，兄弟一个人在外面，那么多人，那么拥挤，万一他被人群踩踏了咋办？想到这……我连电影也不看了，又拼命地挤了出来，结果却怎么也找不着他了，我满大街找啊找啊，几乎找遍了每个角落，始终没有看见兄弟的身影。当我万分沮丧地回到家来，兄弟也跟着回来了。

原来，兄弟被挤散后，他也十分着急，看到水泄不通的影院门口，他只好悻悻离去，一个人独自回了家。

还有一次我和兄弟去水库游泳，他不小心游至了深水区，那时兄弟还不怎么会游泳，只见在水里拼命挣扎，眼看他就要被沉下去了，我见状急忙一个下潜，在水里把他托举了上来……兄弟被我救上岸后，他差点人事不省了，我把他肚子里的水倒了出来，他才慢慢地醒过来。那一次把我吓坏了，回去我只字未提，生怕父母知道后责骂我们。每当想起童年往事，兄弟被挤散和溺水这事一直让我揪心不下，庆幸的是兄弟那次一个人走回去了，要是当时他没走回去，或者是被人贩子拐走了咋办？那段时间拐卖妇女儿童的很多，后来我家的一个表妹被人贩子拐卖去了安徽，我是费了不少周折才找到。尤其是那次溺水事件，要是兄弟被淹死了或者没活过来咋办啊？还好是有惊无险，多少年过去了，至今我还心有余悸！

“哥，我们这是要去哪里呀？”兄弟背着行李跟我走在大街上。他不时冲我嚷嚷说，“天这么热！口又渴，我们还是先找个旅馆住下再说吧……”

“再坚持一会！”我带着兄弟在街上观察，看看哪里有合适的地方摆摊画画，“你就知道找旅馆住！我们先找找哪里有画画的地方，这才是主要的，如果摆不上摊，我们在这里多待一天就得吃老本，出门不比在家里，什么都得花钱。要是没钱，别说住旅馆了，恐怕得睡街头喽！”

人常说，在家千日好，出门时时难。跑江湖混饭吃也不是那么容易的，首先你想要把别人口袋里的钱赚到你身上，没有一点真本事是不行的。就算你是江湖骗子，想要把别人的钱骗到你口袋里来，也得要有“本事”。我见过太多这样的江湖骗子，当然有的人实在是没办法了，不得已骗了你一次也是情有可原。记得以前有个人没钱吃饭了，他把剩饭用蓝墨水染一下，拿去街上当老鼠药卖，结果还卖了几十块饭钱，这上当受骗“自觉自愿”，没有人在你包里来抢，是你自愿把钱给人家的，要怪只能怪你“慧眼”不高，心地善良罢了。当然像这样的江湖骗子只能算小骗，顶多是骗碗饭钱而已。如果是那种专门实施诈骗案而且数额巨大的惯犯就另当别论了。

兄弟没出过门，他不知道出门有多难，他只知道困了想睡觉，饿了想吃饭，渴了想喝水，但吃喝拉撒得花钱，所以挣钱是第一位的。通过观察，我物色到一个画画摆摊的理想场所，就在离我们住的旅馆不远。我把旅馆房间开好后，让兄弟在旅馆歇息，我一人去街上摆摊。在一家百货商店门边，我总算把画摊摆了起来。兄弟在旅馆睡了一觉，感情浑身像散了架似的，他说出门太累了，现在他什

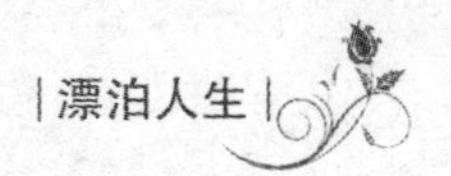

么都不想了，只想早点回到家去。我说，即使要回去也不急这一时，等我在这里多画几日，赚点盘缠再走也不迟。我们就这样走走停停，一路游山玩水，终于在半月后到达了思沿县城。

到地后，我去河街54号找到廖石平，师徒相见，分外高兴。在廖石平的邀请下，我和兄弟住进了他家。原来在宜昌的时候，廖石平只跟我学习了一点绘画皮毛，这次他才有时间定下心来学习。有了安定的住所，可兄弟仍然无心学画，他一门心思想着回家。于是我索性让他先回去，我把一路的车船票买好，让他先去彭水乘轮船到重庆，再由重庆转汽车回老家。这一路差不多有上千公里，我真担心他一路的安全，兄弟毕竟才十五六岁，又没有社会经验，要是在路上出现个什么状况，我怎么向父母交代？这是我第三次为他揪心的事。还好兄弟一路平安到达，我的心总算是落下去了。

兄弟回去后，他再也不提出门的事了，便在家干了两年农活，后来他又跟姐夫去贵阳学木匠，渐渐地他才成熟起来。再后来，他挣了一些钱，在城里买了房子，甚至把户口也迁移进城了。从此我们哥俩就联系少了，但不管是出于什么原因，我都不怪他。因为人长大了，都有他各自的思想，就算是亲弟兄也是如此，何况我们还不是亲生的呢。在我们农村，常常有这么一种说法“弟兄只望弟兄穷，妯娌只望妯娌怂”。我不知道为什么人们会有这种意识？弟兄是打断骨头连着筋，手足之情，血浓于水。“前世五百次回眸，才换来今生擦肩而过”，我想这句话用在任何地方都适合。珍惜吧！亲爱的弟兄！

第二十六章　辗转思沿

送走了兄弟，我在思沿又待了一段时间，由于廖石平单位业务繁忙，他也没时间来学画了。于是我又去了一趟青川，在青川我整整待了三月有余。在那里画画生意倒也可以，就是从中发生了一起很不愉快的事情，在一天住旅馆时，有一个中年男子偷走了我的行李——里面有我十分重要的东西。如果说包里单单只是几件衣服而已，我不会去追究，可里面有我重要的漂泊手稿和绘画作品，这是我几年下来的心血和成果，不能就这么说没就没了，我决定要去把它追回来。我仔细回忆当天几位住店的客人，我发现其中一个中年男子有作案动机，事实证明我的判断是正确的。据隔壁那位客人透露，此人经常偷客人的行李，是当地出了名的惯偷。根据客人提供的线索：此人名梁梦有，家住青川洛杉镇水田乡旺苍村人。当我乘汽车一路颠簸到了那儿，逐个打听才找到梁梦有的家，结果据那里人介绍，此人最近没有回过家，他们劝我去思沿青龙潭打听，因为此人曾在青龙潭林场做工。于是我又马不停蹄赶往青龙潭，在林场我终于找到了梁梦有。此人当时拒不承认，百般抵赖，在我严厉追问下他才交代了偷窃事实。遗憾的是虽然我的漂泊手稿还在，但那些绘画作品被另一个同伙拿走了。我的绘画作品中包括几本风景写生和人物速写，这些是我在旅途中收集的珍贵资料，对我以后搞绘画创作极具有参考价值。以前我在鄂南山区的时候，在丰镇胡景镇也曾遭遇了一次劫匪，他们抢去了我许多珍贵的作品和资料，这次绝不能再让他们得逞。

我好说歹说那人才给我提供了同伙的行踪，我在据林场 80 公里外的一个小村庄找到了这个人。那天，当我火急火燎赶到那里，时间已是下午 5 点了。我连忙挨家挨户地打听，终于在村南边一户独门独院里找到了拿我东西的家伙。那人见到我这个陌生人，他显得尤为紧张，并随时做好了要和我决斗的架势。作为一个经历丰富而又见多识广的老江湖来说，我根本就没把他放在眼里，想我闯荡江湖这些年，什么事情没经历过？什么样的人没见识过？就眼前这人？我一看他就不是个练家子的：“把我的东西还给我！”我厉声向那人喝道。

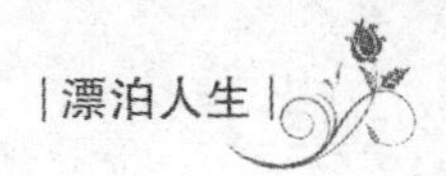

“什……什么东西？”那人装疯卖傻，拒不承认。

“别不识相！我今天既然敢来这里，我就不怕你，只要你把那些画给我，咱们互不相干，否则，休怪我对你不客气！”

“你……你想咋的？”那人做贼心虚，随手操起一根木棍拿在手里，“哼！就凭你一个人想在这里找茬，我看你是找死吧！”屋里气氛一下变得紧张起来，看来不给点颜色让他瞧瞧，他就不知道自己有几斤几两。想打架？那我就奉陪一下。说时迟，那时快，我瞅准机会，没等那人的木棍近身，我一个箭步上前，飞起一脚把他踢翻在地，随后我一跃而上，骑在那人身上，把他的右手扳过身来，那人疼得哇哇地叫：“啊……松手松手，我把东西还给你！啊……哎哟……”我从那人身上下来，拍了拍腿上的灰尘说：“哼！想跟我耍心眼，老子在道上混的时候，你小子还没穿开裆裤呢！赶快把东西还给我！”

“好！好！我拿给你！我拿给你！”那人忙去东屋取东西。这时，我突然听见里屋有孩子的声音，我忙过去查看，从门缝里我看见有三四个孩子。不对？这里怎么会有这么多孩子？我把挂锁打开，屋里面果真有三四个小孩，其中一个稍大点的小姑娘急忙拉着我的手说：“叔叔，你快救救我们吧！我们是被人贩子骗来的……刚才我从门缝里看到你和那个坏人搏斗，我就知道你是个好人，你快救我们出去吧！他们把我带到这里关了好几天了，听说明天他们就要把我们几个带去山东，那个被你打的坏蛋很坏，他每天都欺负我，说还要带我去广东接客……”

“别说了，小妹妹，我一定要把你们救出去。”这时，那人从东屋取东西回来了。他见我发现了被拐的儿童，顿时凶相毕露。突然，外面传来呼叫声。“哈哈哈哈……我看你今天是死定了。”那人丢下我的东西去外面开门了。这时，那位小姑娘来到我面前恳求地说：“叔叔！你快点走吧！他们一起有四五个人，你是打不过他们的，你快点走吧……叔叔！”

“嗯！小妹妹，你放心！我一定会救你们出去的！孩子，坚强些，不哭！”说着，我往东屋翻墙跑了。那伙人贩子进来扑了空，他们又追出院门来。好汉不吃眼前亏，双手难对四敌。我叉开双腿拼命的往南飞奔，那伙人怎么追也没把我追上。我见摆脱了人贩子的追杀，一路歇息下来。此时，我一拳击在树上，心里万分愧疚！想自己真没用，在危急关头，一个小姑娘都知道把自己生死置之度外来帮助我逃离，我还算个什么男人？不行，我得赶紧离开这里，只有找到警方报案才能救出这帮孩子。否则晚了犯罪分子就有可能把孩子转移了。

那伙歹徒回到屋后，又把那几个小孩关进屋里。他们把小姑娘拉过来扇了她一耳光，说：“你这个死丫头！是不是你叫他救你出去的？说啊！不老实是吧？老子要你好受！”说着，那个歹徒就把小姑娘拖进屋去扔在床上，随后从屋子里传出小姑娘那撕心裂肺的惨叫声……

“算了，别把人弄死了，老子还要把她带到广东去赚钱呢！”

“是，老大！”其中一个歹徒忙去敲门，“哎！老大说了，差不多就行了，赶快出来收拾，我们连夜就搬家。”

“真扫兴！老子还没过瘾呢！”屋里那个男人提着裤子出来，敲门的家伙又溜进去了，“什么德性？还说老子，你也不是人！”这时，从屋里传出那男人的声音：“你放心，我保证不会让她叫……”

“别过分了啊！我们得赶快离开这里，不然等那小子报信回来，我们都得一锅端。我的决定是大家分散躲避，你你带那几个小孩去北边，你你……老三好没有？你和老三带小姑娘去南边，不，你们直接去青川林场躲几天，等风声过了我们再去广东，要快！”

这帮丧心病狂的人贩子，他们将这些小孩拐骗到陕西、山东等地方贩卖，尤其最不幸的是那位惨遭蹂躏的小姑娘，她今年才刚满13岁。被人贩子用威胁、恐吓骗了出来，他们准备把小姑娘挟持到广东去强行接客。之前就有几个小姑娘被他们骗去了那里，一旦姑娘被骗去那里，她们就失去了人身自由和尊严，每天接客八至十次，简直过的是一种暗无天日和生不如死的日子。

我从村庄逃出去后，直接报了警，等警察来到这个院子抓捕时，这伙歹徒和孩子早已不见了踪影。于是警方增派警力，加大各集镇、村庄和县城的排查，结果折腾了一晚上，什么收获也没有。第二天，我突然想到青川林场那个地方，犯罪分子会不会去了那里躲避？因为林场人迹稀少，不易觉察。我的分析得到警方认可，随后，我与警察一道又从思沿返回青川，直接去了林场追捕罪犯。结果不出我的预料，在林场当场抓获了两名歹徒，解救出了那位年仅13岁的未成年少女。小姑娘拉着我的手说：“谢谢你叔叔！我知道叔叔一定会带人来救我的！”

“嗯！我会的……”望着眼前这位懂事而坚强的孩子，我心里一阵难过，忙扭头用手背擦了擦眼泪，“也谢谢你！小妹妹！叔叔来晚了……”

我难过得不行……当时在那样危急时刻，小姑娘还让我跑，还替我把通向东墙的铁门关上，为我翻墙逃离赢得了时间，这样临危不惧的英雄壮举就是一个成年人也未必能做得出来的，倘若这次没把她救出来，我心里不知有多懊悔！可是，救出了小妹妹，还有几个孩子被人贩子带跑了，我决心继续跟踪，争取配合警方把他们一网打尽。带小孩往北边逃窜的犯罪分子见没了动静，他们又连夜把小孩转移去了思沿往北50公里的茶树岭，这里地靠重庆、湖南、湖北三省市交界处，是通往鄂南山区丰镇的必经之道。早些年我在鄂南山区跟何天棒一伙斗智斗勇时曾去过那里，没想到这些年过去了，这些走私贩毒和拐卖妇女儿童的犯罪活动又死灰复燃了。据警方传来消息，这伙人贩子有可能潜逃去了茶树岭方向。据丰镇警方的通报和反馈信息，最近在茶树岭方向的东道乡与丰镇巴斗牛角镇一带有人贩子活动。知道了这个消息，我顾不得多想，只身去了思沿的茶树岭。不为别的，只为身陷囹圄敢于挺身而出的小姑娘那英雄壮举，我也有义不容辞的责任去解救

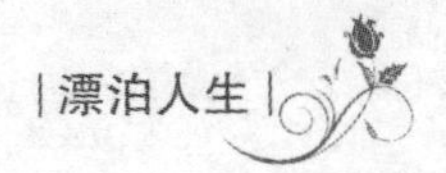

他们。

我从青川林场又返回思沿后，便悄然而至到了茶树岭。在我的记忆中，茶树岭往北有一个骡马市场的集镇，我决定先去那里看看。那天骡马市场正好赶集，山民们赶着各自贩卖的牛群、骡马陆续集中在这里。集坝上，成群结队的牛群和拴在集坝上的骡马不时发出“嘶嘶”“哞哞”的声音。我来到集市，向一位老大爹打听茶树岭牛倌场的去处。那位大爹看了我一眼，说：“你打听那里干什么？”看大爹那眼神和口气不对，我心里感到纳闷：“难道牛倌场出什么事了？顺便打听一下有什么大惊小怪的？”随后，我又向那位大爹问道，“大爹，我想去牛倌场找个朋友，不知道是走哪条路比较合适，原来我记得是往老公路那边上去，途中还要经过一个采石场。”

“年轻人，我劝你还是不要去那里，那条老公路早已荒废了，现在新修了一条公路上去。你说的那个牛倌场已经没有人住了，前两年政府动员村民集体搬迁至了茶树岭新坝村。现如今牛倌场上面已是空无一人，听说前段时间那里经常‘闹鬼’，搞得人心惶惶的……”这位大爹说得好像跟真的一样，什么闹鬼闹神的，我才不信邪呢！看来我今天问这位大爹还问对了，至少让我对茶树岭的牛倌场有了了解，不然我就这样冒冒失失地闯进去，那还不得真要“撞鬼”了。尽管这位大爹说得这样玄乎，牛倌场里面到底有没有“鬼”？在我没亲眼所见时我是持怀疑态度的，但我已做好了去闯龙潭虎穴的准备，决心前去探个究竟。

第二十七章　牛倌场捉“鬼”

无论怎样我是不信鬼的，除非世上真有“鬼”。小时听大人们讲鬼故事听多了，好像觉得世上真有鬼，咱们这些人既相信鬼又害怕鬼。“鬼”究竟是个什么东西？长什么样？谁都没有真正见过。记得小时候我也害怕鬼，一听说哪里死了人，我就害怕得不敢出门。尤其是走夜路，一听到有什么风吹草动，立即就会毛骨悚然。现在想起来是件多么可笑的事情，其实世上原本没有鬼，鬼是人们凭空捏造出来的，那是一种愚昧无知的表现。所以对于牛倌场闹鬼，我是一百个不相信，我看八成就是这伙人贩子摆的“乌龙阵”。

不管牛倌场上有没有鬼，我都要去闯一闯，我相信自己的直觉，里面一定藏着那几个被拐卖的孩子。为了安全起见，我随身携带了一根铁棍，以备防身之用。那天，我往茶树岭一路前行，不多时就到了采石场，原来的采石场是一个硝烟弥漫、热火朝天的地方，现在变得冷冷清清犹如乱坟岗。望着空荡荒僻的石场，我感到一丝孤寂与悲凉！原本秀美青翠的山川，现已变得如此支离破碎，再也无法恢复它原本的模样。

由于山民早已搬迁，通往牛倌场的路异常难走，以前的路长满了杂草荆棘，幸好我带了根铁棍，一路挥舞前行。爬行了半天，我终于来到牛倌场四家寨，这是一个早已废弃了的村庄，山上除了几间破旧不堪的房屋外，其余都是残垣断壁，萧条冷落的景象。这里有可能藏小孩？当时我就觉得自己的判断出了问题，像这样一个不毛之地，人住在里面都害怕，我想多半不可能是人贩子的藏身之地。但凡事不能光看表面，万一在这不起眼的地方藏几个人那不是没有可能。既来之则安之，我不妨前去看个究竟。突然，从我身边窜出一只松鼠，把我惊吓了一跳。当时我还感到纳闷：松鼠不是生活在树上吗，它怎么会跑到地上来了呢？不好！一种不祥预兆向我袭来。我手拿铁棍紧张地环视了四周，莫非有野兽？以前听他们说山上有野猪，不管是啥，看来我都不能掉以轻心。我一路摸索着往前走，当我来到那几间破屋前，心里才平静下来。正当我放松警惕准备歇息时，突然听到有人说话声。不好！我翻身起来做好了战斗准备，一看又没什么动静，我慢慢向屋子靠近，从那间破屋的门缝往里一看，我一下傻眼了——我的乖乖，屋里面有三四个小孩。周围站着四五个大汉，其中一个人正在对小孩训斥："叫你们不要说话！明天我就带你们去找爸爸妈妈，如你们当中有谁不听话，我就把他扔在山上喂狼，学校老师没教你们吗？狼可是要吃小孩子的喔……"

"不对！老师说狼只吃坏人，不吃好人，我们是听话的乖孩子，所以狼不会吃我们。"其中一个小孩天真地说。

"对！这个小朋友说得非常好！狼只吃坏人，不吃好人，只要是听话的乖孩子，狼都不会吃的，只要你们听话，老老实实的，明天就可以见到爸爸妈妈了。"人贩子正在用甜言蜜语哄骗小孩，他们知道对付这些孩子太难了，只有连哄带骗才能顺利带出去。果然不出我所料，这些人贩子把小孩藏在了这里，他们准备明天就带走？这可咋办？现在回去报警还来得及吧。于是我悄悄退出门边，忽然一不小心踩到一个瓶子……屋里的人听到外面的声响，全都跑了出来。真乃是祸躲不脱，躲脱不是祸。我手里攥着铁棍，以一敌四，我们就这样僵持着，谁都没有主动发起进攻。我知道一场血战不可避免，究竟鹿死谁手还未见分晓。但我心里明白，这是一场注定不公平的对决，纵然是拼个鱼死网破，我必须得全力以赴。突然，一个歹徒首先向我攻来，他手里握着一根长棍，气势汹汹逼了过来。我用铁棍左劈右挡，总算打退了他的进攻。其他几个歹徒见遇到了硬茬，都围着我不敢上前。

"兄弟们，给我上！不能这样单挑，他不是我们的对手。"为首的歹徒叫嚣着围攻上来。混战开始了，我抡起铁棍殊死搏斗，打得歹徒前仰后翻，我们激战正酣，突然，一个歹徒用绳索从背后套住了我的脖子，其他歹徒又围攻上来，我终因寡不敌众，被他们五花大绑起来。歹徒们把我推进屋去，绑在柱子上。为首的歹徒走到跟前，说："打呀！我看你很能打的嘛！老实交代，你是不是公安派来的探子？老子藏到这个地方你都能找到，你能耐不小啊！告诉你小子，想坏我的大事？你是吃不了兜着走！"

"哎呀！跟他废什么话，干脆把他做了算了！"另一歹徒说。

"就是，留着他是个祸害。"

"不行，我得问清楚，如果他真是公安派来的探子，咱们就把他给做了，如果他不是，那我们岂不是滥杀无辜。我的原则是谁敢跟我过不去，我就跟他势不两立。"为首的歹徒似乎有些江湖义气。

为了脱身，我不得不采取一些措施，尽量说服这帮丧心病狂的歹徒。我说："各位老大，你们一定是误会了，我根本不是什么公安探子，我就是一个过路玩耍的，今天我是来山上画风景的，没想到误撞了几位老大，如果你们不相信的话，可以去外面树林里看看，那里还有我的画夹。"

“我不相信！来画画的？那你带根铁棍干啥？”

“带铁棍是为了防身，听说山上有野猪。”我说。

“有野猪？如果真有野猪你带根铁棍有屁用？就算你说的是真的，可你在屋外面偷听，你这编故事也编得不像嘛！”

“老大，这是他说的画夹，看看里面有什么东西？”几个歹徒把画夹打开，见里面全是一些绘画作品。

“看来他说的是真的，是个穷画画的。”

“嗯！看他说得还是这么回事，但就算他是画画的，可这山上风景多的是，他为什么偏偏就来这里呢？最重要的是他发现了我们的秘密，这可不能这么轻易就放他回去。”

“是呀！老大说得对！他既然知道了我们的秘密，如放他回去，那我们岂不都要遭殃！”

“既然是这样，那我们留着他干吗？干脆把他做了算了。”

“不行！不能滥杀无辜，再说他跟我们无冤无仇，杀了他只会给我们添麻烦。我看这样，他既然是个画画的，虽然知道了我们的秘密，但他罪不致死。为了安全起见，我们先把他绑在这里，等我们今天先转移了再说，如果他命大的话，会有人来救他的，如果他没得救星，一切只能听天由命了。”说完，歹徒们就收拾行李，带着拐骗来的孩子消失在了山寨。

我完全没有想到事情会是这个结果，我来时设想了不止上千个理由和结局，没有一种结果跟我预期的吻合。看来真是人算不如天算，一切自有定数。我被他们绑得严严实实，一点动弹不得，难道我就这样被困死在这里？等人来救我？几乎完全没有这个可能，没想到我来捉“鬼”，反倒被“鬼”捉住，真是撞了鬼！活见鬼！其实山上原来闹鬼，都是这帮人贩子搞的鬼，他们不止一次在山上藏孩子了，他们每拐骗到一批孩子，都要在这里躲藏几天，然后才通过各种渠道把孩子送出去。有一次，一个猎户经过这里打猎，他好像听到有孩子的声音，就好奇地跟踪过去查看，结果被这伙人贩子击晕在地。为了杀人灭口，他们把猎户抬去悬崖边扔了下去……第二天当家人找到他时，已经奄奄一息的他只说了两个字：“有鬼！”从此，山上闹鬼一事被传得神乎其神，人心惶惶。后来又有不少进山采药、采蘑菇的山民经过这里，总是见影不见人，原来空荡荡的寨子经常有人神出鬼没，飘忽不定，时不时露出一些个青面獠牙的人影，再大胆的人见了都喊爹叫娘。原来这一切的恐怖场景都是这帮人贩子在装神弄鬼，蛊惑人心，他们在山上制造种种假象，其目的就是不让人靠近这里。还好遇到我这个不信邪的人给撞上了，笼罩在山上的谜团终于被解开了。

天渐渐暗下来了，屋子里黑漆漆的，窗外什么也看不见，只有那令人毛骨悚然的风吹声。我试图挣扎着想解开绳子，可是一切都是白费力气，歹徒把我绑得

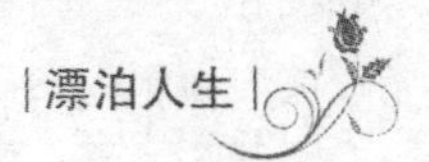

太严实了，为了节省体力，我挣扎一会儿歇一会儿，慢慢地绳索有些松散了，但我仍然无法挣脱。我决定不停挣扎，我不能就这样被困在这里。也不知过了多久，我困得实在不行了，就迷迷糊糊地睡着了。当我醒来时，天已快亮了，我不敢停歇，又继续拼命地挣扎，时间一点一点的过去，绳索一点一点的松动，最终捆手的绳子松开了，我急忙解掉身上的绳索，拾起地上的画夹，拼命朝山下奔去。

这次幸好带上了画夹，不然那伙歹徒还真不会放过我，这也是不幸中的万幸吧。我当时上山时就想到带上画夹一定会有用处，无论出现什么情况，画夹都能证明我的身份。我下得山来，向派出所汇报了这里的情况，警方立即展开围捕，封锁各个路口，终于在茶树岭通往去湖南的边卡上劫住了这伙人贩子，被拐骗的孩子也安全救出。我这次捉“鬼”行动终于圆满结束，回想起这次险象环生的经历，我一点不感到后悔，救出了孩子，这是我值得最骄傲的事情，虽然自己受了一点波折，这都算不了啥，因为人的一生总得要做几件有意义的事情。

这次我从思沿到青川，从青川到思沿，又从思沿到茶树岭，没想到在牛倌场这里撞了“鬼”，从捉“鬼”到撞“鬼”，一路险象环生，有惊无险，还好身体并无大碍。不过像这样的场景我经历得多了，在以前的漂泊日子里，尤其是那年我在鄂南山区跟何天棒一伙贩毒分子周旋的时候，这样险象环生的场面多的去了，但我一样走过来了。人的一生没有什么可以后悔的，只有问心无愧，对得起天地良心，也算没白活一世。人贩子落网，这是最让我值得高兴的事，这些年来，我总算又做了一件令自己自豪的事。我最痛恨这些人贩子了，有多少家庭妻离子散，支离破碎，都是因为这些人贩子犯下的滔天恶行。有的人从几岁就被拐卖到数千公里以外的地方，有的甚至长达几十年了才和家人团聚，有的可能一辈子也无法和家人取得联系。

有一位母亲，得知儿子被拐卖后，她更是放弃了所有工作，一路四处寻找儿子的踪迹，在长达一二十年的漫漫寻亲路上，她几乎走遍了大半个中国，她的执着和信念感动了上苍，最终在爱心人士的帮助下他们母子得以相认……像这样的家庭悲剧太多了，寻找失散被拐儿童和严厉打击人贩子的行动是全社会共同的责任，让我们把爱心接力传承下去，让拐卖妇女儿童的犯罪分子无处遁形。

第二十八章　重返漂泊路

告别了茶树岭，我又去了湖南境内的龙坪镇，这里是当年我跟毒枭何天棒待过的地方。这次重返漂泊路，又勾起了我对以往的回忆。龙坪镇这个不算太大也不起眼的两省交界的小镇，过去曾是何天棒一伙制毒犯毒的窝点。那天，我去到小镇迎宾旅社住宿，旅社老板娘依然还是原来的样子，只是以前的旅社早改为宾馆了，现在宾馆房间整洁，装修豪华，但住宿费要比以往高了许多。老板娘见到我，她高兴地对我说："没想到过了这么多年你又来了，现在还在画画吗？或是在做别的生意？我原来就曾对你说过，画画只能混口饭吃，男人要干大事还得做生意才行。"

我说："大妈这话说得有点不中听了，凡事不能一概而论，做生意的人不一定个个都能干大事，像原来那个在你门口摆摊的老吴，他就是做生意的人，结果干成什么大事没有？"

"你说这个老吴啊！你不能拿他来打比方，他是做生意的人，可他干的不是正当生意，净干些坑蒙拐骗、走私贩毒的买卖这哪行，人在社会上混就得行得端、站得正，违法乱纪的事咱可不能干。"老板娘仍是当年的风采，出淤泥而不染，濯清涟而不妖。

我理解大妈说的意思，所谓干"大事"者必须是做大买卖，挣多多钱。像我这样一个穷画画搞艺术的人称不上做大买卖，也挣不了多多钱，但我一样活得不后悔！一样活得有价值！每个人都有他的人生观、价值观，不一定非要钱挣得多他才有价值，他才是成功人士，这样的定位，这样的标签是不正确的。

大妈的旅馆依然开着，可以往那些熟悉的房客一个不见了，大妈说，那个老吴早就进监狱了，还有那个招揽嫖客的杨小花早死了。

"什么，杨小花也死了？她原来不是说回去了吗？"我有点不相信杨小花死了。

"唉！早死喽！"我真不敢相信大妈说的是真的。

其实当年大妈也是深受其害，她的两个女儿不慎染上了毒瘾，儿子因贩毒被枪毙了。那时以何天棒一伙为首的贩毒集团在这一带活动猖獗，包括老吴和大妈家儿子都成了这帮贩毒分子的牺牲品。大妈家儿子贩毒后，他把毒品藏在家里，两个姐姐吸食后，竟先后染上了毒瘾。大姐毒瘾发作后，就像发了疯似的在家里砸东西、撕床单，甚至自残。后来被大妈送去强制戒毒，可姐妹俩出来又吸食，屡教不改。起初大妈不知道，儿子把毒品拿回来放在家里，他让在门口摆摊的老吴给他联络兜售。老吴在旅馆门边修理钟表，他平时接触的顾客多，便于隐蔽交易，每交易一笔生意老吴都会得一定回扣，对于老吴靠修理钟表这样微薄收入的人来说，贩毒的利润可比他这手艺不知强了多少倍。但好景不长，在一场声势浩大的禁毒活动中，大妈的儿子罪有应得，因贩毒数额巨大，罪不可恕，被法院判处了死刑。老吴虽说不是主犯，但包庇、贩卖同样罪不可恕，被法院判处了无期徒刑。

大妈虽有丧子之痛，但她仍不改初衷，仍然把旅馆开得红红火火。以前的旅社没改为宾馆前，是一幢只有两层楼房的红砖房，在经过改建装修后，就变成了今天装修豪华的三层宾馆。规模的扩大，环境的改变，大妈的生意越做越大，她把楼下的铺面全都租了出去，光一年租金就是一笔可观的收入。她说，儿子犯罪是他咎由自取，老公离婚也是咎由自取，两个女儿吸毒是她的责任，现在两个女儿早已戒除了毒瘾，都顺利出嫁当了妈妈——人尤其是女人，一定要独立，要坚强，才不会成为男人的附属品。

那天，我来到汽车站售票大厅外面候车，突然又勾起了我的一段回忆：那是几年前的一个上午，我在这里乘班车去丰镇，在这里遇见两个十八九岁的姑娘，当时两个姑娘穿得十分单薄，我见她俩依靠在墙边，冻得瑟瑟发抖的样子，顿生好奇，这么冷的天，两个大姑娘不在家里待着，跑到这里来干吗？姑娘见我人慈面善，一副菩萨心肠的样子，其中一个稍大一点的姑娘就对我说：“大哥，你行行好吧，你能不能给点东西给我俩吃，我们饿……”

“你们这是要去哪里？好好，别说了……”我连忙去买来一笼包子给她俩吃。看她俩狼吞虎咽的样子，我猜想她们八成是被人贩子骗了，“小妹，你们慢点吃，不够我再去买。”

“够了！谢谢大哥！谢谢大哥……”姑娘一边抹泪一边擦嘴，她这才对我道出了实情。原来她俩是从陕西被人贩子骗到湖南龙坪镇的一个偏僻乡村，昨天晚上她们趁人不备才逃了出来。我说：“你们为何不去报警？”

“我们刚逃出来，怕被人贩子抓着，要是被他们抓着了，那我俩就更惨了……”原来她们是被人贩子用花言巧语骗到湖南来，说是要给她俩找个好人家，结果去到那里才知道上当受骗了。所谓的“好人家”其实是两个40多岁的老光棍，他们给了人贩子每人3万元的彩礼，其实这笔钱两个姑娘并没得到，全被人贩子私吞了。他们还扬言，如果不从，他们就把她俩关在地窖里，让她们永远不见天日……为了不让她们再落虎口，我给她俩买了长途汽车票，好让她们早日返回家乡。临别时，她们见我是好人，其中一个姑娘执意要跟我走，但被我拒绝了。我说，姑娘的好意我心领了，但同情不等于爱情，我相信她们回去后一定会找到属于自己的幸福。

后来我才知道，这两个姑娘是被人贩子老吴一伙骗来的，老吴长期在大妈旅馆门前摆摊，别人都以为他是个老实巴交的钟表修理匠，其实他是个道貌岸然的伪君子。他手下的弟兄把姑娘骗来后，他就把姑娘卖给当地的两个老光棍，这一切都是他在幕后操纵，他从不亲自出面，尽享渔翁之利。

离开龙坪镇，我再次踏上了丰镇这座城市，这里我太熟悉不过了，当年我在这里待的时间之长，经历的苦难之多，我恐怕这一生都忘记不了。最让我感到内疚的是在丰镇办“魔术培训班”的事，此事虽然我也参与其中，但这一切策划、操纵都是何天棒所为，我当时也是被蒙在鼓里。在那次众多受骗学生中，我十分同情从马岭镇来的学员覃少华，当时还是我给他买的返程车票。还有何天棒的情人娜芳也让人值得同情，娜芳自从跟了何天棒，每天陪他吃，陪他睡，到头来还是人财两空。最让我痛心的是何天棒出逃的那天晚上在后山湾放的那把大火，那场森林大火烧得现如今后山弯都还没恢复茂密的植被。

在高寨，成了我一生之痛和刻骨铭心的地方，在那里我险遭何天棒杀人灭口。因为我自从跟何天棒上了高寨，我知道的秘密太多了，他们在山上山下藏匿毒品以及制毒、贩毒的窝点我都一清二楚，那次我卧底毒枭，忍辱负重，目的就是要把他们一网打尽。可惜后来身份暴露，险些遇害，但我仍不后悔！这些经历我在第一部作品《漂泊青春》里有详细描述。当时何天棒之所以没对我下毒手，他一是看在我们老乡的份上，二是他想用软刀子来对付我，在当时那种极寒天气下，且又是在冰天雪地的原始森林里，他断定我是走不出去的。没想到的是我以顽强的毅力和决胜的信念冲出了那片死亡之谷……现在回想起来我都还有一种豪气冲天、视死如归的感慨！

冲出了死亡之谷，我又面临寒冷和饥饿的威胁，幸好我在马岭镇遇到一位好心人的帮助，才使我顺利地返回了丰镇。我这一生中要感谢的好人太多了，每当危难之时，总会遇到生命中的贵人，才使我一次次逢凶化吉，遇难呈祥。但幸运之神不是每次都眷恋我，记得有一次我没钱买火车票，上车后被列车员无情地赶了下来，之后我又爬上了一辆货车，结果在途中被人发现遭到一顿毒打；有一次被人骗至几百公里外的一个黑窑厂，白干了一个多星期，差点失去了人身自由，结果我还是在半夜里逃了出来……

在丰镇我还认识了一个文化人，是他教会了我许多做人的道理，这个人名叫普忠义，是一名大学生，他是利用暑假期间来丰镇勤工俭学的。他家里弟兄姐妹多，父母身体又不好，如果他不出来勤工俭学，他就面临辍学的危险。普忠义在一家餐馆里打工，每天清早上班，深夜归家，其实他的“家”就是车站候车室。打工辛苦，挣钱不易，他哪舍得去租房或住店，反正夏天又不冷，随便倒在座椅上就能睡到天亮。为了防蚊虫叮咬，他用餐厅的围裙把头裹住，早上醒来就去洗手间把脸一抹，照照镜子又去上班了。由于我经常去他们餐馆吃饭，渐渐就熟悉起来，每次我去他们餐馆吃拉面，小普都会特意照顾，他总是拿出大碗给我盛得满满的。我知道他住在候车室，晚上没事我总爱去那里找他谈心。小普说，我这人什么都好，就是书读得太少，这年代没文化可不行啊！他也理解和同情我的遭遇，是啊！没文化的确是件可悲的事，但我能有什么办法呢？一大家人要吃饭，下面还有弟弟妹妹上学，父母狠心让我们辍学也是情非得已。“失去了学业不要紧，但不能失去斗志和信心，社会同样是个大课堂，读万卷书，行万里路，不忘初心，方得始终。”小普的话使我受益匪浅。后来，普忠义终于学成归来，他原来是师范大学毕业的，原本可以分配到大城市里教书，可他依然选择回乡，去到最贫困的乡村支教。他说，能为家乡培育出更多有用的人才，这是他一生之追求！从他的身上我看到了中国未来的希望，这才是中流砥柱，民族的脊梁！

这次故地重游，使我感触颇深，如有机会，我还想去把过去走过的地方重游一遍。但时过境迁，物是人非，留下的只是模糊记忆，而真正让人刻骨铭心的不多，岁月就像握在手里的流沙，你想抓也抓不住。丰镇只是我漂泊人生停留的一个小站，它留给我了太多难忘记忆，有的记忆带给我了一生最美好的回忆——比如初恋。那是我在丰镇第二个年头的一个下午，她来丰镇看我，赶了一天的汽车，她显得有些疲惫。原以为当天可以回去，没想到已是下午 4 点过了，我只好留她住了一晚。我和她认识了一年多，我们只是书信往来，鸿雁传书，可我连她的小手都没拉一下，那时的我憨憨的，傻傻的样子，毕竟第一次谈恋爱。晚上，我带她去吃饭，当时囊中羞涩，只请她吃了一餐便饭，可她并没有怪我，她是个懂事的女孩，她知道我当时的处境，一个漂泊他乡的游子，一个不停向前赶路的人，又怎会停下前行的脚步。临别时，她送了我一首《鹊桥仙》：纤云弄巧，飞星传恨，银汉迢迢暗度。金风玉露一相逢，便胜却人间无数。柔情似水，佳期如梦，忍顾鹊桥归路！两情若是长久时，又岂在朝朝暮暮！

当时我怎能看懂这样的文字？明明是写牵牛、织女二星相爱的神话故事，我却看成是她要与我分手的节奏。什么“纤云弄巧”“飞星传恨”“金风玉露”“银汉迢迢”“佳期如梦”，我头都看大了也不理解其中含义。后来她又在信中给我写了一段幸福的话语：

“有一种思念，是一种淡淡的幸福；有一种幸福，是一种忧伤的牵挂；有一种牵挂，是静静地欣赏。不是所有的梦想都能实现；不是所有的爱情都会有结果。请为爱珍重，等到你两鬓斑白，耄耋之年的时候，还能记起曾有这么一段美好，还有这么一个让自己怀念的人，何尝不是一种幸福……”

也许是她看书看多了，不知是在哪里抄袭来的词句蒙我这个没读过书的人。唉！一个人没文化就是吃亏，连谈恋爱也受人欺负啊！

第二十九章 寻 亲

出了丰镇，我一路北上去了安徽。这次终于有机会去安徽寻找我的表妹了，那年，表妹被人贩子骗去了安徽，她就再没有回来过。我们只知道她在安徽古镇县“王老庄”，有了这个地址，我相信是一定能找到她的。当我一路风尘仆仆赶到古镇，一打听王老庄这个地名，大都摇摇头，都说这地名太笼统了，在安徽这地方名王老庄、李家庄、周家庄的地方太多了，没有一个具体详细的地址是很难找的。后来我又问家里人的详细地址，他们又告诉我了一个高台村这个地名，我沿着这条线索继续打听，结果还是找不着。据当地人说，“高台村”“郭家村”“王家村”的地名太多了，这找起来相当难。因为这些庄、村的上面必须是 ×× 集，最后我经过疏理便是：安徽省古镇县 ×× 集 ×× 庄 ×× 村 ×× 队。

我几经周折，终于找到表妹住的村庄，当我第一眼看见她的时候，表妹已是两个孩子的母亲了。当时他们村庄很贫穷，几乎家家都是土坯房，家里也没几样像样的家具，煮饭就烧一点稻草，吃水村子里有一口老井……像这样条件恶劣的地方表妹也能生存？还好表妹的男人在砖窑厂上班，一家人的开销就全指望他那点微薄的收入。我对表妹说：“你咋个跑到这儿来了呢？听说你是被人贩子骗来的，他们给了你多少钱啊？”

“哎！别听他们瞎说，骗来的多难听，我是人贩子介绍来的。不过他们当初说的还是有些夸张，说这里是千里大平原，家家有洋楼，有汽车，种地全是机械化……”表妹说。

“看看，这还不叫骗叫什么？还介绍来的？这里是大平原不假，但家家有洋楼有汽车吗？我看条件还不如我们老家呢！”

“唉！生米都煮成熟饭了，现在说那些又有什么用呢？那人贩子说得也太夸张了点，大平原倒是真的，洋楼没得，汽车没得，不过有一台手扶式拖拉机；种地机械化也是真的，不过这里条件还是差，没有什么经济作物；挣钱还得去打工……”

“既然是这样，那你为何还要在这里待呢？”

“唉！说来话长，本来我是不打算在这里的，主要还是你表妹夫人好。其实说起来他还是我们家乡的人呢，那年他才几岁的时候就和他妹妹随母亲来到这里了。”

“我看他妈妈也是被人贩子骗来的吧？”

“这个不太清楚，表妹夫的妈妈来这里嫁给了一个老男人，那男人脾气不好，性格暴躁，也不知是什么原因，后来表妹夫的妈妈就喝农药死了。再后来，表妹夫的妹妹也步了她妈妈的后尘——喝农药死了。唉！好端端的一家人就失去了两位亲人，如果我再离开这个家，我良心上过不去啊！”

“唉！这的确是让人想不通啊？他妈妈为什么要喝农药去死呢？他家妹妹为什么要步她妈妈的后尘呢？我看这里面一定有文章？”

“有啥文章？事情都过去这么久了，要是有问题的话公安早介入了。”

“这事我们先不管，那你打算现在要在这里生活一辈子吗？”

“唉！事情既然这样了，只有走一步算一步了，表妹夫人也不错，他对我很好，相信我们以后会慢慢好起来的。过了年我准备带他回老家一趟。”既然表妹都这样表了态，我还有什么话说呢。我只是想当年像她们这批被人贩子骗来安徽的不知有多少？她们如今都过得好吗？有没有不情愿在这里生活的？或是还有其他新的姐妹被骗来这里？

“我们村子和我一起来的有两三个，有个去到南京浦口，不过现在大家都过得还可以，没有听说她们要回老家。听姐妹们讲，当初还是有一些不愿意在这里生活的，但随着时间长了，也就慢慢习惯了。”表妹说。

我对表妹说：“既然大家都愿意在这里生活当然可以，只是别忘了随时跟家里人联系，最好让家乡的亲人来这里看看，大家知根知底比较好些。不要出来十年八年都不回去，家里人担心啊！如果有那种来这里就不让回去，或者是失去了人身自由和遭受到伤害、虐待的姐妹，你们一定要选择报警。现在是法制社会，凡事要用法律的武器来保护自己，决不能容许有包办、拐骗、胁迫等手段促成的婚姻存在。”

表妹夫回来了，他见家乡来了亲人，刚开始他还十分紧张，以为我是来接表妹回去的。为了打消他的顾虑，我说：“表妹夫不必紧张，我今天来没别的意思，主要是想来打听一下表妹的情况，她来这里也有几年了，原来听他们说是人贩子拐骗过来的，所以家里人一直担心，生怕表妹在这里过得不好。但通过跟表妹交谈，情况并非我们想象得那样糟糕，既然表妹她愿意在这里生活，我们还是尊重她的选择。再说你也是我们老家的人，大家还是比较放心。对于你妈妈和小妹的不幸遭遇，我也十分难过和遗憾！我不明白的是你妈妈含辛茹苦把你们养大，正当你们成家立业之时，她为何选择去轻生？她即使有天大的委屈和难处也不应该

去选择死啊！世上没有过不去的坎，有什么痛苦和困难不能解决？难道法律都不能为她伸张正义吗？所以你妈妈和小妹的死，你这个当儿子的是有不可推卸的责任……”

表面看似平静的家庭，其实这是当年众多被拐家庭的悲剧。表妹夫母亲和女儿的死足以说明这一点，虽然这两起命案（服毒自杀）没有引起警方注意，家人也没有深究，但留给我们的远远不止是思考和警示，但愿这样的悲剧不再重演，愿逝者一路走好！

说到这里，表妹夫心潮起伏，情绪激动！他难过地抹了抹泪，说：“妈妈真是命苦啊！我们这样艰难的日子都熬过来了，她为什么要去死啊？那天我去窑厂上班了，家里没有人，可妈妈她……”

我说：“你好好回忆一下，那段时间你妈妈有没有什么异样的地方？比如跟你继父吵架什么的？”

“唉！你不提这事还好，提起这事我心里还有气！我那个该死的继父脾气古怪，性格暴躁，他整天在家唠唠叨叨，对我妈妈也不好，经常无端打骂，我是看在眼里恨在心上。在小妹死的那天晚上，我还找继父去拼命了，好在众人把我拉住了……”

“你再想想，小妹在临死前的几天里有没有跟你继父吵架什么的？”

“噢！我想起来了，听当时继父说小妹是为了让给她买裙子而继父不让买才喝农药死的。”

“不让买裙子？她就喝农药死了？鬼才相信！这里面肯定有其他原因。”

“可当时继父是这样说的呀！”

“那你相信吗？”

“我也不信啊！所以那天我才要找继父拼命呀……”

“为了一条裙子？小妹就去喝农药轻生？这无论怎样解释也解释不通啊？”事情过去了这些年，也没有人去追究这件事了，这事就这样不了了之，但我还是为他妈妈和小妹感到惋惜。

我们一行人来到村子的东边，这里是表妹夫母亲和他小妹的坟地，说是坟地，其实就是两座土堆。表妹夫给他母亲和小妹烧了些纸钱。表妹夫很难过，他哽咽着说：“妈！小妹！家乡的亲人来看你们了，希望你们在那边过得好……”是啊！想起自己打小就随母亲来这个陌生的地方，在母亲精心的呵护下，他和小妹才得以长大成人。可是，在他们一家人刚刚才过上好日子，儿子已结婚生子，可他的母亲却撇下他们先走了……这个残酷的现实让表妹夫真是难以接受啊！

他母亲的坟头一直朝着家乡的方向，因为他母亲生前最大的愿望就是多么想带着儿女们回到家乡去，家乡还有她的亲人，还有孩子他爹……也许是她真的无颜以对家乡的父老乡亲，或者是她有其他难言之隐？最终她选择一个人静静地离

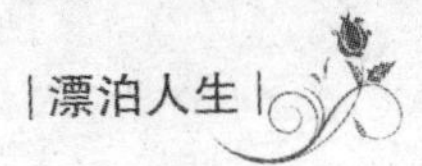

开……不管她是出于什么原因离开人世，都愿她一路走好！逝者安息，生者坚强。愿她的灵魂不再这孤寂与悲凉的平原上空飘荡，而是早日回到家乡去安息吧！

表妹说，她的两个孩子都很好，她准备春节就带着孩子一家人都回到家乡去。表妹夫的亲生父亲还健在，他们要把孙子带回去让爷爷看看。我想这应该是一件非常值得有意义的事，至少比起那些被人贩子拐卖出去几十年都没音信的好多了。说到这里，我都有些感动了，我的这次寻亲之路也算圆满完成。总的来说，表妹的选择没有错，她能留下来是件好事，能在这样一个失去了两位亲人的家庭中坚强站立起来，这的确需要相当大的勇气。因为表妹曾在孩子奶奶生前答应过，她一定要把孩子抚养长大。为了这个遗愿，她也不可能丢下这个家不管。

那是一个雨天的下午，孩子奶奶在病榻前拉着表妹的手说："梅……妈妈不行了，你一定要保重身体，希望你把孩子带好，等过年你就带着孩子回去看看他爷爷吧，我给他们家留了香火，没有给他们丢脸……"哪知，第二天孩子奶奶就喝农药走了。可她万万没有想到的是在一年之后自己的女儿也走了同样的路，这也许是她在天之灵都无法接受的现实，这一切到底是为什么？为什么命运要如此惩罚他们？

从那以后，表妹几乎每年都要带着孩子回到家乡去跟亲人团聚。渐渐地两个孩子也长大了，现如今他们都已结婚生子，表妹才40多岁就当奶奶了。表妹刚去安徽的时候还未满20岁，现在当了奶奶、外婆的她依然还那么年轻漂亮。她说，人活的是心态，无论命运多舛，岁月无情，都无法摧毁一个人的坚强意志和决心！只有内心足够强大的人，他才能战胜世间一切不可战胜的力量。

第三十章　媒妁之言

《孟子·滕文公下》里说“不待父母之命，媒妁之言，钻穴隙相窥，踰墙相从，则父母国人皆贱之”。

我想大部分农村人都有过“父母之命，媒妁之言”的经历，我也不例外。咱农村有句俗话：十七八岁正期望，满了二十结婆娘。在农村十七八岁就开始找媒婆说亲，一般小伙二十出头就结婚生子实属太平常不过了。至于婚姻法规定男不得小于二十二周岁，女不得小于二十周岁才能结婚的条文几乎没什么约束力。如果真扯不到结婚证可以缓两年，有的甚至孩子七八岁了也还没领结婚证。农村注重事实婚姻，只要双方办了酒席，事就算成了。

记得在十七八岁的时候也有媒婆来替我说过亲，那时我还在家打铁。打铁的人一般都知道，穿着从不讲究，一身破破烂烂；整天在铁炉边烘烤，只能用黑不溜秋来形容。有一天，一个媒婆来对我说，今天有位姑娘要来相亲，让我收拾打扮一下。我说：“咱打铁匠就这个样，再怎么收拾也是黑不溜秋的，她来看就看呗，看不起就拉倒！”

“你娃儿真是不懂事！叫你去换件干净的衣服又咋啦？咱们虽然是打铁匠，但第一次见面也要给人家留个好印象嘛！”随后父亲又向媒婆说，“老哥别见怪啊！我家娃儿还不懂事，每次给他提亲他都这样，爱答不理的，不知道他是个啥意思？”媒婆是父亲的一个远房老哥，此人其貌不扬，个头矮小，可他有一副伶牙俐齿，在当地全凭他那三寸不烂之舌成就了很多姻缘。虽然媒婆的职业是帮人撮合婚姻，但并非个个都是“月老”，也不乏贪吃贪喝和敛财之人。通常，媒人介绍对象他要收“好处费”；平时无论男女双方有什么事都要请媒人到场，吃喝收礼自然不在话下；当亲事说成之后（结婚），男女双方“谢媒”，这是给媒人最多好处的时候，过去最少几百，几年前也有上千。但随着时代的发展，尤其是最近两年，农村青年都出去打工在外面找媳妇了，自由恋爱多了，媒婆就逐渐淡出了人们的视线。

在我们那个时代，百分之九十九的人都是媒婆介绍的，即使是自由恋爱，最后都得找个媒人佐证才行。话说当时那位姑娘来到铁炉前，穿得花枝招展，浓妆艳抹，看到我这个黑不溜秋的打铁匠，她心都凉半截了。为了面子，她装腔作势假意说来找师傅打把菜刀，然后灰溜溜地走了。事后父亲总是责怪我不懂事，没给姑娘一个好印象。好印象？我压根就没给她好脸色。当时我见姑娘那副打扮，我就知道她不是我的菜，一个农村姑娘，你穿朴素一点还显得落落大方，打扮得妖艳姿媚的样子，怎么说都跟我这个打铁匠不般配。

"不听老人言，吃亏在眼前。你现正是谈婚论嫁的时候，错过了这个时节，等你二十好几了就难找了。不管人家姑娘看不看得上，最起码要坐下来谈一谈，成不成听媒人一句话。人家媒人都说这事靠谱，你咋个就那么犟呢？"父亲说。

"媒人说靠谱？媒人跟谁说都靠谱！人家媒婆是吃这碗饭的，他这是上嘴搭下唇，说话不费力，是黑他能说成白，瞎子的眼睛能说亮，瘸子的腿能赛跑……为了撮合一桩婚姻，说成一门亲事，媒婆不卖力，不吹嘘，他能拿到'谢媒'钱？婚姻乃人生大事，岂能凑合过日子？"为提亲的事，我没少跟父亲顶嘴。

"咱农村都是这样过来的，哪个不是靠媒人介绍才结婚的？这个给你介绍你也不同意，那个给你介绍你也不同意，这个姑娘也看不上，那个姑娘又瞧不起，你还挑剔个啥？人家姑娘不嫌弃你都算不错了，你还想咋样？"

"不是我挑剔，也不是我瞧不上，我根本就没心思在这里找媳妇。"

"嘿！奇了怪了？我就不明白，你不在这里找婆娘去哪里找？难道天上会掉个媳妇下来？"

"总之我的事情不要你们管！"

"嘿！不要我们管？你这是说的人话吗？我们当老人的不管，难道你自己有本事去娶个婆娘回来？"

"总之我的事情不要你们管！大不了我这辈子不结婚。"

"嘿！你这个背时娃儿！这可是你自己说的啊！你不结婚可以，但你必须要给我们立下字据，到时你没娶到媳妇别怪我们老人没给你找……"

我不知道当时为什么会跟父亲吵，只要一谈到提亲的事我就不乐意，什么漂亮的也好，丑的也罢，我一个不答应，就差没跟父亲立字据了。那时的我的确心不在焉，根本没把婚姻当回事。人家结婚结他的好了，好像跟我没什么关系。其实那时的我一门心思想到出门去，这是我打小就有的愿望，我要去走遍祖国的名山大川，实现人生的梦想。如果像同龄人一样过早结婚生子，那我就等于束缚住了手脚，哪能出去闯荡社会，就不可能有我后来漂泊人生的经历。但这一切理想和愿望还仅仅只是愿望而已，因为我还没做好出门的准备，还不具备出门闯荡的条件。后来我一面打铁，一面学画，渐渐地，出门的条件成熟了。

在我出门那阵子，我们村有个与我同龄的人早已结婚生子了，所以父母非常着急，眼看到了大龄阶段，如果再不谈婚事，他们老人很没颜面。父亲说，我不结婚倒没什么，人家不会说我啥的，关键是别人会戳他们脊梁骨，说老人没本事，连个儿媳妇也讨不到。我说，别人说就让他们说吧！我结不结婚是我的自由！万般无奈之下，在我离开家乡的那两天，为了不让父母伤心，我硬着头皮应承了一门亲事，当时我也是没抱任何希望，纯粹就是为了应付。

经媒人介绍，我认识了小敏，她家住在城里，这次她是来乡下二姐家玩耍。她也许是听了媒人吹嘘，说我既会做砖，也会做瓦，而且还画得一手好画。说我也不丑，人品也不差，于是她也是抱着试试看的心情跟我谈上了。两个貌合神离的人相亲，一个应付，一个好奇，注定走不到一起。刚开始谈了几天，我就发觉小敏非同一般，毕竟去城里生活了几年，她的妩媚动人，言谈举止绝非是一个农村女子装得出来的，而是地地道道城市人的腔调。我当时很反感，也许是我太傻帽，或许是我真没见过世面，看她热情奔放，毫无顾忌的样子，我还真有点不习惯，有时走路她还主动拉我的手，这使我感到非常尴尬，她无所谓，我却脸红。从这些谈情说爱的熟练动作就可以判定她不是一般的女子，最起码是谈过好几次恋爱的人，这一点我猜得非常准确。

据小敏自己讲，她的确在城里谈过几次恋爱，听说有一个追求她的男生还为她坐了牢，这些她认为是“资本”且经常在我面前炫耀。我天生就反感这种妖媚妖气的女人，在我面前显摆？我压根就没对她感兴趣。只有傻瓜男人才为你去坐牢，等你把牢坐完回来，她早就成人家的媳妇了。不管是男人或女人，都应该有点骨气，有点自尊，宁可“独善其身”，也不可苟且过日。

其实小敏也是地地道道的农村人，由于她父亲是单位职工，前几年一家把户口“农转非”了，老家就只剩二姐在种地。“农转非”在上世纪还比较吃香，现在却不稀罕了；现在农民进城打工早已取消了暂住证，统一改为居住证了。作为一个农村走出去的人，无论你怎么装，怎么洋气，你始终是个农民；无论你走多远，地位有多高，始终你不能忘了自己的根。所以当我看到小敏那种井底蛙耳，妄自尊大的样子，我嗤之以鼻。不过为了应付，我还得继续跟她相处。过了一段时间，小敏居然邀请我去她家见老人，我是坚决不同意去，为这事我又跟父亲争执起来。

父亲说：“人家小敏主动叫你去城里见老人，这是多好的机会呀！你还不去？你真是身在福中不知福啊！见个人你怕什么？他们又不会把你吃了！你先去城里见见老人，看看他们是什么意见？”

我说：“去见他们老人我怕个啥！关键是没有意义，这事不用看也不得成，难道你们没看出来小敏是在演戏？她一个城里姑娘能看上我们农村人？她都是从农村出去的，怎么可能又回到农村来？她这次要我进城见老人纯属是找的借口，是想给她争点面子，说白了她是在跟城里老人赌气，她在城里交了那么多男朋友

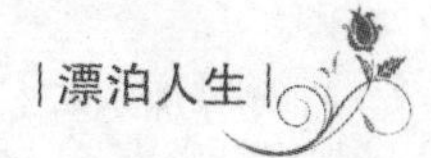

都没成，父母骂了她，所以她才跑到乡下二姐家玩的。再说这第一次去见女方老人，我们不可能空着手去吧？这一去礼也送了，事情明摆着不成，那我们送出去的钱不就打水漂了……”

“你去都还没去，你就知道事不成？人家小敏都说了，她虽然不敢保证父母会同意，但你们可以去争取嘛！像你这样前怕狼后怕虎的，只有打一辈子光棍！”

“我就是打光棍也比白送钱给人家强！家里本来经济就不宽裕，兄弟还要提亲，现在还要去花这冤枉钱，我心里难受……”

“就是花冤枉钱我也愿意！现在是我当家，你明天只管跟小敏去城里，其他事不用你操心。”

父亲既然这样说了，我多说无益，明知道这是白送钱给人家，可我也只能从命。我决定这次从城里回来后就出门去，从此去过自己想要的生活。我讨厌这种父母之命，媒妁之言，如果要我在家里娶妻生子，我肯定会疯掉的。第二天，我带上一千元的礼金随小敏去了城里，当见到女方老人时，我一看老人的脸色就知道啥情况了。女方老人收了礼金，他开门见山而又委婉地说：“小敏这次回老家的事我早知道了，她这个背时姑娘不听话，她愿意嫁到乡下去我也没意见。当然了，如果你愿意到城里来生活我也没意见，前提是只要在城里买一套房子，有个落脚的地方。说实话，我也是从农村出来的，我也不嫌弃你是农村的。一句话，只要你们两人愿意在一起，这事就好办了。”

听了女方老人这番话，我觉得也没有什么地方不对，只要我们两人愿意？这话是关键，但关键的是我并没有看好这门亲事，或者说一开始我就持反对意见。恰好小敏也只是逢场作戏，纯属为了取悦于父母，带个“傻子”女婿进城，还给父母送来一笔礼金钱，这何乐而不为呢？她为了让我进城见老人，煞费苦心在我父母面前表现、挑唆，使得我父母态度那样坚决，非要我进城相亲，这一切都在我的意料之中。我在小敏家住了一晚，第二天临别时，小敏终于向我吐露了实情。她说：“实在对不起！当初我不该骗你，我这次回老家的确是来散心的，我根本没心在农村来找对象。尽管我也知道你压根就没看上我，但我仍然在你父母面前信誓旦旦，我不该骗取你父母的信任，还花了你家的礼金，不过以后我会还给你们的。我这里还有二百元钱，你先拿回去吧！咱们就当交个朋友，好聚好散……”

“哼！交个朋友？谁跟你交朋友？还好聚好散，我跟你聚了吗？这一切都在我的预料之中，既然你还我两百，也好！我正愁没路费出门呢！”我心里愤愤不平道。

我拿着这二百元钱，家也没回就出门去了。这些年我在家里憋屈得太久了，早就想找个机会出去，现在时机已成熟，手里有了这二百元路费，我是既高兴又难过……想父母抱了很大信心，满以为这次去城里相亲能有结果，哪知事与愿违。我也不想是这样的结果，但我又早知道是这样的结果，只是父母不相信，他们非要我这样做，结果白白损失了一千元钱。其实我要出门父母早就知道，他们是想给我介绍个对象后，想把我拴在家里。可是我心意已决，出去社会闯荡是我多年的梦想，任何因素都无法阻挡我前行的脚步。我出门第二十天后，家里终于收到我的书信，我在信中向父母解释清楚了事情经过和我出门的决心。

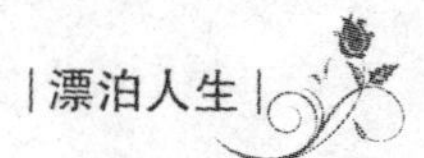

第三十一章　我与故乡的别离

从城里回来，我就背着父母离开了家乡，这次与故乡的别离，是我一生之痛！父母想把我留在家里，真是煞费苦心，可我仍要犟起性子出去。与父母不辞而别，我很难过，很伤心！可我不得不这样做，因为我跟父母交代不清，我怕他们伤心难过！怕我这一回去就再也出不来了，这样的选择我也是迫不得已。我出门第一站去了重庆，到达后我就给父母写了一封信：

亲爱的爸妈：

你们好！

请原谅我的不辞而别，本来我是打算回来见你们的，可我实在是无言以对。跟小敏的事没谈成，原因很简单，他们老人的意思是如果我跟小敏谈成了，我必须得在城里买套房子，这明摆着就是为难我们。走时小敏也给我说了实话，她跟我谈朋友纯粹是闹着玩的，她根本就没打算在农村来找对象，她是在父母面前演戏。走时她退还了我两百元钱，还说以后她会还你们钱。算了！这点礼金钱咱不要了，就当拿钱买个教训，以后我画画挣到钱了多给你们寄点回来。

我知道你们舍不得我出门，但我必须要出去，因为我要去实现人生的梦想。爸以前也曾对我们说过，一辈更比一辈强。想爸妈也没读过书，知道没文化的苦处，平时看个书报都要我念给你们听。我的书也念得少，如果要我在家里打铁、种地和娶妻生子，那我不就跟你们一样了吗？这怎能一辈更比一辈强呢。不说是为了振兴门庭，光宗耀祖，起码要给自己争口气吧。所以我要出去闯荡社会，去学习书本上没学到的知识，请爸妈放心，我不会给你们丢脸的。

这次我到了重庆，在中梁山画画，看生意还可以。我住在中梁山煤矿招待所，住宿费才3元一晚，6人间，环境条件都可以。这里离学校很近，每天早晨我还去学校操场跑步呢。我的画摊就摆在招待所前面那条街上，是跟一位刻私章的老师傅摆在一起的。这两天画像生意也好，每天至少要画五六张，画一张像收5元，每天都有二三十元收入，比在家打铁强多了。

看情况我可能要在这里住一段时间，如你们收到信后请及时回信一封。另外，我把小敏退回来的两百元钱给你们寄回来了，现在我生意还好，暂时用不到这钱。最后希望爸妈保重身体，庄稼地的活能干多少就干多少，平时一定要注意身体，愿家里一切都好！

此致

敬礼！

祝爸妈身体健康！万事如意！

儿拜上

1988年2月10日

这是我出门第一次给家里写信，那时的我真的是连一封信都写不通顺，也可以这样说，我的写作水平也是从写信开始锻炼出来的。我慢慢开始写日记，后来又爱好上了文学。我每到一个地方都要给家里写信，写信成了我生活的一种习惯和必须做的一件事。遗憾的是我的父母不会写信，每次他们给我回信或写信都找人代笔。刚出门那阵子，有弟弟妹妹代笔，后来弟弟妹妹不在家了，他们就找隔壁邻居的学生代笔。自从那时候起，父母才认识到没有文化的悲哀，也是从那时候起父母才慢慢理解了我出门的初衷。

写信那天正好是我的生日，那天我特别高兴，就去街上吃了碗豆花饭。豆花饭是重庆的特色小吃，当地有一句民谣“北碚的豆花，土沱的酒，好耍不过澄江口”。其实重庆的豆花饭跟其他地方的快餐一样，早中晚都可以吃，一碗甑子饭，再加上一碗豆花一碗香辣油碟，胃口大的人可以接连吃两三碗。豆花饭好不好吃，除了豆花本身的质量，还取决于油碟的味道。我去吃的那家豆花饭特别爽口，豆花看起来很嫩，蘸水香，清爽可口，开胃下饭。而且饭可任意添加，加上一点咸菜搭配，真乃色香味俱全。

我在中梁山画了一段时间像，没有收到家里的回信，也不知道是什么原因，或许是家里找不到人代笔？我等了整整一个月，见家里仍没有回信，我就只好去了别的地方。可不巧的是在我刚离开不到两天，父亲又来中梁山看我了。原来我的那封信家里没收着，他们只收到我寄回去的那两百元钱。父母感到很蹊跷，怎么钱寄回来了而信没到呢？父母非常着急，于是父亲就按照汇款单上的地址找到中梁山来了，然而他一来我又不在。父亲更加着急了，他向招待所的人四处打听我的下落，可大家都不知道我去了哪儿。父亲去问那位刻私章的师傅，他也不知道我的去处。因为我走时没跟任何人说，我们出门人一般较为谨慎，去处一般不轻易告诉别人。

父亲在中梁山没见我的踪影，他又只好遗憾地回去了。当父亲回去的第二天，

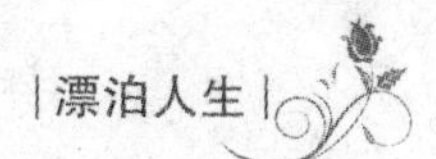

我写给家里的信才到，不知是地址写错了还是在途中耽误，总之这封信延迟了半个月。收到我的来信，他们全都放心了，父亲也没责怪我相亲的事，他说失财免灾，那点礼金全当小偷偷去了。在后来的回信中，父亲特意说明了这一点。我在外面画画、漂泊，父母也很支持，但他们始终担心我的婚姻问题，在后来长达几年的漂泊日子里，父母在家里都给我相了好几门亲，有的姑娘还愿意等我，有的姑娘等不得就嫁别人了。我对父母说，婚姻的事要讲缘分，勉强不得，我一再强调，我的婚姻大事不用他们操心。后来我在外面找了一个志同道合的妻子带回来，父母才转忧为喜。虽然再后来我们离婚了，但父母仍然理解，他们始终相信我说的话，婚姻是要讲缘分的。“命中有时终须有，命中无时莫强求”。虽然《增广贤文》里是这样说的，但我始终觉得有点牵强，甚至有点“迷信”，如果什么都是命中注定的，那还要人的选择干吗？

当我第一次离开家乡，踏上了漂泊人生的旅途，我才感觉到前途茫茫，道路艰险；漂泊是美好的，快乐的，但也是寂寞的，痛苦的……“独在异乡为异客，每逢佳节倍思亲”，这是千百年来广为流传的名句，打动了无数游子的思乡之心。无论我走多远，故乡的记忆永远在我脑海里浮现。我的童年是在故乡的老屋长大，故乡的老屋距离我们现在住的地方有半里地，我在那里呱呱坠地；小时候的记忆有些模糊了，我打小就没见过奶奶，听说奶奶是在我快出生的那年去世了。记忆中没有奶奶的模样，我心里多少有些遗憾！我在3岁那年，由于腿生病，不能下地走路，母亲背着我四处求医，有一次母亲背着我在途中发高烧，多亏了一个好心人相助，母亲才脱离了危险，然后又背着我赶了回来。回忆起童年的点点滴滴，我仿佛又回到那个纯真的年代，儿时小伙伴们捉迷藏、荡秋千、下池塘嬉戏玩耍……

记忆随着时间散去，故乡也离我越来越远，儿时的小伙伴们都长大成人，故乡的老屋年久失修，现如今已是荡然无存。但我仍然怀念那里的一切，我永远记得儿时躲在草垛里看书的情景，那时我最喜欢看的小人书《水浒传》《三国演义》《红楼梦》，后来我又看了《鲁宾孙漂流记》和高尔基三部曲，我要感谢这些小人书陪伴我度过了快乐美好的童年；也正因为这些小人书才勾起了我对外界的向往和热爱。离开家乡这些年，回去了多少次我数也数得过来。“当时若不登高望，谁信东流海洋深”。一晃几十年过去了，经过这些年的闯荡、漂泊、历练，我终于领悟到了它的含义。

离开故乡久了，难免会有思乡情怀，而我每次回去都会看到不一样的东西，记得我出门两年后第一次回去时，家乡就给了我很大一个惊喜。原来家乡不通电，看黑白电视还要跑去乡政府街上。现在村村通了电，黑白电视还只有少数几户人家有，记得我家伯父最先买了台黑白电视机，每当晚上放电视时，伯父就会把电视机搬到院坝来，那场景简直热闹非凡，院坝里全是左邻右舍看电视的人。后来

大家陆续买了电视，伯父家终于又恢复了以往的平静。

我第二次回故乡时，那时正遇政府搞“七个一”工程，什么是“七个一”工程呢？它是新农村建设的一个重大举措，以下七条简称“七个一”：一是抓好村级组织建设。二是抓好主导产业建设。三是抓好村庄规划。四是抓好乡风文明建设。五是抓好培育新型农民。六是倡导文明健康生活。七是加快沼气建设。这次新农村建设给广大村民带来了福音，首先是村庄规划，把以前分散的农户集中统一起来，动员在公路两旁建居民点；家家户户必须建沼气、改建厕所、统一水源和兴建乡村公路，力争村村通公路，户户开汽车……但这一英明举措却遭到不少村民抵触，有的认为把人集中去了居民点，他们干活远了不方便；修乡村公路要占用耕地，公路往他家地里过又不行，总之困难多，阻力大，思想得不到统一。最后闹来闹去只有少数几户人家搬迁，大部分农户依然照旧，抱着他们的小算盘，打着他的小九九，没有一点大局观念，这就是典型的小农意识。

我第三次回故乡，家乡又让我眼前一亮，农民转型，农业走上了集约化道路。农村土地集约化经营简单地讲就是采取就近合并，碎地变小地，小地化整地，然后再向大规模地块发展。这次我们家乡通过土地集约化改革，把原有分散的土地集中起来，全部栽植上了柠檬树。原来的田块坡地全部变成了果园，现在我们家乡早已成了远近闻名的“柠檬之乡”。最让我激动不已的是家乡不仅村村通公路，而且还户户有光纤，现在农民不仅可以享受电商、微商带来的便利，而且乡村快递也普及到田间地头，农民坐在家中就能买到自己想要的东西。望着家乡翻天覆地的变化，我也情绪激昂，心潮澎湃！离开家乡的这些日子，我做梦都盼望着有这么一天，今天终于如愿以偿。我是不是也该回去了？回去当一个新型农民，为家乡的建设贡献一点力量。

第三十二章　徐菁的苦恼

上次徐菁忙完了大姐的事，他自己的事又来了，自从他与陈冬娥结婚后，他们小两口恩恩爱爱，相敬如宾，日子倒也过得甜蜜。可最近总见徐菁眉头紧锁，心事重重，一副愁眉苦脸的样子。一天，我把徐菁叫住，问他有什么不开心的事，说出来大家听听，或许我们能帮上点忙。徐菁说：“这个忙恐怕谁都帮不上，难呀！难呀……”

我说：“你不说出来，我们咋知道是什么情况？难！有多难？世上没有迈不过的坎。”

“唉……我家冬娥又怀上了……”

“嗨！我以为啥事呢？怀上了是好事嘛！恭喜你要当爸爸了。”

“你先别恭喜，我正为这事发愁呢！冬娥想去把孩子打掉，你说我们好不容易才怀上孩子，她却不想要，唉……”

“这……这又是为啥呢？人家结婚了都巴不得早点当妈，可她却不要孩子？这让人难以理解！听说你们原来也打掉一个孩子？”

“嗯！那是结婚以前，那时没条件要孩子。现在结婚了，可以正大光明要孩子了，可她又不想要，唉！真是伤脑筋啊！我妈妈今年的病越来越严重了，她多么希望能看一眼孙子……唉！我怎么就这样倒霉呢？”

“我说你也别老叹气了，是个男人就应该扛起来！世上没有解决不了的事，何况还有我们这些哥们姐儿，有什么困难大家帮帮忙。你关键是要找到问题的关键所在，找到问题的突破口，事情才能解决嘛！”

“唉！问题的关键不是在关键上，冬娥也不是不想要孩子，而是她有个前提，必须先要有房子，然后才能要孩子。我的天！你这不是要我的命吗？现在我们事业才刚刚起步，母亲生病又要花钱，我哪有钱来买房子啊？在城桥就算买按揭房也得十万八万吧，我手边没得钱啊！上次我们几姊妹开餐馆又没赚到什么钱，这次我们开米线馆又投资了几万，你叫我咋个办嘛？”

“唉！这事的确有点难办！世上哪有万事俱备的事，无论什么事得一步一步的来。如果等事业成功，等房子买好才要孩子的话，这也不现实嘛！像你这种情况起码还要奋斗十年，等十年过后才要孩子？恐怕你们都老喽！她也成了高龄产妇，这鱼与熊掌岂能兼得？最好是先把孩子生下来，一面搞事业，一边抚养孩子长大，即便事业不算成功，但孩子慢慢长大了，虽然不能大富大贵，做个普通老百姓又何妨呢？”

“师傅说得太对了！我也是这样想的，可冬娥不这样想啊，她说孩子生下来连个家都没有，这日子咋能过？总之我跟她意见分歧太大了，结婚前她都听我的，现在结婚后我就得听她的，动不动就拿打孩子要挟，还说要跟我离婚，真是搞不懂他们女人……”

其实徐菁的苦恼远不止这些，最近他母亲病情加重，去昆明检查回来情况很不乐观，据医生说她母亲的病非常严重，医生建议他们回去保守治疗。徐菁知道医生提出这样的建议意味着什么，他母亲已是病入膏肓了，回去保守治疗只是安慰的话，其实就是听天由命了。这几年为了给母亲治病，徐菁早已散尽家财，他也是无能为力了。徐菁早些年父亲就去世了，母亲带着他和哥哥举步维艰，为了给两个孩子创造一点条件，母亲无奈改嫁了一个快60岁的大爹。大爹早年死了老伴，这些年他一直在做生意。大爹对徐菁一家也很好，该帮衬的他也帮了。后来徐菁母亲生了病，可大爹仍没嫌弃，他也尽了最大努力，虽然他把辛苦攒下的积蓄花光了，但他一点不后悔，因为男人就应该有担当。

一头是母亲生病，一头是新婚的家，一边是医药公司的业务和餐馆经营，还有最让徐菁头疼的是蒋欣荣的案子，杀人凶手还在逍遥法外，官司还得旷日持久地打下去。徐菁真是分身无术啊！那段时间是徐菁一生最繁忙的时候，餐馆要经营，他三四点钟就得起床；医药公司每隔一个星期就得去出差一次；母亲生病要照料，妻子怀孕要孕检，法院不时传他去讯问，每件事他都要亲力亲为。可这个时候，妻子冬娥也不让他省心，天天吵着要堕胎，天天逼着他去买房。徐菁就是再坚强的人也禁不住这样折腾。有时，他还来找我们诉诉苦，但更多的时候他都是选择一个人默默承受。尤其是蒋欣荣的案子让他揪心，杀人凶手一天不判刑，赔偿就一天到不了位。

一天，徐菁母亲把他叫到床前说：“儿啊！听说冬娥怀上孩子了？有几个月了？我的病不要紧，你先把自己的事办好，要是钱不够，回去把山上的杉树卖掉一批。你们申请的廉租房拿到钥匙没有？”

“唉！妈你就别为我们的事操心了，你就安心养病吧！冬娥怀孕有三个月了，前两天我才带她去做了孕检，一切都好。廉租房的钥匙下个月就能拿到，我申请两三年了，今年终于可以搬进去住了，虽说只有三十多个平方米，但总算有个落脚点了。到时我给妈留一间住，冬娥和孩子住一间，我在沙发上挤一挤……”徐菁强作笑脸地说。他知道这一切多么的不现实，不公平，但在母亲面前他必须要这样表现。看冬娥那阵势，孩子保不保得住还是问题。廉租房下月肯定能拿到钥匙，但三十多平方米的住房又如何能挤下一大家人？国家的政策惠及民生，廉租房就是专门为徐菁这样在城市生活而又买不起房的人盖的，可房子太小了，三十多平方米，还两室一厅，一厨一卫，设计这样房子的人也是煞费苦心。真乃麻雀虽小，五脏俱全。卧室小得只能放进一张床，客厅、饭厅连在一起，连过路都得排队。

廉租房的钥匙拿到了，徐菁忙着搬家，可妻子冬娥无动于衷，她嫌廉租房太小，搬去那里还不如住在娘家。其实廉租房就在她家隔壁，虽然只有一墙之隔，但廉租房与她家小区有如天壤之别。她家小区豪华漂亮，设施齐备；而廉租房又矮又小，绿化设施也不到位，完全就不是同一档次。不管怎么说，廉租房条件是差点，但毕竟是享受国家政策福音。在徐菁和冬娥父母的劝说下，陈冬娥总算从娘家搬了出来，住进了廉租房。可此时陈冬娥更变本加厉地催徐菁买房子，每天跟他吵，跟他闹，还三番五次要去堕胎。陈冬娥的意图很明显，她是想徐菁拿出十万元钱出来先买套按揭房，这个廉租房她压根就没看上，她还说自己一个城市人去住那样的“贫民窟”，简直有失身份。她一心想去市中心“白天鹅小区”居住，因为那里地处闹市区，紧靠北湖公园，毗邻“黄金海岸商业大街”，在那里居住才是得天独厚，高端上档次。“白天鹅小区”刚刚开盘，首付十万即可订购。

“你一天上不沾天，下不着地的都在忙些什么？我跟你说的事考虑得怎样了？”陈冬娥见到徐菁就步步紧逼。

“你这个婆娘真是烦人！我一天忙什么难道你不知道？你跟我说的事多了，你到底说的是哪件事？”每当此时徐菁心里最烦躁，在外面忙得焦头烂额，回到家来又受婆娘的气，他头都快炸了。

“什么事？你真是个猪脑子啊！你装什么傻呀？‘白天鹅小区’开盘好几天了，再不去买就没了。而且只要十万就能定购一套，130 平方米，露天阳台，四室两厅，一厨双卫，这样的房子，这样的地段，这样的价位在哪里买得到？”

“我猪脑子？你是猴脑子，就你聪明，人家都是傻瓜，笨蛋？我不知道‘白天鹅小区’好啊，那是你我这些普通人住的吗？说是首付十万，后面要多少你知道吗？在我们这样二三线城市要四千多一平方米，这不是一般人能买得起的。就你家这小区才三千零点一平方米，环境条件也不差，干吗非要去那里凑热闹呢？再说我手边也没这么多钱。”

“没钱你不知道去想办法吗？你老家不是有山林，有杉树吗，砍去卖了就是钱。如果不够可以去农村信用社贷款嘛！你们农村不是有那种无息贷款吗，你家哥不是村干部吗？这点办法还想不出来？”

“你拉倒吧！让我去贷款给你买房，你也太天真了吧！农村的无息贷款是专门扶持搞生态养殖用的，拿来你去买房子，人家会批吗？你不要只想到自己过得舒服，还要多为别人考虑一下。我们有廉租房将就可以住，你就不要去花那些冤枉钱了，我们用钱的地方还很多，妈妈生病还要花钱……”

“我不管！你妈妈不是嫁给那个大爹的吗，找他拿啊！”

“大爹也尽力了，前段时间妈住院，花光了他所有积蓄，我们还想怎样？据昆明的医生说，妈这次回来保守治疗，其实是听天由命了……也许妈在这个世上的日子不多了，我们能不能不这样吵了好吗？你就把孩子生下来，让妈看一眼，满足妈的最后一点愿望行吗？”

“不行！我凭什么要把孩子生下来？生下来孩子住哪里？住廉租房？我才丢不起那个脸！你少拿你妈来唬我，看你妈那样子估计不等我生孩子她就死了……”

“有你这么说话的吗？你是巴不得妈早点死是吧？你生不生拉倒！”

“拉倒就拉倒！我明天就去医院打掉孩子，我让你家断子绝孙……”陈冬娥站起身来，气冲冲地走了。这次陈冬娥真是生气了，她真的做好了要去医院打胎的准备。如果孩子打掉了，她和徐菁的感情也许就走到头了。可徐菁真是一点办法也没有，望着妻子的咆哮和怒火，他也只有忍气吞声。为了母亲最后的一点愿望，他多么希望陈冬娥能不那样任性，能多一点理解，一切从实际出发，丢掉幻想，哪怕是成熟一点点也好，不要那样幼稚、天真。如果陈冬娥真的失去了像徐菁这样从大山里来的诚实、勤奋上进的丈夫的话，她是一定会后悔的。但是陈冬娥并没意识到这一点，她仍旧一意孤行，与丈夫徐菁渐行渐远，最终以离婚告终。

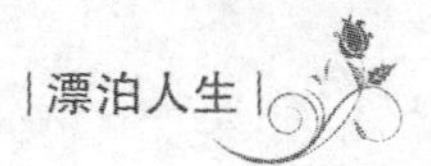

第三十三章　围墙之别

陈冬娥赌气回了娘家，徐菁并不感到意外，跟这样的婆娘吵架，实在是浪费他的时间。徐菁懒得理会，他忙完了餐馆的事，又去公司出差了。这次他出差去了西双版纳景洪市，在那里他又碰见马秋水了，上次马秋水与唐医生在城桥贩毒被发现后，他们逃窜去了西双版纳，在云南“金三角”地区潜伏下来，继续从事走私贩毒的活动。徐菁回来就跟我谈了此事，我也感到惊奇，上次那样严打禁毒，他们居然能逍遥法外，这次突然又冒出来，他们这是飞蛾扑火，自取灭亡。

徐菁回来不久，陈冬娥就去医院堕了胎，这是她错误选择的第一步。徐菁虽然对她已是心灰意冷，但毕竟还是夫妻，他仍然悉心照料。陈冬娥打掉孩子后，她就一直在娘家待着，无论徐菁怎样劝导，她始终不肯回廉租房住。望着廉租房围墙那边的高楼，虽然只有一步之遥，但差别太大了。小区绿化、健身娱乐以及地下车库，各种配套设施齐备。而廉租房这边只有七层楼，没电梯，没车库。一到晚上，廉租房外面大街两旁全是停得密密麻麻的汽车、摩托车、电瓶车。富人街和“贫民窟”形成了鲜明对比，但这也不是阻碍徐菁和妻子的唯一理由吧？

夜终于暗下来，天上没有星星和月亮，漆黑的夜空被廉租房对面高楼上的彩灯照亮了。高楼外面就是一条商业步行街，虽没有中央大街那么繁华、漂亮，但这里是以前老城区的商业中心。以前徐菁想租陈冬娥楼下的铺面，陈冬娥父母坚决不同意，他们压根就瞧不上从大山里走出来的徐菁，这就注定了他们的婚姻是个悲剧。可徐菁不甘心，他努力地回忆过去和陈冬娥的相识相知，那时他们的感情是多么的浪漫纯真……尤其是他俩一起开理发店的那些日子，两人相辅相成，配合默契，“要修到神仙眷属，须做得柴米夫妻”。有的人做了一辈子柴米夫妻，却没修成神仙眷属。可徐菁他俩连柴米夫妻都还没开始，又怎谈得上神仙眷属？所以看似外表光鲜，其实内心早已改变，夫妻间一旦没了共同语言，即使相处也不过是苟延残喘。

今天这样的结果徐菁早已预料，只是没想到会来得这样快，他多想让时光倒流，让爱的脚步慢慢离去，他多想抓住她的小手，把她死死地抱在怀里，他多想黑夜快些来临，这样就可以和她拥抱到天明，他多想时间就此停止，让疲惫的身子好好歇息……

徐菁一个人在屋里喝着闷酒，他时而叹息！时而苦笑！时而掩面而泣！冬娥的离去，给他心灵带来了震撼，他甚至开始怀疑当初走出大山的人生，难道是他选择错了？事实证明，他所选择的道路是正确的，为了家乡，为了母亲，为了自己心爱的人，他无怨无悔！此时，徐菁又想起李白的《秋风词》：

秋风清，秋月明，落叶聚还散，寒鸦栖复惊。
相亲相见知何日，此时此夜难为情；
入我相思门，知我相思苦，
长相思兮长相忆，短相思兮无穷极。
早知如此绊人心，何如当初莫相识。

徐菁一边喝着闷酒，一边哼着诗词：“入我相思门，知我相思苦，长相思兮长相忆，短相思兮无穷极……”此时此刻，他多么想冬娥在身边啊！可是，他除了一瓶瓶空酒瓶堆在身边，有谁还在乎他的存在。廉租房的狭小空间容不下高贵的她，望眼欲穿却又万般无奈，“多情自古空余恨，此恨绵绵无绝期”。经过痛定思痛之后，徐菁幡然醒悟，他不值得为这样的女人伤心、流泪。不忘初心，方得始终。他永远不会忘记自己是大山的儿子，他的奋斗人生才刚刚开始，还有许许多多的工作在等着他去完成。

他来城桥快 10 年了，3 年前申请的廉租房现在才搬进来，这是许多来城里打拼的人梦寐以求的愿望，能申请到一套廉租房多么不容易，可陈冬娥仍嗤之以鼻，这是徐菁最不能容忍的事。徐菁一个朋友来城桥十多年了，就因为没有缴纳社保，申请了多次仍无结果。有一个朋友申请两年了，最后一年因铺面转让、执照失效也未能如愿。申请廉租房的政策指标非常严格，不是说你想申请就能申请；当然了，你有钱买商品房那又另当别论。

“菁儿啊！冬娥怀孕几个月了？你们搬去廉租房住没有？”徐菁母亲每次见到儿子都问。

“3 个月了！妈你问了好多次了。”那天徐菁又去看母亲，“搬去廉租房住了，冬娥说房子太小，她住不太习惯，这两天她又回娘家住了。不过廉租房离他们家很近，几步路就到了……”其实徐菁没敢在母亲面前提冬娥去医院打胎的事，他知道母亲的病越来越严重了。他母亲患有严重的肝硬化伴腹水，肚子胀鼓鼓的，隔不多久要抽一次腹水。看到被病痛折磨的母亲，徐菁心似刀绞，他难过的不仅仅是母亲的病，而是冬娥打掉孩子离开了他，母亲临终前想看一下孙子的愿望化

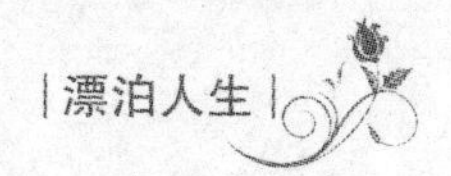

为泡影，这个残酷的现实让他不能接受。他只有瞒着母亲，什么都不能告诉她，他不知道，母亲如果知道了实情会是一种什么心情？病重的母亲怎能承受这样如此大的打击！

“菁儿……我肚子胀得难受……”母亲的病又加重了。

“妈……我给你把背垫高一点，我去请医生来给你抽腹水。”

“不用了……菁儿！不要花那些冤枉钱了，妈也许活不了几天了，省点钱办你们的事情，往后有了孩子，用钱的地方还多。我好想去看看冬娥，她不知道怎么样了，怀上孩子了嘴馋，多给她买点好吃的……”徐菁母亲说着说着又昏迷过去了。

那几天，徐菁寸步不离地守在母亲身边，他母亲的病时好时坏，意识有些模糊，但每当她精神稍微好一点，她总是不停地问冬娥怀孕的事，天天嚷着要去看儿媳妇。徐菁心里着急，他极力隐瞒和搪塞，生怕母亲知道了会加重病情。他母亲得了这个病，其实都是因她前几年劳累过度而引起的，那段时间，她起早贪黑地在工地上背沙，早上就吃一碗米线，有时中午啃两个馒头，一直干到天黑才回去煮饭吃。平时她从舍不得去买点肉来吃，长期营养不良，加之劳累过度，积劳成疾……

尽管这样，她还经常买点好吃的东西来看儿子。那段时间，徐菁正和冬娥在开理发店，冬娥怀上了第一个孩子，当婆婆的满心欢喜，一旦背沙挣到钱了，她都要买东西来看儿媳，可她自己从不舍得吃。那天中午，儿子好说歹说才把母亲留下来吃饭，母亲吃饭时不停地给冬娥夹菜，说：“你现在是两个人吃饭，要多吃点。”然后她又夹菜给儿子，“你也要多吃点，看你这么瘦……”可怜天下父母心啊！父母对儿女的爱是那样无私，儿女们真是无以回报。“树欲静而风不止，子欲孝而亲不待”。

徐菁来到冬娥家，他恳求冬娥去看看母亲，可陈冬娥不但不去，反倒对徐菁破口大骂：“我凭什么要去看？她死了关我屁事！我现在不是她儿媳妇，我凭什么去？”

“你说话讲点良心不？现在我们还没离婚，你就是妈的儿媳妇！妈现在生病了，你去看一下又怎么了？做人还是要讲点良心！你这样六亲不认是要遭雷打的……”

“我凭什么要认？反正我现在把孩子也打掉了，我跟你没得关系了，你爱咋地咋地！我早就警告过你，不要等我把孩子打了才来后悔，如果开始你就答应拿10万来买房子，我至于会这样吗？现在说什么都晚了，我们的事就这样，离婚都用不着，因为我们没领结婚证。”

“房子房子？你就知道要房子，我们廉租房也分下来了，是你自己不去住，房子不就小点吗，但还是可以将就着嘛！现在妈也生病，我们哪有钱买房子？没领结婚证？可我们毕竟办了酒席的，也应该算是事实婚姻吧？”

“谁跟你事实婚姻？受法律保护吗？没得结婚证，我们就是路人，路人懂吗？反正也没有孩子，不用宣判。”

“那我们的家产呢？结婚买的东西都是我的钱……”

“家产？你有什么家产？我们结婚住在娘家，吃在娘家，哪样家产是你的？还好意思提家产，就你买那几样东西？我呸！老娘跟你睡那么久，害得我给你打了两次孩子，老娘没找你算青春损失费就算便宜你了，还跟我分家产？除非你跟老娘下跪，磕三个响头，老娘把东西还给你。”

“我呸！给你磕头？男儿只有上跪天地，下跪父母，给你磕头，你还不配！”

事情走到今天这步，的确让徐菁有些猝不及防。没想到陈冬娥会是这种专横跋扈、胡搅蛮缠之人。唉！怪就怪他们当初没领结婚证，在办酒席之前，徐菁也去民政办公室婚姻登记处办了，就因陈冬娥年龄未到（差 3 个月），再后来年龄到了又没及时去办，这一拖就黄了。没结婚证，不在法律的保护范围，徐菁真还拿她没辙。这富人街和“平民窟”就一墙之隔，人间悲剧才刚刚上演……

妻子的变心，给了徐菁沉重的打击，但七尺男儿，铮铮铁骨，他岂能被吓倒？大丈夫何患无妻？天涯何处无芳草呢？徐菁又回到廉租房，他把过去和冬娥照的倩影一张张拿出来，慢慢地欣赏，一颗颗真情的泪珠滴在照片上，渐渐地照片模糊了，眼前什么也看不见……许久许久，天黑下来了，他又把照片一张一张放回去。尽管妻已铁心要走，挽留也无济于事，那就让她去吧，祝愿她找到一个能让她住进“白天鹅小区”的男人。他不怪她，因为每个人都有她追求幸福的权利，不管是物质上的，精神上的，都可以理解。但唯独一点请不要因为分手而去伤害对方，尤其是他们的家人。能留下一点美好的尽量留下，不能留下的把它当作一种回忆，何尝不是另外一种幸福呢？

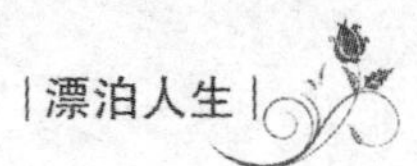

第三十四章　弥留之际

徐菁母亲的病情日益加重，大爹建议再送医院一次。徐菁也着急万分，忙回去叫来哥哥，把母亲送去昆明抢救。经过几天抢救，病情稍有好转，但仍然不容乐观；腹水抽调后，过一天又有了。医院已下了病危通知书，医生说他们也尽力了，建议回去准备后事。可徐菁不甘心，他恳求医生想办法救救母亲。医生说：“你们的心情我非常理解，可是我们已经尽力了，要相信科学，我们能有百分之零点一的希望都会抢救，可你母亲真的是无力回天了。就算用再好的药也无济于事，你还不如省点钱下来给她料理后事，我们当医生的见过了太多的生离死别，我们讲的都是实话，你们从农村来的不容易……”

既然医生把话说到这份上了，徐菁也只好听取医生的建议，先把母亲拉回去。那天，他母亲从医院出来精神状态突然好了许多，感觉像是变了个人似的，也许这是人们常说的“回光返照”吧。母亲说：“菁儿，妈今天感觉好多了，我们听医生的回城桥去吧，我想去冬娥家看看，冬娥不知怎么样了，你们去医院孕检没有，她的预产期是几月份？”

“噢！我们前几天才去检查了，医生说大概预产期在12月份吧，妈想回城桥去看冬娥好哇！那我们回去直接去她家好了。”徐菁说。这个时候，徐菁仍然瞒着母亲，他必须把谎撒到底，不能让母亲带着遗憾离开这个人世间。这是支撑母亲唯一活下去的理由，母亲的日子不多了，他们必须得守口如瓶，希望陈冬娥拿出一丁点良心来，让母亲安详地离开这个世界，他愿意原谅她的一切。

“菁儿，我好想去看看昆明的翠湖，你能带我去看一下好吗？”母亲突然间有了这种想法，徐菁感到既难过又高兴。

“好嘞！难得妈今天这么高兴，其实你早就应该去翠湖看看了，那里风景可好了！”

徐菁从医院租来一架轮椅，他推着母亲来到翠湖公园，公园不收门票，里面挺大，这里空气非常清新，而且还有许多鲜花，尤其是郁金香，很美很美。今年

冬天来得有些早，从西伯利亚飞来的红嘴海鸥早早就停留在翠湖之中，它们时而掠过湖面，时而盘旋在翠湖上空，形成了天鸟一色的壮观奇景。徐菁母亲心情特别舒畅，望着湖中成群结队的海鸥，她长长地叹息了一声：“唉！要是你爸爸还在该多好啊！可惜呀！他一辈子连昆明都没来过……”

“是啊！要是爸还在该多好啊！不说昆明了，爸连城桥都少有来过。唉！他为什么喜欢喝酒呢？要是他不喝那么多酒，爸也不至于那么早就离开了我们……”每当回忆这些往事，徐菁总是按捺不住内心的悲痛。

“谁说不是呢？他整天只知道喝酒，给村上办事，却从不爱惜自己的身体，现在好了，他生在山上，死也死在山上，一辈子多不划算。我可不学他，我虽然生在山上，可我死也要死在城里，城里多好啊，有房子，有汽车……”母亲说着说着就不说话了。

“妈！你说的啥话呢？什么生啦死的，看妈精神这么好，咋个会死呢，你一定要等到冬娥生小孩，说不定是个大胖小子啊……”徐菁见母亲眯着眼睛，忙一个劲地安慰道。

“菁儿啊……我有点累了，咱们回去吧，我回去看看冬娥……”

“好嘞！我们回去，现在回去，今天晚上就可以到冬娥家。”徐菁忙带着母亲去车站赶车，由于母亲肝腹水严重，肚子胀得难受，上汽车较为困难。这时，徐菁忙给舅舅打电话，让他开小车来接妈回城桥。徐菁的舅舅买了一辆小轿车，从城桥坐小车到昆明只需两个多小时就到了。可舅舅接到电话居然不肯来，当时徐菁舅妈还骂自己男人，说：“我们才刚买的新车，你就去拉死人，多晦气啊！不能去！”

“你这是说的啥话呢？咱二姐还没死，拉一下又咋个啦？”舅舅执意要来。

“不行！我说不能拉就不能拉！现在是没死，万一拉到半路死了呢？马上就快过年了，晦气倒霉的事咱可不能干。”

“你这婆娘还有没有点良心啊？那是我二姐！现在她生病了，我们能帮助一点就帮助一点，她肚子胀，上汽车不方便，我的小车快一点，拉一下又怎么了？”

“我说不行就不行！大过年的，拉个死人多晦气！你敢去拉我就跟你没完！”

“你这婆娘真是不可理喻！你是想咒我二姐死啊？”

“不是我咒她死，医院都不抢救的人了，还能活几天？你不是没事找事啊？”无论舅舅怎样坚持，可徐菁舅妈就是无动于衷，真是可恶可恨至极！当徐菁知道此事后，从此他再也不叫舅和舅妈了，这样无情可恨的舅不要也罢。其实这也不能全怪他舅，毕竟他是上门女婿，耳根子软。但当亲人生命垂危之时，那种于亲情而不顾还袖手旁观的人简直是人性泯灭，毫无道德良知可言。

舅不肯来接，徐菁又只好把母亲慢慢扶上汽车，一路颠簸回到城桥。望着病重的母亲，徐菁早已欲哭无泪，他伤心妈妈命苦，伤心爸爸早逝，但他更伤心舅和舅妈的无情……可是，还有更伤心的事在等待着他去面对，母亲生前唯一愿望想看到孙子的降临，可这个愿望不能实现了，他甚至不知道今天回冬娥家去将会面临怎样的危机，陈冬娥真的会接受病重的母亲？他们家会不会赶妈妈出去？当时徐菁横下了心来，如果陈冬娥敢伤害重病的母亲，他定会找她拼命！一日夫妻百日恩，如果陈冬娥把事情做绝了，他是不会给任何人面子的。

汽车开到陈冬娥家楼下，徐菁和哥哥把母亲搀扶下车，他就上楼去找陈冬娥说道："妈想来看你，今天晚上就让妈在这里住一晚，明天我就送妈回大爹家。"

"不行！你看你妈病得那么严重，万一今晚死在我家里咋办？不行不行！你赶快拉走！"没想到陈冬娥一口拒绝了。

"什么不行！今天晚上无论如果也要让妈在这里住一晚，再说现在回大爹家也没班车了，明天我想办法把妈送回去。这事就这么定了，妈念叨了好久了，她想来看你，你今晚千万别把打掉孩子的事说漏嘴了，万一妈知道了怕她难过，你就看在以往妈对我们好的份上，你就了了妈一个心愿吧！"徐菁着急地恳求道。

"不行！现在马上要到年关了，你弄个要死的人在家里晦气，就算我答应，我奶奶和我爸妈他们不一定答应。你还是早点弄走吧！"

"什么不行！这事行也行，不行也得行！你讲点良心好不好？我徐菁从未求过人，今天为了妈妈，我算是求你了好吗？现在天就快黑了，你让我上哪去？"

"你可以到廉租房里去呀？"

"你这不是说的屁话吗？我能上廉租房还来找你？主要是妈想看看你，妈生前的唯一愿望你都不让她了吗？就这样了，你去跟你奶奶他们解释一下，我去把妈接上来。"

"你……你这不是让我为难吗？"

徐菁和哥哥把母亲扶上楼来，陈冬娥奶奶见了就一阵破口大骂："谁叫你们抬进来的？她病成这个样子了还不赶快送医院啊！"

"奶奶！他们今天刚从昆明回来，现在时间晚了，徐菁他们中饭都还没吃，来这里歇歇脚，过会大爹就来接他们回去……"陈冬娥总算在关键时刻说了一句人话。

徐菁把母亲扶在椅子上坐下，他打来一盆热水，给母亲擦了擦脸，说："妈！你想吃点什么不？我叫冬娥去给你弄点。"

"我想吃碗牛肉米线。"徐菁见母亲突然想吃牛肉米线，他内心一阵激动，忙叫冬娥去楼下买。

"现在哪里还有牛肉米线卖？卖米线都是早上和中午才有。"陈冬娥一直躲在门背后说话。

"这样，我回餐馆里去给妈煮，哥你就在这里陪妈一会儿，我很快就回来。"说完，徐菁骑上陈冬娥的电瓶车回餐馆了。

看母亲的精神面貌有了好转，徐菁心里既高兴又难过，他回到餐馆，大姐他们正在打烊。见到徐菁风风火火地闯进来，大姐说："姨妈的病咋样了？你不是打电话叫舅舅来接吗？""你就别提舅了，他不是我们的舅！以后我也再不叫他舅了！"徐菁气愤地一巴掌拍在桌上，"没见过世上竟有这样耳根子软的舅，你没听见舅妈在电话里怎样说，她说年关来了，不让舅的新车去拉要死的人，说晦气。我呸！什么东西？自己的亲人都不拉买车来干啥？何况他二姐还没死，就是死了你也应该拉！什么东西？还两个都是人民教师，简直就是没心没肺，良心都被狗吃了！什么舅舅，当个外人都不如！"

徐菁一边说话，一边给母亲煮牛肉米线，他今晚不知是激动还是愤怒，煮起东西来不是掉锅铲就是掉汤匙，总感觉心里烦躁，有一种说不出的不祥预兆正向他袭来……

"姨妈不要紧嘛？我们也去看看吧！"大姐问道。

"你们暂时先不要去，你姨妈今天精神好多了，今晚在冬娥家住一晚，明天就送回大爹那里，今晚上你姨妈突然想吃牛肉米线，看她精神状态好多了，明天去医院拿点药，让她回大爹那里慢慢治疗。"徐菁的牛肉米线终于煮好了。

徐菁走后，他母亲在椅子上躺了一会，她突然又觉得肚子胀得难受，她想站起身来活动一下，徐菁哥哥忙扶她起来。这时，陈冬娥躲在门背后走出来，她正眼都没瞧一下婆婆，就直接从徐菁母亲身边走了过去。"冬娥……"徐菁母亲也许察觉到了异样，她忙叫住儿媳，"冬娥……过来妈看一下。"

陈冬娥怔了一下，她回过身来说："我下去看一下徐菁米线煮好没有。"这时，徐菁母亲终于看清楚了陈冬娥扁平的肚子，她似乎一切都明白了……"冬娥，你还不快走，待在这里干啥？"陈冬娥的奶奶走出来，她忙冲孙女喊道，"你下楼去看看徐菁回来没有？叫他赶快找车把他妈接走！"

此刻，徐菁母亲什么都明白了，原来陈冬娥早就打掉了孩子，他们一家对自己这样冷漠，他们压根就瞧不上咱山里的人。尤其是看到陈冬娥对自己冷漠的样子，她无法接受！想原来她在工地上背沙，干那样苦累的活，每天啃点馒头，吃点咸菜，都是想省点钱给他们花。现在自己生病了，她连一句问候的话都没有，还把孩子也打掉了，这样狠心的人真让她难以接受。既然你们瞧不起人，那咱们就走……徐菁母亲站起身来，说："菁儿……咱们走！"她走了几步，突然就倒下去了……

"妈……妈……"听到哥哥的哭声，徐菁急忙跑上楼来，看见母亲倒地不醒，他手里端的牛肉米线一下掉在地上："妈……妈……妈……"徐菁抱起母亲，母亲吃力地挪动了一下嘴唇。"妈……你想说什么？我听得见……"

"儿啊……我……我们……回……回家……"母亲说完，就撒手西去了。

第三十五章　吊　尸

“妈……妈……”徐菁悲痛欲绝，他们兄弟俩抱着母亲号啕大哭。这时，陈冬娥的奶奶走过来，她冲着徐菁吼道：“我叫你们不要把死人抬进来，你偏不听啊！现在好了，人死在我们家里，你们必须请法师来给我们做道场，驱鬼避邪，连做三天！听见没有？”

“好……好……我一定请法师来做道场，我一定请……”徐菁一面答应，一面和哥哥扶着母亲出去。

“你们这是要干吗？谁叫你们把死人从堂屋里抬出去的？死人绝不能走堂屋出去！”陈冬娥奶奶阴阳怪气，歇斯底里地吼叫。

“奶奶！我求求你了，我们不抬，我和哥哥把妈妈站着扶出去……”

“不行！站着扶出去也不行！你们必须用绳索从窗户吊下去！这是规矩，外人在家里死了是不能走堂屋出去的，必须从窗户吊下去！我再重复一遍，你们赶快把死人吊下去，而且必须是在今天晚上，绝不能等到天亮，否则要是天亮了死人都还没出屋，那就得从窗户扔下去了。”陈冬娥奶奶的无理取闹简直荒谬至极！外人？难道她是外人吗？严格地讲她是陈冬娥父母的亲家，就算不是亲家，人病逝了也不至于从窗户扔下去吧？何况这是一个人，不是一只狗，一只猫……

这时，陈冬娥的亲戚邻居都闻讯赶来，大家都为徐菁的母亲感到叹息！邻居们都说这样有点过分了，再怎么说也不能把亲家从窗户吊下去，这样有悖人伦。可陈冬娥的所有亲戚都不同意死者往堂屋出去，一群人在屋里指桑骂槐，拍桌摔凳，乱成了一锅粥。此刻，最伤心最难过的是徐菁了，原本想母亲不会带着遗憾离开，没想到在最后关头还是让母亲失望了。他来到陈冬娥的面前跪下说：“冬娥……算我求你了……你放过我们吧！让妈从窗户吊下去我做不到啊……”

“你求我没用，我们家是奶奶做主，要求你去求他们。”

这时，徐菁又跪步来到陈冬娥奶奶面前：“奶奶……我求求你了，你放过我们吧！我一定把妈站着扶出去……”

“不行！我给你说了多少遍了，你必须赶快把你母亲从窗户吊下去！不然等天亮了，我就叫人把死人从窗户扔下去！这事没得商量的余地，快点吊下去！”陈冬娥奶奶指着徐菁的鼻子吼道。

“啊……我的天啦！你们为什么一个个这么狠心啊……”徐菁在众人面前号啕大哭，捶胸顿足，悲怆的哭声，心酸的场景，真乃草木生悲，天地动容……此时此景，陈冬娥躲在屋里也难过地流下了眼泪。是啊！再是铁石心肠的人也会感动！想徐菁母亲生前对自己当亲生女儿一样看待，平时有一丁点好东西都是先送来给她吃，可怜的母亲干着男人们都无法干的重活，每天却啃着馒头充饥……想到这些，陈冬娥再也无法克制自己的情绪，尽管她在父母的逼迫下与徐菁分手了，但在她心里想一下把他们全忘掉是不可能的。毕竟过去在一起相处的日子是那样的真实，徐菁为她也做了不少牺牲，但最终没能走在一起她也是有责任的……

为了打破僵局，不能让事情这样无休无止地闹下去，陈冬娥去找来绳索，她对徐菁说：“还是听奶奶他们的吧，把妈从窗户吊下去，我也只能做到这些了，希望你能顺从大家的意愿，早点把事情解决了，不然到天亮了他们就要把人扔下去……”

“你别说了……我们吊……”事已至此，徐菁不能再犹豫了，他知道这里的风俗，今天不把母亲吊下去恐怕是不行了。兄弟俩伤心地抱着母亲，徐菁把绳索绑在母亲的腰上，然后他就下楼去接。徐菁的哥哥把母亲抱出窗口，他攥着绳索一点一点地往下放，刚放至半途，绳索被卡在了窗台上。徐菁在下面心都快提到嗓子眼上了，他站在窗台下面用双手接着，生怕母亲掉下来。哥哥在上面也着急，他攥着绳索的手丝毫也不敢放松。见此情景，陈冬娥也不敢帮忙，她站在屋里紧张地看着不知所措。这时，她奶奶走过来，她看了看窗台外面，说：“你真是笨啊！你把绳索拉这样紧干吗？你松一点死人不就下去了吗？”说着，她把徐菁哥哥手里的绳索一松，徐菁的母亲一下子就掉了下去。在这危急关头，徐菁见母亲一下子掉下来，他连忙张开双臂把母亲硬生生地接住了……

哥哥跑下楼来，徐菁就责斥道：“谁叫你放那么快？万一我没接住咋办？”哥说：“不是我放的！是她奶奶松的绳索。”

“别说了，赶快去拦一辆汽车，我们把妈送回大爹那里。”面对陈冬娥一家冷酷无情的举止，徐菁真乃怒火万丈！他不是看在陈冬娥的面上，他真想上去找他们拼命。陈冬娥也知道奶奶做的有些过分，她说：“奶奶你怎么把绳索放了呢？要是徐菁没接住咋办？万一死人把活人砸坏了咋办？”

“砸死了活该！谁叫他们来这里的？我早就说过不要把死人弄到屋里来，他不听，现在好了，人也死在我们家了，多晦气！多倒霉！叫他今天赶快给我请法师来驱鬼！带上三丈二尺红布，买鞭炮七七四十九响，赶快给我弄起来，这屋晦气不冲掉，我们就不得安宁。”老巫婆鬼迷心窍，阴阳怪气，实乃可恶至极。

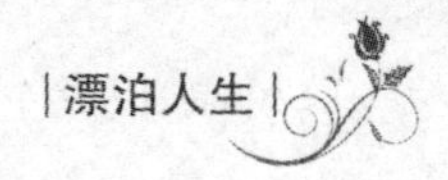

陈冬娥下得楼来，她来到徐菁跟前说："奶奶叫你今天就请法师来做道场，还要买红布和鞭炮。"

"我晓得了，再快也要等我把妈送回大爹那里再说，我说过要请法师来做道场，我就不会食言。今天我算是看清你们城里人了，一个个外表冠冕堂皇，其实都是混蛋！简直毫无人性，良心都被狗吃了……"

"你别骂得这样难听好不好，今天的事我们是做得有些过分，但这不是我一人的错，这是他们老人做出来的事，我能有什么办法？你别只顾骂人了，赶快拦辆车吧！"

"哥，你倒是快点拦车啊！"

"我拦了好几辆了，他们都不停啊！"这时，又过来一辆出租车，徐菁让哥哥抱住母亲，他亲自去拦。出租车司机一见拉死人，他话也不说就开走了。

"什么东西！"徐菁着急得都快疯了。这时，又来了一辆货车，徐菁往马路中间一站，硬把货车给拦了下来。

"你不要命了？"货车司机走下车来，说，"你想干吗？找死啊？"徐菁见司机下来，他"扑通"一声跪下说："求求你帮个忙，求求你帮个忙吧！我妈妈刚刚去世了，现在深更半夜的，我们实在是找不到车，求求你帮个忙，把我妈妈拉回家去吧，你放心，事后我一定买鞭炮，买红布，你要多少钱也可以。"司机说："我不是不肯帮你们的忙，主要是我今天没有空，工地上还等着我去拉货，你们还是另外找人拉吧，实在是对不住了。"见货车司机也不肯拉，徐菁心里更加气愤："都一个个良心被狗吃了！啊……我的天！我的天啊……"

徐菁在马路疯狂地喊，伤心地哭，可是，除了他那撕心裂肺的号啕声响彻夜空，一切依旧是那样静谧。时间已快凌晨4点了，徐菁仍没拦到一辆车，如果到天亮都拦不到车，陈冬娥一家不知道还会怎样为难他们。所以陈冬娥也非常着急，她站在阳台上望着徐菁兄弟俩，心里百般不是滋味。这时，她突然想起有一个朋友在开拖拉机，她就打电话让他来一趟，也许能替徐菁解围。虽然她和徐菁没有续好的可能，但此时她能帮徐菁一把，她的良心也算得到一点安慰。正因为她还有一丁点良心存在，好在没把事情做绝，在后来她和徐菁分手后，尽管她又另嫁了别人，但她有困难时还时不时来找徐菁借钱，徐菁都答应给了。那时，陈冬娥才真正后悔不该抛弃徐菁，这么有担当，有责任的男人今生她恐怕再也遇不着了。

大约过了半个小时，迎面又开来一辆拖拉机。徐菁拦下后又跪在那人面前："求求你了，把我妈妈拉回草寨吧，我给你买鞭炮，买红布，要多少钱也行……"拖拉机师傅是陈冬娥叫来的，他知道情况，连忙扶起徐菁说："不要这样子，谁家没有个难处，正好我今天去草寨，顺便给你拉一下吧。"见终于盼到个好心人，徐菁感激不尽，他连忙把母亲扶上拖拉机，这才顺利回到大爹家。

徐菁把母亲交给大爹料理后，他马上去请法师到陈冬娥家做法事。毕竟人死

在他们家，他们要求的事必须照办。但没想到的是陈冬娥一家做完一次还要求做二次，他们家奶奶说在一个月之内必须要做满三次，只有这样才能达到“驱鬼避邪”的目的。“真是活见鬼了。”徐菁气愤地对大姐他们说，“依我的脾气是一次道场也不做，他们家简直太过分了，人死了又没停放在他们家，我凭什么要做道场？还不让我们从她家堂屋出去，非要把我妈从窗户吊下来，这样绝情绝义的事他们都做得出来，简直就不是人养的……”

“哎呀！算了！他们城里人讲究，再说像她家奶奶都是上了年纪的人，思想比较传统守旧，虽然花了点钱，也算是了了一桩事情。现在最重要的是怎样把姨妈安葬好，大爹家的棺材买好没有？”大姐说。

“棺材早就买好了，日子定在大后天出殡。”徐菁感慨地说，“大爹也算是仁至义尽了，妈生病他也花费不少，现在安葬费也是他全部承担了。他还算是有担当的男人，我妈虽然才嫁他两三年，但妈也给他家做了不少事情，大爹家后山的果园都是妈一手栽植的，他家的房子也是妈去后才盖起来的，人总得要将心比心。”

出殡那天，我们一行人全都去参加了，徐菁的母亲安葬在大爹家的后山上，这里有她亲手栽植的果园，果树已经长大，明年就会开花结果了。徐菁来到母亲的坟前，他向母亲跪拜磕了三个响头，说：“妈！请一路走好！是孩儿不孝，让你失望了……不过你放心，我一定会给你找到一个好媳妇的，给你生个大胖小子。冬娥你就别挂念她了，她跟我们不是一路人，她是城里的千金小姐，她瞧不起我们从大山里来的人，她们家的人良心都坏透了，害得把你从窗户吊下来，他们简直就不是人，全都是畜生……”

人群中，徐菁的舅舅悄悄地躲在一边，他没脸见自己的亲人，因为他的良心有愧！面对生命垂危的二姐，他不但不去帮助，反而躲得远远的，连帮忙开车去拉一下都不肯，这样的人根本不配当男人。一个连亲情于不顾而六亲不认的人只会遭千夫所指，万人唾骂！

第三十六章　不可逾越的鸿沟

经过了这些人和事，徐菁总算看清了一些人的本质，比如自己的亲舅舅，当危难之时，他却成了缩头乌龟。民谚道“除了栗木无好火，除了郎舅无好亲”，自己舅舅都靠不住，这世上还有什么人可靠？这时，我突然想起了高尔基《童年》里的两个舅舅是那样粗野、自私的市侩，整日为争夺家产争吵斗殴，疯狂虐待自己的妻子，在这样一个弥漫着残暴和仇恨的家庭里，幼小的阿廖沙过早地体会到了人间的痛苦和丑恶。其实徐菁的舅舅除了冷漠、无情之外，他还是一个大逆不道的混蛋。徐菁的外公在生病期间住在他家，他却残暴虐待老人，甚至对他拳打脚踢……所以徐菁认为，他与舅舅之间毫无亲情可言。

对于陈冬娥一家，徐菁也是伤心至极。母亲在他们家逝世，本就是一件让人伤心悲痛的事情，可他们还提出那样让人不可理喻和难以接受的要求，这令徐菁遭受了巨大的心灵创伤和人格侮辱，使他和陈冬娥一家有了一条不可逾越的鸿沟。他和陈冬娥再也没有和好的可能了。徐菁唯一要感谢的是陈冬娥在危难之时替自己解了围，这一点他永远都不会忘记。后来，徐菁一直是把她当妹妹看。

陈冬娥与徐菁分手后，她和那个银行职员结了婚，那个男人是陈冬娥父母的一个熟人的儿子，就因为他们家有钱，能在“白天鹅小区”买套房子，这就是所谓的“门当户对”的婚姻，虽然后来陈冬娥给他生了一个孩子，但他们的婚姻生活并不幸福，只能说是当今社会众多不幸婚姻和苟且过日子的普通家庭而已。

一天，陈冬娥又来找徐菁借钱，她说患了卵巢肿瘤，需要去医院开刀做手术。徐菁二话没说就把钱借给她了，说是借钱好听一点，其实她就是来找徐菁要钱，徐菁每次借钱都从未要她还过。按道理讲她现在另嫁了男人，还给他生了小孩，徐菁没那个义务来照顾她，他们之间也没有任何关系了，但徐菁仍然这样对她，这不是一般有担当的男人能做得到的。徐菁说：“每次都是这样，难道你男人不给你钱花吗？这动手术他也不管？他到底还是不是个男人啊？”

“他只是个小职员，一个月两千多块钱，他还要抽烟喝酒，自己都不够花，

哪有钱给我。小孩吃奶粉的钱都是我在娘家去拿的，我又没工作，整天带小孩吃闲饭……”陈冬娥说到这里，她又泪眼汪汪的。

“他家不是挺有钱的吗？还在‘白天鹅小区’买了房子，家有宝马X5，怎么会这样子呢？”徐菁有点不相信陈冬娥说的是真的。

“他家是去‘白天鹅小区’买了房子，家里也有宝马X5，但那都是他父母的，说是有钱不假，但房贷车贷几十万，还说要我们自己去挣钱还，这么多贷款，我们要还到什么时候才还得完？早知道这样，当初我还不如跟你住廉租房，那里虽说房屋面积小了点，但住着舒心，没压力……”

“这可不像你说话的风格，人活着就应该有点压力，有压力才有动力嘛！如果当初你选择了跟我住廉租房，我们也不一定能走在一起，因为你跟我追求的不一样，你向往的是高端上档次的生活，我们过的是平常普通人的生活，只要有一个遮风挡雨的地方，有一碗饭吃就很满足了。”

“你就别取笑我了，我现在是追悔莫及，再说世上也没有后悔药卖，事已至此，木已成舟，说什么都晚了。唉！这也许就是命吧……”

“这话我不爱听，什么都是命？其实命运是掌握在自己手中的，道路是你自己选择的，一切的责任后果只能自己承担，没有人能帮得了你。”

“这么说来你以后就再不管我了？”

“你说呢？如果你还要我来管你，那你嫁这个男人岂不是白嫁了。如果你真有什么困难，我也只能是尽力所能及来帮你，我现在还没娶媳妇，等我哪天娶妻生子了，恐怕我想帮也帮不了了。”徐菁说到这里，他心里也是五味杂陈，百感交集。过去的美好时光再也回不来了，既然她已为人妻，自己再帮忙也是枉然。可她时不时还要来找他，徐菁有些左右为难，他不懂拒绝，脾气又好，是个好好先生，甚至让人觉得他有些懦弱。可徐菁不这样认为，在他心里，他一直把她当成是自己的妹妹，一旦超越了这种情感，他的内心才感到一丝隐痛。毕竟这条不可逾越的鸿沟难以跨越。

事已至此，陈冬娥也无话可说，虽然她与徐菁没有了夫妻情分，但在她心里始终放不下他，毕竟徐菁的印象已深入到了她的骨髓，过去与他度过的美好时光挥之不去，抹杀不掉，那一幕幕，一幅幅的画面又出现她眼前……那是在他们刚结婚不久，他们去了西边桥开理发店，那时，他们可谓是白手起家，把结婚剩下仅有的一点钱拿去租了铺面。为了节省开支，他们在铺面后边不远的一块空地种上蔬菜；晚上陈冬娥还在理发店外面摆个烧烤摊，日子虽然过得艰苦，但他们心里却无比甜蜜和幸福。西边桥离徐菁家乡很近，每逢赶集时，徐菁的母亲都会从家里背些洋芋、地瓜、腊肉给他们。有时，徐菁母亲也会留下来跟他们一起吃饭，一家人相处得开开心心，其乐融融。唯独遗憾的是徐菁的父亲不在了，要是他父亲还在该多好啊！如果徐菁的父亲还在的话，餐桌上至少还可以多一道美味

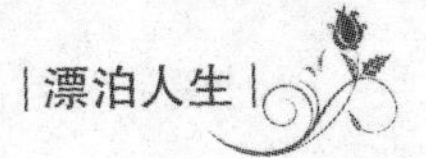

佳肴——獐子肉。尽管獐子肉是一道美味佳肴，但徐菁仍不想吃它，甚至一想起它来就会反胃……

原来，徐菁的父亲就是为打獐子而丢掉了性命，这是一个不应有的悲剧。那段时间，由于山上獐子活动频繁，徐菁的父亲喜欢打猎，平时有空总会去山上打些山鸡、野兔什么的回来。但更多的时候他父亲喜欢捕获獐子、野猪这类的动物，尤其是獐子不仅味道鲜美，而且皮毛珍贵，是猎人们喜欢捕杀的对象。一天夜里，徐菁的父亲喝了些酒，他又习惯性地出去捕杀野兽。徐菁的母亲见丈夫喝了酒，曾劝他不要出去了，可丈夫执意要去，结果獐子打着了，可人也丢了性命。那天夜里，他父亲去到猴子山獐子活动频繁的区域蹲守，由于喝了些酒，醉眼蒙眬的他扛着猎枪在山上寻觅。突然，他见前面大树下有一头獐子蹿出，就端着猎枪追踪了过去。獐子奔跑速度极快，一瞬间就消失在了山林中。徐菁的父亲沿途仔细搜索前进，又在一个山崖边发现了那头獐子，他悄无声息地摸了上去，瞄准猎物开了一枪。獐子中弹后仍继续往前逃窜，徐菁的父亲忙上前追赶，一不小心脚下踏空，人顺着山崖滚落下去……

山里人非常熟悉山路，哪怕是在激烈追逐野物的情况下也不至于会犯这样低级的错误，也许是喝了酒的缘故，意识有些模糊，在追逐野物的时候没看清悬崖边的草丛，脚一踏空就顺势滚了下去，手里握的手电筒还掉在了悬崖边上。那头獐子中弹后没逃窜多远就倒地死了。徐菁的父亲滚下山崖后，当时就被摔晕过去了，直到第二天凌晨他才慢慢苏醒过来。这时，他酒也醒了，可他身体早已被摔成了重伤，他想挣扎着爬起来，但已经没力气了。尽管在身受重伤的情况下，他仍然咬牙向前爬行，他就这样爬啊爬啊，大约爬行了两三百米远就再也爬不动了……

当天夜里，徐菁的母亲见丈夫大半夜都还没回来，她的眼皮老是跳得厉害，心里怦怦地跳个不停，心里猜想是不是出什么事了？可半夜三更的她也不敢去山上寻找，只好挨到天亮她才顺着去猴子山的方向搜寻，结果在悬崖边上发现了丈夫丢失的手电筒，顿时她才预料到丈夫一定出事了。从悬崖边被滚压过的草丛痕迹判断，她丈夫一定是从这里掉下去的。于是她顺着山路往下搜索，结果搜寻了一天也没找着丈夫的身影。第二天她又招集乡亲们寻找，结果仍一无所获。大家当时就纳闷了？一个大活人滚下来又能去哪里呢？他们从山上一直搜索到谷底，甚至连河滩边都仔细搜索了，就是生不见人，死不见尸。但当时大家忽略了徐菁父亲受伤后向前爬行的距离——300 米远的地方。在第 3 天的上午，他们终于找到了徐菁父亲的尸体——假如在出事的第二天上午发现及时的话，也许徐菁的父亲还有一丝生还的可能。失去了父亲，家里的顶梁柱倒了，徐菁的家庭无疑是雪上加霜。从此徐菁因此也被迫中止了学业，过早地挑起了家庭的重任。

为了减轻家庭负担，徐菁母亲被迫改嫁，但终因积劳成疾，撒手西去。失去

了双亲的徐菁，又面临妻子离去，兄弟反目，使他一度陷入了痛苦和矛盾之中……母亲去世后，徐菁的哥哥把自留山上的杉树卖掉一批，卖得现金 7 万余元，全部被他占为已有。这些杉树是徐菁父母亲手栽植的，兄弟俩理应平分。既然被哥哥独吞了，徐菁也从不计较。他就是这种总是吃亏在前，享乐在后的思想才遭妻子抛弃，但在徐菁眼里却不这样认为，他和陈冬娥的婚姻悲剧并非仅仅因此事而造成。这时，他突然想起一首《玉楼春》来：

樽前拟把归期说，欲语春容先惨咽。
人生自是有痴情，此恨不关风与月。
离歌且莫翻新阕，一曲能教肠寸结。
直须看尽洛城花，始共春风容易别。

陈冬娥手术回来后，她的卵巢肿瘤才得到有效控制，尽管她曾多次找徐菁合好，但徐菁始终未答应。后来她跟那个在银行工作的男人最终离了婚，徐菁仍然不肯娶她。至今他俩仍单身独处，偶有来往，但一直不见有破镜重圆的迹象。他们也许会这样一直相处下去，也许若干年后会走在一起，不管最终结果如何，我们都期待他们能有一个好的归宿。

第三十七章 难以完成的推销

上次徐菁从西双版纳出差回来后，他们经理华哥又给他派了新任务，给乡村卫生院推销微型B超机。这种新型B超机特点是体积小巧易收藏，图像清晰细腻，可随身携带外出会诊，操作极为简单，屏幕带多种彩色显示效果，适合各大乡村医院使用。为了推销顺利进行，徐菁还特意在城桥就地培训两天，由华哥亲自授课。华哥说，现在推销这块是越来越难做了，尤其是药品推销已经到了瓶颈阶段，由于药品市场鱼目混珠，人员相对饱和；加上国家对药品监督管理越来越严格，使得像华哥这样从事了多年药品推销的团队压力俱增，他们必须要调整推销方向，改变思路，才能在这块闯出一片天来。

对于微型B超机这样的新鲜事物，一般乡村医院的医生都十分陌生，正常情况下乡村医院都不配备B超机，以往人们要做B超检查多半是往区卫生院和县城里跑，现在家门口就能做B超检查，应该是件值得高兴的事。但也有不少人为此担忧，一些别有用心的人甚至把它用来诊断婴儿性别等违反政策的行为，一旦出现这种情况和监管不到位，其后果是非常严重的。所以华哥的推销又变得十分谨慎，如果医院里的从业人员没有资质证书和相关业务培训的话，不论钱多钱少都不能销售，这也是行业底线。但实际上华哥的推销并非如此，他们只管把东西推销出去，能赚到效益为原则。为这事徐菁还跟他大吵了一架。

徐菁说："作为一个区域经理，不好好带领大家搞好药品推销，净干些不切实际的东西，什么B超机推销，实际就是一种大肆敛财的工具，严格地讲这是触犯法律法规的事情。"

"你这说的不是屁话吗？"华哥见平时最要好的兄弟竟然跟他唱对台戏，他一时气得怒发冲冠。

为了应付华哥交代的任务，徐菁在城桥进行了为期两天的业务培训，主要是熟悉这台微型B超机的各种检测功能及操作流程。徐菁平时连普通软件都不会下载的人，他硬是从百度搜索及卫星定位到程序应用，他全部掌握了B超机的应用操作流程。因这种便捷式微型B超机类似电脑功能，只要有网络的地方都能正常使用。徐菁掌握了操作技术后，他便去了腊东西乡打头阵。到地后，他招集卫生院领导、护士和医务人员做了现场讲解，开始他认真按照操作流程讲解了半天，说得口干舌燥，唾沫横飞，可大家仍是一头雾水。徐菁问一位护士长："你听懂了吗？"护士长回答："不懂！你这东西太复杂太玄乎了……"

"那你识字吗？"徐菁又问。"识字不多。"护士长回答。这是让徐菁感到最难过的地方，乡村卫生院的工作人员素质就是这样差，有很多只有个初中文化，有的甚至连初中文化都没有就在那里混工资。这样的医疗队伍，听不懂和弄不明白高科技的东西很正常。徐菁急了，他干脆用仪器在自己身上做示范，怎样做心电图，怎样做B超检查等，他都从头示范一遍给大家。

最后，大家最关心的是价格问题。华哥给徐菁推销的价格是13800元一台，可卫生院领导说太贵，还说一台微型B超机比一台笔记本电脑大不了多少，还要一万多元？徐菁说，这不是笔记本电脑大小的问题，关键它是一台微型B超机，能给人检查身体是最关键的。如果医院没有相关资质证书，你们想要也不能卖的，如果卖了你们拿去用于诊断胎儿性别等违法行为，那追究起来谁都吃不了兜着走。其实华哥让徐菁推销这种东西严格意义上来讲都是不合法的。徐菁也知道这其中利害关系，产品推销出去倒是没问题，至于合法性那是另外一回事，万一出了什么纰漏那是上级华哥的事。即便是这样，徐菁也得谨慎行事，当他知道这些乡村医院都不具备购买这种仪器时，他立即中止了这场推销活动。因为这些乡村卫生院的工作人员大多没有从业资质证书和相关培训，如果把东西卖给他们使用就等于是犯罪。

徐菁推销了两天，他又带着B超机回来了。这使华哥大为恼火，华哥对他破口大骂道："你究竟还干不干了？你怕个球啊！天塌下来了有高个子顶着！干了这么几年的推销了，从来没见你这样怂过，你知道我为了进这批货花了多大代价吗？光请他们厂家领导吃饭都不下十次，我们进价才5800元一台，卖给他们卫生院13800元，这其中多少利润你清楚吗？有这么赚钱的买卖到哪儿去找……"

"你光知道赚钱，可你想过没有这合法吗？"徐菁拍着桌子与华哥论理，"他们卫生院的工作人员连从业资质证书都没有，你敢把机器卖给他们？万一出了事我来背黑锅啊？你这么能干你为何不去推销啊？什么转型？另辟市场？全都是不合法的买卖！听说最近你又准备与别人合伙开一家'晶盛投资'，那个也是不合法的，说白了你就是在放高利贷……"

"越说越离谱了！国家允许民间成立信贷机构，照你这么说凡是搞金融投资的都是犯法的，那城桥市几十家民间信贷公司都是犯法的吗？什么是高利贷？只要一个'愿打'一个'愿挨'，诚信合法就行。民间信贷公司利息是要高于正规银行，但我们门槛低呀，只要是中国合法居民，有稳定工作和收入，就凭一张身份证即可办理，而且无任何抵押担保。如果你去正规银行办理，无任何抵押能贷5 ~ 10万吗？这就是民间信贷的优势。当然机遇和风险并存，但我们有一套严格的审批制度，只要符合申贷条件，一般都是没问题的。”

“你说这些我不懂，我也不想懂！我只知道老老实实为人，认认真真做事，违法的事不干，毒人的药不吃，你那些骗人的把戏我坚决不参与。”

“那你想干啥？”

“我准备把今年干满后就辞职，明年一心一意把米线馆开好，有时间跟师傅多学习学习绘画，搞推销我厌烦了……”

“我说你是有病吧？放着赚钱的买卖不干，你想干吗！你知道你老婆为什么跟你离婚吗？还不是因为你没得钱买房子，她才嫁给那个小职员的。有句古话说得好：‘杀父之仇，夺妻之恨。’难道你就咽得下这口气？想你母亲是怎样死的吗？她是被那个陈冬娥活活气死的。孩子孩子打掉，媳妇媳妇跟人跑，这一切难道不是因为你没钱造成的吗？这年代有钱就是大爷，没钱就是孙子。俗话说：‘人无横财不富，马无夜草不肥。’像你这样老实巴交只有一辈子受穷……”

“我穷关你啥事？我穷碍着你了吗？我穷穷得有志气！”

“呵呵！还穷得有志气？我看你是活该受穷！最后我再问你一句，推销B超机你还能不能完成任务？如果你继续去推销，一台机器我给你提成30%怎么样？如果你这个月能推销出去100台的话，那你光拿提成就有十多万元，这比你推销药品强多少倍了。如果100台任务有些困难的话，你可以先完成50台也行，这个任务总不难吧？”

“如果要我只管把产品推销出去的话，这个任务我保证能完成，关键是它不合法性，这是最要命的，不出纰漏好说，出了事你我都得遭殃。”

“你看这样好不好，你只管去推销产品，先把那些符合条件要求的办了，至于那些不符合条件的暂时先缓缓。这次是公司给我们派的硬性指标，不完成交不了差啊！我们公司要在13个县市103个乡村卫生院全面普及开展，这次推销和普及微型B超机也是符合医改政策‘大病不出县，小病不出乡’的原则，完全是‘政府’行为，你就放心大胆地去办就行了。”

其实华哥属下的医药公司根本就不是什么政府行为，他也只能是一个医药公司的医药代表，一个负责推销药品的区域经理，如果这批微型B超机真是可以合法进入乡村卫生院的话，那徐菁这次的推销不但可以完成任务，而且还可以大赚一笔收入。问题是现在还不能确切知道它的合法性，所以徐菁认为这是一件难以完成的推销任务。

第三十八章　地下钱庄

华哥一面推销微型B超机，一面积极筹备他的“晶盛投资”。其实他个人没有这个实力办投资公司，关键是他有一个好的合伙人，这个合伙人是他们医药公司的一个刘总，他自称有个人资产500万，他就想来开家信贷公司。可他为什么要选华哥当合伙人呢？他也知道华哥这几年当药代表区域经理没挣什么钱，但他看中的是华哥的推销水平和他在社会上的人脉关系。搞信贷投资，针对的消费群体就是普通老百姓，只要有份3000元稳定工作的借贷对象，这一年就能从他身上榨取不少利润。

公司成立后，刘总第一天就给大家上了一堂别开生面的宣传课。他说：“各位同仁，大家好！我们今天又新成立了一家投资公司，这个投资公司是顺应市场需求和符合政策法规的。我们搞了这么多年药品推销，现在正是转型和市场‘接轨’的大好时机，有人说搞信贷就是放高利贷，这个理解是错误的。首先我们在做这件事之前就必须要弄清它的操作性质，这绝对不是放高利贷，它是在政策允许的范围内开设的一个民间信贷公司，我们的信贷对象就是针对广大普通老百姓。现在大家都知道，去商场买款手机都可以分期付款，虽然一款手机才一千或几千元钱，为什么还要分期付款呢？这就是充分考虑到广大消费者的实际情况而产生的一种消费方式而已。如果要你一下拿出一千多块钱去买款手机，如果手里又不是很宽裕的话，你是不是觉得有点舍不得？现在好了，有了分期付款这项业务，每个月你只需从银行卡里自动扣除一百多元，一年下来手机就到手了，而且毫无经济压力可言。那么同样信贷也是一个原理，比如你想急需一笔5万元钱，如果要你在一年之内还清是不是觉得有压力？我们信贷公司就给你解决了后顾之忧，只要你办理一个36期的分期借贷，每月只需从银行卡里自动扣除2000元就行了，这样还款同样没压力可言……”

第二天，刘总又讲了第二个借贷群体的操作流程。他说：“为了避免风险，我们尽量少办高额信贷，我们服务对象一般针对10000 ~ 15000元的消费群体。

以贷15000元为例，同样有24、36、48几个分期方式，就拿36期为例，每月只需从银行卡里扣除856元，这样还款同样没有压力………”

刘总分析的道理是不错，这样的操作流程天天讲，月月讲，感觉不是在洗脑就是搞传销。开始华哥叫徐菁也去听课，徐菁越听越糊涂，他不明白的是为什么每天晨会都要讲？华哥说：“让你搞推销就搞推销，你哪来那么多废话？”

公司成立不久，前来办理信贷的人络绎不绝，这样低门槛，高效率的信贷公司，的确吸引了不少消费群体。借款放出去了，接下来就是收款要账，公司不大，可一屋有几十人在接听电话，有来咨询业务的，有追讨债务的，总之每天从上班至下班，接话员电话就没断过。几十人坐在那里接听电话，大家讲得口干舌燥，喝水也十分厉害，接话室里放两台饮水机也不够喝。大姐家老公在水站上班，他每天都要往这里送两桶矿泉水。对于大部分信贷客户还是比较守信，但仍然有个别客户不守信誉，还款日期到了迟迟不打款，有的逾期十多天了也不还款，这时，公司就得专门负责追讨和催款。

有一位逾期的客户，公司打电话他不接，给他老婆打电话她不管，针对这样的老赖客户，公司就得派专人去追讨。如果实在追讨不成，公司就去找专业追讨公司办理。城桥有一家“老赖克星”追债公司，他们是通过专业律师和法院追债；但更多的是他们动用社会力量强行追讨，使得一些老赖乖乖就范。像这样上得了台面的借贷一般都能收回来，如有的个人通过私下借贷的客户就存在很大风险。华哥有位朋友好赌博，结果一年下来输了十几万，他找到华哥私里下借了20万，结果还款期限到了，他不但还不上款，连20万利息也还不出。这时华哥也着急了，是他给朋友担保借的，公司只能找华哥还。华哥万般无奈只好天天去催，有时你把他催急了，他说，要钱没得，要命有一条。

不单是这位朋友的借款让华哥头痛，他还介绍了几个学生贷款也出现了不良信息。那几个学生他以前认识，都是些富家子弟，他们平时大手大脚花惯了，一旦没钱了就四处借钱，那几个学生就找华哥办理了1万元的信贷分期付款，还款期限为24个月。哪知有个学生不到半年就连本带息花个精光，每月还款期限到了，他卡里一分钱也没有，公司找华哥去了解情况，华哥找到他也是毫无办法。于是，华哥就打电话给他父母，没想到对方家长接到电话说：“我没欠你们的钱，你们不要来找我要，他现在是成年人了，他有义务来还这个钱。”

华哥说：“你们是没借钱，但你们家的孩子借了钱，作为学生家长，你们有这个义务来还钱。”

“嘀哟！我们有什么义务来还钱？钱是他借的，你们只能找他还钱。再说了，他当时借钱的时候你们通知过我吗？他已经满了16周岁，他完全有这个能力来负责。”学生家长一口拒绝还钱。

面对这样的学生家长，华哥还真拿他没办法。最近校园贷款引发出不少纠

纷，有许多学生收到催款短信后，他们就不能安心上课了。据调查发现，与华哥介绍这几起类似的学生贷款真还不在少数，他们已陷入校园借贷的旋涡，有的欠款1 ~ 2万，最多的欠款近20万元。

有的校园借贷学生称，他们借贷不全都是自己花，有的是社会上的熟人或朋友通过介绍找到学生借款后，他们给了帮忙贷款学生一定好处费，但多数借款人都还讲信誉，在还款规定期限内把钱还上了。然而有的借款人却因种种原因迟迟不还款，给在校学生带来了困扰和影响。有的学生家长因此放弃了手中的工作，频繁前往学校处理纠纷。有的学生则表示贷款后，贷款的钱从未进他们的口袋，而是借款人直接把钱转账走了。

更有奇怪的事还发生在校园里，有一位同学同时收到多家贷款公司的催款短信，涉及金额5万多元。据她回忆，她有一个同学的朋友来过她宿舍玩耍，并用她的身份证办理了校园贷，并一同绑定了银行卡和支付宝，像这样类似的案例毕竟是少数。但民间借贷公司确实存在一定风险和不良社会因素，尤其是非法的地下钱庄，给社会带来的负面影响是深远和巨大的。华哥那位朋友就深受其害，他找华哥借的20万信贷无法还款后，他就去地下钱庄借了20万出来，拆东墙补西墙，他把华哥的钱还上后，又面临地下钱庄的追债。可地下钱庄的钱也不是那么好借，利息比正规民间借贷公司的还高两三倍，这就是说20万以一年期限付清，也得缴纳利息七八万元。如果一年之内不能还清全部本金，那将面临利滚利的高额利息，那样导致直接后果会让你倾家荡产。

华哥那位朋友名叫莫启亮，大伙都管叫他亮仔，亮仔为了躲债，他干脆跑回乡下亲戚家躲藏。结果没到3天，地下钱庄追债的人就找到他了。那伙人来到他屋前，说："想跑？你就是跑到天涯海角我们也找得到，今天我们来一不打你，二不骂你，只要你乖乖地跟我们回去，把欠我们的钱还上，咱们不为难你。"

亮仔说："我不是故意躲你们，可我实在是没钱还啊！你们的利息太高了，现在要我连本带息还30万元，你们这是在抢啊……"

"还多少跟我们没关系，我们只是负责收账，怪就怪你当初答应了条件，这就叫周瑜打黄盖——一个愿打一个愿挨。乖乖地跟我们回去吧！"

"不！我不回去，我回去也没钱还你们。"

"还是回去吧，我们早就给你安排好了，你家里不是有一套房屋在滨河小区吗？我们帮你处理好了，你家那套房子地处偏僻，房屋面积不大，通过房屋中介评估，也就值个30万元。你回去找房屋中介签字画押就办妥了。"

令亮仔万万没想到的事情终于出现了，当初借款合同上写得清清楚楚，如贷款不能限期还款，可拿房屋抵押。事已至此，亮仔也无话可说，他回去找到房屋中介所，把房屋处理后，总算是"无债一身轻"。亮仔找到华哥，他无奈地说："我现在成了孤家寡人，房子什么都没有了，你叫我咋个办啊……"

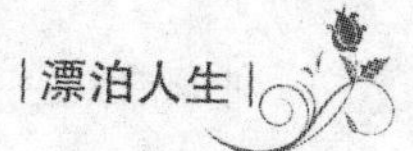

“唉！不要着急，男儿汉，大丈夫，大不了穿回开裆裤重新来过。”华哥给亮仔沏了杯茶说，“当初我就劝你不要去赌博，你不听，你见有几个人靠赌博发了财的？人还是要找点正经事干，你要学人家徐菁嘛，他跟我跑业务一年也要挣好几万块，他虽然跟我一直吵吵闹闹，但他毕竟还是在做，而且工作这块我还是很满意的。我还是那句原话，如果你愿意加入，我表示欢迎，如你不愿意干这行我也不勉强，没住没吃的来我这儿，我华哥几顿饭还是招待得起的。”

“唉！早知今日，何必当初呢？我要干你们这行早就干了，不会等到今天啦！我认为你们搞这些都不靠谱，什么投资啊，推销啊，尤其是放高利贷的，净骗人、坑人，凡是跟钱有关的行业都带有欺诈性……”

“你这样看问题就不对了，那银行也是骗人的？跟钱有关，世上干哪行不跟钱有关？这世间万物皆跟钱有关，至于合法不合法不好定性，总之一句话，有钱就是老大！”

“唉！这年头日子难混喽！老子今晚去买注彩票，说不定今晚就中个500万，这个钱总该合法吧！”

“嗯！买彩票合法，就是卖彩票有点‘不合法’，不中奖是正常的，中奖就有点不正常了。人还是现实点好，那些一夜暴富的念头都是不切实际的。”华哥嘴虽这样说，他天天都买彩票，不想一夜暴富那都是骗人的。

亮仔在华哥这里白吃白喝也不自在，他还是要去找点事做。一天，他在街上闲逛，碰见一个老同学，他见亮仔蓬头垢面的模样，便给他介绍一个轻松赚钱的买卖。人在落魄的时候，哪怕是一根救命稻草他也不放过，亮仔随这位老同学去到一个小区出租屋里，见到这里聚集了许多人，他们都在听一个人讲课。亮仔第一反应——传销？果然这里是一个传销窝点。老同学把他领进屋后，他转眼就不见了，亮仔正想离开，突然门口立着几个彪形大汉，他们把亮仔叫回来听课。亮仔心想这下完蛋了，进了这个传销窝就很难出得去。突然，隔壁传来吵闹声，亮仔挤到门边一看，原来是几个人轮流在扇一个女人的耳光。其中一个男人说，谁个不听话这就是下场……

没想到亮仔被地下钱庄的人害得无家可归，现在又被骗入传销窝，想想他也够倒霉的了。来到这里就等于失去了人身自由，等待亮仔的将又是一个惊心动魄的夜晚。

第三十九章　夺命传销

挨到晚上，亮仔被带到一间小屋里，一个看似斯文而又儒雅的中年男子向他问道："小兄弟，家是哪里人啦？今天来了为何不听课呢？"

"听课？我为什么要听课？你们这是在搞传销，是犯法的！赶快让老子出去！"亮仔是土生土长的城桥人，他才不怕呢。他一来就发觉这里是个传销窝，没想到城桥警方打掉一批又冒出一批，传销与贩毒总是难以根除，它是长期困扰和盘踞在城桥的一颗毒瘤。

"哎！小兄弟，你这样说话就不对了，我们是搞推销，不是传销，不要混为一谈嘛！传销是拉人头，不卖产品，而我们是有产品的，只要你卖得越多利润就越高。你没听我们讲师授课，所以你不明白，只要认认真真听 3 天课，我保证你茅塞顿开，什么都明白了。"那个貌似斯文的人这样对他说算是客气的了，如换了其他人他们才不会这样客气的，也许他们是看到亮仔有发展潜力，又是城桥人，所以才对他是"先礼后兵"。

"什么推销？一来就要听 3 天课，这分明就是洗脑！"亮仔说话毫无掩饰，直接戳中了他们的要害。

"真是不识相啊！"其中一个家伙过来扇了亮仔一记耳光，"你给我听好了，到这里来了把嘴巴给老子放干净点，不然老子要你满地找牙！"

"你……你凭什么打人？老子在城桥还没怕过人。"亮仔被扇了一记耳光，把他给打蒙了。

"老子就打你了！不服啊？"那人又扇了亮仔两个耳光。亮仔挨了打，他心里急了，站起身来跟他们撕扯在一块。毕竟他孤身一人，势单力薄，被那几个人一顿拳打脚踢，他再也无力反抗了。

当晚，亮仔就被他们单独关在一个小屋里，随他关在一起的还有另外几名年轻女子。亮仔一看，其中一位女子就是被他们扇耳光的那个人。亮仔说："你们什么时候被骗进来的？这里不是人待的地方，我们得想办法逃出去。"

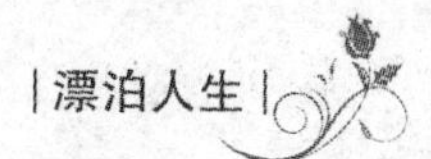

“我们被骗进来好几天了，他们让我听课，我不听他们就扇我耳光，还不拿饭给我们吃，昨天我们几个姐妹才分得一盒快餐。这些挨千刀剐的，他们不是人，等我出去了找人来收拾他们……”几个姐妹临危不惧的精神感动了亮仔。

亮仔说：“城桥的传销窝点太多了，上次才严打没多久，现在又死灰复燃了。我今天被一个老同学骗进来，没想到城桥还有这么黑暗的地方，等老子出去了有他龟儿子好看的。”

“问题是我们出不去啊！我们什么办法都想尽了，昨天晚上我们还从窗户外面扔字条，上面写着‘救命’，可也没见人来救我们啊！”

“光扔字条不行的，一般人哪会注意字条那玩艺，说不定你把字条扔下去就被扫地的大妈给扫进垃圾箱了。”

“唉！要是能扔钱出去就好了，只有钱才能引起人们注意。”

“我们哪有钱啊！有钱都被他们搜去了。”

“唉！是啊！我们出不去，要我跟他们合作去骗人，我才不干那种缺德事。”

第二天，那几个家伙又进来了。为了不被扇耳光，亮仔主动要求去听课。“我去听课，这总可以吧，你们几个也去吧。”亮仔向那几个姐妹说。几姐妹相互点点头，表示愿意去听课。这时，传销窝的人给大家每人发了一个馒头，说：“既然大家都愿意听课，这就对了嘛！今天我们艰苦点，吃的是馒头，相信只要大家干出成绩来了，我们天天都有大餐吃。”

吃完了馒头，上课又开始了。今天讲课的是一位戴着眼镜——就是那位貌似斯文而又儒雅的中年人，他说：“各位同仁，大家好！今天由本人负责上午的课程。首先，我要给大家讲讲什么是传销和推销，虽然都是‘销’字在后，‘传’‘推’在前，大家可以从这字面上分析，它们是不是很相似？‘传’宣传的传，是带动向前的意思；‘推’推动的推，也是向前的意思。既然都是向前推动的意思，那‘宣传’‘推动’就不矛盾了。不管是‘传’还是‘推’，都是以‘销’为主，既然是‘销’那我们就是同一战线的人。有的人老认为我们手里没东西，是在骗人，其实不然，我们也有产品，而且产品很多。我们的目的就是要把这些产品销售出去，让更多的人了解和使用我们的产品。”

这个戴眼镜的中年人讲了半天“绕口令”，大家也没听明白什么意思，什么“传”，什么“推”，传销就是传销，它是骗人的一种把戏。推销就是推销，它是以产品营销为目的，这两者之间完全是两个不同的概念。即使传销也有产品，但它的产品其实是一种诱饵，只是为了让人更加相信而已。传销的终极目标是骗人，或者说是拿着产品去骗人，他们的目标是让你发展下线，然后给你提成、分红，说白了就是空手套白狼。如果说空手套白狼实属骗人，那它比传销还好点，传销不仅是骗人，而且还演变成了一种犯罪。一旦你进入了传销窝，你等于就失去了人身自由。

“传销，更重要的是看其奖金制度是否具备金字塔分配。传销的危害在于扰乱社会经济秩序；引发社会刑事案件和家破人亡等社会悲剧，所以他们通过发展下线实现财务的非法转移，并未创造社会价值，这是它与正常营销的根本区别。然而我们与这两者之间都是有区别的，我们既宣传，也销售；我们既不是空手套白狼，也不是以纯粹赚钱为目的，我们是拯救百姓于水火，干的是前无古人，后无来者的大事……”

戴眼镜的家伙正讲得起劲，那几个女生又开始议论纷纷，说他讲的就是传销，是骗人的把戏。这时，过来几个人把她们带出去了，她们又被带到那间小屋里，为首的家伙冲着她们说：“谁叫你们在那里叽叽喳喳的？跟你们说过多少遍了，你们不听可以，但不要影响其他人听课。如果你们头3天都坚持不了，你们就别想走出这个大门。”随后，那几个家伙又开始轮流扇耳光……

那几个姑娘被带走后不久，亮仔又遭了殃。他在那里听课，听着听着就走了神，当传销人员问他听懂没有，他说没听懂。传销人员又问，那你听懂什么了？他说：“我不懂就是不懂，总不能不懂装懂吧？我书读得少，我理解不了什么是传销，什么是推销，我只知道凡是带销字的肯定是卖东西，‘推’和‘传’看似相似，但它们有本质的区别。我的理解是传销是口头宣传，没有社会价值，而推销是实质性的销售，能产生社会价值；推销是自由合法的，而传销是胁迫和不自由的，这就是两者之间的差别。”

“反了！反了！这个人大脑有毛病，竟敢当众顶撞讲师，简直是一派胡言！他这是公然扰乱课堂秩序，破坏安定团结，把他给我抓起来！”没想到亮仔短短的几句话，就把这伙人气得暴跳如雷。这时，过来几个人，又把他给送回那间小屋里。随后，一阵拳打脚踢，把他给打得眼冒金星，口角流血。“真不识抬举，给老子好好反省一下。”随后，那伙人就把他锁在屋里。

“大哥！你没事吧？”被关在里面的几个姑娘围上前来，“唉！大哥你这是何必呢？你给他们服个软不就行了吗？我们还指望你出去叫人来救我们呢，现在好了，我们谁都出不去了，这可如何是好啊……”

“服软？我凭什么要服软？他们这是欺人太甚！士可杀不可辱。朗朗乾坤之下，他们敢把我们怎么样？只要我出去了，他们一个个都没得好下场！”亮仔是煮熟的鸭子——嘴壳子硬。他也不看看这是个什么地方，有时人在屋檐下，不得不低头。在这里逞强能有好果子吃？

“大哥！关键是我们出不去呀！要是能够出去那还用说吗，警方早就给他们一锅端了。现在我们得好好想想办法，再这样下去恐怕不行，也不知明天会出现什么情况，咱们今天晚上必须想办法逃出去。”

“怎么逃出去？我们被关在三层楼上，窗户外面又有防护栏，关键是这扇窗子打不开，我们昨天从窗缝边扔出去的字条也没有人发现……”几个姐妹正在商

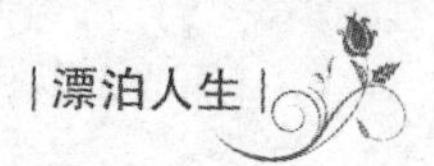

量，突然门开了，又进来几个陌生男子，为首那个尖嘴猴腮的家伙问道："就这几个人不老实，他们都是哪里人？"

"噢，她们有两个是外省人，有个是当地人，那个男的也是当地人。就他们几个不老实，专给我们找茬，尤其是那个男的反动透顶，他净跟我们唱对台戏，是不是要好好教训教训他一下？"

"唐医生——噢！大……大哥，你过来一下。"来人正是消失了数月之久的马秋水，他这次和唐医生潜回城桥又在酝酿一场蓄谋已久的贩毒活动。上次严打禁毒期间他们侥幸逃脱，潜伏了几个月后又蠢蠢欲动，他们这次回来除了从事走私贩毒外，还联合他的狐朋狗友大肆进行传销活动。马秋水是来告诉唐医生，他的几个兄弟带的货到了。唐医生说："这里的事你们看着办就行了，不过现在我们正在关键时刻，千万别出了岔子，轻重缓急要捏拿得准。那两个外地娘们把她给看好了，过段时间把她们弄到边境口岸去，那里正需要这样年轻漂亮的妹子。至于那两个本地人嘛，如果实在不肯跟我们合作的话就把他们做了，要做到干净利索，不能留下半点痕迹……"

"是！请大哥放心，我们保证按照你吩咐的去办。"随后，那几个同伙就把房门"砰！"地关上了。几个姑娘听见唐医生这么一说，一个个被吓得不知所措。她们忙向亮仔商讨："大哥！咱们这下完蛋了，出又出不去，跑又跑不脱，明天我们就有可能分开了，你们两个会被送去边境口岸，我们两个就'咔嚓'了……喂！大哥你怎么不说话？"

"嘘！大家小声点……"亮仔忙招集大家过来，他悄悄地说，"今晚也许是我们在这里最后一晚了，明天会发生什么事谁也无法预料，但有一点是肯定的，今晚我们必须要想办法逃出这个魔窟，不然明天或者是下半夜我们就有可能分开了。这些丧尽天良的家伙什么事都做得出来的。"他们几个商量了一阵，觉得逃出去的可能非常小。但据亮仔观察，他觉得逃出去还是有希望的。他说，他以前曾干过门窗安装，遗憾的是这里没有工具，否则像这样的门窗他是轻而易举可以打开的。

挨到下半夜，他们便开始行动了。亮仔摇了摇门窗，他见这副门窗并不是特别牢固，也许想点办法应该是可以打开的。没有专业工具，他就掏出指甲剪，一点一点地把门窗边上的沙浆掏空，然后慢慢地清理干净。他说，只要能掏出一个小孔来，我就有办法把窗户打开。经过一阵捣鼓，亮仔终于把窗户给取了下来。这时，就只剩下外面的防护栏了，由于护栏是用膨胀螺丝固定在墙上，要把它取下来几乎不可能。亮仔试了试护栏的铁条，他觉得用力还是可以掰开一些距离。接着，他就拼出吃奶的力气使劲一掰，结果还真把铁条给弄弯了。他说，这个防盗窗质量太差了，只是一个摆设而已，像遇到我们这样的专业人士，它就失去了防护作用。

“你就吹吧！现在不是吹牛皮的时候，你赶快带我们逃出去吧。”几个姐妹有些迫不及待了。“嗯！这样，我先钻出去看看情况，那边正好有根下水道管，我们从下水道管溜下去应该没问题，你们先在上面等我。”亮仔说完，他就先钻出去了，他顺着下水道管溜下地面，然后叫她们也下来。几个姐妹望了望窗外，都害怕不敢下来。亮仔说：“姐妹们赶快下来，不然天亮了就走不脱了，不要怕，只要抓住下水道管，慢慢地往下爬，一会就下来了。”

“不行！我害怕啊……”

“我来，怕个鬼呀！就是摔下去也比被他们抓着强。”其中一个胆大的姑娘率先爬了下来。这时，另外一个姑娘也爬下来了。楼上还剩那位胆小的姑娘没下来，她说她有恐高症，人刚爬出窗台，她就被吓得动弹不得。突然，门开了，进来几个传销窝的人，他们见有人逃跑，一下就慌了，忙叫嚷着来抓人。那位挂在窗户边的姑娘一见有人来，她心里一慌，脚下落空被掉了下来。说时迟，那时快，亮仔一个箭步上前，他想冒死接住那位姑娘，遗憾的是晚了一步，姑娘头朝下硬生生地摔在地上……可怜那位姑娘，被当场摔死了。出了人命案，传销窝的人一个个仓促逃窜。

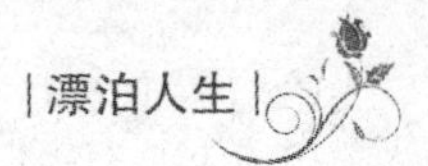

第四十章　天网恢恢

华哥见亮仔一天没回来，他正感到纳闷，突然亮仔回来了。只见亮仔没精打采的样子，结果一打听得知他被骗进了传销窝，听说那里还死了一个姑娘。据亮仔描述，传销窝里来了一个叫唐医生的人，他们说是要把那两个外地姑娘送去边境口岸。“唐医生？”徐菁听到唐医生一下来了兴趣，没想到他们又出现了，还有马秋水，华哥也正要找他算账呢！他从华哥手下出去后，净干些伤天害理的事情，对公司影响极坏。当徐菁把马秋水回来的消息告我时，我也一阵暗喜，心想这家伙这次是死定了，加之传销窝出了人命案，警方必然出动，他和唐医生是秋后的蚂蚱——蹦跶不了几天了。

唐医生这次潜回城桥开局就不顺利，原本是想手下的兄弟把事情办得漂亮点，没想到在这节骨眼上出了纰漏，一切计划都给打破了。他们连夜从传销窝撤出后，去到一个烂尾工程的楼房内，唐医生正和手下弟兄商讨如何面对当前严峻形势，他们大部分传销头目和贩毒分子都聚集在此。唐医生说：“我们大家都挤在这里不是办法，应该分头行动，把一部分货分散到‘天一大药房’去，我们要以最快的速度和最短的时间处理掉这批货，然后大家都撤到边境口岸去。”

“大哥，丁老四和王超哥他们也从南边过来了，他们这次又带了一些坛坛罐罐，说又是从哪个古墓里挖出来的。”马秋水现在成了唐医生的贴身随从了，走哪里都跟着他，不过他这个参谋当得不咋地，净给唐医生出馊主意、瞎指挥。但唐医生却十分信任他。唐医生说：“这个丁老四简直是疯了，这个时候他来凑什么热闹？每次都是舍不那些坛坛罐罐，上次小黑子就是栽在里面，他们真是不长点记性。”

“大哥！我们刚刚才到，听说你这边出了点纰漏？”丁老四风风火火地来到唐医生面前说，“我也是在刚到城桥时才听说的，这次我与赵三和王超哥都来了，我们带来了一批最新出土的宝贝疙瘩，这里面不仅有官窑、青铜器、‘越王剑’、夜明珠等一大批文物古董以及金银首饰，听说最近城桥要举办一个大型博览会，我们想借此机会展示一下。”

“你们这不是疯了吗？博览会你们也想参加？你这不是找死吗？你那些文物一亮相，全都成了陪葬品，你们想作死也不能这样作吧。”唐医生坚决反对这种冒死行为。

“哎呀！大哥你多虑了，我们既然敢来这里参展，就自然有百分之百的把握。在来时我们就做好了充分准备，我们参展的东西全都是赝品或仿制手工艺品，这些东西没有人过问的。但行家知道里面的秘密，我们既然有赝品就必然有真宝贝，到时交易时谈好价钱，我们再去秘密地点验货就成了。”丁老四说完，他特意把唐医生拉过去看了这些坛坛罐罐。

唐医生看了这些宝贝，他还是担心丁老四来的不是时候。

“我看没什么问题，我们先拿这些赝品去参展，手工艺品嘛就值十块八块钱的东西，没有人会在意的。”王超哥说。

唐医生说：“你们这玩意我倒不担心，关键是现在全城戒严，到处都是警察；公安、交警天天盘查、搜捕，我们困在这里动弹不得。这万一出现个什么状况，我们岂不是前功尽弃，无处藏身啊……”

“这样看行不行？我先去打个头站，看看是什么情况再说。”丁老四自告奋勇替唐医生解围。

丁老四来到昨夜出事的地方，只见那里聚集了许多人，警察设立了警戒线，传销窝点已查封。丁老四挤到人群里悄悄打听，才知昨晚摔死的那位姑娘系城桥人，因被骗入传销窝逃出时不慎坠落楼下，尸体已被警方抬走了。然后丁老四又去了博览会展区，展区场地已基本布置完毕，一些参展商也陆续抵达这里。他就觉得这是一个绝好机会，应该把他的那些古玩首饰拿去参展，一可静观其变，二则可以利用这个风头大肆交易。“顶风作案”有时也会收到不错的效果。

但唐医生却不这样认为，他说：“小心驶得万年船。现在正是风头上，警方肯定也有所行动。我们最好还是按兵不动，以静观其变，如果警方没有采取大的动作，我们便可以静制动，出其不意，声东击西，以扰乱警方视线为重点，集中力量把货出手，然后我们就可以全身而退了。”

“嗯！大哥想的实在是高！那我们先走哪步棋呢？”王超哥也有些急不可耐了。

唐医生说：“我们分两步走，丁老四和王超哥先去参加博览会，你们先把那些坛坛罐罐处理了。我和马秋水去‘天一大药房’办正事，这里的东西暂时先不要动，让赵三在这里蹲守。我们大家立刻行动，争取三五几天把货处理完毕……”

根据亮仔提供的信息，华哥给徐菁分配了任务，徐菁和我负责监视唐医生的动向，华哥与亮仔去博览会展区寻找目标。据我推测，博览会展区肯定有唐医生的手下活动，越是热闹的地方越有可能出现犯罪团伙作案。那几天警方也有所察

觉，他们在展区布置了荷枪实弹的特警巡逻。

偌大一个城桥市，要想找几个人确实有些困难，但我们可以锁定目标范围，因为据以往的经验，唐医生的藏身之处无外乎就那几个地方。我们去到他以前的诊所察看，见这里房门紧闭，根本没有住人的迹象。那唐医生再傻也不至于在那里坐以待毙，他一定还有别的藏身之处。于是，我与徐菁又在“天一大药房”四周蹲守，结果两三天过去了，始终没见唐医生和马秋水出现。唐医生毕竟老奸巨猾，他怎么可能轻易出现。于是我跟徐菁又赶往博览会展区，华哥在那里也一无所获。我说：“你们这样瞎逛怎么行，要把整个展区仔细地搜索一遍，不能放过任何一处可疑地方。”

华哥说：“展区这么大，每个摊位都看一遍差不多要一两个小时，这样又没得个具体目标，哪能看出什么名堂来。”

“这你就是外行了，你以为当侦探那么好当？没有一点侦探经验和推理思维，你就能看出名堂来？老乡你搞推销在行，可在这方面你可不如我啊！”我说。

“你就拉倒吧！你在我面前只管吹，你这么厉害不照样也没发现什么嘛！”华哥跟我扛上了。

“你说得没错，我只是暂时没发现什么，不过我迟早会发现他们的，为了证实我的推理，今天在这里我一定会发现他们的蛛丝马迹。怎么，你们不信？不信咱们就走着瞧。”我说这话是有依据的，因为“天一大药房”那边没动静，这边他们一定会闹出点动静来。事实证明我的推理还是正确的。我随华哥又把展区仔细看了一遍，在一家卖文物古董的摊位前我看出了名堂。我想起马秋水原来曾说过有个小黑子在盗墓，他们经常跟唐医生有来往，小黑子后来武装袭警、强行闯关被逮捕后，丁老四与王超哥又继续干起了盗墓和走私贩卖文物的勾当。我们来到摊前，我随手拿起一只赝品陶罐，说道：“呵呵！这可是个好东西，你这一定是官窑或者是唐朝时期的古董吧？”

“老板真会开玩笑，官窑的东西还敢拿在这里卖？我早就上中央电视台寻宝节目去了。这些就是纯手工艺品，不值钱的。”看来卖这东西的人非同一般，他越是这样说，我越是持怀疑态度。“那你这里有真家伙吗？这些破玩意摆在家里多没面子。”我又问道。见有人要买真家伙，那人突然眼前一亮，顿时立刻警觉起来。“你开什么玩笑，我这里哪有什么真东西，就这些坛坛罐罐，老板看上哪件拿哪件，价钱随便给就行了。”卖东西的人仍旧一副镇定自若的样子。

华哥说，走吧，你看他这副模样能像卖真家伙的人吗？这些坛坛罐罐就是近代造假的人做的，别看上面颜色像是几千年似的，这些造假手段也太低劣了，去哄哄小孩子还差不多。的确，这些东既然敢拿在这里来卖，肯定就没有一件是真的，如果真是宝贝疙瘩，他也不会在公开市面交易，黑道上有黑道上的规矩。但要怎样才能找到真品呢？我一直在思考这个问题，看刚才那人的眼睛，我敢断定

他是在演戏，他手里肯定有真家伙。

于是，第二天我又去了展区找那人闲扯，无论我怎样套他近乎，他就是不肯说实话。也许是那人太谨慎了，如果对方已有所警觉，又害怕我是公安探子，他肯定不会说实话。我跟那人周旋了两天仍一无所获，但我相信自己的直觉，他们一定跟唐医生有着千丝万缕的关系。

在展区没有突破性进展，我又回“天一大药房”观察，这两天明显比往日人流量大了，我想狐狸尾巴终于快露出来了。我去到药房，在柜台边东瞧瞧，西望望，看见有不少人前来买青霉素胶囊。我突然想起了上次唐医生就是利用青霉素胶囊填充的“白粉”，难道这次他们又是利用青霉素胶囊在贩卖毒品？为了打探虚实，我上去找柜台售货员买两盒青霉素胶囊。售货员见我要买药，她便对我说：“老板是要青霉素胶囊吗？”我说：“嗯！拿两盒。”“好嘞！”她拿了两盒青霉素胶囊给我，说，“你买青霉素胶囊还不如买头孢氨苄胶囊，现在青霉素胶囊很少卖了，再说它没头孢效果好。”

“既然青霉素胶囊效果没头孢好，那你们为何还要卖呢？而且我看来买的人挺多嘛！”我故意跟她套近乎。

售货员望了望我，笑着说：“这萝卜青菜各有所爱，有的是想贪图便宜，其实头孢跟青霉素胶囊价格差好多倍呢，一盒头孢氨苄胶囊好的要卖一百多元，青霉素胶囊才十几块一盒，当然一分钱一分货，效果肯定是不一样了。”

不管售货员怎样解释，我坚持要买青霉素胶囊，而且不是我手中拿的这种。售货员又望了望我，笑道：“他们买的就是这种药啊！”我说：“不是，应该是柜台上面那种。”

“不会吧？上面那种跟这个一样的。”售货员神色有些紧张，她越说我越不相信，我执意要柜台上面那种药。可这位售货怎么也不肯去拿，还说那几盒药早过期了。为了不使她尴尬，我急忙抽身离开了。也许我一去到柜台边人家就发觉出来了，如果真是别人来买唐医生填充毒品的青霉素胶囊的话，至少他们有和售货员的接头暗语。我直接去买药，没有接头暗语，虽然被我识破，但她死活不肯拿柜台上面的药给我，这就足以说明里面有问题。经过这么一着，唐医生肯定又要转移地点了，我必须要在他转移之前配合警方将他们一网打尽。

我回去后，找来华哥、徐菁、亮仔商议，决定兵分两路出击，我们配合警方同时行动。华哥带领警察去到博览会手工艺品展区，在他们摊位底下搜出了一批文物古董。经过突审，他们在城南一烂尾工程楼里还藏有大量文物古董以及毒品，由赵三等几个同伙看守着。在“天一大药房”这边，我与徐菁带领警察包围了药房，从里面收缴了大量灌装在青霉素胶囊里的毒品，以及制作灌装毒品的机器一台和大量半成品、成品海洛因。唐医生也抓获了，遗憾的是让马秋水跑掉了，不过马秋水这次恐怕跑到天涯海角也会被逮住，因为唐医生交代了他全部落脚点。

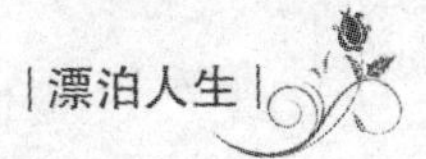

华哥终于舒了一口气，马秋水作为曾经是他手下的业务员，他与唐医生沆瀣一气，走私贩毒，给公司声誉带来了严重损害。现在总算澄清了事实，消除了影响，真乃大快人心。我也感到特别轻松，总算为老乡华哥了了一桩心事。其实这都不算什么，与当年我在鄂南山区跟何天棒一伙犯罪集团斗智斗勇比起来，这都是小菜一碟。漂泊了这些年，能使我感到自豪的事不多，但在跟犯罪分子的较量使我感到特别无畏和凛然！因为正义能使人变得无上崇高和自豪！

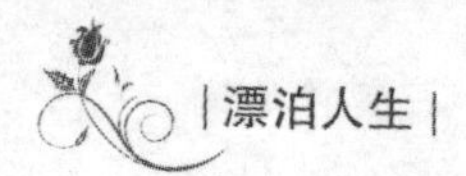

第四十一章　官司之战

上次蒋欣荣被彪哥手下误杀后，官司一直没有进展，徐菁上上下下不知跑了多少回，律师也请了，但始终没见结果。律师说，官司的事不能急，尤其是人命案官司，必须要走法律程序，不可能今天抓进去明天就枪毙了，凡是有个过程。再一个这个案子牵涉的人较多，光杀人同伙就有5人，还有幕后主谋彪哥，加起来有6人，这6人怎么判？罪责不同，轻重不一，所以法院要调查取证，这些都需要时间。事发时的监控录像显示，5人行凶过程分两个阶段，第一阶段在天河路南端，歹徒还只是对蒋欣荣拳脚相加；在出了天河路南端去往武警支队为第二阶段，歹徒们由殴打上升至杀人，其中一人手持匕首朝受害人连捅几刀，蒋欣荣因伤势过重，流血过多而去世。

一开始，蒋欣荣父母坚决要求杀人偿命，必须要枪毙真凶。但徐菁说，按道理是应该杀人偿命，但话又说回来，就算是把杀人凶手枪毙了，也挽回不了他儿子的生命。作为一个大山里的人，考虑到他们家一贫如洗，不如争取一点赔偿金比较现实些。蒋欣荣家确实太穷了，得知儿子被害，蒋欣荣的父亲从山上赶了几个小时的山路才到公路，然后又坐汽车到城桥。来城里与公安、法官会面，商议和征求家属的意见。在城里住了几天，吃、住、行包括聘请律师等一切费用都是徐菁包揽了。“考虑他家经济这样困难，能够多争取一点赔偿金应该没问题。”律师说。

蒋欣荣不幸遇害，他的父母非常伤心，真乃白发人送黑发人。正因为家里穷，蒋欣荣才出来打工赚钱，原本能给家里减轻一些负担，自己又谈了女朋友，这是一件多么值得高兴的事啊！当法院了解清楚了这起因争风吃醋引发的凶杀案后，都表示同情死者家属的不幸遭遇。一涉及到赔偿金额时，5个杀人凶手的家庭拒不配合，他们相互推诿，各执一词。经过监控显示和调查取证，虽然5人同时参与了，但真凶毕竟只有一人。其他从犯根据情况罪责不一，为赔偿金额的事意见始终得不到统一。

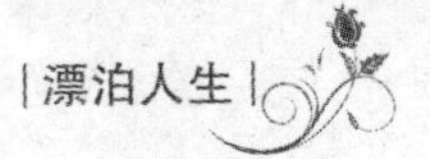

法官带着死者家属跟每一个凶手家属正面接触，动之以情，晓之以理地讲解，可有的家属拒不配合，也不接受。

“我不懂什么政策，也不懂什么法规，人不是我儿子杀的，我凭什么要赔偿钱？他家是不是穷疯了啊？谁个杀的谁个赔，反正我不管……”凶手家属情绪激动地说。

徐菁说：“大妈，你说得没错，人不是你家儿子杀的，但他那晚参与了杀人，系同犯，虽然没拿刀捅人，但同样罪不可恕！至于他判多少年，法律自有公道。这样跟你说吧，如果你们配合得好，该付多少赔偿金积极缴纳的话，也许在法官量刑判决时会轻一些，别人判10年，你家儿子也许就只判5年。”

“你又不是法官，你说的不算，判刑跟赔偿有关系吗？”凶手家属有些质疑。

“当然有关系了，我们这是私里协商，如果你们赔偿到位了，本着双方达成意愿，法院会酌情宣判的。当然了，如果你想儿子多判几年，也可以一分不赔。”徐菁说。

“谁个愿意多判几年？唉！净造孽啊！你说现在的年轻人干什么不好，非要去杀人，这杀人偿命，天经地义，干脆把杀人凶手枪毙得了。”

“枪不枪毙我们说了不算，现在国家提倡少杀、慎杀，尽量不枪毙的就不枪毙，以免造成冤假错案。”

“这个怎么会错杀？杀人凶手已经抓着，这是铁板上钉钉的事实，凶手就应该枪毙。”

“这个可不一定，杀人凶手是抓着了，但他毕竟不是主谋，真正幕后指使者是那位彪哥。彪哥虽属主谋，但他又没直接杀人，所以这个案子错综复杂就在这里。”

“什么乱七八糟的，一个是主谋又没杀人，一个是真凶又不是主谋，这绕来绕去头都绕大了……”

这家的思想工作算是做通了，徐菁又领着去第二家凶手家属协商。这家人更牛气，他们不但不赔偿，反而叫嚣着说；“我家儿子没杀人，你们不要来找我！他是无辜的，是冤枉的！据我儿子说，那天他只是跟他们一起去喝酒，在半途遇见了蒋欣荣，平时他连只鸡都不敢杀的人，他怎么可能去杀人？当时我儿子还站得远远的，他怎么就成了同伙了？所以我儿子是无辜的，你们抓错人了，应该把他放回来，这钱我们一分都不会赔！”

徐菁说：“你这样说就不对了，我们也承认你儿子没杀人，但他毕竟当时在现场，而且是5人在一起作案，你说他没罪行吗？只是说罪责轻与重的问题，待法院了解清楚了自然会有结果。你说一点不赔偿死者家属这说得过去吗？人要将心比心，死者家就这么一个儿子，家里又一贫如洗，要你们多少赔偿一点都不愿意，这说得得过去吗？”

通过挨家做思想工作，大家总算达成了一致意见，都表示愿意听从法院判决，该赔偿多少就赔多少。尽管这样，法律还有很多程序要走。据律师说，至少也要三个月后才能开庭审判。通过一审判决，主谋彪哥被判处无期徒刑，罚金10万元；杀人凶手判处有期徒刑10年，罚金8万元；其次分别为6、5、4、2年徒刑，罚金5、4、3、1万元。这样的结果虽然不尽如意，死者方也表示接受，但凶手方均不赞同，并纷纷上诉最高人民法院。尤其是主谋彪哥更不服判决，他表示自己判了无期徒刑，就不应该赔偿这笔钱。所以这场官司一时半会儿打不下来，从开庭到如今时间过去快一年了，死者家属仍没得到分文赔偿。蒋欣荣的父母也十分着急，徐菁为官司的事也伤透了脑筋，这些日子他为官司的事自己垫付了好几万块钱了，一会跑山上，一会跑法院，一会见律师，忙得一塌糊涂。

蒋欣荣的父母啥也不懂，一辈子住在大山上，连县城都少有来过，官司的事全只望徐菁帮忙了。徐菁的事情多，公司的业务干不好，华哥又要骂他；餐馆也要经营；加上母亲生病去世；老婆又不消停……这一连串的事够他应付得了。好在徐菁来城桥十多年了，各方面都有熟人关照，他通过各种渠道力争尽快打完官司，但问题多，阻力大，律师也只能按法律程序办事。要想尽快了结此案，并非易事。农村有句俗言“冤死不要打官司”，过去打官司的来历：所谓“官司”是民间从古至今的通俗说法，“官”和“司”旧时本意是指“官方”“官府”“官吏”等意思。因此，发生了冲突或命案都得去官府那里请求裁决，民间就称之为“官司”。其实“官司”或“打官司”用现在法律术语来解释就叫诉讼。根据人民法院职责范围以及案件性质，诉讼还划分为刑事诉讼、民事诉讼和行政诉讼三种。所以一谈到打官司，都是一件十分让人头痛和复杂的事。

但是官司再难也得要打下去，不看到凶手判决，赔偿金不到位，就对不起在天之灵的兄弟。徐菁带着无比沉痛的心情来到蒋欣荣的坟前，他说：“兄弟啊！对不住了，官司打了一年仍没得出个结果，这里面太复杂了。凶手不服几次上诉，经过这么反反复复折腾，赔偿金额迟迟不到位。我也是尽了最大努力，我相信终有一天法律会给出一个公正裁决。兄弟你放心地去吧，家里父母都还好；今年庄稼又丰收了，还有前年栽的猕猴桃也挂果了。听说政府动员全寨的乡亲搬迁至山脚下的古树镇，我们将在那重新建设一个新家园……”

“欣荣，你还好吗？有一年没见面了，你一定很寂寞吧！我去深圳打了一年工，在一家服装厂上班，那里有我们许多好姐妹。等我们学到了技术，有了一定资金，我们就回到家乡来发展。我们一定要在家乡开办一家民族服装厂，把家乡苗族、彝族、哈尼族的精美服饰加工到全国各地……”林媛媛也来看蒋欣荣了。“这么巧啊！媛媛什么时候回来的？”徐菁见到林媛媛非常吃惊。

“噢！回来好几天了。这些日子多亏了你帮忙，蒋欣荣的官司打得怎么样了？”

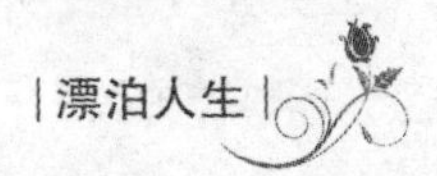

“哎！别提了，提起就来气！一审判决还顺利，可他们均不服上诉，这一来二往也没得个结果。如果二审，刑期和赔偿金额也许会有变动。唉！咱老百姓打官司真难！”

“是啊！打官司难可以理解。但我们还是要有信心，要相信政府，相信法律，正义和真理是永远不可能打败的。”

“嗯！我相信！听说你在深圳服装厂上班，那里还好吧？”

“好的！姐妹们都纷纷表示，到时我们都回到家乡来发展。其实家乡虽然落后，但家乡也很美！很美……”

正当徐菁为官司快失去信心时，突然律师带来了好消息，经过二审判决，凶手上诉均被驳回，维持原判。正义终于战胜了邪恶。为等到这一天到来，徐菁付出了太多太多的努力和代价，一切的努力总算没白费。官司胜诉了，徐菁认为都是律师的功劳，他还特意请律师吃了餐饭。律师说，他个人的力量是有限的，官司的胜败律师只能起到一个桥梁作用，并不是说请了一个高明的律师官司就一定能胜诉。当然了，很多问题并非是非黑即白，往往还有“灰色地带”，这都是很正常的。有的人往往是一朝被蛇咬，十年怕井绳。其实话说回来，社会上任何一种职业，通俗一点说都是混口饭吃，每种职业都有它的特性。我们千万不要以偏概全，管中窥豹是不可取的。其实，真正打官司是证据和细节，不是靠关系和名气。只要事实清楚，证据确凿，再高明的律师也不可能黑白颠倒，混淆是非。这起案子拖的时间之久，关键是被告上诉和法院反复调查取证上耽误了。当然，还有其他人为因素也是情有可原，好在事情有了结果，该判的判了，该赔偿的赔偿了，这就是好事。也算是给死者有了一个交代。

第四十二章　一个人的春天

忙完了官司，徐菁也感到有些身心疲惫。这些年来，他为了别人的事情总是殚精竭虑，而他自己的事却很少有人过问。记得那年他跟我学画的时候，他还是一个十八九岁的小伙子，现在一晃这些年过去了，他也快三十好几的人了，然而他的个人问题一直没有解决。我时常对他说，个人问题不能再拖了，早解决早了却一桩事情。他总是笑了笑说："不着急，师傅不也这样吗？""你不能跟我比，我儿子都23岁了，他虽然是判给母亲的，我们也没有父子感情，但他毕竟是我儿子，我也算是一个不称职的父亲吧。"我说。

"师傅话也不能这样说，离婚是嫂子提出来的，这不是你一人的错。再说儿子都这么大了，即使他不认你这个父亲又何妨？等他也为人父的时候，自然他就明白了，什么是父爱如山。师傅的情况我最清楚，这些年来，你不是不管他，也不是刻意要回避他们，而是你有使命在身，你的每一段成长经历都是在漂泊中度过。正如你所说，经历是人生最好的老师，有时不幸也是一种契机，从你离家出走，到漂泊他乡，每一步人生轨迹都付出了惨痛的代价与艰辛。比起师傅你来，我徐菁真的差远了，我从十五六岁就走出大山，在外面也闯荡了这些年，也经历了不少坎坷，走了许多弯路，直到今天我才算真正成熟了一点。一个人的成熟需要时间的磨砺，世上也没有唾手可得的东西，任何幸福与成功都是要付出代价的……"今天的徐菁真的变了，变得更加理性、成熟和坚强了。

"但不管怎么说，个人问题还是要考虑的。"徐菁这些年的确过得很苦，为了母亲，为了这个家，他付出的代价不会比我少，我很想找个机会跟他推心置腹地谈一次，"你也老大不小了，虽说男人四十一枝花，你现在也是三十好几的人了，人始终还得面对现实。我知道你还在为陈冬娥的事放心不下，可她毕竟跟你分手了，而且已和别人结婚生子。我也是过来人，曾也对一段恋情恋恋不舍，甚至愿意为她钟情一生。但现实除了残酷，剩下便是无情。有些人和事错过了就永远错过了，没有重来的可能。因为人没有来生，只有好好把握住今天的幸福，才

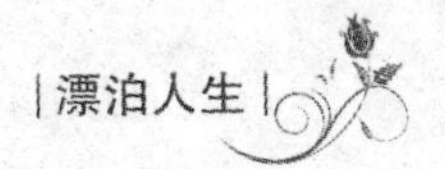

不会被时代所抛弃……”

“师傅的话犹如醍醐灌顶，使我又明白了许多道理。是啊！有些事错过了就再也回不来了，一切都变成了往事和回忆！时光不会倒流，生命也不可以重来，让回忆变成一种美好，让心在灿烂中死去，活着就是一种幸福，让爱在灰烬里重生……”没想到徐菁也变得文艺范了，谈吐之间充满着诗意，自从跟陈冬娥分手后，也有许多女孩子找过他，但相处一段时间后都是无疾而终，也许徐菁还没走出离异的阴影，也许是他过于追求完美，被爱人抛弃对一个人的打击是难以想象的，有时这样的痛苦会伴随人的一生。尤其是像徐菁和我这样对爱情执着而又痴情的人来说，无疑是一场灾难性的打击。我敢肯定地说，即使徐菁以后又重新组建了家庭，但他心灵上的创伤也难以抚平，毕竟真真切切地爱过一个人，他的灵魂早已和爱附在了一起，无论时间过去多么久远，哪怕是他走到生命的尽头，这种爱也不会消失，爱会在灰烬里重生……

记得前妻找我离婚时，我也难过了很久，甚至曾有过轻生的念头。也许那时我们都还年轻，不懂什么是爱情，只知道两个人在一起就能天长地久。时间是个好东西，也是一块试金石，后来我们分开了，尽管还经常书信往来，但也禁不住岁月的洗礼，这一别就是二十多年过去了。二十多年是那样的短暂而又漫长，人生最美好的年龄和青春就那样没了。但我不后悔，也不可能后悔，因为时光不可以倒流，生命也不可以重来，一切都是按照既定的目标在前行。人非草木，孰能无情，我跟徐菁的相似之处就是妻子早已成了别人的新娘，可我们仍还想着对方，每当想起过去那些美好时光，心里便会隐隐生痛。时光可以流逝，岁月可以老去，但真情难以磨灭，如果世界真有末日，也不可能带走一切。因为爱可以超越时空，情可溶化天地……在我与前妻离别的那天晚上，她给我写了一首诗：《离别》

离别的那天晚上，
星光璀璨。
我们牵手在六月的傍晚，
天气热得快让人窒息，
晚风吹来是阵阵心凉。

我一生都忘不了——
离别的那个晚上，
你搂着我说，
要我等到地久天长。
我努力不让泪水流淌，
内心却不忍离别的忧伤……

你颤抖的双唇告诉我，
此刻的心情跟我一样。
我们紧紧地拉着双手，
彼此叮嘱不要太想对方。

我们就这样深深地凝望，
想把彼此融进自己的心房。
只希望时间就此停止，
再不要见到明晨的太阳……

道不尽的相思无止无休，
解不开的眉头欲语还休，
诉不完的心痛别亦悠悠。
爱也成愁，
恨也成愁，
为只那香巢无力造就，
才落得劳燕分飞爱成愁……

虽然这首诗是我后来才收到的，但我体会得到她当时的心情，我们离别的忧伤变成了永恒。在后来的日子，她又给我写了首诗：《思念》

历尽艰辛归无家，
断肠人儿浪天涯。
泣泣不尽三更泪，
凄凄孤影看落花。
相思苦得人憔悴，
几分落寞几分愁。
泪流满面君莫笑，
真爱人生有几回。

提起往事，
不堪回首，
太多落魄聚心头。
不思茶饭，

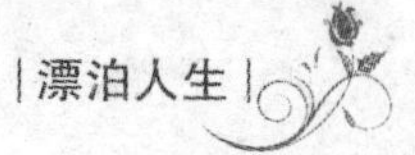

夜不安寝，
是我对生活太苛刻?
或是人生之路本就不好走?
长期的分离，
痛苦大于相思，
让我坠入了无尽的孤独……

是时间太冷酷，
还是我爱得太投入?
每当半夜醒来，
我才发觉——
泪也有温度……
前途茫茫，
聚散两依，
心境黯然作痛……

此时，我想起了在书上看到过这样一段话，用它来形容我此时此刻的心情最适合不过了：“从前，我总是向往天涯，希望在所谓的天涯能邂逅一个她。现在我才明白，天涯不过是海市蜃楼，可望而不可即，如同夸父逐日，总是徒劳无期。最后，变成一汪泉水，被时光埋葬。人可断肠，情能未央，天涯海角溯流光，谁与叹轻狂”。

人往往是这样，得到的不懂得珍惜，一旦失去方知可贵。前妻跟我离婚后，她找了一个有房有车有稳定工作的男人结婚了。但我并没有怪她，因为每个人都有权利追求自己的幸福，包括物质上的幸福。唯一让我隐隐生痛的是她在没有通知我的情况下，以我失踪两年下落不明而起诉离婚，还带走了我的儿子，使我承受了一个父亲思念儿子的苦楚，不能让我享受天伦之乐，不能为人夫尽人父之责。那时候，我真的是一蹶不振，万念俱灰，甚至还有过出家的念头。婚姻的失败，让我看透了红尘。我多想找一个清静没有纷争的地方了却此生。

后来，我又去大山上找了一个媳妇，她是一个彝族姑娘，我也听不懂他们的族语，一大家人围着桌子絮絮叨叨拉家常，我一句也听不懂也插不上话，只有傻坐着。山寨上非常落后非常原始，至今还点煤油灯，而且没有厕所，没有自来水。晚上睡觉不洗澡，不洗脚；上厕所就去树林就地解决。我去过一次后便再也不想去第二次了。我们就这样似乎生活在两个完全不同的世界，没有思想跟精神层面的交流，也无法在生活各方面达到平衡状态，这种婚姻就像掉进了一个无底黑洞，让人摸不着底又深感绝望。

好在现在的媳妇给我生了一个聪明伶俐的儿子，也算是弥补了心中的遗憾。不管未来是什么样子，只要有了婚姻，就应该陪伴到最后，慢慢地熬吧，熬成老来的伴儿就算是熬出头了。一个男人，经历了两个女人。想起张爱玲说过的那句话：娶了红玫瑰，久而久之，红玫瑰就变成了墙上的一抹蚊子血，白玫瑰还是"床前明月光"；娶了白玫瑰，白玫瑰就是衣服上的一粒饭渣子，红的还是心口上的一颗朱砂痣。前妻是红玫瑰，现在的她是白玫瑰。前妻是月光是心口的朱砂痣，现在的她是那一抹蚊子血一粒饭渣子。

离婚虽然痛苦，但留给我最多的是回忆。记得那年我在广西岭东画画时，前妻不远数百公里来看我，那时我们的孩子快两岁了。我问她为何不把孩子一块带来？她说路途遥远，带孩子不方便。她原本是来玩几天就回去，哪曾想她一来就住了3个月。我们一起走过很多城市，也收徒教画，写文作诗。说实话，那时她比我有文化，她当时给我写了很多诗词，有些诗词我是理解不了的。在我们分离的那些日子，她几乎每给我写一封信都要附上几首诗。有时她还在信笺上烙上几个红唇，让我感到无比惊奇而又甜蜜。相处的时光总是那样短暂，眼看离别的归期就要来临，我们从广西岭东一直画到湖南境内的城步。那段时间生意不是很好，一连十多天的阴雨绵绵，我们天天窝在旅馆里吃着老本。我就建议她先回去，那天晚上，她搂着我的胳臂，说什么也不肯离开。我们就这样缠缠绵绵，依依不舍地熬到天亮。去到车站，她一头扎进我的怀里久久不肯离开，她知道，我们这一别就要天各一方，也许这一别我们就不会再相见。就是这样一种生离死别，让我们突然感受到了离别的恐惧和感伤，我们就这样紧紧地拥抱，谁也不想松开彼此的肩膀……但是她必须回去，家里的孩子需要她；我不能回去，因为我要挣钱养家。我把身上仅有的10元钱给了她，汽车开走了，当她打开手中那10元钱时，泪水早已模糊了她的双眼……没想到这一别我俩就再没机会见面了。

一晃这么多年过去了，离别的情景我怎么也不能忘记。我在想，当年她如果把孩子带出来了，我们也不至于那么快就分离，也许我们就不会离婚。但世上没有也许，一切仿佛都是命中注定。后来，她曾问过我，说我后悔不？我说，我有什么好后悔的，道路是自己选择的，离婚是你提出来的，要讲后悔应该是你先感到后悔。她说："当初我们第一次离婚的时候，如果我不那么冲动的话，如果我们都不那么草率或者冷静的话，也许事情就不是现在这个样子。"她说的意思我明白，我们那时像小孩子过家家，第一次离了婚，然后又悄悄去复了婚，后来又离了婚……我说："世上没有什么'如果'，也没有那么多'也许'，离了就离了，复了就复了，自己做出的选择就没有后悔一说。"

我们第一次离婚是她父母逼迫的，前妻的意思是说如果那天我们不去离婚，或者悄悄出走的话，等大家气消了过后再回来，也许婚就离不成了。问题是当时我们都没想到这一点，一气之下顺从老人的意愿把婚离了，现在来说这些都是雨

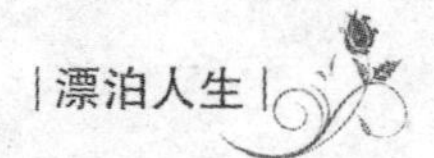

后送伞的话。后来我们都冷静下来，觉得这婚也离得太草率了，于是我们又去悄悄把婚复了。但努力争取来的结果我们还是没去好好珍惜，时隔两年后再度离婚，这次是真离了，而且是在我不知情的情况下离的婚，这就是她的不对了。人不说要讲良心，起码做人要厚道，即使你要离婚，正大光明提出来离就是，难道我会死皮赖脸纠缠你？她 6 月份向法院申请离婚，我 5 月份还给她寄过钱回家，怎么说我是两年下落不明呢？这样向法院隐瞒事实真相无外乎是想造成一种假象，好让法院判决顺利生效。所以说在婚姻上是她有负于我，要后悔的是她。

记得有人说过这样一句话：婚姻是一种责任，有爱的婚姻很幸福很甜蜜，无爱的婚姻很空洞很乏味。但我要说，即使在爱的世界里无人与我同行，我一样可编织成一道迷人的风景。因为我有我的精神世界，我有我的无悔人生，一个人的春天依旧是那样美丽。

第四十三章　作家之痛

来云南的这些日子，我有幸认识了当地一个农民作家廖云霄。我是在一份报刊上见到他的传奇经历，廖云霄原本是安徽芜菁人，他来云南二十多年了。廖云霄酷爱文学，早些年他南下一面打工，一面从事文学创作，在报刊上发表了众多文章。他去过很多城市，在打工期间他认识了现在的老婆。他老婆是地道的城桥人，住在名独龙镇的一个美丽小山村。廖云霄自从在这里安家落户以来，他一面从事繁重的生产劳动，一面笔耕不止，先后出版了个人文集两部，现在又准备出版个人长篇专著《在希望的田野上》。我与他有着相似的经历，都从小爱好文学，既然住在同一城市，我决定前去拜访他。

据悉，他在城桥萃云路开了一家水果专卖店。那天我找到他的铺面，老远就见一个 50 岁开外的长者在那里忙碌个不停，我站在远处观察了好一会儿，也没敢进去和他打招呼，我当时有点不相信这个农民作家会有这么苍老，看上去满脸皱纹，头发花白，背稍微驼……过了一会儿，我走上前去问道：“请问廖云霄老师在吗？”“噢！你找他干吗？我就是啊！呵呵……”没想到这位长者果真是他。

“怎么，难道我不像吗？是不是比你想象中的要老许多啊？”没想到眼前这位长者就是大名鼎鼎的农民作家廖云霄。

我说：“像，难道廖老师还有假？我在书上看你照片好像要年轻些，没想到廖老师在这里开铺子做生意，往天我经常来这里买东西也没认识你啊……”

“咱们一回生二回熟嘛！认识了就好，来来来，到里面坐。”廖云霄忙拿出水果放在我面前，说，“来，吃点新鲜石榴，这是昨天才从地里摘下来的，这两天我正忙着给外地客户发货呢！”

“发货？难道廖老师在做电商？”

“嗯！你说对了，我在独龙镇创办了一个电商合作社，不过只是刚刚创办，还没有资金运作，在城桥这个铺面是用来专门发货的，现在我每天都要发几十箱水果到全国各地。你也知道，现在是互联网时代，农民走电商之路是时代趋势，

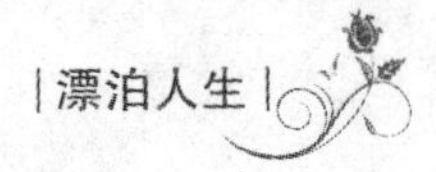

我们可不能落后啊！”

“噢，对了，廖老师的大作我已拜读，最近又有什么新作问世？”我一下把话切入主题。

“最近有点忙，不过我的第三部作品已接近尾声，现在正准备找人给我打印。哎！说来不怕你笑话，我一直是用手写稿，我还不会电脑打字，可现在投稿大多是发电子文档，我写出来的稿子须找人打印出来，然后才寄往出版社。所以每次找人打印稿子都得花好几百块钱。要是能在电脑上写就好了，完稿了鼠标一点就发出去了多好。唉！我们这些人是不是和时代脱节了，有点跟不上时代喽！不过现在好了，我儿子正在教我打字，尽管学来较慢，但总有一天我会学会电脑打字的。”廖老师一谈到写作，总是滔滔不绝，乐此不疲地讲个不停。

“快去干你的活，上午还要发几箱上海的货。”廖云霄老婆催主人干活了。

“对不起兄弟了，我要去干活了，有空我们好好聊聊啊！”说完，廖云霄又去打包封箱了。

我当时在想，廖老师的老婆怎能这样呢？再忙也不能当着客人的面扫兴吧。由此可以判断出廖老师的老婆非同一般，一定是个刁钻刻薄之人。我的判断一点没错，在一次我与廖老师的谈话中，我终于了解到他老婆的为人。廖老师说：“我那婆娘就是头发长见识短，你千万别跟她一般见识啊。唉！女人家想的跟我们不一样啊！她们太现实，太不通情理了……”

“此话怎讲？难道她对你不好？或是她不支持你搞文学？”我对这位农民作家感到惊奇，按道理说廖老师在文学事业上取得了这样大的成就，他的老婆应该感到自豪才对，她怎么会这样小瞧自己的老公呢？

“唉！说来话就长了。”廖老师给我讲了一段他的人生经历，“原来我认识她之前，她也蛮通情达理的，那时我们在上海打工，我们彼此都觉得对方优点多多，她也爱好文学，所以我们就走在一起了。后来她回了云南，我们通过书信往来，相互沟通和探讨，最后她要求我去她家当上门女婿，我也答应了。由于这些年我常年在外打工，对他们家乡的农事不是很了解，我慢慢跟她学习种地，管理果树；后来又跟她学做生意，这一路走来，我从未怨言过，也算是殚精竭虑。但我也有自己的爱好，这些年来，我利用业余时间坚持创作，先后出版了两部文集，同时还加入了省作家协会。可她却不屑一顾，说什么加入了作家协会有什么了不起？作协给你发工资吗？你说这种不通情理的话她都说得出来……”

我说：“你出这两部文集是公费还是自费？”

“当然是自费的啦！第一部花了两万多，第二部花了四万多，现在家里都还有好几百本堆在墙角。”廖老师毫无顾忌地说。

“这就难怪了，你老婆生气也不奇怪，你想啊，你出这两部书就花了好几万，而且又没卖出去多少，书本钱都还没收回来是吧。作为你来讲这没什么，反正书已出版了，也算了了多年的心愿。作协也加入了，这份荣誉感、社会地位感是多少金钱也买不来的。可她们女人不这样认为，她们看到的必须是眼前的利益，你搞文学也好，出书也罢，这跟她们没关系，她要的是钱，只有钱才能证明一切。你再有学识，哪怕是才高八斗，满腹经纶，就算你出版了十部八部书又能怎样？如果你的书不能畅销，卖不出去，就算你码半间屋又能怎样？你老婆照样嗤之以鼻。"

"你说的是这道理啊！可我出书的钱都是自己挣的。总之她们女人就是头发长，见识短，有时说出话来不可理喻。现在我们家确实经济不太好，去年建房子贷了十几万元贷款；这个铺面租金太高，一年赚点钱还不够交房租。我想把今年熬过去了，明年把铺面转让出去。"

"那你想干什么？

"我想开一家快递公司，现在是互联网时代，网购的人很多，说不定还行。"

"唉！没想到一个作家也会为生计而发愁啊。"

"唉！你就别提什么作家了，如果是二十几年前作家这个称号还是吃香的。那时连手机都还没普及，人们走路也看书，坐车也看书，如果有人拿本书在手上，都是觉得很有面子的事。可现在不一样了，手机普及了，人们都习惯在手机上看电子书，谁还愿意去书店买书看啊。所以现在所谓的作家也只是个名分，正如我老婆说的，写书不能当饭吃，作协又不拿工资，当作家还不如去打工每天挣一百元现实。"

"嗯！你老婆说的也没错，但她这是妇人之见，鼠目寸光而已。我们男人就应该心胸广阔，要有远大理想和抱负，不能听妇人的一面之词就裹脚不前，不能为五斗米而折腰啊！"

廖云霄不是圣人，他也只是一个普普通通的农民，是农民就应该安安心心种好地，老老实实地做好人，但老婆的话他不得不听。水果店转让后，他又开了一家快递公司，可刚刚运转不到两月就倒闭了。他说快递公司竞争激烈，城桥各种快递公司多如牛毛，什么圆通、申通、顺丰、中通、韵达等，而且这些快递公司遍布大街小巷。所以他这个时候来开快递公司等于步了后尘。开始他老婆在店里负责接收，他一人开着三轮车送货，尽管是夫妻二人打理，没雇工人，但还是入不敷出，最后连房租钱也做不出来。生意不顺，加之连年亏损，他老婆脾气大增，整日拿他出气。有时把他骂得狗血喷头，一文不值。

"你这个没用的东西！你干脆去死了算了！一天人模鬼样，东流西荡，你能干出点什么名堂来？"他老婆又开始数落起来。

"我咋个东流西荡了，我今天不是去找作协领导给我帮忙销书吗？前几天市领导杨书记还来看望了咱们，还说要扶持我创办电商合作社，说是帮我办理无息贷款。你真是妇人之见，整天只知道瞎胡闹。"廖云霄跟他老婆又较上劲了。

“嗬哟！长本事了啊！我呸！什么领导，就是中央领导来看你都不稀罕！来看你又怎么了？他能给你一分钱花？无息贷款说的好听，不还还差不多。房子贷款十几万还没还，你还要贷款来干啥？你打算要还一辈子啊？还好说作协领导帮你卖书，你的书卖出去几本了？新华书店放了几十本，一年了也没卖出去几本，你那些书只有卖给废品站还行，5毛钱一斤，多少还可以卖点纸钱……”

面对如此蛮横无理的老婆，廖云霄真是无言以对。有时他真想把这些书付之于炉，他越想越想不明白，自己著书立说有何过错？家庭经济困难你也不能拿书出气吧，那些书碍你啥事了？就算不出那几万块钱的书，你能发财吗？想人一辈子能给后人留下什么？就算你挣了百万家产，豪宅几幢，死了眼睛一闭，谁又能记得你？倘若有几本书流芳百世，能给后人留下一点精神食粮，这难道不是一件值得让人敬畏和自豪的事吗？

万般无奈之下，廖云霄又去小区当保安，没想到他在那里也没干几天又被老婆给撵回来了。他老婆说，当保安一千多块钱一月丢人，还不如去街上拾荒，就是捡点塑料瓶卖了也比当保安强。廖云霄火了，他说：“这样也丢人，那么又不行，你究竟要干个啥？”有时，他实在烦心的时候就来找我谈心，我对他说：“廖老师，我很敬佩你的为人，你的书我也拜读了，的确写的感人，有生活体验，有艺术高度，你应该在文学领域里更上一层楼，争取多出书，出好书，期待你的佳作问世。其实，家家都有本难念的经，你也别总给老婆较劲，老婆说的自有她的道理，我们想的自有我们的道理，咱们在大事上要听老婆的，在写作和爱好上要自己拿主意。她对你最大的不满还是那些书，你不要着急，这事不能急，要凉水泡茶慢慢来。你可知道十九世纪法国‘短篇小说之王’莫泊桑，他的文学作品《羊脂球》，最初自费出版了400册，卖了三年多才卖完。你现在最主要的任务应该挑起家庭重任，先把经济搞上去，只要有了经济基础，你才能全身心地投入到文学创作里去……”

廖云霄听了我的一番心里话，他无比感慨地说：“老兄言之有理呀！来云南这些年了，我还是第一次听到这样出自肺腑的心里话。你说得没错，我现在的首要任务是抓经济，只有把经济搞上去了，一切问题就迎刃而解了。既然市领导给我出面解决资金问题，我的电商合作社是一定能搞起来的。”

“这就对了嘛！这才是新时期的农民作家，是我等学习之楷模嘛！”

“看看，你又取笑我了不是，我哪能算什么作家，实不敢当啦！惭愧惭愧！”

“廖老师又谦虚了不是，你是正儿八经云南省作家协会的会员，这总是真的吧。作家是个多么神圣而又伟大的职业，文艺工作者应当走在时代的前列嘛！”

“唉！可我是个农民，甚至连当一个普通农民都还不够格啊！要钱钱没有，在家没地位，活得窝囊啊……”

我想这就是一个当代作家的悲哀，作家之痛莫过于此啊！

第四十四章　绝处逢生

一天，廖云霄邀我去他家电商合作社参观。我第一次去到独龙镇，感觉这里地理位置得天独厚，镇子虽然不算大，但这里交通发达，商贸云集，廖云霄的家就住在离火车站不远的村庄里。走进村庄，道路两旁全是一排排整齐漂亮的楼房，远处是一块块满挂枝头的石榴园。每当石榴采摘的季节，火红火红的石榴压弯了枝头，如果此时你来到果园，热情好客的乡民会随手摘几个甜甜的石榴让你品尝个够。这就是农民作家廖云霄的家乡，我真羡慕他这个“倒插门”女婿，能在这样一个美丽而又富饶的乡村生活那是多么幸福啊！

来到廖云霄的家门前，我被他家的这个农家小院感到惊讶！这哪是一个农家小院，分明就像城里的一栋别墅。我正思量着，突然门开了，廖云霄热情地向我招呼：“大作家，快进屋里坐。”“呵呵！我什么时候又变成作家了？我这不是在关公面前耍大刀——献丑献丑喽！”我进得屋去，一眼就看见客厅里堆放的书，“呵呵！好家伙！真不愧是大作家，书都堆成山了，你应该把客厅装修成书房，让书进入书柜，客人来了一面交谈，一面看书，这样才显得高端上档次嘛！”

廖云霄听了我的建议，他挠了挠头，笑着说：“老兄的建议非常好！我要是有钱的话，我把整个屋子都装修成书房，我要把天下所有的好书都买回来，不管是卧室、走廊、客厅到处都是书柜，走哪里都可随手翻阅，这才是我人生最大的梦想。”

“你就做梦吧！不要大白天的净说梦话，你还是想想怎样才能把这些书卖出去吧，不要占用我的房间，不然哪天收废品的来了我把它当废纸卖了……”廖云霄老婆一面给我沏茶，一面向我诉苦，“大兄弟可别学他啊，他这是旱鸭子过河——不知深浅。都什么年代了还写书？现在谁还在看书？纸质书的时代过去了。有人不是说吗，百年前人们躺着吸鸦片，百年后人们躺着玩手机。这是一个时代的变迁，再过一百年后又是个什么样谁能说清？既然时代变了，我们就要顺应时代潮流，做该做的事，不要与时代脱节，不能让思想落伍。我以前也爱好过文学，认为能写几篇文章是一件至高无上的荣誉和自豪感，但现在看来不是那么一回事了。现在又回到‘文不值钱’的年代，这年头讲的是钱，有钱就是爷……”

“老板娘这话有些偏激了啊！”我连忙替廖老师向她反驳道，“你可别把廖老师的书当废纸卖了啊，这些都是无价之宝。有的人头发都磨掉了也写不出一篇文章来，毕竟作家只是少数有文学天赋的专利。不管时代怎么变迁，不管再过一百年后是什么样，文学艺术永远不会被淘汰，文艺永远是走在时代的前列。即使到那时科技发达到人人都可以开飞机上街了，但文学艺术、人的文化素养永远都需要。不要说‘有钱就是爷’那种低俗的话，钱可以买到东西，但它买不到一切！请问，亲情、友情、爱情、素养这些能用钱买得到吗？即使你再有钱，如果你满口脏话，道德败坏，要钱有何用？谁愿与你相处？谁说‘文不值钱’？你只是看到廖老师的书没卖出去才这样认为，既然是通过出版社正规出版物，都是得到社会认可的，这是廖老师多年来呕心沥血的心血，即使你不支持，起码也要尊重知识，尊重劳动成果吧？”

廖云霄的老婆听了我的一席辩解，她再没话说了。我对廖云霄说，打蛇要打七寸，说话要讲重点，不管是朋友之间，夫妻之间，首先要尊重，如果没有尊重，是很难相处下去的。书卖不掉暂时不要紧，放在家里慢慢卖，现在你要集中力量抓生产，抓经济，只要把经济搞上去了，一切都不是个事。到时你把书捐献给农家书屋，或在校学生，这也是一件很了不起的举措。人的一生很短暂，在有生之年能做几件有意义的事也是非常自豪的。

“是啊！你说得太正确了，简直说到我心坎里去了。”廖云霄一边带我去看他的电商合作社，一面对我说，“你跟我真是谈得来，我就欣赏你这样的朋友，的确你说的有道理，我不得不佩服！昨天市领导来看过了，他们愿意帮助我贷10万元无息贷款，我开办的电商合作社倒是不花什么资金，只要把现有的宽带提速和把场地弄一弄就行了，我贷款来主要是在旁边建一个养猪场。我以前在老家的时候养过猪，虽然养的不是很多，但我有一定的饲养经验和技术。现在有国家扶持，规模化、集约化养殖，我还是很有信心的。”

正当廖云霄积极筹备办猪场时，市领导突然换届，原来支持他的领导调走了。由于新官上任三把火，也把他最初的梦想给浇灭了。廖云霄找到相关领导，说明来意，要求政府帮他解决资金问题。那位负责人对他说：“原来是谁答应你的，你还是去找谁，现在这个项目我们没开展了，再说了你的审批手续也不齐备，又没有资金担保人，没有资产抵押，万一出了纰漏谁负责？就是国家扶持的资金也不能打水漂吧……”

廖云霄急眼了，他又给原来那位领导打电话，可电话怎么也拨不通。事情突然变故，廖云霄的热情和信心瞬间荡然无存，他又回到电商合作社里，望着自己辛苦盖起来的几间房子——原本等上面资金到来时再建猪场，现在这几间饲料储备间也没有了用处，他干脆把它收拾起来办了一个乡村阅览室。廖云霄说干就干，他把自己卖书的仅有一点钱拿了出来，为了节约开支，他去旧货市场买来书柜和一些旧书、报刊等，加之他平时省吃俭用收藏的各种书籍，终于把乡村阅览室办起来了。

阅览室是办起来了，可却遭到他妻子的百般阻碍。一天晚上，廖云霄的老婆来到阅览室，她一气之下把书扔了一地，对丈夫破口大骂道："原来叫你贷款来办猪场，你却把钱拿来办阅览室，你安的是啥心啊？人家镇上领导都没过问此事，你充什么好好先生？自己都穷得丁当响，你还有这份闲心，你是不是书读傻了，脑子进水了……"

"我不是跟你说了吗，原来那领导调走了，现在资金审批不下来，养猪场办不成了。我在这里办个阅览室又怎么了？反正也没花什么钱，就买了几个书柜和一些旧书刊，等资金批下来了我们再建猪场不一样吗？"廖云霄极力控制住自己的情绪，他不想过多给老婆解释，他也知道自己再多解释等于是对牛弹琴。

"我管不了那么多，如果你审批不到资金，办不成养猪场，你就给我滚蛋！去捡垃圾也好，打工也罢，总之有多远给老娘滚多远……"廖云霄老婆竟是如此绝情地向丈夫下了"最后通牒"。

面对这样一个不可理喻的女人，廖云霄备感伤心，他甚至开始怀疑当初选择的正确性，他千里迢迢从安徽追逐到云南，原本找到自己心仪的女孩，此生将再无遗憾！哪知人心善变，现在的她越来越感到陌生和不可理解。房子是他和妻子共同建起来的，她非说跟丈夫没一点关系，就算是廖云霄变牛做马跟了你一二十年，没有功劳也有苦劳吧！廖云霄伤心至极，他一个人来到铁路边，望着列车从身边呼啸而过，一股莫名的酸楚涌上心头……此时此境，他想起了木兰花令《拟古决绝词》：

人生若只如初见，何事秋风悲画扇？
等闲变却故人心，却道故人心易变。
骊山语罢清宵半，泪雨霖铃终不怨。
何如薄幸锦衣郎，比翼连枝当日愿。

一天，廖云霄给我打电话，他问我在哪里能弄到炸药？我当即感到奇怪，好端端的，他问我要炸药干吗？我立即赶过去找到他，没想到他向我吐露了一个令人意想不到的事来。他说："这日子没法过了！我那婆娘天天骂我，说我没本事，找不来钱，要我滚蛋！还说房子也是她建的，什么东西都是她的，我什么都没有……她简直太没良心了，我来这里时她家一样没有，什么东西都是我们一点一点挣来的，房子也是我们一起建的。前几年经济困难时，我一年还挣了一万多元稿费，难道我就那么一文不值？既然她把我逼急了，我也不打算活了，你去给我搞两斤炸药来，我把房子给她炸了……"

“你这不是瞎胡闹吗？”我连忙稳住他的情绪，一阵好言相劝道，“亏你还是个文化人，大作家呢，你怎么还那样幼稚呢？你叫我给你搞炸药，我能干这种事吗？到时你把房子炸了，我陪你一块坐牢啊？亏你想得出来。咱们再蠢也不能干那种傻事,有什么事不可以坐下来商量解决？你非要那么极端？男子汉大丈夫，上可九天揽月，下可五洋捉鳖。大不了穿回开裆裤重新来过。”

“唉！我也不想走极端，可是那婆娘太气人了，我简直是受够了！与其这样活着受累，还不如一了百了。唉！太难了！老兄你是体会不到我的苦衷啊……”

“谁说我体会不到？你那点破事根本就不值一提，哪家没有个难处，夫妻间吵架斗嘴常有的事，过两天就没事了。也许是你老婆更年期到了，要多包容理解一点，男子汉大丈夫能屈能伸，家里实在待不下去了，可以到外面去散散心。要不你到街上来租间房子住段时间？”我给他提出了很多建议，目的就是要打消极端的念头。

过了几天，终于有一个绝好的机会让廖云霄可以摆脱目前的烦恼了，省作协邀请他去参加一次外地为期半月的学习活动，这下他既高兴又激动，终于可以出去透透气了。在学习活动期间，他无意中把自家那点陈谷烂芝麻事给不小心抖落了出来，作协领导和同事们都十分关注这件事，纷纷表示要帮助他走出困境。一个才华横溢的农民作家不应该是这样子的，他的困窘处境是时代之悲哀，是作家之痛，是政府失职！一封由作协联名的信在《城桥日报》上刊登了。一时间整个城桥人都为之震动——是谁扼杀了作家之梦？是谁剥夺了他生存的权利？一个把作家逼到了如此绝境甚至轻生的地步，难道政府就没有一点责任？一石激起千层浪，廖云霄的事迹被报道后不久，市政府领导立即派人调查走访，原调离的“扶贫攻坚”领导也赶了回来，他们针对廖云霄的实际情况，决定扶持他把电商合作社和养猪场办起来，让我们的农民作家真切感受到党和政府的关怀，让他安心务农，大胆创作，争取创业、文学双丰收。

一时间，农民作家廖云霄从一个默默无闻的普通农民一下子成了新闻人物，城桥电视台还专门为他做了半小时专栏采访。廖云霄老婆脸上也终于露出了久违的笑容，她还说“是金子在哪里都能发光”。想当初是谁把夫君逼到离家出走的地步？有了政府的扶持，廖云霄电商合作社和养猪场顺利地创办起来了。他家以前的电信 10M 宽带现在已更换成了 100M 光纤，完全能够满足电商合作社的网络畅通。养猪场也初具规模，从建场、种猪繁殖、畜牧兽医等全过程都有专人指导。闲暇之时，廖云霄又拿出久违的笔继续书写他的无悔人生，不过这次他丢掉了钢笔，而是在电脑上敲打文字。一个新时代的农民作家终于迎来了明媚的春天。

第四十五章　困　惑

廖云霄利用业余时间完成了他的第三部文集《在希望的田野上》。这次他完全是在电脑上敲打出来的，虽然打字速度慢，但他终究完成了这部二十多万字的书稿。一谈到出版，又是一件十分头痛的事，现在出版社不比以前，都是自负盈亏的单位，谁也不愿冒风险出版一部名不见经传作者的书。廖云霄虽说是农民作家，但也没有人资助他出书，作协更没钱垫付，一切只能靠他自己想办法解决。现在他的事业才刚刚起步，再要拿出一笔钱来也不大现实，更何况廖云霄老婆掌管着经济大权。这次他老婆早有声明，不许他动用家里一分钱出书。

一天，他又找到我谈心，说："老兄有没有什么渠道能帮忙出书？就是那种比较便宜的自费出版单位？"我说："现在出书都不便宜。"

"我在网上搜索了一些自费出版单位，有的只要几千块就能出版。"

"几千块？小心上当受骗啊！那一定是那些骗子利用假书号出版的，那属于非法出版物，到时你花再多钱出版出来的书也只能是一堆废纸。出书还是要找正规、合法的出版单位才行。你不是省作协会员吗，你可以找作协领导帮你想点办法，或者申请一点创作经费什么的……"

"唉！指望作协是不行的，我还是去找一找原来那位市领导，看看能不能得到一些赞助。"廖云霄找到那位领导说明来意，市领导对他说："非常抱歉，现在政府财政也很紧张，没有多的钱给你赞助，实在不好意思，你去别的地方看看吧。"

廖云霄带着自己辛苦创作出来的书稿，别无去处，又只好回到自己家中。老婆见他垂头丧气的样子，又开始奚落他："怎么，今天变成霜打茄子似的病恹恹了？我原来就说过，找谁都没有用，谁愿给你赞助？你一个名不见经传的普通作者，万一出版出来卖不掉咋办？你前面出版那两本还有那么多堆在墙角，你再出来放在哪里？要不你去街上把这几百本书卖掉再说。"

"你别老是这样打击人好不好？上次你说市领导不扶持我们办猪场，结果资金还是到位了，既然领导说出来的话，迟早是能兑现的。这次领导说了要支持我出书，肯定迟早也是能够兑现的，只是财政暂时有点困难。再说了我们也不能全指望他们支持，自己也要自力更生嘛！等我们猪场赚到钱了，再花点钱出也不迟。”

“你敢动家里一分钱！这个家我说了算！你是真傻还是装糊涂啊？领导说财政困难就没钱？人家是不想扫你面子，委婉地打发你走都听不明白？上次扶持我们办猪场，那是国家有扶贫政策，你出书难道国家也有政策？你加入那个作家协会也只是一个名而已，除了去作协开开会，采采风，蹭两顿饭还行。没有工资不说，每年还缴会费，这年头是党员团员，吃饭照样开钱的年代，加入什么组织都没用……”

“你这婆娘真是无可救药，反动透顶，要是‘文革’时期，你早就被拉出去批斗了。愚昧、庸俗，不可理喻……”

“我庸俗？我愚昧？你高尚？你伟大？你有本事自己办猪场啊？你有本事自己出书啊？你有本事不娶老娘啊？你有本事出家当和尚啊？怎么还死皮赖脸跟着老娘屁颠屁颠地干啥？”

堂堂一个大作家，被老婆奚落得无言以对，廖云霄此时才感觉到自己在老婆面前是那样的懦弱，那样的渺小，那样的无奈……既然老婆说了先把这些书卖掉，他也只好照办。可是去哪里卖呢？廖云霄想了半天也没物色到一个地方，白天又没时间，只有晚上可以去试试。最后他想到了一个好去处——北门广场。因为那里一到晚上跳广场舞的人很多，各种小商小贩比比皆是。

廖云霄白天干完活，晚上他就去北门广场卖书。开始几晚上效果不是很好，我就给他建议去印刷一张广告，上面写上：欢迎关注农民作家廖云霄最新力作《春天的故事》《远航孤舟》，同时还附上他的照片和省作协会员证书。后来我也加入到夜市卖书行列，我把自己已出版的两部自传体小说与廖云霄的书放在一块卖。一开始还是吸引了一大批人前来围观，来北门广场玩耍的大部分是跳广场舞的大爹大妈。每当夜幕降临，华灯初上，广场上便是人声鼎沸，热闹非凡。一排排，一列列，整齐而又一致的摆手舞、秧歌舞，随着音乐节奏的起伏，欢快活泼的舞姿，把整个广场装扮得绚丽多姿，奇光异彩……

我与廖云霄坐在电杆灯下，一面卖书，一面给顾客讲解。这时过来一对年轻人，他们翻了翻书说：“多少钱一本？”我说：“小伙子，书上面有价格，如果你是真心买的话可以打点折。你们去书店买书一分不少，我们是自己写的，这是出版社给我们抵稿费的书，价格你们看着给就行了。”

“10块钱一本卖不卖？卖我就买两本看看。”来人翻了翻书，也不像似开玩笑的样子。

我说：“你是有心买还是随便问问？如果是随便问问，我劝你还是去跳跳广场舞，如果是有心买，你这个价格也太离谱了，如果有心买，我给你打八折怎么

样？”

“八折也不少啦！昨天北湖公园那里才卖 8 元钱一斤。”

“8 元钱一斤？那是盗版书好不好，那个不是卖书，简直就是在卖废纸。我们这是正规出版物，能在新华书店公开发行，这跟那些地摊货是有区别的，你看看我们这书的纸张、印刷质量……”

“哎呀！算了，别给他解释了，从来说外行看热闹，内行看门道，不是看书的人，你就是送他两本还嫌碍眼。”廖云霄卖了几晚上又没信心了。

这时，又过来几个路人，他们看了看地上的广告，惊讶道：“呵呵！没想到作家也来卖书啊？没见过！”

“没见过是吗？今天见过了，作家为什么就不能卖书呢？我们这是自写自卖，卖的是自己的劳动成果，不犯法，不丢人。如果你们喜欢看书的话，不妨买两本回去看看。”来人听了我的一阵介绍，他们弯下腰来翻了翻书，说：“怎么卖？”我说：“书都是正规、正版，上面也有价格，如果有心买的话可以打点折。”

“打多少？”

“八折！”

“好吧！看你们写书也不容易，我们一人买两本吧！”终于我与廖云霄一人卖了两本。廖云霄说，没想到老兄还会做生意啊！我说，那是当然，想我当年闯荡江湖的时候，就是靠摆地摊画画谋生呢，这点本事都没有，那还算什么老江湖啊！

“呵呵！你就吹吧！”廖云霄不相信我以前是靠摆地摊谋生的。

“不相信就拉倒！按道理讲，我们自己写书自己卖效果应该不错，就当自己给自己打广告。像你的书放在新华书店一年了，也没有人去买两本，我们自己到社会上来推销，这就等于是亲自签名销书，说不定名气一下子就打出去了。我们不仅在城桥，还可以去昆明和全国各大城市推销，我看这个办法行！”

“这个办法是不错，但就目前来看还没有这样的先例，社会上那些名作家他们的书总是那么畅销，可他们也没去社会上推销啊。”

“这就是名人效应，他们出书不但不花钱，而且还有丰厚的稿酬；如果畅销，他们还有版税收入。但是名人也不是天生就成了名人，每件事物都有一个过程，我们现在只是刚刚开始，只要我们继续多出书，出好书，出名是迟早的事。如果你的作品够好，够精，假如有制片商看中了，改编成了电影、电视剧，那你不就成功了吗？那你还用得着这样摆地摊卖书吗？”

“唉！你说这些好像天方夜谭一样，我们哪有那个运气哟！可是我写的是散文，不是小说，很多名作家都是写小说出名的。像陈忠实的《白鹿原》，人家一本小说就成名了。看来写作是要讲天才，我们是蠢材啊！”

“你不要这样贬低自己嘛！写作讲的是天赋，不是天才，世上哪有天才，天

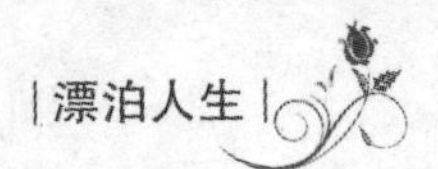

才是靠 99%的汗水加 1% 的灵感得来的。我们还要不断提升自己的写作水平，拓展视野，多创作出弘扬时代精神和正能量的精品。总之一句话，有梦想就一定能成功。”

那天晚上，我和廖云霄围着广场转了许多圈，我们一起谈了很多知心话，但都为出书的事给难住了。没有人赞助，家里又拿不出钱来，老婆、家人不支持，这的确是摆在我们面前的一大困惑。经过了这些年漂泊打拼，岁月的沉淀，生活的磨砺，我们更加有了对生活的认知、感受和体会。此时，我很想写一首诗来表达心里感受。可惜我不是诗人，只能哼哼两句：

看似居有定所，其实内心仍在漂泊，只是我们不再颠覆命运，只想找到精神的寄托。回到最初的梦想，奏起拼搏的凯歌！让岁月书写人生，让青春无悔评说。

广场上，跳舞的人群逐渐散去，随着高杆灯光熄灭，夜又恢复了往日的宁静。偶尔还有夜跑的路人从身边跑过，望着他们在夜幕里奔跑的身影，我突然感觉自己形单影只，一个人漂泊的日子备感孤零，今日虽有了同伴，可两个文学朋友依旧是时运不济，命运多舛。来到公交站台，我与廖云霄挥手道别，他回独龙镇，我回徐菁住处。

第四十六章　迁　徙

徐菁来城桥十多年了，他终于听到从家乡传来了一个好消息，政府动员山寨的村民集体搬迁，这是政府号召集体搬迁第二次动员了。第一次动员的时候，山寨上的村民没有一家愿意搬迁，尽管国家给了很大的政策优惠，每户村民补助6万元搬迁费，可村民仍不想离开世世代代生息繁衍的彝族山寨。云南是一个多民族的地方，他们这里有许多彝家山寨、苗家山寨、哈尼族山寨……每个少数民族山寨都有他们的生活习性和生活方式，这种传统甚至根深蒂固的思想使得一些山民不肯踏出家乡半步。如果再次错过了这次搬迁，恐怕他们永远也走不出这一片大山了。

徐菁他们是从大山里长大的人，他们深知大山给他们带来的痛苦和不便。那年，徐菁的嫂子快临盆时，他用摩托车把嫂子送去县城医院，由于乡村公路蜿蜒崎岖，坑洼不平，一路颠簸至途中，嫂子实在忍耐不住剧痛，竟分娩在路边……那一幕恐怖的画面他至今难以忘怀。后来在一位路人的帮助下，嫂子母子才得以平安。还有他姨妈也是因交通不便才不幸去世的，他姨妈患有脑溢血，那天发病时，他们也是用三轮车一路颠簸了三四个小时才到医院，结果终因抢救不及时而误了性命。像这样因交通不便而造成的悲剧在山上时有发生，可为什么还引不起人们的重视？人们为什么还不肯搬迁呢？

“你们的思想也太落后了，天天待在山上犹如井底之蛙。”徐菁回到山上就给乡亲们上了一堂政治课，“现在国家已是第二次动员大家搬迁了，如果错过了这次机会，你们世世代代都将在山上待着。说得难听一点，你们现在过的就是原始人的生活，吃的住的就不说了，一年四季不洗澡也就罢了，上厕所钻树林，下山骑毛驴这些都能忍受，但山上手机没信号能过日子吗？政府动员大家搬迁，也是赶上了‘扶贫攻坚’的好政策，即使统一搬去山下居民点住了，你们照样可以回山上来干活嘛！可以把原有的土地种上经济作物，或栽上经济林木；在山下居民点国家也有扶贫项目，比如发展第三产业、农副产品深加工和传统手工艺制作等。而且居民点房屋由国家统一规划、修建，都是清一色现代两层楼房，而且还要安装太阳能，房屋有卫生间，自来水，这样好的条件难道你们不乐意？具体操作是每户补助6万元，无息贷款6万元，国家补贴12万元；你们仅仅只是贷款6万元，而且这6万元贷款20年还清。想想你们占了国家多大便宜？”

“你说这些补助的钱我们又看不到哇！唯一能看到的是每个月让我们还贷款，这叫什么补助啊？”一些村民居然提出了这样的疑问。

“你的意思是把补助的钱发放到你手里，那你自个去建啊？这还叫什么统一规划？这些钱虽然没经过你们的手，但它实实在在的是盖房用了，不然这两层楼房几万元能盖起来吗？让你们还6万元贷款，一年还3000元，而且没有利息。你们是捡了天大的便宜了。”

“可我们搬下去了，我们山上的庄稼咋办？我们吃什么？在山下喝西北风啊……”

“说你们是井底之蛙还不信，现在这年代能饿死人吗？随便在山下干点什么都可养家糊口，你们山上不是还有树，有经济作物吗？下面有柏油公路通县城，政府还要在居民点办乡村卫生院、学校，以后孩子上学再也不用翻山越岭，过悬崖峭壁了，这样的生活环境难道不是我们梦寐以求的吗？”

徐菁的哥哥还是村干部，他也不愿意搬迁，他说舍不得家里的牛、马、骡、羊、猪。徐菁说：“亏你还是村干部，思想还这样落后，你下去就不能搞养殖了？国家正在号召大家办集约化养殖场，只要你有本事，养几百上千头都可以。俗话说，村看村，户看户，群众看干部。村干部更应该起到带头作用。难道你忘了那年嫂子生孩子的事了？那是人命关天的大事，在血的教训面前，你应该有所醒悟了……”

徐菁的哥哥不说话了，他感到有些羞愧难当，令他没想到的是兄弟这些年在外长见识了，思想境界远在他之上，这不得不令人佩服。过了一段时间，徐菁的哥哥去了县城开会回来，他就召开了全体村民大会，把这次政府动迁的精神向全体村民做了详细汇报，并号召大家积极响应党的号召，配合这次动迁工作贯彻执行。在他的号召下，已有不少村民同意搬迁，并第一批次与政府签订了动迁手续。这次他还向村民透露了一个比动迁工作还要振奋人心的消息，在动迁工作结束后，政府还要在凉卫山建立一个旅游开发区，景区紧紧围绕以山寨为中心，政府投资2.69亿元，建设凉卫山东法禅寺、大树沟索道、度假别墅等项目；开发猴子山公园、东山斗牛场多个旅游项目，力争把凉卫山打造成国家4A级风景区。所以这次动迁工作顺利与否直接关系到凉卫山风景区的建设。

这次动迁，一是改善了村民们的居住环境，二则借凉卫山风景区建设的契机，也给村民们带来了实实在在的实惠。这次不仅要封山育林，对以前村民们栽植的林场树木全都要保护下来，不能砍伐一棵一株，这对村民来讲无疑又增加了一笔收入。徐菁无比感慨地说，只可惜他的父母亲、姨妈们都没有等到这一天来临，要是他们能活到现在该多好啊！村民们做梦也想不到，他们在这里世世代代生活了上千年，今天终于可以走出大山，走出原始部落的山寨。这要归功于党和政府对他们的关怀。那种刀耕火种、茹毛饮血的时代一去不复返了。

处理好了动迁事务，徐菁又回到城桥，现在他终于可以扬眉吐气地对那些过去曾鄙视他、讥讽他的人说不了！他出来漂泊打拼和经历的痛苦与磨难终于换来了欣慰的笑容。看到徐菁满脸高兴的样子，华哥有点嫉妒了，他说："哎哟喂！不就是一个动迁吗？不至于高兴成那样吧？你们还只是从山上搬迁到山下，人家早几年三峡大移民国家补助了多少资金，让他从一个省迁徙到另外一个省，那才叫风光……"

"你就拉倒吧！从一个省迁徙到另外一个省还叫风光？那叫失望和无奈！那是没得办法的办法了，从生活了世世代代的家乡去到一个完全陌生的地方，谁心里不难受？国家虽然有许多移民政策，但那也是情非得已，谁愿离开自己的家乡？我们只是从山上搬迁到山下，没事还可以回去看看。而且我们家乡正在建设旅游风景区，想到家乡的彝家山寨不久就要变成旅游区了，我心里高兴得整宿整宿的无法入睡……"徐菁说着，他又哼起了"美声四季"的歌曲《今夜无人入眠》：

今夜无人入眠／梦随你遥望
那天上的星光／在我心闪亮
告别此刻时光／天将为你亮
就让今生温暖／相约永不忘
今夜爱未完／燃起希望
守候的路上／不再漫长
我要融化你／你心的冰霜
爱着你／与爱永远飞翔
今夜无人入眠／梦随你遥望
那天上的星光／在我心闪亮
告别此时时光／天将为你亮
就让今生温暖／相约永不忘
今夜爱未完／燃起希望
守候的路上／不再漫长
我要融化你／你心的冰霜
爱着你／与爱永远飞翔
啊

徐菁越哼越来劲，最后他干脆大声唱起来。人一激动，往往就会忘形，徐菁平时本来就喜欢去 KTV 唱歌，他高兴起来，从不管有人无人，何时何地都毫无顾忌地大声歌唱。他的性格就这样直爽，他心里藏不住忧愁，更藏不住喜悦，有什么就立马发泄出来。华哥就看不惯他这种性格，老是打击他："你唱歌也不分个时间，要唱去 KTV 里嗨，没有哪个说你！你还是好好把业务跑好，不然年终奖就没指望了。噢，对了，上次马秋水没有抓到，听说他又跑回西双版纳了，如你去那边出差给我盯着点，他是我们医药公司的败类，不把他抓住，我们公司就永无宁日。"

徐菁说："华哥能有这种认识我很高兴，马秋水的事你不要过多担心，抓住他只是时间问题。我不是给你添堵，华哥你自己的事情也要悠着点，你开办的那个'晶盛投资'我总感觉有点不对。虽说是合法注册的投资公司，但你们发放民间高利贷有点违规操作，不是很妥当，如果你们有违规操作或违法行为最好早点收手，不然到时后悔莫及……"

"笑话！我们能有什么违法的？我们都是合法注册的公司，我的事情你不要担忧，你把自己的事办好就行了。不过我们作为这么多年的上下级关系，又是非常要好的朋友，有些话当讲则讲，不当讲的就不要乱讲，我是一人做事一人当，即使我犯法违规，我也不会连累你的……"

"这个华哥放心，我只是好心提醒你一下。我们不仅是多年的上下级关系，你更是我人生中的贵人，想当初要不是你介绍我来搞药品推销，我现在也许还在理发。虽然说跟你跑业务没挣到大的钱，但这些年在外摸爬滚打，结识了形形色色的人，也使我从中学到不少知识和做人的道理，这份情我是永远记得的。今天我可以跟你交个底，我最多把今年干满，明年我就有可能辞职了，我要回到家乡去干自己的事业了。"

"什么？你要辞职？干得好好的辞职干吗？你可想好了，如果辞职就很难再回来了。再说你已熟悉了推销的业务，干其他未必这么得心应手。像你这样'三无'人员回去又能干什么？"像徐菁这样没房没车没老婆的人，华哥担心徐菁回去创业艰难。但徐菁心意已决，他决定了的事不会轻易改变。

"是的，你说得没错，我是没房没车没老婆，但我一点也不感到自卑，但我相信只要去努力，一切会有的。现在家乡已建了居民点，有好多事等着我回去干呢。到时我哥的养殖场办起来，猕猴桃和野生菌加工厂以及林媛媛带姐妹们回乡创办少数民族服装厂等开工了，这些活你干得完吗？"每当想到这些，徐菁就兴奋得彻夜难眠，他恨不得马上就回去，现在是万事俱备，只欠东风。

"说得好像跟真的一样，嘴说无凭，要动起来了才能算。如果你回去把事业搞起来了，到时我这个经理都不当了，我也来跟你当下手得了。"

"你说的是真的，到时我当厂长，你照样来当经理如何？"

“好！咱们一言为定！”

徐菁回到城桥后，他把该办的事都办好了，争取开年就和大姐、蒋贵一起回去。来城桥这么多年了，虽说最终没能在这里安家落户，但他很知足了，通过这些年的磨砺，他变得更加自信和强大了。他把申请到的廉租房给了陈冬娥，临别时也算给她一点留念吧。而此时的陈冬娥早已追悔莫及，她又懊悔又叹息！想当初不该那样对他冷酷无情，现在后悔晚了。也许正应了那句话“天作孽情可恕，自作孽不可活”。这就是她的宿命。

那天，徐菁把廉租房的钥匙交到陈冬娥手里，说：“我知道你不缺房住，但如果你以后用得着时随时可以回来住，廉租房是我们共同申请的，今天我要走了，我把它留给你，算是留给你最后一点念想吧。毕竟我们是一起从困难中走过来的人，过去的日子虽然艰苦，但那毕竟是最真实最真挚的……”

陈冬娥接过钥匙，她没说话，只是眼含热泪慢慢地离开了。后来她跟那个男人离婚后，带着孩子住进了廉租房，开启了她漫长而孤独的人生。

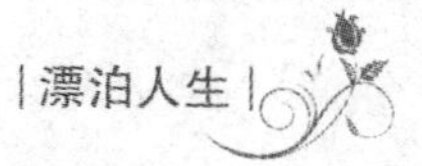

第四十七章　乔迁之喜

随着居民点落成，各项配套设施基本完善，村民们就开始了大迁徙。农村人始终是农村人，哪怕是锄头镰刀，锅碗瓢盆，猪牛羊马，一样不落下。有开三轮车，有用马驮牛拉，每天都是这样浩浩荡荡地往山下赶。才刚修通的乡村公路，一路上蜿蜒崎岖，坑洼不平，大队人马，行动缓慢，拉一次东西，来回就得一整天。政府有令，村民们搬完了自家的东西，土坯房一律不得损坏，要尽量保持山寨原貌，等风景旅游区建成后，山寨的房子还要统一修缮、改建，成为游客观光、落脚下榻之用。这些远景规划是村民们意想不到的，昔日的“原始部落”和鬼都不愿上门的地方，现在却成了山外人参观旅游的胜地。

村民们把自家的东西搬进新房后，又突然觉得有的东西根本就不该带下山来，比如箩箩筐筐，桌椅板凳，这些搬进新房又占地方极不相称，好好的房间弄得乱七八糟。骡子马匹也失去了它的价值，拴在楼下还得喂养，拉的马粪牛粪弄得极不卫生。既然搬进了新居，生活面貌应该焕然一新，还像山上邋遢咋行。于是，一些人干脆扔的扔掉，卖的卖钱；去买些组合家具，把屋子收拾得漂漂亮亮的。山下网络信号好，人们又摆弄起了智能手机，年轻人微信、QQ 聊得甚欢；数字电视、网络宽带进入了普通百姓家庭。从“原始部落”一下进入了现代家庭模式，山民们整天都是笑不合口，脸上洋溢着幸福甜甜的笑容……

搬迁完毕，人们又忙着创业计划的实施，大伙一时还没有个头绪，不知道究竟干什么合适。有的没事三五成群打打牌，聊聊天，有的去附近打些零工，但更多人还是在等待观望，他们希望政府尽快拿出一些创业方案来。大伙平时在家劳动惯了，这突然闲下来有些无所适从。正当大家按捺不住和焦急万分之时，上面传来了好消息。徐菁的哥哥从乡里开会回来，他忙招集大伙开了一个群众动员大会。他说：“各位父老乡亲，各位居民新村的群众，政府下发了动员全村的创业行动计划，首先大家要发扬自力更生，艰苦奋斗的作风，既然集中到了居民点，大家就要集思广益，群策群力，全力配合政府打好这场‘扶贫攻坚’的硬仗。经

过县委县政府和乡镇有关领导一致通过，决定在凉卫山下的居民新村兴办乡镇企业和旅游开发项目，具体细则实施要等上面领导下来考察后予以公布。我今天只是给大家透点风，敲敲边鼓，让大家好有个思想准备。具体情况是先建一所新村小学，解决孩子入学问题。同时要建一个猕猴桃和野生菌加工厂、生态养殖场；另外政府还要扶持一批外出返乡的务工人员创业，给他们提供资金和技术支持。大家可以投资入股，或参与创业发展，总之要把大家的积极性调动起来，为建设我们美好的家园献计献策……"

随着时间的推移，各项建设正紧锣密鼓地进行，生态养殖场也开始动工修建了。这次徐菁的哥哥不仅自家办起了养殖场，他还动员了好几户村民也加入了进来，他们不仅饲养了牛、羊，还饲养了一批本地原生态的"凉卫山香猪"，这种"香猪"体型较小，嘴短毛稀，而且肉质细腻香脆，其价格是普通猪种的两三倍。随着生活水平的提高，人们逐渐开始崇尚生态、环保的意识，而且大有一种"返祖归宗"的趋势，认为越原始，越生态的东西就是最好的。比如一些人去市场买菜，那些新鲜茂盛的大棚蔬菜不买，却专挑那些从乡下挖来平时喂猪的野菜吃，认为那才是"原生态"的东西。但是，现在的大棚蔬菜要做到不施化肥，不喷洒农药恐怕绝无仅有。所以现在很多地方都兴办起"原生态鸡""原生态猪""原生态水果蔬菜"等生产基地，当然这其中也不乏"造次作假"的行为。但这次凉卫山下大力发展生态养殖是政府制定和扶持的扶贫项目，它是与凉卫山风景旅游区建设同步进行。也许过不了多久，人们就可以到凉卫山来欣赏到美丽的自然风光，吃到地道原生态的珍稀菜肴；住着山寨原始的土坯房，或在吊脚楼上喝茶吟诗；听着鸟儿清脆的叫声，呼吸着新鲜的空气，仿佛置身在一个天然大氧吧里。那种惬意，那种怡然自得的感受堪比神仙日子……

新居落成，几乎家家都都要大摆宴席，祝贺乔迁之喜。通过商议，村民们准备在新村外面的公路上设下"长街宴"。据悉，长街宴原本是哈尼十月年中的一个习俗，是一个祈福的宴席。它不仅是哈尼族的一种传统习俗，更是各民族之间一种团结的象征。昂玛突节是哈尼族人民祭护寨神、拜龙求雨的节日，也是作为庄稼人的哈尼族人们最盛大的节日。节日那天，家家户户都要做黄糯米、三色蛋、猪鸡鱼鸭肉、牛肉干巴、麂子干巴、肉松、花生米等近40种风味菜肴。一家摆一至二桌，家家户户桌连桌沿街摆，摆成一条700多米长街心宴，又名长龙宴或街心酒。这是中国最长的宴席。

居民新村里也有不少哈尼族人，原来分散在各个山寨的村民现在统一住进了新村，在这个大家庭里，大家互敬友爱，和睦共处。为了祝贺乔迁之喜，大家也破天荒地打破了传统，每家凑点份子，一家摆二桌，这样桌连桌连起来就成了"长街宴"。那天，我和华哥、徐菁、蒋贵、大姐一行人也去参加了长街宴。这也是我来云南第一次参加这样盛大的活动，大家桌连桌吃饭，这头望不见那头，整个

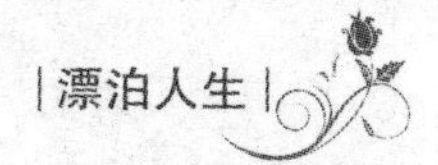

长街宴足足吃了两三个小时。人们吃着菜，喝着酒，划着拳，诉说今天，畅想未来，全都沉浸在幸福喜悦的欢快之中。

天下没有不散的宴席，吃完了长街宴，人们又开始忙碌各自的事情。我们一行人来到徐菁哥哥的生态养殖场，只见场内关有二十多头黄牛，这是徐菁哥哥从山上转运过来的。由于山下缺乏草料，黄牛瘦得皮包骨头。原来在山上还可以放牧饲养，让牛儿自己在山坡上吃草，现在圈养就失去了这一优势，所以徐菁哥哥很是发愁，一时还没找到解决问题的突破口。大家建议减少黄牛数量，等开春作物收获后备好作物秸秆，加工储存后再发展。现在利用这个空当可以把“香猪”数量发展起来，到时还可以饲养、销售、深加工一条龙服务，这样不仅带动了一方经济的发展，同时也给广大村民解决了就业问题，年轻人也不会年年都往外跑打工赚钱了。能够在自己家门口发展该多好啊！徐菁说，等开过年，林媛媛也要带姐妹们回来创办民族服装厂了，到时他就是厂长了。大家一时还没明白过来，林媛媛回乡办服装厂，他怎么成了厂长了？

“噢……原来如此，他跟林媛媛也有一腿啊……”华哥又拿他开心，“我们原来就说好的，你徐菁回去当厂长，我就当经理，咱们说好的可别变卦啊！我们搞了这么多年的药品推销，有市场经验，有人脉关系，不仅单单一个服装厂，就是你们整个生态养殖场的推销任务我全包揽了。”

“瞧你这话说得多不中听，什么有一腿？我这可是大股东之一，谁投资的多谁就是头，我给媛媛说好的，服装厂她负责技术，我负责投资。咱们这叫合作懂吗？”徐菁笑着对大家说。

“你投资？你有多少钱来投资？让你拿10万块钱都拿不出来。当初你要是拿得出10万块钱来的话，陈冬娥会跟你离婚吗？”华哥有点不相信徐菁说的话。

“哎，你不要哪壶不开提哪壶啊！过去了的事，咱就别提了好吧。10万块钱我是拿不出来，但我可以去银行借啊，不瞒你说，我们这次办厂我向信用社申请到了百八十万的贷款，这也是国家对我们回乡创业拨的专项扶贫资金。我们还得感谢党，感谢政府的关怀和支持啊！”徐菁有了这些扶持资金，他对未来更加充满了信心。

徐菁还对我说，叫我干脆不要回四川了，让我留下来与他们共同创业。我说，我当然是求之不得啊！加上老乡华哥也在这里，在这里发展完全没有问题。可我也热爱自己的家乡，我也想回去发展，不过这样也挺好，至少我可以从你们这里学到一些先进经验和理念。我们家乡虽然不可能这样大规模搬迁，但有些地方还是值得借鉴和学习，走集体农庄和土地集约化与生态发展道路是必然趋势。以前那种分散零星和单打独斗的经营方式不再适合当前农村的发展需要，改革需要一步步摸索前进。一句话，能让老百姓过上好日子就是真理。

我们一行人沿着山路十八弯，又回到山寨上去看徐菁的老屋。有好长一段时

间没回山寨了，山寨突然又变了一个模样，原来的土坯房依旧还是土坯房，只是现在通过政府统一修缮和扩建后，山寨就变得比以往漂亮、清洁和富有民族特色的味道。每个山寨都筑起了围墙，修建了寨门；里面也有了厕所和浴室，这样的山寨就不是普通人能住的地方，那是游客下榻居住的客栈。若不是开发旅游风景区，山寨可能永远也不会有这样风光，没想到原始的东西经过打造也能变成奇葩。现在山寨与山寨可以遥相呼应，山寨上修建了索道，坐缆车可以去到任何一个山寨或景点。以前的猴子山，山高林密，那是猴子才能待的地方，现在却成了游客避暑、休闲、度假的仙山美景之地。尤其是大树沟，以前这里是悬崖峭壁，学生上学还要经过一段“天梯”。现在好了，坐缆车上来不到20分钟就能到达猴子山，再由猴子山去到老寨、苗寨、哈尼古寨，全程1.5小时就能玩转猴子山风景区。如果步行就得两天一夜了。

徐菁来到这里，面对如此美景，他却一点也高兴不起来，这些地方是他儿时劳动和玩耍之地，也是他父亲长眠的地方。他父亲就是晚上在猴子山打猎时不幸摔下了山崖……这是他一生之痛。因为父亲早逝，家里没有了劳动力，他被迫中止了学业，十五六岁就离开家乡漂泊了。母亲为了这个家，改嫁两次，最后因积劳成疾，病逝在了陈冬娥家。最让徐菁痛心疾首的是母亲病逝后，尸体不能从陈冬娥家大门抬出，只能用绳索从窗户吊下去，这些伤心往事令徐菁久久不能释怀。他的这一生虽然不幸、痛苦、孤独，但他依然顽强地站立着，他相信命运是可以改变的。他说，他漂泊的人生不后悔！

徐菁来到他父亲的坟前，他跪拜磕了几个头，说：“爸！孩儿回来看你了，你在那边还好吧！爸！自从你走了以后，猴子山就再也没有人来过，不过现在不一样了，终于有人给你做伴了。现在每天都有游客来这里玩，山上修了柏油路，有索道缆车，可方便了，相信你现在不会再寂寞了。我们山寨上的人全都搬下了山，住进了居民新区，我们还在那里办起了民族服装厂和原生态养殖场，现在我们的生活发生了天翻地覆的变化，脸朝黄土背朝天的日子一去不复返了。爸若在天有灵的话，就保佑我们平平安安吧，我们会每年都上山来看你……”

这次集体搬迁，国家花费了巨大的财力物力，并投资数亿元建设旅游风景区，真正实现了贫困山区“靠山吃山”“靠水吃水”的战略方针，以发展旅游观光为支柱产业，带动一方经济跨越式发展，走集约化和生态农业模式，尽早摘掉城桥这顶全国特困县的帽子。徐菁作为这个时代的见证人，他深感自己任重而道远。

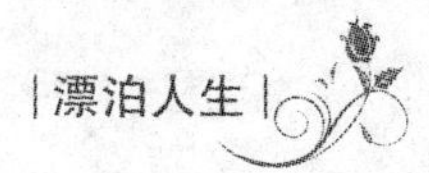

第四十八章　遗憾的结局

我们一行人回到城桥，做好了最后离开的准备，首先徐菁递交了辞职报告，他把医药公司年终报表做好后，准备向华哥办理离职手续。华哥说，即使要辞职也要坚持到年底，还有最后一单生意，他想让徐菁去把它完成。徐菁欣然接受了这个要求，他想这么多年都熬过去了，也不在乎这两天。在他出差之前，他把米线馆的事宜全权交给大姐和蒋贵处理，明年就要离开城桥了，米线馆得提前转让出去。蒋贵的想法是回居民新村后，还是想在家乡开一家饭馆，他说毕竟干了这么多年的厨师，一下丢掉太可惜。反正家乡有乡镇企业和旅游景点，人来人往较多，开一家饭馆应该没问题。

看来各自都有各自的打算，大姐也想回去发展，但她家儿子在城桥读书是大问题，为了不影响他的学业，大姐仍打算留在城桥。徐菁说，大姐完全可以回去创业，儿子在城桥读书不受影响，反正现在上初中、高中都是住校，他一个月回家一次就可以了。再说现在交通十分发达，从城桥至家乡的高铁很快就要开通了。徐菁最担心的就是我了，我说，我有什么好担心的，毕竟我是跑了几十年的老江湖了，再说城桥还有老乡华哥在这里。我的打算是开过年也准备回四川，但我也舍不得这个画廊，毕竟才刚刚开起来不久，但这些都不是最主要的，我这次云南之行的首要任务是来会会老朋友，其次才是来欣赏这里的自然风光和风土人情；同时收集一些生活素材，为日后绘画、写作打下坚实的基础。现在看来基本完成了预期的设想，所以我也做好了返乡的准备。

经过这么多年的沉淀和生活阅历，我把手中的素材整理出来，准备完成我的第三部作品《漂泊人生》的创作。我知道这又是一个浩大而艰巨的工程，为了儿时心中的梦想，为了多年漂泊的夙愿，我有信心去完成它。我清楚地记得20年前写的第一本小说，那时我写的书还叫《漂泊记》，但却遭遇了第一次退稿。出版社编辑老师给我的退稿信说，不论思想性和艺术性都还不够成熟，离出版要求的水平还有较大的差距，只有某些章节有一定可取之处……后来我又将原稿颠覆

重写，在经过无数次退稿后，两部小说才得以出版。

徐菁最后一次出差去了边陲小镇德景街镇，他在那里待了三天才把各项任务完成，在一次与客户交谈时，他谈及到了自己即将退出药品推销行列，以后的工作会有人替代他。这位客户是徐菁的老熟人了，他十分惋惜地说："唉！你干得好好的为何不干了呢？如果你明年不干了的话，我也想退出医药这行了。说实话，不管是做药代理或做药品推销都不容易，有时为一种药品的推销，你们这些最基层的推销员上上下下不知要跑多少个来回。然而你们的回报率少得可怜，那些大头都被公司、药代理吃了。尽管你一年为公司推销了几十上百万的药品，而你真正到手的工资又有多少？这些我是最清楚不过了。"

"谁说不是呢，现在医药这块我是不想做了，我想越早退出来越好。唉！你在医院里干得好好的为何不干了？"徐菁有些不明白。

"我想出去开家诊所，凭自己真本事吃饭。我还是比较崇尚中医，因为以前我学的就是中医，治病还是中药比较可靠。你们推销的很多都是抗生素药品，这些药用多了对人体伤害极大。总之你退出医药推销这块是对的，说不定哪天政府对你们这些推销人员进行清理整顿，那你们可就遭殃了。"

"是呀！这也是我所担心的，我一直都很担心我们经理华哥，他这人就是不讲策略，头脑一根筋，有很多事情都是抱着侥幸心理。就拿上次推销那个微型B超机的事，我与他争论了多少次，他就是不听，结果怎么样，还没推销到一半上面就喊叫停，这种违规违纪的事咱不能干。还有他前不久又与人合伙开了一个'晶盛投资'公司，什么投资公司，说白了就是民间'高利贷'，还闹出了不少纠纷……"徐菁的担心终成事实，上面有关部门正着手开始调查华哥了，他们开办的投资公司存在严重的违纪行为，扰乱了正常的经济秩序，给社会带来了严重影响。只是他们还不知道而已。

正当徐菁准备从德景街镇返回时，他在车站突然发现了马秋水踪迹。这使他感到十分惊奇，真是踏破铁鞋无觅处，得来全不费功夫。没想到公安四处抓捕都没找到他的踪迹，今天在德景街镇给碰着了。徐菁当时还不完全肯定那人就是马秋水，他只是仿佛觉得很像，因为他只看见马秋水戴着副墨镜，一身上下裹得严严实实的，一转眼就消失在了人群中。徐菁连忙跟踪了过去，在一个转角处又发现了他，但徐菁还是不敢确定，他又继续跟上去。没想到对方好像也认出了徐菁，他像是故意引诱徐菁上钩，一走一回头地东张西望。当徐菁跟踪到一个胡同时，马秋水又不见了。这时，徐菁更加坚定了自己的判断，此人必定是马秋水。此时徐菁没想别的，他既然确定了是马秋水，他非要把他揪出来。于是徐菁立刻打电话报了警。但徐菁此时却忘了今日的马秋水绝非是当初的那个胆小怕事的穷小子了，马秋水现在早已成了一个十分狡猾且具有一定反侦察能力的犯罪分子。徐菁刚报完警一会儿，突然蹿出几个人把徐菁给绑架了，他们把徐菁带到一间空屋里。

这时，马秋水才露出了他本来的面目，马秋水说："我们真是冤家路窄，在这里也能碰见你，老实交代，你来这里干什么？是不是专门来找我的？"

"找你？我找你干吗？我这次是来德景街镇出差的。"

"出差？你出差刚才为什么跟踪我？"

"我没跟踪你，我看有点像你，但我又不敢确定，所以才过来看个究竟。"

"还说没跟踪我？像我你就跟过来，我跟你有仇吗？我原来就说过，咱们大路朝天，各走一边。你以为华哥干那些事我不清楚，他又能比我好到哪里去？"

"你少拿他跟我比，他干那些事我没参与，我只干我自己该干的事。这次来德景街镇是我最后一次跑业务了，辞职报告我都递交了。"

"呵呵！交辞职报告了？你也不干了，不干了好哇！来我这里干，我保证你能挣大钱。"马秋水这时还想拉徐菁下水。

"跟你干？你做梦吧！你干那些都是见不得人的勾当，走私贩毒，盗卖文物，哪样抓住都是死罪。上次在城桥让你给跑脱了，这次看你还往哪儿跑？也许你跟我回去投案自首，保不齐政府还可饶你一死。"

"你就拉倒吧！叫我去投案自首？在这个地方谁抓得到我？你还是多考虑考虑自己吧。"

"大哥，这小子咋办？他跟我们不是一路人，干脆把他给做了。"其中一个歹徒向马秋水建议道。

"不，先把他捆在这里，晚上再说，这个地方目标大，我们没有退路。"马秋水说。

"我看你们谁也跑不了了！刚才我进胡同时就打了110，你们还是束手就擒吧。"关键时刻，徐菁果断报警，为警察抓捕赢得了时间。

"你净跟老子作对！"马秋水狠狠一拳击在徐菁的肚子上，"你居然敢报警？老子弄死你。老三，拿刀来！老子今天非把他给宰了不可。"

正当千钧一发之时，门突然被踢开，警察及时赶到了。"不许动！放下武器！举起手来！"马秋水还没反应过来，警察就夺下了他手中的刀，之后又从他身上搜出一把军用手枪。马秋水终于落网了。此刻，徐菁立了一大功。

原本徐菁跟华哥推销B超机的事也违反了政策法规，但考虑到他也是受华哥指使，且这次又有重大立功表现，政府就免予了他的处分。可华哥是罪责难逃，他与人合伙开办的投资公司和推销违禁物品有严重违纪行为，给社会带来了严重影响和不良后果，被检察院正式批准逮捕。在华哥被逮捕的当天，徐菁正好赶回了城桥。当他看到昔日的贵人——经理华哥被押上车时，他内心十分遗憾！他过去对华哥说："华哥，我对不起你，我没早点劝住你，要是上次你听了我的建议的话，也许就不会有今天的结局。还好马秋水在德景街镇也落网了。不然我这次也该受到惩罚的。不过华哥也不要紧，只要你配合政府主动交代，积极改造，相信不久你就会回来的。到时，我们服装厂的经理还是你华哥的，请相信我，我徐菁是一个说话算话的人。”

“谢谢兄弟对我的信任，我相信你！请放心，我会回来的。”华哥说完，他就被警车带走了。望着呼啸而过的警车，回想起原来和华哥相处的日子，徐菁心里五味杂陈，百感交集。华哥是他生命中的第一个贵人，当初若不是他介绍徐菁进入医药公司搞药品推销，恐怕徐菁也不会成长为今天的样子，他从一个理发匠能走到今天，虽然没干出什么辉煌的业绩，但他所经历的痛苦磨难和心路历程，足以使他感到无比自豪和骄傲。不经历风雨，怎能见彩虹。人的一生不可能没有磨难，而正因为这些磨难，才使人生更具有意义和价值。海明威说过：“丧钟为谁而鸣？丧钟为所有人而鸣！”一个人只有濒临绝境，生命的潜能才会爆发。

凡事皆以因果产生。《涅槃经·遗教品一》：“善恶之报，如影随形，三世因果，循环不失。”对于华哥今天的结局，虽然遗憾，但这是他咎由自取，无人可替。

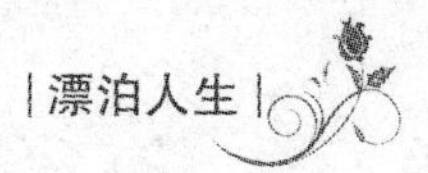

第四十九章　无悔人生

临近年关，我也该回去了。自从跟前妻离婚后，我也消沉了很久。后来一位朋友对我说，人生如驹光过隙，忽然而已。为何你不去重新开启一段自己的人生呢？既然前妻早已嫁人，你为何还要在一棵树上吊死呢？想想也是这个理，其实人有些时候活着不仅仅只是为了自己，更多的时候是在为别人而活，比如是为父母，为责任，为理想。有时婚姻真不能随心所欲。我也想过一种一人吃饱全家不饿的日子，有时我更想遁入空门，出家当和尚去。但是一想到自己那年迈的双亲，立刻就打消了这种念头，因为人活着不能太过自私，想父母含辛茹苦把你养大，养育之恩你不能不报吧？

后来在一次漂泊途中，我认识了现在的妻子，她也是一个少数民族姑娘，家住在大山上。刚认识她的时候，我并不知道她是少数民族姑娘，因她讲得一口流利的普通话，衣装打扮也比较时髦。那天，我推着行李去住店，见离车站不远有一家卫国旅馆，与卫国旅馆并排着三家旅馆，卫国旅馆在最里面一家，我当时不假思索地径直奔向卫国旅馆了。后来我跟老婆开玩笑说，这也许就是缘分吧！假如当时我没进卫国旅馆，或者去了另外一家旅馆住宿，我和她就不可能认识，因为其他旅馆也有女孩子呀！老婆当时在卫国旅馆当服务员，一进旅馆就是她给我登的记。她一拿着我的身份证就说，我和身份证上的像区别太大了。我说为啥，是不是你怀疑身份证有假？她说不是，是我本人与身份证上的年龄不符，我显得太年轻了。这话我高兴听，尤其是从一个小姑娘口里说出来的。

其实，当时我都快 30 岁的人了。老婆那时才 19 岁，她刚从学校毕业不久就出来打工了。跟她一起出来打工的还有另外几个好姐妹，她们都分别在前面那两家旅馆里。与老婆一起在卫国旅馆当服务员还有另外一个姑娘小芬，缘分这东西就是这么神奇，当时我就喜欢上了老婆，而没看上小芬，然而小芬也很喜欢我。

我在卫国旅馆住了3个月，在最后将要离开时，老婆的几个好姐妹也都喜欢我，还说我可以在她们中间随便挑选一个。这难道就是人们所说的交“桃花运”吧。后来我跟老婆去了她家见父母，她家住在一个大山上，我们下车又爬了两三个小时才到家，他们对我这个山外来客满心喜欢。晚上吃饭的时候，一桌人谈笑风生，气氛热烈，可我一句话也听不懂，也插不上话，像个傻子似的坐在那里。他们讲的方言非常难懂，发音与普通话有着天壤之别。譬如：吃饭——“喳未喳”，睡觉——“一达”。我跟老婆这么多年了，她的方言我是一句没学会，太难懂了。虽然我们四川也有方言，但四川的方言与普通话相比较，在语音、词汇、语法方面也都有很大程度的一致性。

老婆跟我结婚后，她随我回四川生活了几年，我们在家养过猪，承包过林场，出去打过工，相处还算比较融洽。后来我们有了一个聪明伶俐的儿子，我才真正体会到了一个做父亲的喜悦和责任感。虽然前妻也为我生育了一个儿子，但儿子从小就随他母亲生活，我们没有建立一丁点的父子感情，这也许是我今生最大的遗憾吧！但前妻也做得太过分，法院既然把孩子判给了她，她就应该把孩子留在身边，即使再嫁他人，也不能丢下孩子不管。据悉，她改嫁后，把我们的儿子扔在孩子外婆家，然而她每天牵着另嫁老公的孩子玩耍，试想天底下有这样的母亲吗？为了自己所谓的幸福，连自己亲生儿子于不顾，去跟一个男人苟且偷安过日子，这难道就是母爱之伟大？诚然，我也有未尽抚养之责，但这些年来我漂泊在外，天各一方，我又能有什么办法？有时为了生计，我也是吃了上顿无下顿，甚至可以说是泥菩萨过河——自身难保。我既然选择了漂泊，我的人生就无怨无悔！

现在的老婆为什么她能跟我这些年，她比前妻好就好在跟我寸步不离，从我们认识到结婚，从有了孩子到如今，我走哪里她就跟到哪里。我漂泊，她也跟着流浪，有孩子了，儿子与我们一天也没分开过。儿子虽然还小，可他常常对人自豪地说，他也是“老江湖”了。因为从小至今，几乎每年暑假我们都要带他出去旅游，争取一年去一处景点。现在他在上初中，如果等他大学毕业了，全国大部分5A、4A级风景区也许会走遍。有一次儿子说，《枫桥夜泊》这首诗出自哪里？我说，苏州寒山寺。他就对寒山寺产生了极大兴趣，于是暑假我们就带他去苏州游玩了寒山寺。

“不到长城非好汉”“不到黄河心不死”这两句话他也产生了浓厚兴趣。儿子说，是不是不去长城就不是“好汉”？不到黄河真的心“不死”？我说，这句话是一种比喻，意思是说不能克服困难，达到目的，就不是英雄豪杰。“不到黄河心不死”也是一种比喻：意思是说不达目的不罢休，也比喻不到实在无路可走的境地不肯死心。儿子对人文地理非常感兴趣，遇到不懂的他就想去实地考察一番。我非常支持他这种想法，每年暑假我们都要带他去他最想去的地方。记得那年他说要去看长城，到了长城他又说要去故宫，我们都尽量满足他的愿望。我对

他说，每去到一个地方不能走马观花，要深入了解和弄懂这里的历史文化、成语典故的出处。后来，我们还带他去了南京中山陵、镇江金山寺、云南的石林、河口中越大桥、麻栗坡烈士陵园等诸多地方。

回想起自己漂泊的一生，我是感到自豪的，但我仍不希望别人重蹈覆辙。其实我并非愿意去漂泊，能在父母身边那是最幸福不过的了。可我不一样，我的情况比较特殊，从12岁不幸辍学，一直在家务农、学泥瓦匠、铁匠；因为我心有不甘，我想学习，我想读书，我也想成为一个有学问的人。但残酷的现实把我的理想击碎了，我能甘心能认命吗？不能！所以我才想出去漂泊，去闯荡，我发誓要去走遍祖国的名山大川，让山水的浩渺遍填我的胸臆。经过这些年闯荡、漂泊、打拼，我也完成了自己的使命。这一路走来，虽然历经磨难，备尝人世辛酸，但我却无怨无悔！正如美萍老师所说，漂泊是一份情怀，漂泊不是一份事业，身的漂泊或心的漂泊，总有一种在路上。我认为，不管是哪一种漂泊，都不应该停留在路上，只有奋勇奔跑，永不停歇，才可能到达人生的终点。

徐菁告诉我，林媛媛带着她的姐妹们回来了，不久民族服装工艺厂将正式开工建设。林媛媛说，她这次再也不走了，她要带领乡亲们在自己家门口闯出一片天来。这次是借开发凉卫山风景旅游区的契机，政府实施的“扶贫攻坚”项目。因为家乡有得天独厚的旅游资源，尤其是凉卫山秀美的自然风光，丰富多彩的民族风俗，深厚的民族文化底蕴。所以在凉卫山下居民新村创办乡镇企业，是符合当前时代发展的需要。

徐菁说，他等这一天等得太久了，回想起刚出来的那些往事，他给人家当保姆，去餐馆打工洗碗，没钱露宿街头……后跟师傅学理发，跟华哥跑业务，这一路走来，他与我有很多相似的漂泊经历。只是唯一不同的是他父亲早逝，母亲生病而无钱医治，他永远也忘不了那个刻骨铭心的夜晚，母亲才刚刚咽气，她就遭此天谴人怒、吊尸窗外……这是他人生耻辱，一生之痛！

林媛媛和徐菁来到蒋欣荣的坟前，林媛媛说：“荣！我又回来看你来了，这次我们再也不走了。你现在一定不会感到孤单，因为山上现在变成了旅游景点，山下有我们开办的服装工艺厂和生态养殖园，家乡终于迎来了千载难逢的发展时机。你放心，杀害你的那几名凶手早已绳之以法，他们有的判了无期，有的判了十年八年，这是他们应得的下场。你就放心去吧，我们每年都会来看你的……”

临别前，我去见了农民作家廖云霄，他握住我的手恋恋不舍地说：“老朋友，我真舍不得你走啊！你干脆全家都搬来这里定居嘛！我们这里气候宜人，四季如春，在这里生活我们也好有伴，我有很多问题想找你请教啊！”

“廖老师这样说就太谦虚了，我们是老朋友了，说话就不要那么客气。其实我也舍不得离开这里，我跑了这么多年江湖，去了不少地方，这里的气候应该是最好的，用一句话来形容，山好水好人更好。但长安虽好，终究不是久留之地，

我还得回到家乡去，家里毕竟还有妻儿老小。如果廖老师有时间一定到我们四川来玩，天府之国欢迎你！”

“好的，到时我一定来。以后你就别叫我老师了，听着总感觉别扭。希望随时保持联络，有新作问世别忘了告诉一声。记得下次来云南别忘了带点特产来啊……”

“好的，没问题，只要别叫我带炸药来就行！”

“哈哈哈哈！你真会开玩笑，过去的事就别提喽！惭愧惭愧呀！”

新年即将到来之际，我也回到了家乡。父母亲早早就打开了电视，正在和他们的孙子观看欢乐喜庆的节目。漂泊这些年，我很少在家里与父母亲过个年，现在我不会再让他们失望了，趁父母还健在，当儿女们的应该常回家看看。突然，儿子问了我一个问题：“金字塔是不是外星人建造的？”我一时被这个神奇而古怪的问题给难住了。

我说：“哎呀！这个问题我真答不上来。”

“呵呵！老爸也有不知道的啊？”儿子笑道。

“呵呵！这很正常嘛！老爸又不是神仙，天上的事情咋个晓得呢？我不懂就不懂，不能装懂是吧。老爸没读几天书，除了会讲点故事和写点文章外，很多方面还不如你哟！”我还是第一次被儿子的问题考住了。

“我猜想一定是‘外星人’建造的，建金字塔的石料都是几吨重一块，凭当时那种科学技术和没有大型机械的情况下，要想建造这样一座宏伟的金字塔几乎是不可能的……”儿子饶有兴趣地大讲特讲他的“外星论”。我频频点头，没有发言。

最后我补充了两句：“嗯！你讲的也有一定道理，反正世界上还有许多连科学家都无法解释的未解之谜，这都需要有人去研究证实。如果你想去弄懂它，除了要多学习书本上的知识，以后有机会了去埃及亲自实地考证一下就知道了。”

我漂泊归来最大的喜悦和收获就是看到儿子的成长与快乐！父母是孩子的第一个老师，孩子往往是因为父母的榜样而备感自豪！我的无悔人生孩子是敬畏的。作为父母，不管你这一生做出了成绩与否，能得到孩子的认可和学习之榜样，你才算得上是真正的人生赢家。

天亮了，当清晨的第一缕阳光从山坡上照耀下来时，我扛起了久违的锄头，到地里劳动——日出而作，日落而息，这才是我想要的生活。记得有位诗人曾写下这样一首诗：

回味青春年少，
梦想游走天涯。

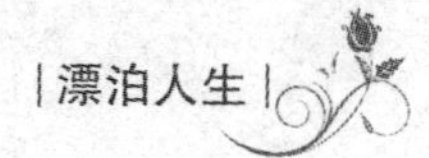

最爱乡间晚情，
相伴老死田下。

我想最美的田园牧歌也不过如此吧，这也许就是我漂泊人生最好的归宿。

2016年12月26日

后　记

写完了漂泊三部曲最后一部《漂泊人生》，我如释重负，犹如压在心里的一块巨石终于落了下来。从1997年遭遇第一次退稿，到2017年元旦，整整20年了，我终于完成了漂泊三部曲《青春·岁月·人生》。20年如同白驹过隙，转瞬即逝。但对于我来说如同一场漫长的马拉松赛，终点总是那么遥不可及。当你读完了这三部书，你就明白了我为什么要出去漂泊和我漂泊人生的意义。一个人没有文化是件非常可悲的事，一个人的命运不好也是件非常遗憾的事，但这都不是主要的因素，重要的是我们能不能去改变它。书本上的知识没学到，我们可以去社会上学；命运不好也不能服输，只要我们努力了，哪怕是比别人多付出一百倍的努力和代价也一定要成功。天上不会掉馅饼，世上没有唾手可得的东西，任何成功都是要付出代价的。

这三部书我都是在云南完成的，想想自己为了理想漂泊半生，至今还没回到家乡，我的思乡之情也油然而生。恰好今年我有幸加入到四川省作协，这使我更加坚定了要回去的念头。漂泊了这些年，我何曾不想早一点回到自己的家乡啊！毕竟家里还有年迈的父母，他们也希望儿子荣归故里。家里的房屋早已破旧不堪，我得回去拾掇一下。虽然我的兄弟姐妹们都在城里买了楼房、汽车，他们甚至有些鄙视我的无能。但父母却想得开，说："不要紧，他们挣了一辈子虽然挣了一套房子，一辆车子，但那只是一个普通人一辈子的成绩。你却不一样，虽然现在还一无所有，但你写了三部书，给后人留下了一笔宝贵的精神财富，这比别人挣了几套房子更有意义得多……"父母虽然没读过书，但他们能讲出这番意义深刻的话来不得不让人佩服！

兄弟姐妹们的确比我混得好，有洋房有汽车，但他们都选择生活在城里。然而父母却不愿意离开农村，毕竟他们在农村生活了一辈子，这里就是他们的根。所以我决定回去陪伴父母安度晚年，我决定再做一回"出头椽子先遭难"。以前家里兄弟姐妹多，我率先回家种地，把宝贵的学习机会让给了弟妹们；现在他们

有出息了，发达了，不愿意回来陪伴老人，看来陪伴父母的重任非我莫属，谁叫我是老大呢。

不过现在的农村比以往好多了，以前交通不便，信息闭塞，现在网络宽带已进入了千家万户，农民坐在家中也能在网上购物；乡村公路四通八达，而且农村没污染，空气清新，犹如置身在一个天然氧吧里，能在这样的农家小院里生活是多少大都市人梦寐以求的妙事。现在城市的天空常年都在雾霾的笼罩下，很难再见到蓝天白云之美景。

我早就计划好了，等回去之后首先要办一个农家书屋。家乡的空巢老人和留守儿童是压在我心里的一块巨石，他们的孤独、无奈一直是我想倾诉和书写的话题，精神的传承，时代的呐喊，需要我们一代代人接力下去。